一城春弄

天如玉 著

九州出版社
JIUZHOUPRESS

图书在版编目（CIP）数据

一城春弄 / 天如玉著. — 北京：九州出版社，2015.5

ISBN 978-7-5108-3722-7

Ⅰ. ①一… Ⅱ. ①天… Ⅲ. ①言情小说－中国－当代 Ⅳ. ①I247.5

中国版本图书馆CIP数据核字（2015）第110443号

一城春弄

作　　者	天如玉　著
出版发行	九州出版社
出 版 人	黄宪华
地　　址	北京市西城区阜外大街甲35号（100037）
发行电话	（010）68992190/3/5/6
网　　址	www.jiuzhoupress.com
电子邮箱	jiuzhou@jiuzhoupress.com
印　　刷	北京慧美印刷有限公司
开　　本	787毫米×1092毫米　16开
印　　张	19
字　　数	341千字
版　　次	2015年7月第1版
印　　次	2015年7月第1次印刷
书　　号	ISBN 978-7-5108-3722-7
定　　价	32.80元

一城春弄

目录

一城春弃

目录

第一章

新任城主

嘉熙九年春，豫国边陲的墨城出了桩大事，城主即墨彦忽然驾鹤西归了。

消息快马送入都城，嘉熙帝在百官面前痛心疾首，回到后宫却是笑逐颜开，甚至还多吃了两碗饭。

怨不得他幸灾乐祸，实在是等这一日太久了。

豫国建朝至今，将将两代。先帝太祖推翻前朝暴政时，身边有个骁勇善战的大将军立下过汗马功劳，此人便是即墨彦。

但皇帝们都有个通病，打仗时重武轻文，治国时又重文轻武。即墨彦在天下大定后没落得什么好处，便学了回韩信，居功自傲，占据东西要塞哈兰城，不愿回都了。

若是别人倒还好说，偏偏是即墨彦。开国功臣，手握重兵，太祖气得呕血也只能往肚里吞。且不说西域诸国都对哈兰城垂涎已久，彼时天下初定，急需休养生息，哪能再内斗？

思考再三，太祖咬了咬牙，干脆将哈兰城赏给即墨彦做了封地，又挑选宗族女眷册封公主配为其妻。这样一来，就成了皇帝委任其驻守哈兰城，杜绝了不少隐患。

好在即墨彦见好就收，没再兴风作浪，上交了一部分兵权，还特地写了奏折表了番忠心，自称自己一世人臣，定当为国尽忠，死而后已。

如此一来，哈兰城便有了即墨彦这第一位城主，因其姓氏，此地被更名为墨城。

所以说白了，墨城的来历并不像史书记载的那般光鲜，无非是情势所逼罢了。

数十年转眼过，太祖无时无刻不在计划着收回墨城，想方设法地削即墨彦的兵权。即墨彦却自己暗中招兵买马，勤操苦练，仍是一方霸主。

太祖心中愁闷自不必说，几乎每日都对着日渐丰盈的国库打算盘。好在即墨彦婚后一直未能有后，他也从未开口许诺过城主之位可世代承袭，总算还能钻个空子。

只可惜年寿不永，这个空子他等不及来钻，只能交给他的儿子了。

如今墨城已经失去主心骨，要接手轻而易举，父辈的遗憾总算可以在自己手中圆满，叫嘉熙帝如何不心情舒畅？

年轻的帝王负手立于御书房内，对着万里江山图咧嘴傻笑，直到八百里加急送来墨城的奏折，先前多吃的饭一下又把他给噎着了。

即墨彦临终前留下遗嘱，墨城地处边陲，乃交通要塞，国之重地。为保万一，还是由自己亲定人选继任城主之位方可放心。

这个人选便是他的养女。

嘉熙帝以为自己眼花了，揉了揉眼睛再三确认，没错，是养女。

这算什么？即墨老贼不经朝廷自作主张传了城主之位，没儿子就硬让养女上位，分明就是心怀异志，说好的一世人臣呢？你这是在逗朕？！

折子里声称太祖也未曾言明不可父位女承，更历数豫朝数十位巾帼不让须眉的女子，又将新城主品行之端、对国之忠细数了一遍，好话洋洋洒洒不下万字。

嗬，那空子倒先让他们给钻了。这写折子的人也是个人才，站出来，朕保证不砍了你！

嘉熙帝一手揪烂了折子，顺手又扫了桌案上的青玉笔架和镶金流纹端砚，恨不能当即发兵。

御书房里的宫女太监都以为是自己伺候不周惹了帝怒，跪了一地，瑟瑟发抖。

皇帝心情时好时坏，当真应了那句“君心难测”。

朝中官员都以为这是他失了肱骨大臣心中忧伤，知道内情的根本没几个。倒是有心细的留意到，之前辞官归隐的太常少卿忽然归都了。

还是正午，御书房却是门窗紧闭，光线昏暗。

嘉熙帝坐在案后，看着太常少卿对自己行礼叩拜完毕，慢吞吞地开口道：“无白，你叔公死了。”

太常少卿即墨无白是即墨彦嫡亲的侄孙，他归都这一路早已听说这消息，并不惊讶，起身后瞥了一眼嘉熙帝，脸上甚至还有些笑意：“那不是正合陛下心意？”

他不说还好，一说嘉熙帝就来气："别提了，原本是合朕的意，可谁承想他竟有个养女，城主之位就这么交给那个来路不明的养女了！"

这倒是让即墨无白很意外。他离开长安已有四五年，一直避居故乡润州，已有些不问世事的意味。何况即墨彦本就和本家不亲，他长这么大都没见过这个叔公一面，无感情也无交集，彼此情形也是一无所知，当然也不知道什么养女的存在。

"我还以为陛下叫我归都是因为太高兴，原来是有了麻烦。"他身姿修长，褒衣博带，本就有几分风流闲态，加上说这话的语气，简直有些吊儿郎当。

显然嘉熙帝对他这副模样已习以为常，叹了口气，起身踱步到他跟前："无白，你自幼与朕一起长大，情同手足，如今这麻烦，还需你出手相助才是。"

即墨无白连退两步，神情惊恐："陛下，草民已经辞官了。"

嘉熙帝板脸："辞什么辞！朕即刻让你官复原职！"

"不不不，草民去意已决。"

"混账！"

见皇帝动了怒，即墨无白只能无奈垂头："是，听凭陛下吩咐。"

嘉熙帝脸色这才好看了一些："那好，你准备准备，尽快去墨城奔丧，顺便给朕将墨城的城主之位拿回来。"

即墨无白早猜到他是这个意思，好笑道："一个女子而已，未必能有即墨彦的野心，陛下大可不必如此。"

"话可不能这么说，不管她有没有野心，墨城这般要塞，也不能长期不受朝廷管束。若是让西域诸国有机可乘，中原岂不危矣？"

即墨无白撇撇嘴："那陛下不若大大方方娶了她，给她封个贵妃，一举两得，何须如此麻烦？"

嘉熙帝想起探子回报那养女相貌丑陋胜似无盐，当即正色道："为君者胸怀天下，岂可贪图女色？！"

"可是人家姑娘刚死了爹便去撬她的位子，未免有些缺德啊。"

"所以才找你啊。"

嘉熙帝拍了拍他的肩："此番你肯替朕分忧，是为挚友；收回墨城，是为尽忠，乃国之功臣也。"即墨无白还想说什么，被他竖手拦下，"此事就这么定了！"

圣谕一下，再好的情谊也得靠边，即墨无白只能跪地叩首："是，草民……微臣领旨。"

这番谈话前后都很隐蔽，即墨无白接的是密诏。可世上无不透风的墙，朝廷上下多的是人精，墨城城主前脚蹬腿，太常少卿后脚归都，不少人都猜到了缘由。

第二日，沉寂了几年的少卿府上忽而一下门庭若市，访客如云，十个有九个都是媒人。

即墨无白吃不住这阵仗，装病窝在房内，一切都由贴身侍从杜泉代为处理。

到了晚上，忙活了一整天的杜泉乐滋滋地抱着一堆画卷放在他跟前："公子，您这趟回来对了！原来长安的达官贵人们都还记着您呢，光这一天就来了十八个媒人，个个都想将千金嫁给您哪。"

即墨无白翻翻白眼，这哪是想嫁给他，分明是想嫁给墨城。

"快啊，公子。赶紧挑挑有没有合眼缘的吧。"杜泉是即墨无白乳母的儿子，大概是受其母影响，一向关心自家公子婚事。

即墨无白看也不看那些画卷，拿了本书背身而坐："不用了，叔公刚刚过世，谈亲事不合时宜。"

杜泉一想也对，虽说即墨彦对即墨家族而言就像个外人似的，可毕竟还有血缘，不能落人口柄。只是想来想去，又实在为难："那些都是有头有脸的达官贵人，您不给回复，叫我如何回话呀？"

即墨无白转头道："那你便说公子我做不了主，婚事得由长辈说了算。"

"哪个长辈？"杜泉实在想不出还有哪个能管他的长辈在世了。

"墨城的新城主啊，按辈分我还得叫她一声姑姑呢。"

即墨一族虽不如那些传承百年的公卿世家繁荣昌盛，族中在朝为官的也有不少，可是墨城却没有给他们当中的任何一人报丧，这样一来，即墨无白根本没有前往墨城的理由。

嘉熙帝将墨城请求城主继任的奏折压了下来，声称城主世袭关乎血统，朝中反应不一，还需再议。接着在即墨族人中钦点人选，打着替朝廷出面吊唁的名义前往墨城，领头的自然就是太常少卿即墨无白。

临行前他授意，此事最多耗时三个月，不可久拖。

可怜的少卿大人从南到北走到长安不过一两日，又匆匆踏上了往西的远途。

四月的长安还是绿意葱茏，越往西行越是疏淡。待过了安化、烛龙、宁朔、玉门这几个安西都护府的管辖重镇，眼中所见已经只余漫天黄沙。

即使是官道也不太好走，这时节气候又反复，一行人走得很慢。族中一个远亲对即墨无白道："这一行至少也得半月才能到，届时老城主只怕已经入葬了吧。"

即墨无白只好下令加快速度，一面派人前往墨城送信。

一连数日，墨城既没有送来消息，也没有派人前来相迎。即墨族人或多或少有了些怨言。虽说即墨彦生前和本家生疏犹如陌路，如今死后大家千里迢迢来为他奔丧，城里管事的连这点礼节都不懂吗？

即墨无白却不急，闲靠车内，扇柄挑起车帘，向外望去。

时近傍晚，天上乌云压顶，往下是绵延的高山。山势陡峭，有些甚至笔直而立犹如竹笋，山头却早已被风沙磨圆。山体是黄褐色的，山石质地特殊，犹如老人脸上遍布的皱纹，横向蔓延，一道又一道。

即墨无白在都中素有博文广识之名，在书中也见过无数次对墨城一带的描述，但亲眼见到还是深感震撼。

杜泉在他身边小声嘀咕："墨城城主怎么就选了这么个破地方？"

即墨无白扇子一转，在他脑门上敲了一下："破地方？连安西都护府都管辖不到，周围看似平缓，实则群山环抱，易守难攻，无论西域诸国还是中原，都对之莫能奈何，这才是聪明人该选的地方。"

杜泉嗫嚅一声躲开，转头正好瞧见远处尘土飞扬，连忙示意即墨无白看。

其他方向都一切如常，只正前方那一片天空沉黑如墨，狂风卷着沙石直朝几人呼啸而来，像是无处可逃的一张巨网。

"公子小心！"杜泉喊了一声就钻回车内，紧紧拉上帘子。风沙紧跟而至，狠狠拍打着马车，车身剧烈地摇晃了几下，险些翻倒。

奇怪的是，这阵狂风来得快去得也快，须臾便止。

即墨无白揭帘去看，天上的乌云淡了许多。侍从们早就吓得钻到了马肚子下面，有的马受了惊吓狂奔而出，一路嘶鸣。诸位族人都缩在车马中不敢露脸，当真是人仰马翻。若非四周一片狼藉，简直要怀疑刚才那天气是不是自己的幻觉。

杜泉大概是受了惊吓，声音都带着哭腔："我说错了，这不是破地方，这简直就是鬼地方！"

即墨无白白他一眼，下车去看那些族亲的情形，好在没有人员伤亡，不过是损失了几匹马，一些财物。

正忙着收拾，远处又传来隆隆之声。杜泉刚拖着受惊的小身板儿下车，听到这声音立即干号了一声，还以为那阵狂风又回来了，待仔细一看，才发现那是一队人马，马蹄阵阵，难怪会有这么大响动。

"去看看是什么人。"

即墨无白吩咐了一声，杜泉连忙擦擦眼睛小跑着过去了，很快又跑了回来，面露喜色："公子，是墨城的人。"

说话间那队人马已经到了跟前，个个脸上都罩着面巾，若非身着官服，简直要被误认为是马贼。

为首的是个高大的佩刀军官，他下马后，先将队伍中间一匹马上的人给扶了下来，这才转头朝众人拱手："在下墨城屯兵校尉葛贲。盖因近日风沙肆虐，延误了送信，消息今早才送至墨城。得知老城主亲眷远道而来，吾等不敢怠慢，即刻出发赶来，不想几位竟已快到城门了，有失远迎，万望恕罪。"

即墨无白早就下了马车，不动声色地看着。

先前被葛贲扶下来的是个身姿窈窕的女子，一身缟素，外面披一件黑色斗篷，脸上也蒙着面纱，只露出一双眼睛。背后乌云黄沙，她纤弱地站着，似水乡的蒲草被移到了这漠漠荒原，格格不入，便分外惹人注目。

杜泉忍着不再吐苦水，一本正经地向葛贲介绍了自家公子以及诸位族亲。那女子闻言，越过侍卫走了过来，在即墨无白跟前站定，柔声细语地问了句："可是无白贤侄？我是师雨。"

即墨无白对那位新城主的信息知之甚少，只知道一个名字。

她居然亲自来了。

皇帝要拿血亲关系做文章，便是不想承认她，她倒好，一上来就叫贤侄。你还真以为我当你是姑姑呢？

即墨无白只在心里过了一下，便上前一步回礼，刻意字字清晰地道："师姑娘有礼，叔公是无白在这世上最亲的人了，他这一走，我岂能不来？"

血统大旗竖了，师雨隐在帷帽下的双眼只是云淡风轻地弯了弯："贤侄有心了，虽然我以前从未听父亲提及过你这个侄孙，但你能来此一趟，他老人家在天之灵必定深感欣慰。"

即墨无白嘴角猛抽了一下。师雨已经丢下他一一问候其他族亲，看起来真就是一家人的模样。

不过族亲们刚才都瞧得清楚，已然觉出二人暗斗的气息来。

彼此招呼完毕，师雨侧身做请，邀请众人同行，自己率先上马，一副主人架势。

即墨无白看着她的背影走远了一大截才上了车，咂了咂嘴摇摇头：原来不是软柿子。

好在之后天气没再反常，不过这一路也耗了不少时间，进入墨城城门时已是入夜时分。

城门口早有人悬灯恭候，却不只是守城士兵，走近了才看出为首的都是些官员。

还在服丧期间，官员皆服素缟。即墨无白以为他们是来迎自己的，可实际上见面后，这些人只是上前敷衍地拜见了一下少卿大人，便纷纷迎向了师雨。

陛下尚未正式准许师雨继任城主，可他们有本事弄个代城主出来，师雨此时正被他们簇拥着叫代城主，场面叫人相当气愤。

即墨无白看向师雨的眼神已经带了些怨毒，你根本就是个土皇帝吧！

似有所感，师雨转头和他对视了一眼，仍是双眼弯弯，仿佛马上就会上来亲昵地叫一声“好侄儿”。

城中已经宵禁，寂静无声，夜风清冷，马蹄和车辙在石板路上留下的声音尤为入耳。

城主府邸在墨城北角，地势偏高，竟是一副俯瞰半城的气势。虽然如此，去府邸却并未多费劲，道路并不难行，车马行走如履平地，可见此处建造之用心。

很快车马停下，即墨无白下了车，一抬头便见侍从们持灯照路，眼神微动，走到门口向里望去，两排侍从不知有多少人，灯火延绵而去，竟一眼看不到尽头。

“贤侄，这边请。”师雨亲自为其领路。

即墨无白跟着她往里而行，不禁心生赞叹，的确是土皇帝，这里与皇帝行宫相比也毫不逊色了。

虽已是半夜，客人到访，还是该备宴。只不过如今还在丧礼期间，无酒无肉，相当清淡。

客人们净了手，由墨城诸位官员作陪，请去厅中入席。

师雨少陪了片刻，再出现已经换了副模样，依然是一身缟素，但已除去斗篷面纱。自她走入，一直到上方案席后落座，在场众人的视线便没离开过她。

服丧期间，面不施粉，衣不着艳。进来的人白衣素净，绸带束发，身姿娉婷，脚步袅娜。

几乎所有即墨族人都以为，生长在边陲之地又能继任城主的女子必然是英武不输男子，可这一眼见到真容，已然推翻之前所有设想。

师雨毫无疑问是个美人，还是个风情万种的美人，尤其是那双眼睛，也许是有胡人血统，轮廓微深，眼角微微上扬，有时不经意一个眼神，竟有魅惑之意。

即墨无白的视线从她身上流连了好几圈，心里啧了一声：陛下亏大发了！

他正琢磨着要不要描像送往都城刺激一下嘉熙帝，师雨开了口：“有劳诸位远道而来，只不过此行耗时日久，丧礼却耽误不得，因此还要请诸位多担待，父亲三日前已然下葬了。”

族人们神情不一，有的觉得她擅作主张，不将即墨族人放在眼里，眼神有些不屑；有的早就饥饿疲劳，此时只想吃了饭早些休息，并无多大反应，不过都一致转头看向即墨无白，唯他马首是瞻。

即墨无白是无所谓的，反正来这里的目的本就不是奔丧，只不过还得做做样子，便叹了口气道：“不想紧赶慢赶，还是来不及送叔公一程。”

师雨立即安抚：“贤侄不必忧怀，今晚好好休整，明日一早我便亲自带大家去陵墓祭拜。”

被占了一路的便宜，即墨无白肝火略旺，抿了口茶降火，挤出个笑容来：“师姑娘看起来比无白还要年轻几岁，一口一个‘贤侄’，似乎不太合适啊。”

族人们闻言大多有些幸灾乐祸，虽然师雨是个美人，但再美也不是即墨家的人。在他们心里，即使和即墨彦不亲近，墨城终究还是即墨家的，外人到底是外人。这便是长久以来为中原推崇的世家宗族观念。

然而师雨却没有预料之中的难堪，顿悟般点头道：“说得也是，总叫‘贤侄’未免太过生分了，你我既然是一家人，我还是直呼你无白吧。”

“……”

即墨无白以前总被嘉熙帝笑骂脸皮厚，今日见了眼前这位，方才知道人外有人，山外有山。

她的确不是软柿子，而是笑面虎。

肆虐了好几日的风沙到了黎明时分戛然而止。天亮后，天气一下转好，阴沉散去，还露了日头。

师雨起身很早，贴身侍女夙鸢进来伺候，她第一句话便问：“我那位大侄子睡得可好？”

夙鸢有些想笑，想起此时还在服丧期间，又连忙摆正脸色：“听说起得比城主还早呢。”虽然师雨是代城主，但她为图省事总是直呼城主，师雨也没纠正过。

“这么劳心劳力，真不愧是皇帝的至交心腹。”师雨说话向来柔和，便连语气中那点嘲讽也淡去了。

夙鸢自然没听出来，还顺着她的话夸道：“可不是嘛，年纪轻轻就做了高官，还长得这般英俊，府里的丫头们私底下都偷看他一早上啦。”

师雨不置可否地一笑。

夙鸢扶她在梳妆台前坐下，拿了梳子要给她梳头，却被师雨撇开了手。

“先不忙这个，你想个法子，待会儿要去父亲坟前祭拜，我这些时日眼泪早就流干了，可在诸位族亲面前不哭是不行的。”

“这……”夙鸢认真想了想，忽然匆匆跑出了屋子，片刻后返回，神秘兮兮地从袖子里掏出个小布包塞给她，“城主若是哭不出来，就悄悄用这个熏一熏眼睛。”

师雨打开布包，神情僵了一僵。

那是一包剁碎的胡椒。

即墨无白起得的确很早，他远道而来，还不习惯，虽然疲累，头一晚睡得也不尽如人意，干脆早早起了身。用罢早饭后时候还是很早，他又四处走了走。

因为地势偏高，在城主府可以看到意想不到的景象。远处群山连绵，近处城郭繁华，华丽的城主府就犹如肃穆得体的主人，居高临下地观望着自己的杰作。

这块大漠黄沙之中的绿洲，像是悠长黄毯上的一颗绿宝石，光盖四野。从最繁华的主城到周边附属城镇，说是一城，占地却比中原数州都大。

昨晚不过得窥一斑而已。

也不知是不是师雨如今当代城主的缘故，整个城主府里男子都很少，来来往往的都是年轻的侍女，大多是汉人，也有不少是西域人。

在这种边陲之地，颇有中原风姿的少卿大人本就引人注目，何况他又生得潇洒，面目亲和，即使一身缟素，也照样引得人频频侧目。

最重要的是，他长得还有几分像已故的老城主。

奈何少卿大人外人跟前太有分寸，端了一副高冷架子，目不斜视，谁也没理。

高冷地转悠了两圈之后，杜泉小跑着过来告诉他，师雨那边已经一切准备就绪，可以动身去祭拜老城主了。

即墨彦的墓地在墨城一座高山之上，乘马车而去，大概要绕过半个墨城。

师雨依旧一身缟素，覆了面纱。此地风沙大，女子出行大多是这般装束。

她走到车旁，忽然转头道："我听侍女说，无白今日一早便在府中转悠，想必是对墨城感到新奇，你我不妨同车，我也好沿途为你说一说风土人情。"

即墨无白略感诧异，虽说二人关系上是姑侄，但毫无血缘，又都是年轻男女，此举未免有些不妥，即墨族人神情也都有些变化。

但师雨显然是认真的，放眼其他墨城官员和侍从，似乎也全然不将这当回事儿。

即墨无白这才明白为何她能接手墨城——也就只有在这块土地上，女子能有这样的机会了。

"也好，无白恭敬不如从命。"

墨城是东西贸易往来最重要的城镇之一，汇聚了来自各国的商人。侍卫们将道路疏通，引领城主府的车马出行时，引来了各种各样看热闹的人。

师雨命夙鸢撩开帘子，可以让即墨无白看清外面的情景。

这块绿洲由北向南从高到低的地势极难规划，可城中划分十分严明，南面住民，东西商市，北面居官。

因为缺少木料，城中房屋大多以砖石建筑，因为缺少雨水，屋顶都是斜向卧立。即使如此，仍然能在四处见到中原的印记。

有的商铺前会放一尊小石狮子；有的会在门前别一截杨柳枝，竟是鲜绿的，不知是被哪位商旅从中原带来，在这里落了根。

商铺鳞次栉比，百姓川流不息，片石铺就的大街可容两辆四乘马车并驾通行，除了风情不同，规格堪比国都长安。

即墨无白从昨晚到现在都在观察此城，唯有此刻印象最为深刻。这块土地的辉煌是即墨彦一手创造的，他付出毕生心血，不肯放心交给朝廷，却肯交给师雨，必定有原因，而这原因才是他取得墨城的关键。他朝身侧看了一眼，不防正撞上师雨的眼神，彼此皆报以一笑，心中却思绪万千。

直奔北城门方向，沿大街行进两炷香时间，转了个岔口，车便踏上了往山上而行的路。

眼见此间景色瑰丽，山势壮阔，即墨无白转头对师雨道："此地看来是块风水宝地，叔公选此地建墓，想必费了不少人工财力吧。"

师雨摇了摇头："父亲在世时，也有不少官员劝他为身后事考虑，大修陵墓，但他都拒绝了。这地方是早就选好的，陵墓却是他去世后才草草建了一下，可以说连许多大户人家都比不上。"

"哦，是吗？"

即墨无白这语气有些不对，师雨转头，竟还在他嘴角看出了一抹讥诮。

"无白当真从未见过先父？"

"没有。"即墨无白斩钉截铁，师雨只好不再多问，但她分明觉得他似乎对老城主有些不满。

不多时到达山顶，墓在山腹之中，山顶建了凉亭，却是圆顶，颇有西域风情。亭中只设了一碑，上书即墨彦生平伟业，以作供奉祭拜之用。

侍卫们分守四方，墨城官员跪了一地，即墨无白孝服加身，手奉皇帝吊唁诏书，执酒祭奠，领着族人们跪倒叩首，霎时间哭声一片。

师雨从即墨彦蹬腿开始眼泪就没干过，这几日老人入土为安，她的眼睛才消肿，所以今日出门带胡椒，也是无奈之举。

即墨无白在她旁边流泪，双眼通红，眼泪长流，简直叫人看一眼都觉得伤心。师雨心生佩服，明明和即墨彦素未谋面，看起来还有些不对盘的样子，转头就能哭得这么动情，这位大侄子可真不是普通人。

岂能落于人后？她悄悄从袖中取出布包，借抬袖之际往眼前靠了靠。

"父亲，您看，亲人们都来看望您老人家了……"

"叔公啊……"

姑侄二人痛哭不已，一个比一个伤心，场面好不感人。

师雨生得娇柔，哭起来动情是意料之中的事。可即墨无白堂堂男儿，身居高位，抛却了姿容端雅的君子风范，泪水长流不止，形容憔悴难当，便叫人刮目相看了。再加上他容貌与即墨彦有几分相似，好几位即墨彦的心腹下属见状也不禁动容。

到底是血浓于水的一家人哪！

回去时，照旧是“姑侄”二人同车。

师雨先上车，即墨无白因为太伤心，被几位官员扶着问候了几句，这才由杜泉搀着登车。

他白净秀致的一张脸，双眼却红肿不堪，就连师雨也不得不一边拭着被辣出泪的双眼安慰他：“无白保重，父亲在天之灵也不希望见到你这般难过，节哀啊。”

即墨无白一直点头，神情的确是恢复平静了，只是双眼仍有泪光。

师雨心中暗忖，为了今天，他必然是下了一番苦功吧。

正想着，车中传出一声沉闷的落物之声。她低头一看，原来是杜泉忙着扶即墨无白登车，不小心将袖中一截短小的竹筒遗落了。

竹筒不知装了什么，大概是塞口松散，一摔就开了，强烈的气味瞬间在车厢中弥漫开来。

师雨按紧面巾，凑近看了看，撒出的东西辛辣刺鼻，是几乎被压碾成泥的胡椒。

她抬起眼眸，神情有说不出的微妙：“这是……”

杜泉眼神慌乱地看了一眼即墨无白，结结巴巴不知该如何解释。

即墨无白眨了眨通红的眼睛：“师姑娘有所不知，无白久居江南，喜食胡椒祛湿，久而久之，养成了习惯，如今到哪儿都要带些尝尝。杜泉这是为我着想，才随身带了一些。”

“不仅带了，还都碾碎了呢，杜泉当真贴心。”师雨夸赞一句，顺手将自己袖中那包胡椒往里塞了塞。

这晚晚宴，因为即墨无白白日里的表现，墨城官员的态度有了很大转变，不少人都开始与他这位少卿大人攀谈交流了。就连即墨彦最忠心的老部下霍擎都对他语气和善起来。

即墨无白颇为惊喜，被胡椒辣得双目红肿也算值了。

须臾，淡茶撤去，侍女们送来了美味佳肴。

即墨无白低头看去，神情凝固了。

一盘不知名的菜，看不到菜色，入眼是厚厚的黑色粉末，几乎堆满了整只盘子，辛辣刺鼻，简直闻一下就让人够呛。

他幽幽转头看向上方的师雨，她正含笑望着这边，仍是和声细语，叫人如沐春风。

“这是前些时候府上从天竺商人那里买来的黑胡椒，据说比任何一种胡椒都辣。今日听闻无白喜食胡椒，我特地命人做了这道菜，你可要好好品尝呀。”

即墨无白默默盯着盘子看了一会儿，伸手狠狠拧了一把大腿，脸上挤满悲伤：“多谢师姑娘了，只是想起叔公……唉，无白实在没什么胃口，诸位慢用，恕在下先行告辞。”

他郁郁寡欢地起身，走出大厅时背影萧索，叫人不胜唏嘘，却在经过杜泉身边时，冷飕飕地朝他瞥了一眼。

杜泉身上冷汗涔涔而下：公子，我错了，以后一定收好东西，再也不会掉出来了！

第二章

姑侄交锋

千里之外的长安离夏日又近了几分，繁花已谢，绿意深浓。日理万机的嘉熙帝始终惦记着墨城之事，直到收到即墨无白的来信。

信中提到墨城表面看似坚不可破，实际上官员大部分都效忠已故的即墨彦，师雨地位未必牢靠，可以拉拢官员以图之。

嘉熙帝阅罢心情大好，食欲又有增加。

墨城的夏季就没那么温和了，凶猛而至，似乎一夜之间气候就变了，早晨和晚上都感觉冷飕飕的，中午的日头却是热辣如火。

随着热度而来的是繁忙的贸易，越来越多的商人拥向这里。天高皇帝远，百无禁忌，人多口杂，有关即墨无白来此一事也被编排出各种花样。

城中有间回纥人开的客栈，叫作沙义拔克，回纥话里“住店”的意思。全城的客栈，就属这里落脚的商人最多。

中原商人对即墨无白都不陌生。他年少有为，平步青云，当年鲜衣怒马啸长安，不知羡煞多少旁人，后来骤然辞官归隐，又不知让多少人扼腕叹息。所以他们说来说去，都是夸赞太常少卿的话，认为他足以接替老城主的位子，实在搞不懂老城主何必非要让养女执掌墨城。女儿家还是待在闺阁找个好人家最要紧嘛。

西域商人可就不这么认为了，他们常年在墨城行走，对老城主的威信感受最深，既然他选了这个养女，绝对不会错的。何况前些时候这位代城主还放宽了往来贸易的条件，给了他们不少便利，可比那些顽固的男子好说话多了。

两边商人讨价还价地谈生意，还顺带争论一下谁适合做城主，不亦乐乎。

即墨无白抽空去沙义拔克里坐了坐，换了一身最普通的儒衫，听着大家七嘴八舌的讨论，觉得挺有意思。

有人说西边的若羌国在老城主故后曾派人来见过师雨，大概是想结亲，但最后不了了之。在这之后，若羌国中便流传出师雨面貌丑陋可怖的传闻，越传越广。

即墨无白摇头，必然是师雨的计策，她本就不轻易露面，又有几人见过她真容？

这些无伤大雅的传言流传了一段时间，不过是茶余饭后的谈资，谁也没放在心上。

直到有个叫封摩迦的和尚到了墨城。

封摩迦是天竺僧人，名气响彻西域，因为精通汉学，在豫国也颇受尊崇。

这位高僧近日忽然出现在墨城，却并不是来讲经传道的，而是四处宣扬预言，声称墨城命定该由女子治理，若由男子出任城主，恐有大患。

受西域影响，墨城几乎是座佛城，百姓大多信仰佛教，就连师雨的名字也是出自佛语。再加上封摩迦在墨城百姓心目中的地位，此言一出，一石激起千层浪。

要说男城主，还有谁能比即墨无白更有资格？

墨城百姓开始私底下质疑即墨无白，说老城主在世时他不曾尽过半分孝道，如今却来墨城装孝顺，必有所图。高僧来此示警不会是空穴来风，定然就是为他而来。

一个得道高僧怎么会管这种闲事？必是有人在幕后推波助澜。

即墨无白得知消息后，朝师雨住处方向望了一眼："看来她先前给我吃胡椒还算客气了。"

刚在墨城官员那里打开缺口就来这么一出，简直就像是一桶水泼灭了刚要燃起的火星一样让人丧气。

即墨无白当即赶去封摩迦挂单的仰光寺，要会一会这位高僧，哪知到了寺庙门口，竟看见有官兵从庙中出来。

"杜泉，去问问出了何事。"

杜泉应声而去，在寺庙里打听了一圈，回来道："师城主得知那个封摩迦四处散播谣言后很是生气，已派葛赍将他拿去问话了。"

即墨无白朝外看了看，仰光寺在此地颇负盛名，每日都会出入不少善男信女。今日师雨当众拿了人，表面看是为他出头，实际上只会引来百姓猜忌，流言更盛。

他放下帘子："回城主府看看。"

墨城虽然说起来仍旧是豫国的一座城，实际上在即墨彦手中多年，官制等级周密已不逊于一国。

城主府前院设有议事厅，每五日例行议事，逢年节或大事发生、境外交涉，城主也都会在此与下属官员商议，规格堪比皇帝上朝。

即墨无白对此略有耳闻，一直想见识一下这逾矩行径，今日终于有了机会，不想竟然是为了一个谣言。

侍卫为他引路，进了大门，居中拾阶而上，直到高处，便到了议事厅门前。

即墨无白迈步而入，见师雨正坐在厅中上首，一身素服，仍是脂粉未施，只在头上簪了一支碧玉簪以示庄重。

下方只站着几位官员，分分散散的，倒更像是在看热闹。正中跪坐着一名僧人，褐色僧袍，背影看起来是个青年人。

并没有预想中的审问，厅中很安静，只有那个僧人在用沉稳的调子说着话，声音不高，不仔细听的话根本不知道他在说什么。

夙鸢悄悄在师雨耳边提醒了一句，她抬头朝门口的即墨无白看了一眼，复又低头对封摩迦道："你反复说墨城不该出现男城主，可别忘了老城主就是响当当的男子汉大英雄。"

封摩迦呼了声佛号："即墨老城主英雄伟岸，自不必说，若无他，岂会有今日的墨城？贫僧所言乃是指当今的墨城不该由男子执掌。"

师雨挑眼看了一眼即墨无白，端的是媚眼含波，口中却斥道："一派胡言！"

即墨无白不动声色，周围十几双眼睛都盯着他，他却盯着那位高僧看个不停，看着看着，又走近绕着他走了两圈。

封摩迦乍见眼前出现个仪容翩翩却双眼红肿的男子，脸上诧异之色一闪而逝。

那天胡椒用得实在是太多了……

即墨无白顶着这红肿的眼眶，目光在他头顶停留片刻，嘴角忽然露出笑来，双手合十见了个礼："久闻大师高人之名，今日得缘一见，实乃三生有幸。"

众人莫名其妙，少卿大人这是唱的哪一出，竟还高兴见他？

封摩迦回礼时也是一脸茫然。

即墨无白弯腰看着他的双眼："大师，人人称赞你为得道高僧，却不知你那些预言的依据都是从何而来？"

封摩迦呼了声佛号："自然是读万卷经书，侍西天诸佛而来。"

"原来如此，那敢问大师究竟读过多少经书呢？"

听到这个问题，他一个出家人竟露出些得意之色来："我自西域而来，遍访诸国，便是因为经书都读遍了，再无可读经文了。"

听闻此言，一旁的官员们不禁都面露敬仰之色。

即墨无白直起身，皱眉道："我曾读到过一本《澄俨经》，年代久远，晦涩深奥，然佛法高深。可惜我只得阅上部，没有下部。在下多方查证，得知下部所言乃红尘纷扰，佛法出尘，不受挂碍，循理自然……不过是否当真如此，也未曾得到证实。"

封摩迦又呼一声佛号，面容安宁："施主见谅，贫僧读经书万卷，一时记不清楚，但佛经皆讲究无心随缘，想必道理是没错的。"

即墨无白面露不解："既然佛法出尘，不受挂碍，大师又为何偏要跳入这世俗红尘之中呢？啧，此理不通，恕在下无法信服。"

封摩迦抬眼："施主认为贫僧此举不合佛理？"

"正是。"即墨无白拱手，"若大师不弃，恳请一辩！"

周遭顿生喁喁私语，师雨也不禁对即墨无白刮目相看，他竟要求与高僧辩法？

封摩迦眼神微动，似在思量。即墨无白并不给他机会拒绝，径自对师雨道："还请师姑娘做个见证，我想和大师当众辩法，若能驳斥他的言论，那谣言也就不攻自破了。"

封摩迦到此时方知他的身份，不惊不慌，却是对自己的言论维护得很，当即道："既然如此，贫僧献丑，便与施主一辩，以证贫僧并非妄言。"

师雨不清楚即墨无白的用意，但见二人已然商定，只好起身道："也好，二位请便。"

即墨无白转头朝杜泉勾勾手指，悄声道："挑在墨城最热闹的地方。"

沙义拔克还是头一次有这么多官员、侍卫，何况来的还有一位高僧。

掌柜缩在后院跟伙计小声用回纥话叽叽咕咕，直到被侍卫强行带出，吓了一大跳。待他走到大堂，却见原先的客人们也都好好坐着，没有一个人被赶走，这才放了心。

不过片刻，大堂中央便设了案席，左边竖起屏风，其后设座，齐齐整整。

即墨无白当先走入，向在场不明所以的看客们拱手见礼："在下当朝太常少卿即墨无白，因一本《澄俨经》而与封摩迦大师生出分歧，今日在此，就此经文奥理一辩，还请诸位见证。"

众人万分诧异，眼前之人眉峰上扬有神，双目朗朗如星，唇角微扬自有笑意。素衣广袖，体态修长，谦和时君子儒雅，正色时英挺威严。若非自报家门，谁也不信这就是传闻中那个心怀鬼胎的太常少卿啊！

当然，这还多亏杜泉顾及少卿大人颜面，来这里的一路上都在用冰块给他敷眼，此时虽还有些泛红，却已消肿了，勉强算是风采依旧。

即墨无白说完便请封摩迦入座，众人热情高涨，议论声不断，无人在意代城主师雨已与几位官员走去屏风后坐下。

也不知是谁传了风声出去，外面又不断有人拥入客栈。掌柜的这下恢复了劲头，命伙计添置桌椅，招呼客人，忙得不亦乐乎。

渐渐地，围观的人越来越多，竟将门口都给堵死了。侍卫们全被往里挤去，只能围成一个圈。

杜泉燃香奉茶，即墨无白敛衣跪坐，率先开口："便如之前所言，在下认为《澄俨经》中所言佛法不受红尘挂碍真实不虚，大师亦不该涉足红尘之事。"

封摩迦摇头，双手捻动佛珠："佛法出尘，但普于世人，若为民生故，佛也该入尘。"

即墨无白淡笑："阿那律、跋提、舍桄多三兄弟一起出家，一起修禅，但彼此无争，亦与世无争，因此被佛陀称赞一心一德。此后佛陀常以此三人事迹教导世人，大师为何不听佛陀教导？"

封摩迦双目微合："阿弥陀佛，舍卫国有老妇扫街，衣着肮脏，受人嫌弃，佛陀却叫她来听佛法。有人问佛陀为何要与肮脏之人为伍？佛陀说不与污垢接触，如何涤尽污垢？同样，贫僧不入红尘，如何度得红尘？这又岂是争于尘世？"

即墨无白又道："罗阅祇城有人见父子二人田间劳作，忽有毒蛇至，咬死其子，然父亲不闻不问，一如常态。此人惊怒，请教佛陀。佛陀答曰：生老病死及世间万物皆有定理可循，随缘而来，随缘而去。墨城之事亦同此理。大师能明佛法苦集灭道之理，竟也与世间俗人般受贪嗔痴三扰，若非如此，又岂会插手墨城之事？"

"佛陀修道，无一不是亲身历练，涉足尘世。天下苍生平等，佛不管俗事，但佛度众生……"

檀香袅袅，四下寂静，唯余二人一辩一答。

大概是因为今日二人身份特殊，这些平常听了不知多少遍的道理竟也叫大家痴痴如醉。内行的不看门道，外行的光凑热闹，竟也有滋有味。

半炷香时间很快过去，一人引经据典，一人不动如山。只是渐渐地，大家发现即墨无白言辞不减，封摩迦的话却是越来越少了。

"有一虔诚信徒遭遇水灾，祈求佛祖庇佑。须臾，有人驶舟而来，岂料他竟拒绝对方搭救好意，声称佛祖会救他。很快水涨至腰间，信徒心急，又向佛祖祈求。此时又有舟来，但他再次拒绝，又言明佛祖会救他。最后水涨至胸间，信徒仍是祈求不断，心中却开始埋怨佛祖不肯施救。大师对此如何评判？"

封摩迦微微蹙眉，停顿许久才道："佛说众生皆是佛，所以人人皆可自度。

自助者，天助之。”

即墨无白朗然而笑：“不错，既然人人皆可自度，何须劳烦大师插手？”

“……”

屏风后的夙鸾惊讶地对师雨低语：“想不到少卿大人竟真能将封摩迦大师说得无言以对啊。”

师雨摇头：“他一开始就设好了局，封摩迦是被他引歪了。”

正当此时，屏风外的即墨无白起身站了起来，身如兰芝玉树，声如玉石相击：“佛经三藏十二部，瀚如烟海，哪一部都教化世人随顺世缘无挂碍。大师自称读经书万卷，却仍不识‘无智亦无得，以无所得故’的道理，如今字字句句已与《澄俨经》相悖，难道你要说佛经是错的不成？”

“这……”封摩迦脸色微变，持佛珠的手都不自觉地垂了下来，但很快又道，“《澄俨经》下部究竟如何，也许并不像即墨施主所想那般，至于个中详细，待贫僧再翻阅经书，为施主答疑解惑便是。”

“多谢大师，但不用了。”即墨无白展颜一笑，眉目清俊，瞧着却有几分不厚道，“因为这世上根本就没有什么《澄俨经》，那是在下胡编乱造的。”

封摩迦脸色骤变，四下一片哗然，连屏风后的诸位官员都惊得坐不住了。

即墨无白展开折扇，笑得云淡风轻：“大师自称阅经书万卷，为何连一本假经书都区分不出，甚至还与我辩白到此时？”他走近一步，眼神转冷，“又为何，连头顶戒疤都还是新的？”

封摩迦原本平和的眼神一下变得慌张起来，左右看了看，忽然蹿起来就往外跑。

杜泉最先回味过来，大喝一声：“原来是个假冒高僧的骗子，抓起来！”

侍卫们齐齐出动，“封摩迦”被团团围住按倒，挣扎不断，哪里还有半点高僧的架势。

陡然转变，在场的人惊愕不已，客栈里炸开了锅。

墨城刺史及时出面，吩咐侍卫将假和尚押去大牢，这才将乱哄哄的场面稳定下来。其间他感慨不断：“当真是想不到，此人眉眼和善，气质神态无一不专，辩证佛理头头是道，连我这个遍访高僧的人也毫不怀疑啊。”

显然并不是一人有这想法，在场许多商旅百姓也纷纷点头应和。

即墨无白冷笑：“若有心细查，又岂会被他蒙骗？”

拿人是师雨下的令，葛贲是她一手提拔的心腹，自然要揽下责任，出列向即墨无白拱手道：“下官拿他时未能验明正身，此事是下官失察。”

师雨的声音从屏风后柔柔地传出来：“也不能这么说，此人身份证明、通关文牒都有，细查也未必查得出来，还是无白慧眼识珠。”

骤然响起年轻女子的声音，还直接唤少卿大人名字，不是上级便是长辈，在场的人立时明白此人是谁。

流言里的当事人皆在此处，实在叫人惊讶。

即墨无白不置可否，环顾四周商旅百姓，朗声道：“此番谣言四起，诸位必然已认定所指是我。然墨城城主之位究竟该由谁坐，全凭朝廷做主，岂是几句闲言碎语就能决断的？”他有意无意地瞥了一眼屏风，“所以有些人大可不必费心赶我出墨城。”

最后一句，矛头直指师雨，别说官员，就连百姓们都听了出来。

在场官员大多支持师雨，不禁面露愤色。刺史倒是够精明，一见情形不对，连忙拖来掌柜，吩咐他将客人们全都赶出去。

客栈很快被清空，只剩下了官家人，掌柜的又拉着伙计躲去了后院，再也不敢出来了。

屏风后的师雨手指点着膝头，轻轻笑了一声：“无白多心了，你我至亲，墨城有谁敢赶你走？”

即墨无白朝屏风走了一步：“将我赶走后谁获益最大，谁就敢。”

“可我倒是觉得，你在这儿也未必能让谁损失什么呀。”

刺史见状不对，慌忙上前圆场：“还请城主和少卿大人放心，下官会尽快审问清楚，一定揪出幕后主使。”

即墨无白竖起手：“不劳刺史费心，还请师姑娘将此人交给我审问。”

师雨起身自屏风后走出，笑眯眯地按下他手臂：“怎可让贤侄受累呢？”

即墨无白不动声色地抽回手臂：“若是交给他人，怕是会包庇幕后主使吧。”

稍作思虑，师雨终是点点头：“也好，此人就交给你审问，不过我要从旁监督。你我姑侄联手，必能早日揪出主谋。”

即墨无白面色一沉，拂袖出门。

气氛着实尴尬，刺史擦了擦额头上的汗，讪讪上前对师雨道：“少卿大人向来温和处事，今日许是被那假和尚给气着了，才会与城主置气，城主可千万不要放在心上。”

师雨一副不惊不扰的样子：“不生气，我岂会与晚辈计较？”

“是是是……”刺史赔着笑，鞍前马后地伺候她出门回府。

葛贲亲率侍卫护送，跨马贴车缓行，隔着帘子对师雨低语道：“少卿大人今日未免太过跋扈了些，代城主有何打算？”

车中沉寂许久才传出师雨的声音：“能于逆境扭转乾坤者，是为敏；能于迷局悍然对峙者，是为勇；能于眼下铺就后招者，是为谋。今日一件小事，即墨无白敏勇谋皆显，也难怪皇帝会如此倚重他。”

葛贲有些不屑：“他今日当着全城百姓的面将责任推在代城主身上，您还夸他？说他敏和勇属下也就认了，如何看出他铺就后招了？我只看到他火气汹汹，全发在了城主您一人身上！”

师雨笑了一声：“他来墨城这段时日，你何曾见过他动气？连日来他一直生疏地称我‘师姑娘’，既不承认我是城主，又不承认我是亲戚，今日当众责难于我，无非是借机与我翻脸，好彻底与我划清界限，这样我就更难为即墨族人接纳了。这还不是铺就后招？”

葛贲一个军人，哪里有这些花花肠子，霎时讷讷无言。

夙鸾在车里听了半天，实在忍不住好奇，仗着师雨宠信插了句嘴：“城主，那僧人究竟是受何人指使的啊？”

师雨嗤笑：“先前我也在琢磨，现在看来，必定是即墨无白有意挑事，再嫁祸于我。”

“啊？可少卿大人看着不像是那样的人啊。”

师雨挑眉：“怎么，他看起来像好人？”

夙鸾弱弱道：“奴婢只知道他看起来像老城主。”

“当我没说。”

流言的风向说转就转，现在城中都开始热传是代城主为保住地位制造舆论，要将善良的太常少卿赶出墨城。

即墨族人也耳闻了此事，原本还与师雨走动走动，这下当真有不相往来的架势了。

仲夏的墨城，入夜后依旧风大天凉。城主府的书房灯火通明，师雨命夙鸾守门，秘密召见了几位心腹下属。

“即墨无白是不世之材，若能为我所用，再好不过。”师雨示意几位官员就座，笑意温和，“不知几位事情办得如何啊？”

座下几人面面相觑，最后长史拱手道：“回代城主，下官们已试探过，太常少卿软硬不吃啊。”

师雨脸上笑意敛去，想到即墨无白此人，觉得他浑身都是缺点，可真要细究，又毫无短处。不贪财，不好色，无从下手。

长史身边的司法拱手道：“依下官看，此人必是重名逐利之辈，否则又岂会甘为皇帝鹰犬？”

师雨顿了顿，转头问葛贲："叫你查的事情如何了？"

葛贲拱手："回代城主，属下派人遍访长安、润州，都说即墨无白是看淡名利、寄情山水，这才辞官归隐的。"

师雨蹙眉道："司法说错了，他恰恰是淡泊名利之人呢。"

司法讪讪道："代城主英明。"

"城主。"

门外忽然响起夙鸢的声音，师雨示意大家噤声，唤她进来。

"怎么了？"

"太常少卿派人来请您，说是现在便要去审那假和尚。"

葛贲当场动怒："他还真是揪住不放了！"

师雨闻言心中一动，照理说，即墨无白既然是看淡名利之辈，大可以对墨城敷衍了事，再推托给别人，置身事外，继续去做他的清都山水郎。以他和皇帝的情分，皇帝也不会将他怎么样。他又何必见缝插针地排挤她？如此尽心尽力，当真只因是奉命行事？

她定了定神，对在座几人道："诸位回去吧，今晚在此所言就此揭过，不可外传。"

几人称是，起身告辞。

葛贲留了一步，低声对师雨道："城主既然拉拢不得，何不……"他缓缓抬手，横了横手掌。

师雨垂眼专心扣披风，似是随口般道："任何时候，杀人都是下下之策，否则嘉熙帝何不干脆除了我？"

夜深人静，墨城官署的大牢忽然忙碌起来，狱卒们全提着灯守在大牢入口。

"头儿，谁要来啊？"一个狱卒小声问牢头。

"听说是太常少卿要来审犯人。"牢头一边举灯张望，一边小声回答他。

整齐划一的步伐由远及近，两列侍卫先到，接着才是由官署值官陪同而来的正主。

自假僧一事后，太常少卿与代城主还是第一次一同现身。

"都留在这里，我与少卿大人进去即可。"师雨吩咐了一句，率先走了进去。

牢里已经准备过，必经之路是条狭窄的通道，好在因气候之故，并不潮湿。为免惊扰了二人，两边牢房里的犯人都被转移走了，且沿途都有火把照明，一路亮堂。

二人一前一后往里走去，谁也不与谁交谈。

很快便看见最里面一间牢房，角落里正缩着假和尚蜷曲的身影，那光头锃亮，真是想认错都难。

“他现在倒是不慈眉善目了。”即墨无白冷笑一声，就要越过师雨抢先而去，却被师雨一把捉住手腕。

即墨无白不解，一转身，师雨已压迫至他胸前。他吃了一惊，欲抬手格挡，师雨却又近一步。男女授受不亲，他只能往侧面回避，师雨几乎整个人都贴在他身上，直到将他逼到背抵墙壁。

“早闻太常少卿文武双全，果然是练过的，不愧是即墨家的人。”

几乎一动就要贴在一起，即墨无白只能抬着下巴垂着眼，身子有些僵：“怎么，师姑娘想在这里试试我的武艺？”

旁边便是烧得噼啪作响的火把，火光正倒映进师雨眼中，流光溢彩：“我可不会武艺。”

她手腕轻抬，衣袖滑下，露出一截白嫩的手臂。手指沿着即墨无白的胸口衣领划了几下，忽然探了进去，直摸到他腰际，在即墨无白眉头皱紧时又迅速抽出，口中发出清脆的笑声。

“贤侄不必慌张，姑姑不过是用这法子取出你身上的东西罢了。”

她直起身子，举起手里的匕首摇了摇：“贤侄带着这东西，是要杀人灭口吗？这么说还真是你贼喊捉贼了？”

“不过是防身之物罢了，兴许还能用来防着他被灭口。”即墨无白刻意强调了一个“被”字，理了理衣裳，恢复常态，“你连我身上带了什么都知道，耳目可真不少啊。”

师雨的确是一清二楚，平常可以睁一只眼闭一只眼，但此刻没有侍卫在身边，二人又生了嫌隙，自然要防着点。她将匕首纳入袖中，抬手请他先行，口中笑道：“你在长辈这里做客，总要守长辈的规矩。”

即墨无白抬手掖紧衣领，眼神暧昧：“原来长辈的规矩是这个啊！不会连晚辈里面穿的是什么都一清二楚吧？”

师雨妩媚地笑了笑，不退不避，反而贴进一步：“是一清二楚，可惜此地并非你我姑侄讨论这些的地方，否则传出去多不好。”

她眉眼惊艳，近在眼前。即墨无白怔了怔，继而失笑，一面朝前走一面摇头道：“亏得你不是男子。”

牢门开合的吱呀声在夜晚听起来动静很大，假和尚却依然一动不动，缩在角落像是一尊泥塑。

师雨走到他跟前，开门见山：“我手下官员查证，你数日前自西域随商队而来，在仰光寺挂单，此后便终日在城中走动，散播谣言，中间毫无停留，也没有与其他墨城人接触过，看来你来此的目的就是这个。说吧，你究竟是何人？来自何处？”

假和尚哼了一声，径自往地上一躺，背对着她。

师雨瞥一眼即墨无白：“他对我这般不客气，想必对你会服服帖帖。”

即墨无白听出她意有所指，也不分辩，大步走了过去，哪知他还没开口，假和尚噌的一下爬起来躲到最远的角落睡了下去，依旧背对二人，大有死不开口的架势。

即墨无白抱臂而笑：“还好你刚才没将匕首给扔了。”

师雨伸手入袖：“那好，便由我亲自动手划他几十刀，免得再被怀疑与他有瓜葛。”

假和尚闻言一动，忽然坐起身道：“欲使刑罚而逼供者，未免成屈打成招之事。”

“哟，这不是开口了吗？”即墨无白大步走过去，揪着假和尚的衣领将他拖到牢门边。

外面的火光映照在假和尚脸上，汗水布了满脸，全是黑乎乎的污渍。他用手指狠狠搓了一下，假和尚脸上便露出了一块白净皮肤。

“原来连脸都是抹出来的，看样子你是个中原人。说吧，究竟姓甚名谁，受何人指使？”

师雨也跟过来，靠着牢门望着二人。

假和尚胡乱用衣袖擦了擦脸，果然中原人的五官轮廓露了出来，竟颇为清秀。大概是嫌僧袍拖沓，他卷起衣摆在腰间一扣，坐正身子：“在下姓邢名越，兴元府人。”

即墨无白顿时笑意全无。

等了半天等不到下文，师雨忍不住道：“然后呢？”

即墨无白叹了口气：“没有然后了。”

“为何？”

“因为兴元府邢越是天下闻名的骗子，只要付钱，他就替人行骗。”

师雨不解：“那便问出何人付钱给他的啊。”

即墨无白摇头：“邢越只是擅长伪装，却算不上精明，收钱的是他妻子，他只要按照他妻子的意思去骗人就行了，所以他根本不知道主顾是谁。”

墨城已经算是奇闻汇聚之地，但师雨还真是第一次听说世上有这样的夫妻。

“难道我们还要去抓他的妻子？”

邢越摊了摊手：“若是能抓到她，烦请二位告知我一声，我也在找她呢。”

即墨无白居高临下地看着他：“邢先生也是饱读诗书之人，如今却以骗术扬名天下，这岂是大丈夫该为之事？”

邢越咧嘴一笑：“不过几句口舌之言，无伤大雅，若真因此定了我的罪，少卿大人和代城主未免也太无容人雅量了。”

师雨笑出声来，柔柔的悦耳：“我一介女流，还真无雅量，既然你是惯犯，那就别想出去了。”

邢越的脸垮了下来。

师雨不予理睬，看一眼即墨无白，出了牢房。

即墨无白跟出来，她笑眯眯地嘲讽道：“好得很，做得够干净，问都问不出来，这一趟算是白跑了。姑姑我可是连邢越是谁都不知道，当真是栽赃嫁祸。”

即墨无白一路沉思，默然不语。师雨只道他是无话可说，心中大快。

第二日墨城政务繁忙，师雨无暇分心，一直到了午后，从夙鸾口中得知即墨无白提了邢越去城中游街了。

“怎么，他这是想让墨城百姓看看他不好惹？”师雨端着茶盏笑得兴味盎然。

夙鸾道：“大概是吧，哪个男人不好面子呢，何况还是少卿大人这种都城来的官儿。”

师雨撇撇嘴，不置可否。

“禀告城主！”话刚说完，门外冲进来一个侍卫，跪地抱拳，一脸急切：“少卿大人不顾劝阻，将犯人放出城去了。”

“什么？不是说要去游街吗？”

“原本是说要游街，但不知为何，少卿大人忽然改了主意，路上将他放跑了。”

师雨重重搁下茶盏，昨日刚当着他的面说过不放邢越，今日就被他打了一耳光，如何能不动气！

夙鸾不敢作声，侍卫也不敢动弹。

沉默许久，师雨忽而眼神一动，吩咐侍卫道：“传令刺史，叫他即刻带人拿下即墨无白！”

侍卫领命而去，她又吩咐夙鸾为自己更衣，即刻便要出门。

夙鸾疑惑道：“城主这是要去何处？”

“去找我大侄子啊。”

“您不是已经派了刺史去拿他了吗？”

师雨笑着接过她递来的面纱：“我是去救他的。”

午后日头稍弱，正是做生意的好时候，大街上川流不息。

太常少卿身跨骏马，当街而过，绯色圆领的襕袍官服穿在身上，面容愈显英挺，引得百姓纷纷围观。

跟在他身后的一队士兵看起来却有些惴惴不安。

刚刚放跑了犯人，还不知城主会如何处置，他竟还能优哉游哉地往回赶，士兵们面面相觑，欲哭无泪。

没走多远，前方有一队士兵赶来，驱散人潮，肃通道路，顷刻便到了面前。

墨城刺史打马而来："少卿大人有礼。"

即墨无白抬手回礼："刺史何故在此？"

刺史不答话，一招手，身后士兵齐齐拥上，将即墨无白团团围住，刀剑相向。

"少卿大人私放犯人，触犯律法，即刻押解候审。"

即墨无白身后的士兵吓得当场跪地认罪。他慢条斯理地翻身下马，笑道："不过几句口舌是非，放了他也是给他机会改过自新嘛。"

刺史向来明哲保身，本心也不想做这个坏人，讪笑着拱了拱手："得罪少卿大人了，职责在身，万望海涵哪。"

即墨无白长叹一声，点点头，任由他手下士兵将自己上了枷锁。

正要押着人前行，远处有两匹快马赶来，一路奔到眼前才急急勒马，为首的竟是葛贲。刺史定睛一看，紧随其后的便是师雨，连忙见礼。

师雨打马走近一步："放人。"

刺史不明所以：这不是你的命令吗？

正要发问，只听葛贲大声道："城主不可！少卿大人触法，便该依法论处，怎可在众目睽睽之下放了他！"

刺史正要开口，猛地撞上葛贲的眼神，打了个激灵，一下就明白了，到舌尖的话又转了个弯："葛……葛校尉所言极是，国有国法，少卿大人也已认罪，岂能放人呀？"

妈呀，本就不想做坏人，这还逼着他扮黑脸哪！刺史心中叫苦不迭，谁想得罪陛下跟前的大红人哟！

师雨面纱下神情不明，看着即墨无白的双眼却是满含关爱，语气温柔，言辞恳切："犯人行骗造谣，损害的是无白的名誉，他自己都不计较，我们又何必追究？"

葛贲冷哼道："他自然不计较，指不定就是他一手策划的，如今放了人，再也不会有人发觉他的诡计了！"

"闭嘴！"师雨喝断他，翻身下马，走到即墨无白跟前，亲自为他解开枷锁。

刺史还得卖力演出："不可啊城主，此事有违国法啊！"

师雨抬手打断他："刺史不必多言，所有事情我一力承担。"

葛贲忙道："城主已经蒙受骂名，怎能再承担责任？"

师雨朗声道："无白在墨城遭人非议，本就是我这个代城主失责，他怪我也无可厚非。今日的事莫要牵扯其他，先放人，我相信他也是有苦衷的。"

说完她牵了自己的马过来，将缰绳递给即墨无白："无白骑我的马回府去吧，其余的事自有姑姑处理。"

周围百姓都看着，窃窃私语不断。

接受了便是等于接受了她的示好，二人和好如初。堂堂太常少卿，若是拒绝，未免显得太小气了，何况这么多百姓还看着。

即墨无白一脸感动地看着师雨，稍稍凑近，却从齿间挤出一句："师姑娘这出戏唱得真好。"

"彼此彼此。"师雨笑语嫣然，将缰绳又往他跟前送了送。

边陲百姓就是奔放，眼见此举竟当场鼓掌叫好起来。

即墨无白只能伸手去接，手指刚要触到，忽然一阵破风之声迎面而来。他眼疾手快，推了一把师雨，自己顺势后仰，一道鞭子已从二人中间甩了下来，落在石板路上发出响亮的击打声。

"何人放肆！"葛贲挡在师雨身前。

鞭子的尽头是一只纤秀的手，手的主人是个年轻女子，窄袖胡服，肤色偏黑，五官却很秀气，只是绷着个脸太过严肃。

她身骑黑马，不知何时已混入士兵后方，看也不看葛贲，目光牢牢盯着即墨无白："即墨大人，多年不见了。"

即墨无白抽了抽嘴角："是啊，呵呵……"

士兵们将之围住，葛贲已拔出佩刀："来者何人？敢在城主面前放肆！"

女子这才看向师雨，上下打量了一遍，下马抱拳施礼："小女子乔月龄，家兄是安西大都护乔定夜。方才失礼，请代城主多担待。"

"你这岂止是失礼！"葛贲怒气冲冲地质问，被师雨拦下。

"原来是乔大都护胞妹，不知因何会来墨城？"

"有些事情要来见代城主和太常少卿。"乔月龄说着话，又瞥一眼即墨无白，不知何故，脸上竟满是鄙夷。

师雨视线在二人身上扫了一圈，面上若无其事道："那便请去府上详谈吧。"

乔月龄拱了拱手，翻身上马，眼见即墨无白已先一步上马要走，冷笑道："怎么，即墨大人见到我就跑，这么怕我吗？"

"乔姑娘威名远播，在下自叹弗如。"即墨无白语气敷衍。

乔月龄面色森寒："果然是一年不如一年，难怪当初灰溜溜地辞官了，你这样的人怎么好意思再出山？”

即墨无白将嘴边的话又咽了回去，摇摇头，大概是觉得她不可理喻，扬鞭策马，先行一步回城主府去了。

乔月龄却没有放过他的意思，看他走远，忙也拍马追了上去。

被丢下的师雨看着二人远离，默然无语。

回到府上，夙鸾即刻小跑着到师雨跟前报告，说那位乔姑娘自进府开始就跟少卿大人斗个不停，不是武斗就是嘴斗，言辞极尽打击嘲讽之能，一副看不起他的样子，估计这会儿还在斗呢。

说完夙鸾总结：“少卿大人一直在躲她，可她咄咄逼人，就是不肯放过他，想必二人有仇。”

“若真是如此，倒是好事。”

堂堂安西大都护的妹妹和她的对手有仇，实在再好不过。师雨笑盈盈地解下面纱，也不急着见她了，干脆听之任之。

放跑了犯人，好歹得善后。师雨下令描像发往各处，全城搜捕邢越，而后便待在书房埋头处理周边各城镇送来的奏呈。

正忙着，即墨无白忽然从门外冲了进来。

还从未见过风度翩翩的太常少卿这般失态，师雨故作惊诧道：“贤侄这是怎么了？”

即墨无白神色有些不自然：“嗯……我来与你商议一下邢越的事。”

师雨搁下笔：“看你跑得这么急，我可得听仔细些才是。”

即墨无白反身掩上门，走到她对面跪坐下来：“邢越招摇撞骗一事，计划周详，他是中原人，却故意取道西域进入墨城，还有通关文牒，如此周详，我会怀疑师姑娘也无可厚非吧？”

师雨点头。

“但那日审问，师姑娘对邢越一无所知，事后我又返回再次审问了邢越……”

“贤侄。”师雨打断他，虽有笑意，脸色却很冷，“我不是说过你我同审犯人，为何你后来又独审了他？”

即墨无白笑笑：“正是因为此次审问，我才下决心放了他，因为我觉得此事幕后主使另有他人。”

“另有他人？”

“不错，眼下看来若羌最有嫌疑，毕竟邢越就是从若羌入的墨城，目的便是挑起你我争端，从中渔利。”

“若真如此，贤侄你便是最配合他们的人了。”师雨嗤笑一声，提笔继续埋头公务。若羌一直打墨城的主意，她对此并不惊讶。

即墨无白但笑不语，随手抽了桌案上的一幅卷轴，展开欣赏片刻放了回去，又取笔蘸墨，开始描自己的扇面。

师雨自一堆文书中抬头看他，窗外投入几缕残阳，被一株高大的白杨遮了些许，斑驳地落在他身上。

高冠素服，垂眉敛目，执笔描画时长睫宁和。有匪君子，这才是长安交口称赞的太常少卿，但出现在她眼前未免就太奇怪了。

这厮从未主动找过自己，每次见面也从不多留，今日这是吃错药了？

她不问，即墨无白也不说，就这么坐着，半天也没有要走的意思。

师雨静观其变，端起凉茶饮了一口，埋头继续自己的事。

不知不觉过了半个时辰，夙鸢进来奉茶，推门见到太常少卿端端正正地坐在自家主子对面，惊讶地险些把茶水给打翻了。

“少卿大人原来在这里啊，乔姑娘找你许久了呢！”

她这么一嚷嚷，师雨才明白他是在躲人，亏他还一副悠闲的模样。

“你到底哪儿得罪乔姑娘了？”她蘸了蘸墨，尽量问得轻描淡写。

即墨无白停笔吹了吹扇面：“没什么，当初参过她哥哥一本而已。”

“原来如此。”师雨抿唇淡笑，朝夙鸢使了个眼色，后者会意，放下茶水出了门。

不过片刻，门口蓦地响起了乔月龄的声音：“代城主要见我？”

前一刻还悠闲从容的即墨无白倏然抬头，起身就朝窗口走。

师雨一把拽住他衣袖：“唉，贤侄这是要做什么？门在那边呢！”

即墨无白转头看着她：“你这里有没有躲避的地方？”

师雨笑颜如花：“有啊，你叫我一声姑姑，我便帮你。”

即墨无白眉头皱得死紧，摇摇头：“不好。”他忽然凑近，“这样吧，我叫你两声姑姑，你再帮我把住处换了。”

城主府的客房都在西南角，好几处环境清幽的院落，景致也好得很，即墨族人便被安置在那里。乔月龄是女客，为了避嫌，居于最边角的院落，但对于不堪其扰的即墨无白而言，离得还是太近了。

师雨以为即墨无白人如其表，哪知他私底下脸比城墙厚。叫了两声姑姑之后，还笑眯眯地问：“要不要我用官话、润州话分别叫一遍？”

师雨原先那点征服他的成就感顿时荡然无存。

既然都到这份上了，不给他换住处就说不过去了。整个城主府只有师雨的地盘儿最牢靠，他便被安排住到了代城主的闺房附近。

开头着实清静了几天，但乔月龄若是轻易放弃，即墨无白也不至于这般灰头土脸了。

代城主的威名也没能震慑住她，她依旧对即墨无白围追堵截。久而久之，连下人们也指指点点，议论不断。

夙鸢每日都向师雨汇报乔月龄如何刁难即墨无白，原本是带着看笑话的心情，但这几日却有些肉疼。因为那两人斗来斗去，免不了有动手的时候，府上已经有不少东西都遭了殃。

师雨觉得即墨无白一定是故意要住到她附近来，两人动静吵闹，如今让她也嫌烦了。她干脆修书一封，将这些时日城主府损失的东西列了一份单子，给安西大都护乔定夜送了过去。

不出几日，乔月龄主动来见师雨了。

师雨正从内室出来，上着纱面上襦，下着抹胸细绸高腰长裙，露一截纤秀洁白的颈部，胸前一小片细腻光洁的肌肤，胳膊上挽着细长的纱罗披帛，美人如诗，扶风弱柳。

她不禁出了出神，来这里数日，也就刚来那天在大街上见过师雨一面。当时师雨蒙着脸，她并未瞧见她真容，如今眼前惊现这样一个娇滴滴的美人，自然深感意外。

“乔姑娘怎么来了？”师雨明知道是她哥哥写了信过来斥责了她一顿，还装作不知道。

乔月龄拱了拱手，面有愧色：“代城主见谅，其实我此行是奉命来办事的，但这几日只顾着与即墨无白寻私仇，实在不该。如今他四处躲我，我恐怕很难请得动他，还请代城主派人去请他过来，我有事要告知二位。”

师雨请她就座，吩咐夙鸢去请即墨无白。

住得近就是方便，不过片刻即墨无白便到了。

乔月龄这会儿很安分，即墨无白在她旁边坐下，她只是鄙视地翻了记白眼，一句话也没说。

师雨道：“太常少卿已到，乔姑娘有什么事请直言。”

乔月龄从袖中取出一份信函：“家兄日前回长安觐见陛下，得到陛下发给墨城的诏令，本要亲自赶来，但都护府事务繁忙，只能命我送来。”

即墨无白皱眉：“陛下书谕何等重要，你为何到现在才拿出来？”

乔月龄竟没出口反驳，只是气愤地瞪着他。

师雨打圆场：“这些先不提，陛下诏令要紧。”

乔月龄这才收敛情绪，将书信递给即墨无白。

师雨眼见他动手拆阅，心中紧了紧，但愿这是皇帝准许她接任城主的诏令。然而眼见即墨无白从书信后抬起眼，嘴角竟带着笑，她的心便沉了。

“陛下书谕，命你我奉老城主衣冠回乡立冢。”他笑眯眯地看着她，“姑姑放心，到了中原，我一定好好招待您。”

师雨忽然后悔让乔月龄说出这正事了。

已是六月末，守丧期已过，墨城恢复声色之娱。即墨无白早已没有留下的理由，嘉熙帝此时来这道诏令，也是想帮他。

杜泉是最高兴的一个，来时的情景还让他心有余悸，巴不得早点儿回去，一收到消息就乐滋滋地收拾东西去了。

即墨族人也松了口气，总算是完成了陛下交代的任务。

天气炽热干燥，到了夜晚才好受一些。

夜深人静，师雨躺在床上，翻来覆去地睡不着。

离开墨城，便等于入了即墨无白的老巢，哪会有好事！可不去就是不孝，何况皇帝亲下诏令，特地交给乔定夜传命，无非就是在用安西都护府压她。

正愁着，夙鸾掌灯进了房中，急急忙忙地道：“城主，不好了，葛校尉派人来说，军营里闹起来了！”

师雨惊坐起身，连忙披衣下床，吩咐道：“赶紧去请霍擎将军。”

霍擎是当初跟随即墨彦的左膀右臂。即墨彦占着墨城和太祖叫板时，许多部下不敢冒险，弃他而去，唯有霍擎始终追随他左右。后即墨彦拿下墨城，感念其忠诚，一直以兄弟之礼待之。

虽然墨城诸事由城主一人说了算，但霍擎手中执掌着墨城大半兵权，地位也不容小觑，连即墨无白都赶着拉拢呢。师雨一直对他以“叔叔”相称，也最信任他，遇事自然也是第一个想到他。

人人都以为贸易是墨城命脉，实际上军队才是。西边以若羌为首的几个国家哪个不在打墨城主意？一旦军中出事，后果不堪设想。

师雨心急如焚，披上披风，罩上面纱，策马就走。

还没到军营，老远就见到火光通明，人声嘈杂。

师雨快马加鞭，奔到营帐入口，见双方竟已刀兵相向。葛贲领着士兵制止，闹事的倒是不多，只有十几人，已被围在一处。

葛贲眼尖，见到师雨，连忙打马到营门口：“代城主，属下管束士兵无能，竟让他们闹起事来。”

师雨眼睛注意着那边动向：“他们因何闹事？”

"听闻代城主要去中原，这些人以为可以钻空子了，便私自偷了军中物品去卖，人赃并获，竟还有胆子闹事。"

师雨打马上前，看着那群闹事的士兵："我还没走呢，你们就这样，要真走了，还得了？"

闹事的士兵纷纷丢下武器，跪地大哭："代城主，我们知错了，请代城主法外施恩啊。"

师雨还没说话，只听旁边传来一阵笑声，转头看去，即墨无白身着常服，打马而来。

"无白怎么来了？"

"为姑姑分忧解劳嘛，应当的。"即墨无白优哉游哉地骑着马晃荡过来，在她面前停住，"军中闹事是重罪，该军法处决，以儆效尤。"

对方一听，哭声骤停，有人当即大喊："代城主饶命，我们上有老下有小，一时糊涂而已啊！"

即墨无白冷哼："上有老下有小还敢这么嚣张，就算赦免了你们，以后还会有下次，姑姑千万不要心软。"

师雨默不作声，有人以为求情无望，忽然指着葛贲道："我们是冤枉的，此事是葛校尉指使的啊！"

葛贲脸色一变，怒喝道："胡说什么！"

即墨无白笑着安抚他："葛校尉莫要动气，你也是一番好意，想要留住你们的代城主嘛，我们都是可以理解的。"

师雨转头盯着葛贲："此事当真？"

葛贲垂头不语。

"好得很，我已派人去请霍老将军，等他来处置你吧！"师雨怒气冲冲地勒马离去，还好可以推给霍擎，不然真要当着面处置，葛贲就保不住了。

当真是成事不足，败事有余，这下中原不去也得去了。

即墨无白跟着她打马缓行，师雨心里老大不痛快，转头看他时却脸上带笑："不知贤侄是如何得知真相的呢？"

"猜的啊。"即墨无白答得理所应当，"兵不厌诈嘛。"

霍擎是看着师雨长大的，如何不明白她的心思。半路收到消息，当即打马回府，称病不再露面，葛贲胡闹的事就此压了下来。

即墨无白也睁一只眼闭一只眼，反正师雨已经答应去中原，他也没必要穷追猛打。

出发之前，许多事情都要交代。师雨借着探病的名义去了一趟霍府。

霍擎在书房奉了好茶招待，见她神色不佳，劝道："老城主与本家关系不善，但丰功伟业如斯，岂能不入祠供奉？归乡立冢也是应当的。何况皇帝久不下册封诏令，必然是有所顾忌，代城主此行去中原，也能让他宽心。若是担心墨城政务，老夫与刺史可以一同担待，大事自有飞鸽传书聆听代城主训示。"

师雨点了点头："霍叔叔言之有理，那就这么办吧。"

霍擎这才放了心，又与她商议了一下离开后的安排，起身送她出门。

回廊空寂，仆人掌灯在前引路，走到一半，师雨忽然脚步停住，转头看去，远处花丛之后，有零星灯火闪烁。

她没有惊动引路的仆人，自己蹑手蹑脚走了过去，只看到一截雪白的衣角，嘴角便露出笑来。

"阿瞻，是不是你？"

花丛后缓缓走出个男子，披一件白色薄衫，瘦瘦高高，手中举着一截烛火，微微笑着："我当你已不记得我了。"

"怎么会呢？"师雨快步上前，扶着他的手臂仔细看了看，见他脸色苍白，有些心疼，"没有好好调养身体吗？怎么脸色还是不好？"

"我身体羸弱，非一日之功，你不要担心了。"阿瞻轻声轻语，手中蜡烛滴了一滴蜡油在手上，他吃痛松了手，烛火落地熄灭。趁着眼前昏暗，他握住师雨的手，"我听说你要去中原了？"

师雨点点头。

"那个即墨无白难对付吗？"

师雨轻笑："放心，我可以应付。"

阿瞻轻声叹息："若我身体好，就能帮你了。"

师雨反手盖住他手背："嗯，我一直等着呢。"

第三章

棋逢对手

出发那日，天气出奇地好，炎日被厚厚的云层遮住，起着凉爽的风，竟然有些舒适。

即墨无白在府门口看见师雨出行的阵仗，忍不住道："这一路路途漫长，气候多变，不如轻车简从，姑姑若不弃，可以与我同车。"

都是手底下的人准备的，师雨本也没打算弄这么麻烦，便同意了，正要往他车边走去，乔月龄忽然插到中间，对即墨无白道："代城主一个年轻女子，与你同车算什么？你当人人都和你一样不知检点？"说着她挽起师雨手臂，"我陪代城主同车，一路上也好说些话。"

即墨无白望着二人一同离去的背影，默然无语。整个墨城都不觉得男女同车怎么样，今日怎么忽然就成不知检点了？

即墨族人带来的护卫不算多，师雨随行的卫队临行前又砍了一半。虽然有老将军和刺史坐镇墨城，师雨仍然没有公布要离开的事，全队人马也没有声张，分批出了城，到了城外才集合起来，放开速度前行。

一连走了十来天都相安无事，天公也作美，每日都是舒爽的天气。

很快就要到玉门地界，上次来的时候就是在这里碰上了古怪天气。杜泉一路提心吊胆，走一段就跟即墨无白报告，每次都说一样的话："公子公子，你听，是不是有奇怪的声音？"

开头几次即墨无白还认真听一听，次数多了，直接就无视了。

这日午后，杜泉又神神道道地问即墨无白："公子，你听到什么奇怪的声音没有？”

即墨无白拿着卷书，靠着车厢晃晃悠悠：“我只听到乔月龄在说我坏话了。”

“哎哟，公子，我是说真的！”

即墨无白翻了翻白眼，正要骂他，忽然感觉不对，似乎真有些奇怪的声音。他揭开帘子，眯起眼睛朝远处看了看，忽然叫停。

天黑沉沉的，但一丝风也无。越是这样，越有山雨欲来的架势。

即墨无白叹了口气，屈指在杜泉脑门儿上弹了一下：“你还真是个乌鸦嘴，说什么来什么。我看这天气与我们那日来时像得很，只怕又要来那阵狂风了。”

杜泉嗷呜一声，缩成一团。

队伍骤然停下，师雨车中的乔月龄被惊动，隔着一辆马车嘲笑道：“太常少卿也就这点胆子，边陲之地天气多变，少见多怪！”

即墨无白只当作没听到，免得她来劲。

师雨正闭目养神，也道：“春夏之际天气反复，这是常事。”

几乎她刚说完，远处天就黑透了，狂风卷着沙石呼啸而至。好在这回大家都有了经验，及时找寻遮蔽物躲避起来。

这阵风却不像上次那样很快停住，天越来越黑，沙石越来越密集，马匹受惊狂嘶，有的甚至踹伤了人，场面渐渐混乱起来。

乔月龄闲不住，下车去帮忙了。师雨仍在车中坐着休息，过了一会儿，听到外面嘈杂的声音有了变化，竟有刀剑碰撞之声，正要睁眼，马车一沉，有人一把抓住她的手腕。

她以为是夙鸢害怕抓她壮胆，睁眼却见是个蒙面的黑衣人，夙鸢根本不在车内。

“你是何人！”她大喝一声，黑衣人拿刀往她眼前送了送，止住她的声音后，一把将她拖下了车。

外面一片混乱，天黑得像是浸了墨。

师雨心中快速盘算，他们对天气地形如此熟悉，必然是本地人。她故意做出被绊倒的样子，惊呼了一声。抓着她的黑衣人的手紧了紧，似有些愤怒，但也没做什么。

看对方不会真伤害自己，师雨一面挣扎一面呼救。混战中有人听出来，连忙大呼：“快救代城主！”

对方似乎急了，用手臂紧紧箍住师雨的脖子，忽然抬脚朝她小腿上重重踹了一下。

师雨吃痛跪倒，那只腿再也使不上力气，喉间窒息，也发不出声来，就这么被拖着离去。

不知过了多久，挟制她的人忽然发出一声闷哼。她身上一松，胳膊被人拉住，顺势一倒，正撞上一人胸膛，震得额角都疼。

那人也哼了一声：“看着娇弱，力气还挺大。”

师雨怔了怔，紧着发干的嗓子问了句：“即墨无白？”

“是我呢，姑姑。”即墨无白语气轻巧，行动却不拖泥带水，拉住她就走。

二人跑了一段路，停下来看了看，狂风小了一些，云层也没那么厚了，天色已没先前昏暗。

即墨无白松开师雨的手，四下转了几步，确定没人追上来，走回来扶她：“天快好了，这里不宜久留，先回去再说。”

师雨刚才跑了一路，受伤的腿已没有知觉，瘫坐在地，摇了摇手。

即墨无白这才注意到她有伤，背对她蹲下身来：“走吧，总不能一直待在这里。”

师雨也不客套，二话不说爬上他的背，想起身上有匕首，又赶紧掏出来防身。

匕首还是上次从即墨无白身上摸来的，师雨出发前带上了，本打算还给他，因为实在轻便，收在身上也没察觉，就这么给忘了。

也不知走了多久，依然没有听到人声，连抓他们的人都没遇到一个。

师雨觉得不太对劲，手里的匕首攥得死紧：“贤侄，看样子没人知道你追来救我，你何不把我丢在这里？也省得麻烦了。”

即墨无白如何听不出她是在怀疑自己，冷哼道：“不愧是即墨彦一手调教出来的，将人想得如此不堪。”

师雨愣住：“父亲怎么了？”

即墨无白不理不睬，继续朝前走，好一会儿，嘴里忽然小声嘀咕了句：“到底往哪个方向来着……”

合着是迷路了。

狂风渐息，云层散去，天色恢复明亮。

这群忽然出现的黑衣人来意不明，眼见恶劣天气将要过去，便纷纷退去了，甚至还将同伴的尸首给一并带走了。

惊魂未定的杜泉这才发现自家公子不见了，跟夙鸾在那儿比嗓门找主子，一个比一个喊得大声。

这里是安西都护府管辖之地，乔月龄比较熟悉，连忙带上人去搜寻。刚走没几步，就见远处有人朝这边来了，仔细一看，正是即墨无白。

即墨无白看着不精壮，但到底是练过武，背了师雨一路也丝毫没有疲态，远远见到自己人，竟还能一路小跑过来。

众人又是一阵忙乱。乔月龄快步去迎，见他背上伏着师雨，原本就冷的脸色又冷了几分。

即墨无白也没在意，将师雨放下，转头见她脸上的面纱已遗落，一张小脸惨白失色，双眼恹恹无神，再不像平日那般笑颜如花，不觉有些怜惜，连忙招呼夙鸢过来扶她上车，又吩咐人去找随行大夫过来。

杜泉也不好意思慌了，过来向即墨无白一五一十禀报了方才情形。

即墨无白理了理衣襟，问他道："队伍中可有人受伤？可知对方是什么人？"

杜泉回答说有几个族人受了轻伤，正在包扎。但问起对方是什么人，就只能摇头了。乔月龄在旁冷不丁道："听他们说话，应当是沙陀族人。"

即墨无白皱眉，沙陀族人居无定所，常常受雇于人，就算抓到了，估计也问不出个结果来。

乔月龄倒是不放过任何可以打击他的机会，临走前又丢下一句："看你刚才不在，肯定是吓得躲起来了，代城主八成是你运气好碰上的，鬼才信是你救的。"

天色将晚，不知那些人还会不会出现，大家只能继续赶路，一直到了玉门的驿馆落脚，才算安心。

已是半夜，师雨休息到此时才缓过来，夙鸢伺候她草草吃了些饭，想想觉得后怕，恰好乔月龄过来探望师雨，她便躲到外边抹眼泪去了。

房间很小，师雨靠在床头，乔月龄便挨着床沿坐下。说了一堆不痛不痒的话后，她的视线忽然落在师雨手边："若我没看错，那把匕首应当是太常少卿之物吧？"

师雨垂眼一看，之前拿来防身的匕首随手丢在了床沿，她不提险些给忘了。

"没错，的确是他的东西。"

乔月龄脸色古怪，忽然话锋一转："即墨无白徒有其表，代城主切莫被他蒙骗了。"

师雨一怔："此话怎讲？"

虽然房中没有别人，乔月龄还是朝门口看了一眼，这才接着道："代城主可知即墨无白当初为何辞官？"

师雨心中一动，脸上装得淡然无波："知道啊，都说我这贤侄是淡泊名利、无心官场嘛。"

乔月龄嗤之以鼻："那是对外说的。家兄受陛下倚重，当年那事也经手过一些，即墨无白是因为家中犯案才辞官归隐的。"

师雨忙道："乔姑娘不可乱说！我这位贤侄名冠天下，若真犯了事，岂会一点儿风声都没有？"

乔月龄一脸正色："具体如何我是不清楚，但此事千真万确，代城主若不信，可以派人去查一查都城刘家。"

"查刘家做什么？"

"刘家千金曾经是即墨无白的未婚妻，就因为此事悔婚另嫁他人了。"

"原来如此……"

乔月龄拱了拱手："陛下亲手压下此事，下令绝不可外传，违者杀无赦。我冒死告诉代城主，一是看城主当即墨无白是亲侄子，不会外传；二是想让城主知道，即墨无白此人品行不端，绝不可靠，千万不要被其迷惑。"

师雨听到此时，岂能不明白她的意思，只能讪笑："师雨受教，定当谨记在心。"

乔月龄离开后，夙鸢红着眼睛走了进来，奉了杯茶给师雨："城主，乔姑娘跟您说了半天，到底说了什么啊？"

"她说了一堆我大侄子的坏话。"

"乔姑娘就这么恨太常少卿啊。"

师雨失笑："她才不恨即墨无白，她喜欢他喜欢得紧呢。"

乔月龄所言即墨无白之事，真假暂且不知，但对他的情意绝对没错。这些话将即墨无白说得一文不值，恰恰证明她想独占他。

原来她一直寻即墨无白的麻烦，就是想惹他注意罢了。

夙鸢感念即墨无白救了师雨，对他的态度也好转不少，以为是乔月龄在向自家城主吐露儿女心事，当即提议道："这是好事啊，城主不如就帮乔姑娘一把，撮合她与少卿大人吧。"

师雨啜了口茶，切了一声："我脑子坏了才会让即墨无白与一个大都护结亲呢！"

袭击之后，全部人马都加强了警戒。也不知是不是由于这个原因，之后一路都没再出乱子。

队伍不日进入宁朔地界，此地是安西都护府所在，乔月龄将不能再继续跟随，一路情绪低沉。

师雨装作毫不知情，时不时在她耳边说一句："我家贤侄最近怎么这么高兴呢？"惹得她对即墨无白愈发有意见。

将近中午时分到达宁朔城门。正是干燥炎热的时候，大家都急着入城休整，却在城门口撞上了官兵队伍。

乔月龄揭帘一看便奔下车去，众人听她称呼，才知道来的是安西大都护乔定夜。

她自被兄长一封书信训斥之后，一路都往都护府送信，以示自己在认真办事。乔定夜从信中得知了他们遇险的事，便赶来城门接应。

即墨无白已下了车，师雨只好也露个面。想不到宁朔城池荒凉厚重，乔定夜长居于此，却长得白面红唇，像个书生。兄妹二人站在一起，反倒是妹妹乔月龄更像武将。

即墨无白向来是人前一副君子风范，即使和乔定夜有过节，礼数仍然周到，老远便拱手施礼。

乔定夜更是毫无芥蒂之态，笑容满面地迎上来回礼，与他仿若故友重逢："听闻子玄出山之讯，愚兄欣喜若狂啊。"

即墨无白笑得谦逊："有劳乔兄挂念，实在惭愧。"

乔定夜客套几句，转头去看师雨，潇洒之态蓦然就收敛起来，像是怕惊动什么，见礼时语气也柔和不少，双目仿佛粘在了她脸上，看了又看。

"久闻墨城城主芳名，今日得缘一见，乔某三生有幸。"

师雨只顾着注意乔月龄和即墨无白之间的动向，也没在意，淡淡回了个礼。

夙鸢在旁瞧得真切，一行人前往乔定夜府邸时，她悄悄贴在师雨耳边道："奴婢发现件趣事，见到城主不蒙脸的样子也没有多看一眼的，只有少卿大人；见到城主蒙了脸还一个劲儿盯着瞧的，也就是这位乔大都护了。"

被她这么一提，师雨也觉得挺奇怪。乔定夜素有风流之名，什么样的女人没见过，至于盯着不露脸的她一个劲儿地瞧吗？

乔定夜为人慷慨，府上早已准备好宴席招待众人，菜肴精致，珍酒飘香，叫人惊叹。

师雨除了面纱，一身素服坐于席间，对面便是即墨无白，也是一身素净的白衣，二人对坐默默看了一眼，谁也没有动筷子。

乔定夜的视线胶着在师雨身上，见她久不举箸，甚是关切："城主可是不习惯菜色？"

师雨摇摇头："承蒙乔大都护款待，感激不尽，只是我决意为先父守孝三载，不饮酒不食荤，还望见谅。"

乔定夜一脸愧疚，连忙唤来下人为她换素食："是我考虑不周，城主千万别介意。"

即墨无白皱着眉头看着二人你来我往地客套，对杜泉悄声道："姓乔的什么意思？怎么只问师雨，也不问问我？"

杜泉眯了眯眼睛，冷静地给出分析：“只有两个可能，一个是他还记着您以前参过他的仇，故意给您脸色看；还有一个就是他看上师城主了。都说乔大人为人风流，师城主又长得这般貌美，也就公子您看不上了。”

即墨无白听了他的话总觉得不太痛快，捏着筷子敲了一下他的脑门。

大概是因为有乔定夜这个兄长压着，乔月龄今日尤其安分，居然全程没有与即墨无白掐过架，倒是对师雨挺热情，时不时与她说笑，三句话里至少有两句都会提到她哥哥。

师雨这才明白过来，乔定夜对自己这般关注，不会是因为乔月龄向他提及过自己吧？

宴席完毕，众人散去，师雨正要离开，乔月龄又追了上来，亲昵地攀住她的胳膊：“城主不如在宁朔多住些日子，难得有此机会，以后还不知何时才能再经过此地呢。”

师雨笑着摇摇头：“为先父立冢一事不可耽搁，何况墨城事务繁多，我也想早去早回。”

乔月龄还想再劝，师雨拦住她的话，故意道：“我倒是想留下来，但我那贤侄在边疆待了太久，早想着回去了，他是绝对不肯多留的。”

乔月龄脱口道：“你若留下来，他必然也会留下的。”

师雨挑了挑眉，恍然大悟。

难怪乔月龄有意撮合她和乔定夜，原来是想借乔定夜留住她，再借她留住即墨无白。

她有些好笑，就即墨无白那样的，值得这么大费周章吗？

乔定夜也不知是疼妹妹还是真动了心思，第二日一早就来找师雨，说要亲自带她游览宁朔。

师雨一见这状况，深感不妙，这样下去岂不是真要长留此地？

即墨无白对别的事聪明，对男女之事却是一窍不通，但他未必一辈子都不通啊！万一相处久了，他意识到乔月龄的心意，二人擦出火花，你侬我侬，那可就麻烦了！

想到此处，她当机立断，立即辞行。

乔定夜十分意外：“城主何必心急？归乡立冢不是小事，缓行也是为了郑重。何况子玄等人也还没有启程的意思啊。”

话刚说完，即墨无白闪身进了屋内，见到他与师雨相对而立，惊讶道：“乔兄竟然在此，那再好不过，我正要向你辞行呢。”

乔定夜立即皱眉：“你也要走？”

即墨无白笑着点头：“为叔公立冢是大事，令妹在墨城已耽误了些时日，我与姑姑再不能耽搁，还是早点儿动身好。”

师雨立即附和：“贤侄所言深得我心，是该立即上路了。”

乔定夜自知乔月龄有错，不好再留，无奈叹息道：“那好吧，二位一路顺风。”

队伍很快收拾齐整，乔月龄闻讯赶去城门口，他们已经走出去很远了。

她转头想怪哥哥留不住人，见到他沉着脸又不敢作声了。

即墨无白在车中狠狠扇着折扇，仿佛已出了一身的汗。

他之前叫杜泉去找诸位族人和师雨问一下出发日期，不想杜泉半路遇上了正往师雨住处而去的乔定夜，立即回去告诉了他。

乔定夜这么黏糊，傻子也该看出是对师雨有意了。即墨无白顿感不妙，一个师雨已经够麻烦了，再配个大都护，那还不得头疼死！

他收起折扇，吐出口气来：还好我够机智。

与此同时，后面一辆马车里，师雨也松了口气：还好我够机智。

从宁朔离开后，队伍一路没再做过停留。

过了安西都护府后便进入中原大地，往东行进一个多月，终于到了长江水边，此时夏日已快到末尾了。

船很快就备好，只要顺江南下就能到达润州。即墨无白正要通知师雨上船，却见她紧盯着江水，双眼痴痴然，不禁有些好笑。

师雨以前见过最大的水域不过是一片湖泊，第一次见到浩浩荡荡的长江水，心中自然惊奇，就这么一动不动地看了许久。转头见到即墨无白盯着自己微笑，她顿感尴尬，一言不发地上了船。

江水广阔，天气晴好，一路平静。

两岸青山耸立，绿意葱茏。间或有城镇屹立，繁忙热闹。中间白水如练，一望无际。这样的情景以前从未见过，师雨感觉新奇，每日欣赏，目不暇接。到了晚上，圆月映波，更是别有意境。

转头看看即墨无白，他正在船头摇扇伫立，吟风赏月。果然一回到中原就嘚瑟了。

润州在夏日的尾巴上比之前更加炎热。好不容易就要上岸，师雨却有些水土不服，一下病倒了。

夙鸢煎了药给她吃也没有奏效，大夫瞧了也只说好好休息。但马上就要登岸，总不能就这么病恹恹地进城。

即墨无白优哉游哉地在她跟前晃悠了一圈，见她卧在帐中，面白如纸，摇头叹息道："这可如何是好，看来没十天半个月是好不了了啊。"

师雨听了这话来气，当即对夙鸢道："去润州城里请大夫，不论花费，尽早让我打起精神再说。"

即墨无白笑眯眯地立在帐前："姑姑怎么能这样呢，肥水不流外人田啊，我可以治好你，你把钱给我就成了。"

师雨只道他是捣乱，翻过身去背对他："你有本事让我明日就好，我就给你钱。"

"一言为定。"

即墨无白转身出了船舱，立即上岸入城，买了几味药材回来，亲自煎煮，给她送了过来。

师雨将信将疑地喝了，第二日一早起身，竟然真的一扫疲态。

收拾妥当出了船舱，即墨无白正立在船头，一袭月白薄衫，轻摇折扇，炎炎夏日似乎也清爽了许多。

"姑姑可算出来了，我已派人知会族老，再不走他们可要派人来催了。"

他还真有自信能治好自己。师雨走到他跟前："贤侄当真好本事，竟然还会医人。"

即墨无白笑着摇摇头，"哪里哪里，不过是润州湿热造成的，我再熟悉不过了。"他请师雨先行，轻声提醒："不过姑姑可别忘了答应我的钱哟。"

师雨眼波一转："不过是湿热而已，你还真好意思要钱啊？"

即墨无白用扇子遮住嘴唇，脚下不停："自然不好意思，所以我将这钱用来给族老买礼品了，都是润州城里最大的商铺，届时姑姑去帮我结一下账就行了。"

师雨无言以对——这样也行？

即墨一族并非起源于润州，祖上来自鲁地，百年前有族人在江南发迹，受封润州，此后才在润州定居。不过比起豫国其他名门望族，即墨一族实在算不上庞大。

老宅修葺得倒是很气派，院落深深，中植高树，亭亭如盖。

镇守老宅的自然是老族长，年过九十，满头银发，脸上沟壑纵横，却仍旧精神矍铄，拄着拐杖站在门边，一直等到即墨无白和师雨过来。

族人们已经先一步到了，麻利地布置好了祠堂。待祭告先祖之后，由族长择日，便可为即墨彦立衣冠冢，这件事便也就算完结了。

即墨无白一进门，几位长辈就亲昵地迎了上来，拉着他的手问东问西。连老族长都提了句他黑了瘦了，担心他在墨城受苦。即墨无白乖巧地叫他"太爷爷"，言辞卖乖，好一副同享天伦之乐的模样。

师雨却始终被晾在一边，无人问津，仿佛根本没人注意到她一般。

几个族中小辈过来请大家去祠堂，老族长一路扶着即墨无白的手臂前行，到了祠堂门口停住，转头清了清嗓子，对众人道："我族中素来习武学文，为国效力，老夫手上供奉了不知多少英杰同族，不想如今竟要供奉即墨彦。"

众人都知道他这是要回忆一番往事，个个洗耳恭听。

老族长话说到这里停顿了许久，抬起浑浊的双眼瞥了一眼师雨："即墨彦贵为一城之主，自然该受万民敬仰，但老夫作为长辈要说一句，即墨彦或许是难得一见的英雄大才，但此人只图私利、六亲不认也是事实。若非陛下有旨，老夫今日是断不会在此主持他立冢一事的！"

四下寂静，谁也想不到他老人家会说出这么一番话来。师雨不清楚他这是不是在给自己下马威，只有不动声色。

还是即墨无白圆了场，他笑着扶住老族长："太爷爷说这些做什么，叔公人都不在了。您若不在此主持，还有谁敢行立冢之事，您可是即墨家的主心骨啊！"

老族长虽然叹气，神情却很受用："也罢，现在说这些已没用。"他朝众人招招手，率先进了祠堂。

师雨正要跟进去，他忽然转头道："你就算了吧，哪家的祠堂也不会让外人进的。"

师雨不禁皱眉："我怎会是外人？"

老族长上下打量她，指了指她脸上的面纱："看你的装束，连中原人都算不上，又何谈我即墨族人？即墨彦从未向族中提及你，你也未入族谱，老夫凭什么认定你是我的族人？"

师雨想不到这老爷子这么冥顽不灵，伸手摘了面纱，立在门边不动，冷冷道："我由即墨家抚养长大，今日虽不被承认，也断不能忘本。族长不认我，我可不能不认您。"

所有人都被这话说得怔在当场，老族长愤愤地用拐杖敲了一下地面，转头就走："随便你！"

里面已经开始祭祀，夙鸢探头看了看，回来劝师雨："城主何必在此受辱？他们不认就不认，反正以前老城主也不认他们，我们何必看他们的脸色！"

师雨摇摇头："他们这是要逼我回去，如此一来，即墨无白就赢了。我还不至于连这点儿刁难都忍受不了。"

一场祭祀竟然拖了一上午。

杜泉忽然从里面出来，跑到师雨跟前道："师城主就别再等候了，天气闷热，公子说你病刚好，最好还是多休息。"

师雨冷哼一声："你回去问问他，为何人后叫姑姑叫得那么甜，人前就装陌生人了？”

杜泉讨了个无趣，撇撇嘴，转身回去了。

老族长对即墨彦的事有些敷衍，翻了几页皇历就定了立冢的日子，就在三日后。之所以祭祀拖那么久，是因为所有人都在祠堂里商议着师雨的事。

有个族老问道：“这师雨是即墨彦临终推出来的人选，墨城上下也无异议，我们当真不认她吗？”

老族长坐在椅子上，哼了一声：“即墨一族虽不繁盛，但子孙中不乏人才，即墨彦膝下无子，宁可收养也不提携族人，如今我何必给他面子。”

族人们纷纷点头，一族之首，就该为家族考虑，这话说来没错。

一同前往墨城的族人之中有人意图讨好即墨无白，抓住机会为他抱不平：“族长所言极是，何必对她客气。她在墨城也没给太常少卿好日子过，诸多刁难，为人又娇气，哪里有做城主的样子？”

此言一出，立即引来附和之声，你一言我一语，不知不觉话语间就变了意味，有人甚至道：“看她长得那般妖媚，还不知道是如何得到城主之位的呢。”

即墨无白立在老族长身后，抬眼看过去，那是个长相轻浮的年轻族人，他有些印象，此人在江南道任官，不过让他印象最深的还是这人刚去墨城时对师雨垂涎三尺的眼神。

在墨城时就有人私底下如此议论师雨，他有所耳闻，一直听之任之，但如今放到明面上，就不能当作不知道了。

他手拢在唇边轻咳一声，淡笑道：“我与师雨交手最多，也有资格评价，她的确长相娇媚，但扪心自问，也确有过人之处。几位是当朝官员，又都是随我入的墨城，如此议论他们的代城主，传出去只怕要被认为是我教唆的了。”

原本议论的声音停了下来，几人忙称不敢。

即墨无白拱了拱手：“我心知诸位有意扶持我继任墨城城主，感激不尽。不过若是用妄加揣测、议论是非的法子，那就不必了。”

那年轻族人垂了头，一言不发。

老族长起身道：“无白任太常寺少卿，掌管太庙礼乐，最识规矩，也难怪厚道。既然如此，我们也不要为难一个小姑娘，不承认身份就是，不要再乱嚼舌根了。”

族人们恭敬地称是，纷纷离开宗祠。

即墨无白扶着老族长最后一个出来，一眼便看到门口站着的师雨。烈日当头，她出了一头的汗，脸色苍白，身上定然也出了不少汗，素白上襦紧贴在身上，身形看起来有些单薄。

他本已径自走过，忽然想起那日在玉门遇险，她脸色惨白跌坐在地上的神情，终究有些不忍，低声对老族长道："太爷爷何必和一个姑娘计较，我与她打过交道，知道她性子执拗，您不如就放句软话先稳住她，认不认她再说。"

老族长瞪眼："你什么时候这么心软了？她可是你的对头，老夫这么做还不是在帮你！"

"是是是……"即墨无白一脸苦笑，"只是我一直叫她姑姑，在墨城占了她不少便宜，如今回来这般对她，只怕要为人诟病啊。"

"这……"老族长重重叹息，恨他不争气，伸手狠狠戳了一下他的额头，"你自己看着办吧。"

即墨无白手负在背后挥了挥，杜泉会意，返回去找师雨了。

师雨到底还是回去了，但气还没消。

她知道即墨族人不会给她好脸色看，来之前就做足了准备，不想老族长一见面就打了她的脸，让她在祠堂门口干站着，简直是奇耻大辱！

夙鸢感念即墨无白的好意，回来的路上夸了他一句好，哪知师雨就此沉了脸，将自己关在房中半晌也没出来。

她趴在门上听了听动静，只听见师雨在里面念念有词，反反复复只是一句："得让他们承认我才行……"

夙鸢是在师雨确定要继任城主后才被选到她身边伺候的，当时前面伺候的姐妹告诉她说，城主有个习惯，狠下决心的时候会反复小声念叨，让她不要奇怪。

没想到今日就见识到了。

也不知过了多久，师雨忽然开门走了出来，脸上恢复了往常温和的笑容，对夙鸢道："你去街上买些米面瓜果分给城里的穷人，就说是即墨家的人送的，快去！"

夙鸢立即应下，心中却奇怪万分：这都什么时候了，您还想着做活菩萨哪！

三日后便要立冢，很多东西都要准备。老族长虽然对即墨彦颇多微词，办事却尽心尽力，亲自带着族人去街市上置办。

从几间大铺子里出来，正遇上几个乞丐，下人们担心老族长受到冲撞，赶紧要赶人，哪知那几个乞丐竟然扑通一下在他们面前跪了下来，齐声呼喊："多谢老太爷，老太爷大好人啊！"

老族长诧异道："这是怎么回事？"

有个年长的乞丐拱手道："即墨家给了我们那么多吃的用的，实在感激不尽啊。"

周围有不少百姓凑热闹，听了这话纷纷竖起拇指夸赞老族长。老族长转念一想就明白了，心道肯定是哪个心善的族人做的，点头笑道："扶贫济弱是应该的，小辈们善良，不枉费我教导一场，诸位不必放在心上。”

那乞丐千恩万谢地磕了几个头，转头一看，高兴地跳起来：“老太爷快瞧，您说的那个善良的小辈来了。”

老族长顺着他的指示看过去，神情微变，眯了眯眼再三细看，来的是师雨和夙鸢。

“怎么是你？”

师雨面纱后的一双眼睛笑得弯如月牙，走过来扶住他的胳膊道：“不然族长以为是谁？”

老族长撇开她的手，正要发话，那乞丐凑上来道：“老太爷好福气啊，有这样孝顺又善良的后辈。”

师雨笑道：“族长时常教导我们多帮助他人，你们别谢我，要谢就谢老族长吧。”

乞丐们一听，纷纷给老族长磕头致谢，老族长的脸僵了半天，终究没有拆穿师雨，绷着张脸转身走了。

即墨无白当晚收到消息，笑得前仰后合，老族长最爱面子，师雨倒是精明，一眼看出他的心性，竟然能把他老人家噎回去。

杜泉看他乐成这样，不以为然：“依我看，老城主认了师城主也没什么不好。等她入了族谱，就是实打实的即墨族人，也就是公子您实打实的姑姑，您以后要是再向着她，也不会惹人闲话了。”

即墨无白当即收了笑容：“谁说的，我什么时候向着她了？”

杜泉缩着脖子嗫嚅：“明明就有啊。”

师雨这一出，虽然仍未得到老族长承认，至少也没再被明面否决身份。

立冢当日，全族人齐聚在祖坟，眼见师雨站在最前面以亲女儿的身份为即墨彦立碑，也只能睁一只眼闭一只眼。

陛下亲口下的旨意，自然也要有所表示，特地为即墨彦御笔写了碑铭，这样看来，祖坟里的衣冠冢倒比远在墨城的正墓还要气派。

祭拜结束，一大部分族人当即告辞离去，说是要回任上当差。老族长和几位族老也二话不说就归宅谢客。

师雨一看这阵仗就知道是针对她，也不在意，反正事情已经做完，再不用与他们虚与委蛇，干脆带着夙鸢和侍卫搬去城中客栈住宿，离老宅远远的。

下午下了一场大雨，总算有了风，天气一下凉爽起来。

师雨在房中阅览墨城来信。上次在玉门遇险后，她写信交代葛贲彻查此事，但他今日寄来的信函里表示一点儿蛛丝马迹也没摸着，最后干脆咬定是即墨无白做的。

即墨无白还不至于傻到在自己的队伍里对她下手，何况当时他还去救了她。

师雨将信烧掉，深感忧虑，又是和邢越那次一样，一桩找不到根源的悬案。

夙鸾忽然推门而入，脚步匆匆，说是润州刺史递来请帖，要宴请她。

润州刺史与她并无交情。师雨不明所以，但对方既然是个官员，也不能不给面子，只好更衣前往。

赴宴的地方不远，就在客栈附近的酒楼里。师雨甚少出入这种场合，自然又是蒙面示人，一进去便惹了不少目光。

雅间清幽，她推门而入，一眼就看到桌边坐着一袭素衫、姿容卓绝的即墨无白。

润州刺史是个憨态可掬的中年人，并未着官服，穿了一件深蓝绸面的袍子，麻利地起身迎接师雨，连连拱手："下官王慈，有失远迎，代城主万望见谅。"

师雨含笑点了点头，就座后揭掉面纱，瞥了一眼即墨无白："贤侄也在啊。"

即墨无白笑道："姑姑是贵客，我不过是作陪的罢了。"

王慈忙道："哪里哪里，都是贵客，都是贵客。"说着赶紧招呼小二上酒上菜。

师雨端起酒盏闻了闻，茶香四溢，眼前菜肴皆为精致素食，不禁对这个王慈刮目相看，竟是个做事周详的人物，态度也好了许多。

你来我往客套了几句，几杯酒已下肚。王慈笑着对二人道："实不相瞒，下官这次请见二位，是因为收到了都城的消息。"他从袖中取出一截卷得紧紧的宣纸，小心翼翼地展开，递到二人眼前。

即墨无白接过来，放在他与师雨的座位中间，二人细细看过，对视一眼，默默坐回去。

师雨看着王慈："原来是若羌派来了使臣，可是这件事与我们有何干系？"

王慈道："若羌与墨城相邻，地位特殊，下官觉得还是应该告诉二位。"

师雨皱了皱眉，总觉得这理由有些牵强。

身边的即墨无白忽然说了句不相干的话："王大人要招待我们，为何不在府上设宴，而要选在这市井酒家？"

王慈讪讪笑了笑："少卿大人说的是，只不过在府邸设宴太过拘束，不如这市井酒家来得惬意自在。"

即墨无白笑着摇了摇头："我倒是觉得你有其他原因。"

王慈笑容略微尴尬："能有什么原因啊？"

"王慈我熟得很，今早还刚见过，他若是有心请我，为何见面时只字不提，却要后来特地派人来送请帖，何况字迹还大不相同。”即墨无白霍然起身，一把扣住他的肩胛，“你是假扮的吧？”

王慈脸色骤变，想跑却被他牢牢制住，疼得头上冷汗涔涔而下。

师雨看着这架势，忽然觉得有些熟悉，恍然道：“又是邢越？”

即墨无白拿了自己那杯茶水一下泼在他脸上，抹了抹，果不其然是邢越那张小白脸。

“嘿嘿，二位……人生何处不相逢呀。”

即墨无白笑眯眯地挨着他坐下：“邢先生这次扮作朝廷命官，可是必须得坐大牢的了，我再不能放你了。”

邢越忙道：“别啊，我也没恶意，这不是给你们送信来吗！”他眼珠转了转，一脸干笑，“我只不过是顺便过一下行骗的瘾罢了。”

师雨很好奇：“你如何会知道若羌使臣来了？”

“我从墨城回中原的时候，路上遇到了他们的队伍。”

“那又为何告诉我们？”

“我恰好听到他们言谈间提及墨城，应当是别有所图。上次在墨城我得罪过你们，你们却放了我，我不能不知恩图报。”邢越这话说得挺正经。

即墨无白惊奇道：“你还会若羌语？”

邢越一脸骄傲：“那是自然，不然我如何会连封摩迦那样的西域人都敢装。”

即墨无白连连摇头：“如此人才，偏偏热衷行骗，怪哉。”

邢越哈哈笑道：“少卿大人这就有所不知了，我这才伪装了几个人？若有机会让我伪装一下当世独一无二的人物，那我可就死而无憾了。”

趁他陶醉着，即墨无白凑到师雨跟前和她耳语了几句，转头道：“你总是这般伪装他人，难免会有我们认不出的时候，我得给你做个记号，方便辨认。”

邢越闻言大惊，拼命挣扎，奈何肩膀被扣，在凳子上扭来扭去像是条待宰的鱼：“你们这是要动私刑不成？”

师雨摸出匕首，故意在他眼前横了横，邢越被那薄如蝉翼的刀刃吓白了脸，忙道：“有话好说，有话好说。”

即墨无白趁机道：“你应当见过尊夫人了，当时究竟是何人指使你假扮封摩迦行骗，该知道了吧？”

邢越叹气：“我以为是若羌，但她说不是，其余我也不知道了。”

即墨无白深深皱眉，转头看一眼师雨：“姑姑，看来我们俩都被人耍了啊。”

邢越觉得师雨是女子，又面容娇媚，应当好说话，忙也跟着即墨无白的称呼喊：“姑姑饶命，姑姑别下重手啊！”

师雨按住他的手腕：“嘴还挺甜，那我就给你在手臂上刻个笔画少的字好了。”

即墨无白按住邢越的另一只手腕，摇头道：“刻个字不好看，不如刻个其他的，比如一朵花什么的。”

“咦，也是，那刻什么花好？”

“蜡梅？不好，还是玉兰吧。”

“要不牡丹吧，大气。”

邢越就快哭了：“姑姑、姑父，你们就饶了我吧，我真是好心一片啊。”

师雨柳眉倒竖：“乱叫什么！”

邢越被那刀尖晃得眼花，哪管什么称谓，嘴里胡乱一通喊：“姑姑饶命，姑父饶命……”

师雨脸颊微红，转头看即墨无白，见他竟脸色悠然，怒道：“你怎么不喝止他！”

即墨无白微笑：“为何要喝止？反正都是我占便宜。”

师雨心中有气，抬了抬刀尖对准邢越的手腕，决定给他刻朵菊花。

第四章

欺君之罪

夏末暑热的余威渐渐淡退，长安城气候舒适，嘉熙帝的心情却不是很好。

西域诸国里最爱蹦跶的若羌来了，来的还是若羌国中最爱蹦跶的右相齐铸。他凭一份当年太祖与他们立定的和平协定，捡了几份破烂送过来，口口声声称豫国兄弟之邦，然后准备再讨些好东西带回去。

真是大夏天的也不让人省心！

忧郁之际，嘉熙帝开始惦记即墨无白。对付脸皮厚的若羌，自然只能由脸皮更厚的太常少卿出马。

可惜即墨无白人在润州，他只能自己面对这些烦人鬼。

眼看初秋快到，又是一个贸易繁忙的季节。

若羌使团大概是急着回去，齐铸向鸿胪寺卿明示暗示了好几次，意思是嘉熙帝该表示表示了。

鸿胪寺卿焦别十分正直，看不惯这些行径，若非职责所在，早就用扫帚将这些人赶出豫国了，态度自然不是很好，一来二往就和齐铸僵住了。

鸿胪寺主管外宾事务，主官却跟使臣弄成这样，如何向陛下交代？

官署上下官员齐齐出动，左右调停，又由鸿胪寺少卿出面，摆下宴席，递了请帖给齐铸，这才算稍稍缓和些。

嘉熙帝以为这帮人终于要走了，特地恩准宴席设在秦山别院。齐铸依约而来，见门口站了一排迎接的官员，很是满意。

别院依山而建，格局开阔，风格独特。庭院里建了曲折迂回的一条回廊，慢慢攀爬上山腰，正厅就设在那里。

齐铸穿了一身黑色胡服，中年发福，看起来有些臃肿，一面走一面看，赞叹不断，眼神难掩贪婪。

跟在后面的两个官员头靠在一起窃窃私语，一个说："看他这样子，真像幼年在乡间见过的蚂蟥，一心只想着吸血。"另一个偷笑着点了点头。

齐铸爬上山腰时有些气喘，撑着面子故作淡定地进了正厅。厅中摆设古朴别致，宴席已经摆好，就等着人入座了。但他发现焦别也在厅中，神色立时有些不愉。

焦别已是知天命的年纪，蓄着短短的胡须，官袍齐整，看着是个好相处的人，此刻却神情冷淡，朝齐铸拱了拱手便不再有其他交谈。

齐铸愈发不快，转头发现他身边还站着个从未见过的年轻官员，白面薄唇，眉清目朗，身姿修长，端的是一表人才。看他如此年轻却身着绯色官服，至少也是个四品或五品的官儿，他却从未见过，不禁奇怪。

所有人都进了厅中，焦别总算动了，缓和了神色，邀请齐铸入座。

齐铸就座后，特别注意了一下那年轻官员，见他安安分分地坐在对面，一言不发，很快就抛诸脑后。

酒水端上，菜肴上齐，豫国官员纷纷举杯遥敬齐铸，气氛也算热烈。

焦别碍着颜面，也敬了杯酒。齐铸见他低了头，原先的气焰便回来了，手指点着膝头，慢悠悠道："时将入秋，吾等也该返回若羌了。若羌与豫国兄弟之邦，兄长奉礼而来，贤弟岂能让兄长空手而归？"

焦别听得他言辞无礼，重重一拍桌："右相自重！陛下已经亲自点过回礼，汝等携私勒索，有何颜面与我国兄弟相称！"

鸿胪寺的官员纷纷扶额，好不容易缓和了关系，又闹僵了。

齐铸将杯中的酒一饮而尽，重重搁下酒杯，冷笑道："我原以为贵国器小，也便罢了。但前次阿克陶、乌恰二国来访，贵国馈礼甚重。如此偏颇，贵远轻近，叫人寒心！若真如此，休怪我国翻脸！"

焦别脸都被气红了，却听厅中一阵笑声，齐铸不禁扭头，原来是先前那个年轻官员。

"不知右相要如何与我国翻脸呢？"他笑容亲和，看起来人畜无害，"莫非是要兵戎相见？"

齐铸冷哼："贵国如此待客，就真是兵戎相见也不为过！"

座下官员心中透亮，一国右相行止嚣张若斯，其实已经是翻脸了。说白了就是来挑事的，找个借口想开战罢了。

那年轻官员不紧不慢接着道：“若羌与墨城接壤，一旦开战，墨城自然首当其冲。墨城富庶，如今又是女子执掌，右相可是打的这个主意？”

齐铸眼神闪了闪：“我国不过是被逼无奈，若不是贵国咄咄逼人，何至于如此？”

焦别忽然对年轻官员道：“太常少卿不是刚从墨城回来吗？墨城情形如何，你不妨说一说。”

齐铸一愣，骤然反应过来，原来这就是那位去墨城争夺城主之位的太常少卿即墨无白，难怪没见过，他之前压根就不在都城。

即墨无白朝焦别拱了拱手：“墨城地广，人口众多，各族融洽。代城主师雨手下的霍擎、葛责等人都是难得一见的将才。我粗粗一观，其兵卒有十万之众，其中精兵良将不计在内。兵甲精良，更是堪比国都禁军呢。”

焦别瞥了一眼齐铸，只见他已变了脸色。

即墨无白看了看门外，陡然起身道：“已经这时辰了啊。各位请恕在下失陪，姑姑晚一步入城，她初来乍到，人生地不熟，我得去接她。”

焦别点头：“太常少卿所言极是，代城主一路颠簸辛苦，请代我问候一声。”

即墨无白道了谢，施施然出门去了。

齐铸脸色愈发难看，不是说这二人在墨城斗得热火朝天的，还曾当众辩法，撕破脸皮，怎么如今关系这么好了？

师雨并没有入城，即墨无白说要先回城中安排一下，她也无所谓和他同不同行，便留在了城外驿馆。

邢越那日说的话不知真假，但她既然入了中原，也不好就此回去，好歹也要觐见一下皇帝，干脆来都城一探究竟。

晚上月朗星稀，她倚在窗边朝不远处的长安城看了许久。此地没有润州的湿热，也没有边陲的风沙，像个中庸的老人，古朴厚重，却叫人尊敬。

院落中忽然传来齐整的脚步声，她垂眼看去，一队人走了进来，个个身着胡服。为首之人体态臃肿，负手进了驿馆大门，她以为是哪个国家来的使臣，并没在意。

不多时，夙鸾噔噔跑进了屋，言辞有些急切：“城主，若羌使臣来了，说是要见您。”

师雨一想才明白，原来来的是若羌的人。

驿馆管事特地备了敞亮的独间，齐铸亲自前来，坐下没多久便见一位女子款步走了进来，虽身姿窈窕，体态婀娜，却是白衫玉带、皂罗折巾的男子装束，腰间还配了一柄长剑。

他呆了呆，问道：“你是何人？我要见的是墨城的代城主师雨。”

“可不就在你眼前？”

齐铸又是一愣，传闻师雨面貌丑陋，多遮面示人，但眼前之人并没有罩面纱，姿容绝艳，与丑陋半分不沾边。

师雨见他发愣，略施一礼：“听闻阁下是若羌右相，不知要见本城主所为何事？”

齐铸一直以为她是个扶不上墙的弱女子，来此一趟连官服都没穿，不想她如此装束，也不知是何意，心中稍稍掂量了一番才道：“听闻师城主也来了长安，齐某特来拜会。”

实际上他自即墨无白离开宴席便派人来查了。眼前所见与之前传闻大相径庭，他如何相信？结果下属来报师雨还在驿馆待着，即墨无白连人影都没出现。他心中冷笑，这也算关系好？果然是在威吓他！

师雨在他对面落座：“忽然拜会，总有理由，齐相不妨直言。”

齐铸脸上堆满了笑，声音放低了许多：“齐某直言不讳，城主千万莫怪。不知城主做何打算，难道真要将城主之位拱手让人不成？”

师雨眼波轻转，一张脸在烛火映照下艳若桃李：“那么，齐相的意思是……”

齐铸稍稍凑近：“城主不妨与若羌结盟，齐某以右相身份保证，定帮城主保住地位！”

师雨嘴角轻勾：“不必了，此乃家事，不劳外人插手。”

“家事？即墨一族何曾当城主是家人了？”

师雨不为所动。

齐铸见她难以被说动，冷笑连连，嘴脸已然森冷：“城主曾拒绝我国求亲，言辞无礼，若我国有意讨个公道，也说得过去。”

师雨冷哼：“我如何言辞无礼了？齐相想开战就直说，犯不着在这里欺负我一个女人。”

齐铸还要开口，她霍然起身，将佩剑重重拍在桌上：“休要多言！以前的哈兰城不是若羌的，现在的墨城也不会是！尔等狼子野心，妄想染指，除非我墨城无人！”

齐铸不防她有此气势，竟后退了一步，骇然失色。

师雨提起宝剑，起身就走。

门外竟然灯火通明，若羌侍卫个个绷着身子，眼睛望着前方。师雨抬眼望去，一排高举火把的豫国禁军列队站在前方，领头的家伙正疏懒地倚着马车看天，不是即墨无白是谁。

师雨眼珠一转，笑着上前，亲昵道："贤侄来得有些晚啊。"

即墨无白直起身，温声致歉："想给姑姑安排好一些，你也住得舒适些。"

他瞥了一眼那边的房间，齐铸自然知道他已来了，哪里敢现身。

"还是你想得周到。"师雨抬脚要登车，即墨无白便立即殷勤地扶住她的手臂，她借机凑近低语，"邢越所言不假，你这段时间最好与我形影不离，免得受人挑拨，也好让他们看看墨城毫无破绽。"

即墨无白皱眉："这不行吧，侄儿在都城熟人那么多，总要走动，终日与姑姑在一起，传出去我很难做人啊。"

师雨斜睨他："你再装。"

即墨无白立时笑了："好的姑姑，全听您吩咐。"

师雨第二日起身时，人已经在即墨无白的府邸。她自然有别处可住，但为了做给齐铸看，现在必须住在"亲人"家里，并且一定要姑侄和睦，营造出一派和谐气象。

与城主府相比，少卿府只能算是别致。但在长安这样的国都里，能找到这样一处环境清幽又靠近皇宫的位置可不容易，就是单看院落中的各种名贵花草，也足见即墨无白受皇帝的重视程度。

这么看来，他当初辞官归隐的确没有道理。师雨忽然觉得当时乔月龄说的话可能是真的。

即墨无白不在府上，下人说他一早就去太常寺处理事务了。师雨百无聊赖，便给霍擎和刺史分别写了封信，叮嘱他们多留意若羌动静，叫夙鸢送了出去。

夙鸢离开没多久，即墨无白便回来了，叫人来请师雨，说嘉熙帝已经从焦别那里得知了他们归都的事，要招二人入宫觐见。

师雨回房，打开箱子，盯着压在里面的服饰看了许久。

那是完全按照即墨彦的城主服饰所做的一套女装，原本打算正式继任时穿的，至今仍未派上用场。

她的手本已伸了进去，终究还是改了主意，挑了件月白大袖襦裙，既素淡也不至于毫无颜色，又将长发全束在脑后，淡施脂粉，最后对着铜镜左思右想，还是没有戴面纱。

此地不比墨城，不是由她说了算的。

刚过辰时，即墨无白没有进府，直接在车边等着师雨。

长安已是初秋天气，天高气朗，微风徐徐。他立在当下，一袭绯色官服，英挺俊朗。转头见到师雨正从府门出来，清清爽爽，面无遮蔽，略施颜色便又是一番精致光景，一眼便将人的视线粘到了她脸上去。

“走吧。”

师雨在她跟前站定，即墨无白才回神，一边请她上车一边懊恼，自己还从未这般失态过。

因这缘故，他一路都没怎么开口，倒让师雨莫名其妙，还以为他是在朝中遇到什么烦心事了，也不好多问。

到了宫门口，即墨无白当前引路，正要入宫门，正巧撞见一位出宫门的年轻官员，其身后还跟着个服饰华丽的少妇。应当是这位达官贵人带着妻子一同入宫觐见。

师雨跟在后面，以为同僚之间至少要相互见个礼才是，哪知即墨无白目不斜视就这么过去了。那位官员却停了步，转头一直盯着即墨无白，最后终于忍不住叫住了他。

“听闻子玄已经归都，今日才得以一见，怎么见到了我当作看不见呢？”

即墨无白转头，神情是刚刚发现他的模样，颇为惊喜地拱了一下手：“原来是文若兄，多年不见了，竟没有认出来。”

年轻官员笑了，瞥了一眼身旁的娇妻，对他道：“就算子玄不认识我，也该认识内子，何必如此生分。”

即墨无白脸色略僵，没有言语。

对方忽然问道：“不知子玄如今任何官职啊？”

即墨无白道：“愚弟仍在太常寺供职。”

对方一脸浮夸的惊讶：“什么？竟还未升官吗？愚兄不才，今日刚刚升任殿中监，忝高一品，以后定当在陛下跟前替子玄你多多美言，也盼你早日高升啊。”

即墨无白笑笑，施了一礼：“那以后愚弟就该以下官自称了，方大人有礼。”

“哪里哪里。”方文若看向妻子，像是顺口一问，“夫人与子玄久别重逢，没什么要说的吗？”

容貌娇艳的美妇人从方才起就一直用帕子遮着头顶阳光，神情早就不耐烦了，此时闻言只瞥了一眼即墨无白，噘了噘嘴道：“有什么好说的，还好我没嫁给他，至今一事无成，见了就心烦。”

她声音不高，应当只是对丈夫的一句娇嗔，但彼此站得很近，根本逃不过别人的耳朵。

师雨不禁多看了她几眼，再去看即墨无白，他神情如常，很平静地对二位拱手说陛下召见耽误不得，便举步走了。

若是官场礼节，至少该问一下师雨身份，彼此见礼。如今这位方大人从头到尾就没搭理过她，看言辞举止，倒像是专门为了羞辱即墨无白而来。

师雨不紧不慢地跟上去问即墨无白："那个方大人是什么人？"

即墨无白头也不回道："方杭，字文若，殿中监。"

师雨听他语气带着愤懑，低笑两声："他的妻子可是姓刘？"

即墨无白脚步一停，转头看着她："你怎么知道？"

师雨笑容不减："姑姑关心你嘛，听闻你以前和刘家千金定过亲，她后来悔婚另嫁他人，今日你们那一番对话，一眼便看出是她了。"

即墨无白转头继续走。

师雨快步跟上去："那方杭说得含蓄也便罢了，刘家女如此羞辱你，你为何不反击？"

即墨无白骤然失笑："我何必与一个女子计较这些。"

师雨忽然感觉不大痛快："嗬，你在墨城对我步步紧逼，我道你是斤斤计较，你却又对乔、刘二女多加忍让，说什么不与女子计较，难道我就不是女子？"

即墨无白侧头看她，张了张嘴想说话，却又闭上，微微苦笑，扭过头去。

师雨心中微动，也是，自己与他本有利害冲突，何况又有皇帝从中作梗，与乔刘二人自然不同，何必提这些。

嘉熙帝已在光华殿中等候，二人随内监进去拜见，膝盖还没碰到地面便听到他朗声而笑，叫二人起身。

师雨垂着头，耳听那边皇帝和即墨无白亲昵地叙旧，形如好友，更时常提及幼年，忽然开始想念阿瞻。

虽然当初她被即墨彦收养时已经十三岁，算不得幼年，但也与阿瞻相伴至今，情谊丝毫不输眼前二人。

嘉熙帝与即墨无白闲话完，目光移到了师雨身上："师姑娘是墨城众官公推的代城主，不必多礼，请抬头说话。"

其实他这话说得多少有些不情不愿。

师雨依言抬头，眼前嘉熙帝容貌刚正，不怒自威，虽年轻却的确有帝王该有的架势。

即墨彦生前几乎没有一次入中原觐见过，墨城亲自来人，对皇家而言这还是第一次，即墨无白自然紧盯着嘉熙帝的神情。

嘉熙帝的双眼一看到师雨的容貌便有了变化，从微笑到惊愕，从震怒到茫然，最后归于平静，前后不过片刻。

即墨无白不明其故，心思微微转动。

"代城主……与太常少卿携手压制若羌右相一事朕已知晓……朕深感欣

慰。”嘉熙帝的话有些不连贯，最后干脆不再言语，轻轻抬了一下手。

即墨无白会意，朝师雨使了个眼色，二人行礼告退。出殿门时，他又看了一眼嘉熙帝，那模样仿佛是丢了什么不该丢的东西，带着懊恼和后悔。

内监将二人送至宫门，师雨这时终于忍不住问即墨无白：“皇帝一直是这样的吗？”

即墨无白一愣：“怎样？”

“说话断断续续，神情古古怪怪，开个头就结束。”

即墨无白干咳一声，摇摇头，道：“陛下以前挺正常的。”

宫门口也不好多说什么，二人就在这里分开，即墨无白直接去了太常寺当值，师雨返回少卿府。

午后下了一场雨，雨势很大，到后来竟然转为倾盆大雨。

夙鸢忙着跟厨房的厨娘学中原菜式，师雨独自倚在窗边，看着大雨在院中溅起的水珠像是扬起了烟雾一般，甚觉有趣。在墨城可见不到这样的大雨。

雨点转小时，有人撑着伞过来。师雨隔着雨帘看过去，以为是即墨无白回来了，但看身形却要更壮实一些，又不确定。

一直等到他走近，能看见他身上玄色金绣的锦缎衣袍，腰间佩戴的玉佩，奢华庄重，的确不是即墨无白会有的打扮。

师雨一直盯着他看，却发现他就这般径自走到了她窗边，将伞沿抬高，含着笑，隔着一扇窗与她对望，她一下子愣住。

居然是嘉熙帝。

太常寺今日事务繁多，即墨无白许久不在任上，有很多事情要处理，返回府上时已经是半夜。

杜泉匆匆跑出来，面色潮红，双眼放光：“公子，您猜今天谁来府上了？”

即墨无白有些疲累，边朝里走边敷衍道：“不会是齐铸吧。”

“不是不是，是陛下啊。”

即墨无白不信，愈发敷衍：“哦，是吗，陛下怎么会来？”

“来找师城主的，也不让我们带路，自己就去了，后来就将师城主接走了。”

即墨无白怔了怔，转过头来：“接走了？接去哪儿了？”

杜泉兴奋不减：“还能有哪儿，自然是皇宫嘛！”

即墨无白想了想，骤然清醒，忙道：“备车，送我去宫中。”

师雨在光华殿偏殿里已经待了一下午。

皇帝亲自前去将她接来，她心中万分戒备，然而到了这里却什么事也没发生，只是让她安心待在偏殿里。

这里的确是休息的好地方，殿中软榻舒适，桌上摆放着天下各地进贡而来的瓜果时鲜和精致茶具。靠里一点摆了一张矮几，放着文房四宝，上面一炉沉香袅袅。

殿门敞着，但有太监时时刻刻盯着，她走不出去。师雨装模作样地欣赏墙上的字画，心中却在盘算接下来可能出现的各种情形。

不知过了多久，门外忽然传来了脚步声。师雨收心望去，五六位盛装的妇人走了进来。她顺便看了一眼门外，看日头，估计应该申时快过了，不知这些人过来是出于何意。

门边的内监笑着进来对她道："代城主，这几位都是朝廷命妇，陛下特地请来陪伴您的。"

师雨逐一扫视了一圈，果然个个都是养尊处优的夫人，最年长的四五十岁光景，最年轻的看起来才二十出头，正是上午在宫门口撞见的那位羞辱即墨无白的刘家女。

可是虽然之前在宫门口见过一面，她却像对师雨毫无印象一样，一眼都没多瞧。

她在观察别人，别人也在观察她，有的还窃窃私语。即墨彦何等人物，收养的女儿便是眼前这位，自然要好好看看。

见她们都干站着，师雨主动开口道："诸位夫人请坐吧。"

大家依言就座，彼此交换着眼神，都很诧异，如此貌美已是意外，再听她的声音，柔柔的似破冰的春水，轻缓温和又清冽动人。这样一个柔弱娇媚的女子，是如何被即墨彦选中来继任位置的，当真当得起吗？

太监先前一一介绍了几位命妇，但师雨心里想着如何对付皇帝，并没有听清楚。那位最年长的命妇与她交谈了几句，除了刘家女之外，她也就只记得这位夫人，是鸿胪寺卿焦别之妻。

这些官夫人平常最拿手的便是彼此攀谈交流，嘴里听来的八卦轶闻能侃三天三夜。但此刻眼前的人是师雨，大伙儿都拿不准她这个代城主的身份究竟如何，又见她态度不明，一时竟无从下手。

最后还是焦夫人开了口，她长得富态，白面细眼，总是带笑，很是讨人喜欢，师雨便与她交谈了几句。

焦夫人见她对人言语时总含着笑，应当是个好相处的人，心中诸多好奇也就忍不住了，纷纷倒了出来。

"都说墨城四周全是沙漠，可是真的？"

师雨笑道："往西走去，的确是四处黄沙，周围其实要好很多。"

“那墨城的姑娘当真可以自己做主嫁人吗？”

“那是自然。”

其他人见师雨有问必答，也都来了兴致，从未出过家门的她们对墨城充满了好奇，问题接二连三。间隙时，有道声音忽然插了进来：“代城主你是因何被老城主收养的？原来是什么身份呢？”

师雨转头看去，是正在摆弄茶具的刘家女。

她轻轻勾唇：“先父收养我，自然是因为我们有父女缘。至于我原来的身份，出身贫寒，没什么好说的。”

师雨虽然在笑，但焦夫人的脸色却有些为难了，其他人也都是一脸尴尬。刘家女却一脸理所应当，并不认为自己触犯了什么禁忌，甚至听到此处，她对师雨的神情已有些不屑。

师雨瞥一眼她手下的茶具：“方夫人这是煮的什么茶？”

刘家女端了杯茶给她，面露得色：“代城主不知道不奇怪，茶道可大有讲究，富贵人家的孩子都是从小修习的。”

焦夫人听出她在嘲讽师雨的出身，赶紧咳了一声以示提醒。

师雨低头饮了一口，脸上笑意更浓：“《茶经》说好茶当啜苦咽甘，方夫人自小修习茶道，却还不到家啊。”

刘家女脸上的笑容顿时变了味。

“哦，对了。”师雨搁下茶盏，又道，“我有个精通礼乐的好侄子，礼仪茶道之类的，有的是机会请教。不过还是比不上方夫人的，嫁了方大人这样的好夫婿，礼仪修养也是越来越好了。”

刘家女脸涨得通红，被焦夫人一把攥住衣袖，总算是忍耐了下去。

气氛有些凝滞，师雨干脆不再与她们闲聊，起身走去一边欣赏字画。

官夫人们哪里闲得住，渐渐地又开始窃窃私语。师雨特地凝神听了听，刘家女在与身边人小声埋怨她，不禁好笑。

焦夫人有些着急，一边瞟师雨背影一边打断她：“别说了，平常我们相处你放肆惯了，现在也收不住。你们忘了上次陛下让我们作陪的是哪位了吗？”

刘家女倏然噤声，众人悄无声息。

师雨心中奇怪，忍不住转头问：“上次皇帝让你们作陪的是哪位？说清楚。”

焦夫人不防她已听见，尴尬地笑了笑，却有些讨好的意味：“自然是陛下中意的人，如今已经是贵妃娘娘了呢。”

师雨脸色沉了下来，搞了半天，皇帝原来打的是这个主意！

即墨无白半夜赶到宫中时，师雨已在合言殿睡下，嘉熙帝尚在御书房秉烛处理事务。

内监禀报之后，即墨无白快步走入殿中，刚刚见了个礼，嘉熙帝便从案后走了过来，神情欢愉："都中传闻你与师雨姑侄情深，朕本以为是做戏，看你深夜来此，莫非是真有亲情了不成？"

即墨无白直言道："臣是想知道，陛下这是打算将她拘禁，还是纳入后宫？"

嘉熙帝哈哈笑了两声："还是你了解朕，朕两样都想做，但更想做后一桩。"

即墨无白眉心微蹙："之前臣劝陛下娶了她，陛下亲口说为君之道以治国为重，不可贪图女色，如今为何忽然生了此念？"

嘉熙帝神情讪讪，干笑一声："窈窕淑女君子好逑，朕自然也不例外。"

即墨无白垂眼盯着地面，沉默半晌才问出一句："那么陛下可已求到了？"

嘉熙帝叹息："她与人说话，虽看似真诚，却全是圆滑之词，偏偏又一脸的笑，叫人发不出火来。这副模样，叫朕如何开口？"

即墨无白脸色一松。

嘉熙帝复又笑道："不过朕九五之尊，求娶于她，想必也不是难事。"

即墨无白没再多言，像是只是来确认一下师雨身处何处而已，沉默片刻，就施礼告辞。只是临出门时，他忽然说了句："臣与陛下虽是君臣，却也是至交，陛下执意如此，臣唯有全力以赴。"

嘉熙帝目送他出了殿门，不解其意。

即墨无白回到府上，第一件事却是叫上杜泉收拾东西，要连夜赶去墨城。

少卿府一阵人仰马翻，夙鸾焦急地围着他直转悠："少卿大人怎么要一个人回墨城，我们城主呢？"

即墨无白道："我叫你做什么，你就做什么，明日她就能回来。"

夙鸾有些犹豫，但此时也没有其他办法，只能点头。

城中宵禁，半夜自然出不了城。即墨无白端坐车中，叫杜泉与守城官周旋，非要连夜出城。守城官无奈，只能惊动上官，一层一层，闹的动静颇大，最后险些捅到皇帝那边去。

最后到底还是没走成，但这一夜闹得沸沸扬扬，已成了第二日早朝前百官议论的谈资。

卫尉是昨日亲到城门的官员之一，绘声绘色地将所听所见都分享了出来："即墨少卿非要出城是赶着去解释，还说是为了陛下着想。看他要去墨城，自然是要去向墨城官员百姓解释了。"

旁边有官员道："墨城的官员大多是即墨彦的死忠部下，要向他们解释，此事必然事关重大。"

卫尉连连点头：“与陛下有关又事关重大的事，必然与代城主有关。你们都听说了吧，代城主人在宫中呢，听说是陛下亲自接进来的。”

焦别站在一旁听了许久，心中不是滋味。他昨日已经听了夫人的描述，便知陛下对师雨有意。

即墨无白和师雨压制若羌使臣一事令他颇为赞许，心中多少也有些向着他们。如今听百官讨论，此事的来龙去脉应当是陛下强扣了代城主，太常少卿为护住陛下声誉，要孤身赶赴墨城解释。

可这事如何解释得清楚？墨城自有兵力数十万，全是即墨彦亲信，若是那些下属听得风吹草动后一时昏头，只怕太常少卿有去无回，国家也有大灾难啊。

如此一来，岂不是要让若羌坐收渔翁之利？

官员们热烈地讨论了大半天，也没见嘉熙帝的身影。到后来有个内监奉命过来，宣布今日早朝结束，有事明日再议。

大家一看这动静，不对啊，陛下这莫非是心虚了？

几个耿直的老臣一合计，当即携手同往内宫，要向陛下谏言，焦别自然也在其列。

嘉熙帝此时却顾不上这些，早上近侍太监禀报说：师雨的贴身侍女拿着太常少卿的令牌入了宫，说是来服侍主子的，可是现在却在满皇宫地大喊大叫，说有人要害她们家城主。

嘉熙帝穿上龙袍本已准备上朝，得知此事亲自去看了看。

一进合言殿内便闻到一阵香气，他低头一看，地上一摊汤渍，奇珍宝贝熬出来的，旁边却死了一只猫。

师雨坐在殿中，见皇帝进来，起身见了个礼，夙鸢已恢复平静，双眼却是红的，站在师雨身后一言不发。

“这是怎么回事？”整个后宫都是嘉熙帝的，什么弯弯道道没见过，他岂会看不出这是怎么回事，但总要问一句才是。

师雨叹口气，神色疲惫：“请陛下准许我出宫吧，宫中危机重重，我从未经历过，只怕要死在这里。我一人身死无足轻重，可还有墨城要顾念……”

嘉熙帝安抚她几句，刚要下令彻查此事，太监跑进来，附在他耳边将即墨无白的事说了。他这才回味过来为何昨晚即墨无白临走前会说那么一句。

正理着头绪，焦别几人又紧跟而至。

年轻气盛、意气风发的嘉熙帝今日方知，原来帝王要想得到一个人，要承担起这么多责任。

下午师雨与夙鸢低调地出了宫门，少卿府的马车正在等候。

师雨只看到马夫，以为没有旁人，揭帘上车时才发现即墨无白人在里面。

“贤侄这是在想什么呢？”她坐进去，却见即墨无白抬了一下手，闭眼扭头，神色忧郁：“什么都别说，让我静一静。”

师雨忍俊不禁：“欺君大罪，的确是该静一静。”

“嘘……”

嘉熙帝被狠将一军，心里不是滋味，连着三日都没上朝。

当初派去查师雨的人都已被严惩，将听来的传言报上来便算是交了差，如今师雨的美貌便是甩在他脸上的一记响亮的耳光，不可饶恕！

偏偏这事不能对任何人说，一国帝王暗地里查一个女子的容貌，传出去只会贻笑大方，叫他颜面何存，所以这也只能当个哑巴亏给狠狠咽下去。

即墨无白到宫中来了好几趟，总算是见到了他。

嘉熙帝捧着盏茶坐在凉亭里，眼睛看着池中将近凋谢的荷花，周围只有一个宫女伺候，应当是事先得了吩咐，见到即墨无白过来就行礼告退了。

即墨无白酝酿了一下情绪，掀衣下跪，惭愧道：“臣未能尽到为人臣子的责任，陛下恕罪。”

嘉熙帝摇头：“是朕思虑不周，以为身为帝王，任何女子都会俯首帖耳地靠过来。你尽力保朕声誉，何罪之有？”

他站起身来，对着风中摇曳的清莲微微叹息，不知什么触动了他的心思，忽然转头问道：“你说朕那天如果当真向师雨挑明了，她会不会接受？”

即墨无白眼珠轻转：“敢问陛下打算如何挑明？”

嘉熙帝道：“朕早已想好，即墨彦娶了个宗室女，说起来师雨也算是朕的表妹，从这关系下手正是近水楼台啊。”

即墨无白摇头：“陛下不可，起初计划便是要从血亲下手，如今又认她是表妹，岂不是说她被即墨彦收养已得到承认？陛下一旦承认了她，即墨一族的族谱上便该落下她的名字。臣现在叫她姑姑，叫得再亲都是假的，可一旦入了族谱，她要继承墨城，谁也挡不住。”

嘉熙帝摆摆手：“若是朕能娶了她，之前的计划就可以搁置了，朕一箭双雕，你也落得轻松，不是正合你意吗？”

即墨无白抿了抿唇：“陛下应当明了，臣答应去墨城，不仅仅是因为一道密旨。若真的想要轻松，臣开始便不会答应此事。”

嘉熙帝最常见的便是他厚着脸皮开玩笑，这般严肃的神情已是多年未见，一时无话。

视线里一片荷花瓣脱落，轻轻飘在水上，荡开几圈涟漪。嘉熙帝收了收神，沉声道："无白，朕想知道，师雨在你眼中是怎样的一个人？"

即墨无白垂眼，口中轻缓地吐出几个字："身段愈软，其心愈坚。"

嘉熙帝沉默不语，抬了抬手。

即墨无白行礼告退，走出很远，回头看一眼他的背影，微微蹙眉，嘉熙帝这番话像是在试探他对师雨的态度。

不过这也是他活该，为人臣子，却为帮对手而设计君主，他自己想想都觉得不应该。

师雨没想到这一行会惹出这样的事来，已经萌生了去意。

本要与即墨无白商议一下，但他自知欺瞒了陛下犯下重罪，这几天无比安分，每日勤勤恳恳地在太常寺为陛下挥洒青春，晚上大半夜的才回府，要见他一面不太容易。

刚好没几天就是每月一日的假期，师雨干脆在长安最好的酒家订了一桌酒席，一来当是辞别，二来也是感谢他这次出手相助。

当日，日头尚在时她便去了酒家，在雅间坐等。

片刻后门外传来脚步声，她以为即墨无白已经到了，命夙鸢去开门。

然而门打开，走进来的却是齐铸，他今日穿了一件米白色的胡服，紧紧绑在身上，看起来像是刚刚饱餐过的蚕虫。

师雨脸上罩着的面纱未解，神情都懒得敷衍，问他道："齐相怎么知道我在这里？"

齐铸哈哈笑道："本相即将归国，几位大人在此为本相饯行，不想竟然看到城主大驾光临。城主倾城之色何必遮掩？险些叫本相认不出来呢。既然这么巧碰遇见，大家不妨一起吧。"

师雨对他絮絮叨叨的话有些不耐烦："多谢齐相好意，只不过我要等人，不方便与诸位大人同席，还是算了。"

齐铸不以为意："城主既然不方便，那就我们移过来好了，您好好坐着就行。"说完他就转身去叫人了。

师雨解下面纱掼在地上，居然有这样不请自来的，轰都轰不走！

即墨无白此时还在路上，他今日出了一趟门，回来才从杜泉那里收到消息，立即赶了过来。

车夫走得急，经过窄道时险些擦到迎面而来的一辆马车，彼此都赶紧勒马停住。对方的车夫脾气很大，立时喝骂了一声。

那辆车中的人揭开帘子看了一眼，冷哼道："我道是谁，原来是即墨大人，真是到哪儿都不让人好过！”

车中的即墨无白听到这声音，掀开帘子，神色顿时有些讪讪然：“原来是方夫人……”

刘家千金娇生惯养，骄纵跋扈，但这些即墨无白以前并不知道。不过此时是他无礼在先，放软姿态也是应该的。

道了歉，刘家女却没有放过他的意思，翻了个白眼道：“即墨大人也就这点气量了，多少年的往事了，也拿去跟别人说。如今你姑姑替你出头羞辱了我，你还嫌不够，走个路也要挤对我才高兴？”

即墨无白诧异道：“什么羞辱你？”

“少装蒜！你等着！”刘家女恨恨地摔下帘子，吩咐车夫驾车离去。

杜泉从即墨无白身边探过脑袋来，啧啧摇头：“还好公子您当初没娶她，这样一个斤斤计较的女子，还是跟方大人比较般配。”

即墨无白心不在焉，心里想着她的话，微微扬起唇角。

师雨会为他出头？当真是受宠若惊。

到酒家时，一眼就看到守在门口的夙鸢，即墨无白看这架势就知道自己来得有多迟了，也不多话，示意她朝前引路。

一路快步走进雅间，他愣了愣，在场足足五六位官员，还有个齐铸。

“就知道城主等的人是太常少卿！”齐铸拍了一下掌，起身相迎，“少卿大人来得正好，快快请坐。”

即墨无白一边挪动脚步一边朝师雨打眼色，对方朝齐铸瞄了一眼，眼波一转，微带愠色。

他了然于心。

即墨无白离开都城数载，再回来又一直在墨城活动，对现在的朝官熟悉的其实也就那几位。眼前这几位根本没有见过，听得他们自报家门，才知道他们都来自六部。再瞥一眼他们面前的菜肴，无一不是这里最精致昂贵的，想必也都有些家底。

齐铸也有本事，能和这几位官员走在一起，六部事务稍稍一了解，差不多整个豫国的情形也就了解了。

正分析着个中利害，一位官员举杯对即墨无白道：“大人以一人之力力保陛下声誉已在朝中传为美谈，下官万分佩服，请满饮此杯。”

即墨无白脸色微微一沉，前几天此事在朝中盛传时，深谋远虑的老宰相特地下了令，不得公开谈论此事，并命诸位主官将此命令带去各司各衙。眼前这位就这样当着外国使臣的面公然反抗老宰相的命令，看来也不是什么善茬。

果然，他说完这话，旁边几个官员互相看了看，似乎都想提醒一句，可最后还是没人开口。

即墨无白瞥了一眼右手边的师雨，婉拒道：“在下与代城主同为老城主守孝，不便饮酒，还请见谅。”

那官员尴尬地笑笑，收回了手去。

齐铸笑呵呵地接过话头：“饮酒有什么意思？听闻这酒家里有个会跳胡旋舞的舞娘，号称西域最绝，诸位来了这里，岂能错过？”

那几位官员一听，齐齐来了兴致，便催促他赶紧将人叫来。

师雨听他们你一言我一语，托腮无语：早知道的话，何必来这里啊……

不多时，果然招来一个美艳的舞娘。一身鲜艳的红衣，深刻的轮廓，高挑有致的身材，任谁见了也会被其吸引。

听说这类舞娘大多来自西边遥远的康国，长安城中贵胄多爱此风情，已成一种趋势。

舞娘朝在座各位欠身施礼，直起身后一扬手，门边的几个乐人便敲起了鼓点，拨动了琵琶，顿时乐声大作。

当真是“环行急蹴皆应节，反手叉腰如却月”。她身上的胡服腰身细窄，裙摆宽大，双袖一举，回雪飘飘转蓬舞，旋转了一圈又一圈，仿佛永远不知疲倦。

那边几人已看得入神，即墨无白又偷瞄一眼师雨，她也在看，神情甚至比那几人还要陶醉。

一舞完毕，拍掌叫好声不断。齐铸赞叹不断：“的确当得起西域最绝的称号，普天之下谁还能将胡旋舞跳得这般动人呢？”

几位官员连连点头。

那舞娘掩口而笑：“几位大人哪里的话，要说西域最绝，我可当不起，墨城的代城主那才是最绝呢，一支舞跳完就被老城主相中收作养女了。若我是最绝，那他老人家怎么没看上我呢？”

“竟有此事？”所有人的视线都落到了师雨身上。

即墨无白也颇为诧异。

师雨闻言缓缓抬头望去，脸色带笑，眼神如刀。

因为一支舞就收养她？即墨彦何等人物，什么样的人和事没见过，岂会被一支舞吸引就收养她？

多么会讽刺，一句话便将她推入不堪之地。她自十三岁进入城主府，多年来勤学苦练，哪一样不是靠自己一点一点雕琢出来的，如今到了这些人的口中，竟然只是因为一支舞。

偏偏有人搞不清楚眼前状况，听了舞娘的话，竟拍手笑道：“哈哈哈，如此再好不过！代城主人就在此处，不妨舞一曲，也好让吾等见识一下什么是真正的最绝啊！”

说话的正是先前向即墨无白敬酒的官员，果然不是个善茬。

师雨紧抿着唇，面若寒霜。

嚣张若斯，竟想让堂堂一城之首当众献媚，果然这里的人从皇帝到官员都不将她放在眼里。

“胡旋舞看一遍就好，看多了未免无趣。”几人的怂恿之声被压了下去，即墨无白手指摩挲着茶杯，不疾不徐道。

齐铸给那官员帮腔：“哪里会无趣，代城主又不是那些小家子气的闺阁女子，不妨就舞一曲让吾等开开眼界嘛。”

“是啊，是啊。”

师雨的脸色越来越冷。

即墨无白摇摇头：“何必非要欣赏胡旋舞，在下知道一种舞，专门在宗庙祭祀、祷祝上天时所跳，规格颇高，只有皇族宗亲和王侯将相有资格欣赏，诸位若想一观，在下便献个丑好了。”

几位官员讶然，想不到今日有此殊荣能看到这样的舞蹈，还是太常少卿亲自表演，纷纷点头。

师雨见缝插针，起身拱了一下手，连话都懒得说，直接告辞出门。

几人见状都有些可惜，但给即墨无白面子，也就耐心等着欣赏他的舞蹈了。

齐铸见到这情形，面露不快，却又不好直言。

即墨无白起身，理一理衣襟，正要起势，忽然想到什么，一拍额头：“啊，不行！陛下说过，此舞要在秋祭当天献给先祖神明，不可泄露，若有违背，舞者和观舞者都要严惩不贷的。”

官员们尽皆失色，面面相觑。

齐铸忍不住冷笑：“少卿大人出尔反尔，算什么意思？”

即墨无白笑了：“我的意思是，人要有自知之明，有些事情我们也只能想一想了。不是什么舞都能让诸位欣赏，也不是谁都是可以任诸位取乐的舞姬，使臣以为呢？”

闻言，齐铸立时脸色铁青。

“诸位今日所赐，来日必有厚报。”即墨无白拱了拱手，拂袖离去。

几位官员忽然觉得不对劲，仔细想想，好像没听说过朝中有什么只能王公贵胄看的舞啊！

即墨无白出了门，见师雨背对着他站在街边，半边身子隐在黑暗里。夙鸾和杜泉都离她远远地站着，似乎是不敢接近。他举步走近，就听见她小声念叨着：“我不生气……不生气……不生气……”

他讶异又好笑，这是做什么？

夙鸾悄悄走到身边，低声道：“少卿大人莫要见怪，这是城主的习惯。”

师雨被话音惊动，转过头来，夙鸾立即“嗖”一下缩回去了。

这是什么古怪的习惯？即墨无白笑笑，登上车去。

师雨跟着他上了车，一坐下便问道：“为何要帮我？”

即墨无白被她问得一愣：“什么？”

“我问你为何要帮我？之前你已经冒险帮过我一次，这次为何还要帮我？”她的声音低低柔柔，像是凉夜里吹来的一缕微风。

即墨无白坐在昏暗的车厢里，被这阵风吹成了一尊泥塑，动也不动，许久才道：“我自有我的理由。”

师雨心道：果然。这必然在他的计划之内，否则他岂会有这等好心肠？

车夫驶动马车，即墨无白恢复如常，忽然问她：“那个舞娘认识你？为何会知道你的事情？”

师雨摇头：“忽然招她前来，谁也不提，偏偏就提到了我，岂是偶然？必然是受人指使，而且说得也没一句实话。难怪齐铸今日非要过来，原来就是为了这么一出戏。”

即墨无白不予置评。

师雨轻轻叹息：“我的确会跳胡旋舞，只因生母曾是个中好手，她的舞才担得上一个绝字。为了养活我，她一直在墨城边界的酒家跳舞为生，直到病死。当时我险些也要走上卖艺为生这条路，被养父收养才逃过一劫，仅此而已。”

即墨无白细细听完，笑了一声：“你不用解释得这么清楚，我没打算拿你的出身做文章。”

师雨冷哼：“我出身贫寒从不遮掩，就算要做文章也挖不出什么。”

马车行到府邸，老管家从门边跑了过来，躬身向正下车的师雨禀告，她要求准备的特产礼品都备好了，这几日的天气也好得很，可以放心上路。

即墨无白听到这话，忍不住问：“怎么，姑姑这是要走了？”

师雨点头：“长安不待见你姑姑，我还是回去的好。”

即墨无白一时无话。

夜晚起了很大的风，窗棂都无法忍受地发出了颤动声。即墨无白睡得很熟，丝毫不受影响。

他的梦里是风沙漫卷的墨城，唯有一小片绿地不受侵扰，有人在上面愉悦地跳着胡旋舞。腰肢柔软，双臂舒展，赤脚踏在地上，轻盈地好似根本没沾地，每一个回旋都带动脚腕上清脆的铃声……

怎么会在这里看到那个舞娘?

他心中奇怪，走近去看，那舞娘转过身来，面纱被风刮走，露出了师雨的脸……

即墨无白陡然惊醒，盯着黑沉沉的帐顶发呆，耳朵听着外面呼啸的风声。

原来他竟也对此存着好奇心啊!

第五章

首度结盟

第二日一早，师雨赶去宫中向嘉熙帝辞行。

快到宫门口时，身后忽然有人叫她。她转头看去，来人是个年轻官员，她总觉得有些熟悉，可又想不起来在哪儿见过。

“代城主有礼。”那官员小跑到跟前，微微喘着气，拱手道，“在下殿中监方杭。”

师雨这才想起来，这就是那位当时在宫门口羞辱即墨无白的方大人啊。

“方大人有礼，不知何事找我？”

方杭左右看了看，从袖中取出一份折子来：“我这里有样东西，也许对代城主有用，请代城主千万别拒绝。”

师雨将信将疑地拿过来，展开粗粗扫了几眼，神情蓦地肃然：“这上面所言千真万确？”

“岂敢欺瞒城主，根据都已列出来了。”

师雨轻轻转动着眼珠：“为何要给我？”

方杭眯眼笑道：“朝中谁不知晓即墨少卿图谋墨城一事？代城主若想扳倒他，这可是最有力的东西。实不相瞒，在下夫妻二人与即墨无白有些私仇，给城主此物，也是希望城主能替我们主持公道。”

师雨默默听完，将折子纳入袖中，不肯定也不拒绝。

入了宫门，快走到御书房时，竟然迎面撞上了即墨无白。

他官袍齐整，见到师雨，慢吞吞地走了过来，神情有些讪讪：“若羌使团已经全部回去了。”

师雨并不惊讶：“算姓齐的聪明，跑得快。对了，你这么早入宫所为何事？”

即墨无白看着她的脸便想起昨晚那个梦，扭开头道：“没什么。”

师雨见他神情古古怪怪，料想不可为外人道也，便不再问，匆匆朝前走去。

嘉熙帝正在用早膳，听到太监报出师雨的名字，胃口顿时消了一半，但终究还是传她来见了。

师雨今日穿得尤其朴素，素衣素鞋，头发只是用一根带子齐拢地束在背后，浑身上下毫无装点，进了殿中始终垂着头。如此一来，明艳消退了许多，没那么惹人注目了。

“你来得正好，朕有话要问你。”嘉熙帝端着架子，像是之前什么事都没发生过。

师雨语调柔和：“陛下请说。”

嘉熙帝端起茶啜了一口，斟酌了一下方道：“听闻你是舞女出身，是真是假？”

师雨猛然抬头，不可思议地看着他。

难怪即墨无白刚才欲语还休，原来是做贼心虚！

“怎么不说话了？”嘉熙帝紧紧盯着她的双眼。

师雨面容带笑，语气平淡：“陛下大可以派人去查，如此便可知真假。”

嘉熙帝本意是要求证一二，却被她噎住，竟无言以对。

师雨行了跪拜之礼，将来意挑明，借着还要赶路的借口出宫去了。

即墨无白已回到府上，刚换下官服，在书房坐下，师雨就大步从门外走了进来。

“即墨无白，是你自己口口声声说不会拿我的出身做文章的，现在呢？舞女？亏你也说得出口！”

即墨无白一脸茫然：“我何时说过你是舞女？”

“难道你没有在皇帝跟前提到过我的身世吗？”

即墨无白撇开视线：“有，但……”

“嗬！”师雨冷笑，“父亲私藏军械的人又有何资格揪着别人不放？”

即墨无白霍然起身：“你听谁胡说的！”

师雨摸摸袖中折子，冷哼一声：“你前面帮过我，我感激不尽，但此后两清。我即刻就回墨城，你留在长安继续做你的太常少卿，后会无期！”她转头就走，一刻也不愿多留。

即墨无白的脸上像是掀起了一场惊涛骇浪，双目森寒，拳头捏得咔吧作响，口中却有笑声：“恕不远送，你我姑侄墨城再会。”

师雨的脚步停了一下，脸皮这么厚，她也真是无言以对了。

嘉熙三年秋，时任户部尚书的即墨信因私藏军械入狱，证据确凿。可是最后嘉熙帝并没有对他以谋反罪论处，而只是将他削职流放，并且亲手将此案给压了下来。

后即墨信因不堪颠沛之苦，病死在路上。

过数月，其子即墨无白与刘家解除婚约，辞官归隐，时年方弱冠……

师雨坐在车中，将方杭给她的折子又看了一遍，徐徐合上。

皇帝既然要掩盖此事，这道奏折给他看也没用。方杭是想让她拿着这道折子给墨城的上下官员看，届时那些好不容易被即墨无白说动，或者维持中立的官员就该明白站在哪边。而若是公告天下，则能让他身败名裂。

谁也没想到走的时候会带着这种情绪。就算是刚在墨城相遇时，她和即墨无白之间也只是笑着明争暗斗。这次却不同，似乎谁都被捏到了痛脚，谁也不想放过谁。

她将折子收好，从夙鸢手里接过一块糕点放进嘴里，倚着车厢合眼养神，仿佛什么都没发生过。

出发大半个月，中原已被远远甩在背后。

师雨这一路轻装简从，也没有惊动任何官员，只希望能尽快回到墨城。

本来一切顺利，过了玉门之后却遇到了困难。也不知出了什么事，接连两个驿站都没看到人，像是凭空消失了一样。队伍得不到补给，只能加快速度朝墨城赶，疲惫自不必说。

没几天又起了风沙，行进愈发艰难。护卫们饥渴难当，连马都走不动了。

正不知如何是好，眼前出现了救兵。

一队士兵从墨城赶来，声称是霍擎老将军派来接应城主的。

有了他们带来的水粮，师雨松了口气，下令全队休整片刻，待天气好转再继续赶路。

出发了一段路，师雨始终觉得驿站的事太过古怪，命夙鸢去将领头的士兵叫过来，询问了一番。

哪知那士兵支支吾吾了半天，似乎知道些什么，可到最后却连一个大概也没说出来。

她有些不耐，摆摆手遣退了他。

一场风沙之后，天色看起来有些浑浊，日头早已被遮掩，明明该是晌午时分，却像是已经到了天擦黑的时候。

师雨算了算时辰，奇怪为何这么久了怎么还没到墨城地界。

“来者何人！”

车外忽然一声大喝，她揭帘望去，士兵们全部挡在车前，如临大敌。

“怎么了？”

领头的士兵回道：“城主小心，有来路不明的人擅闯！”

师雨点点头，正打算坐回车内，忽听一道声音唤道：“小雨，是我。”

她怔了怔，一下跳下车去，拨开人群：“阿瞻？”

的确是阿瞻。他系着一件宽大的披风，帷帽遮了大半张脸，立在马旁，像是一株瘦柳，时不时轻咳一声。

“你怎么来了？”师雨走过去扶住他，左右看看，愈发惊讶：“就你一个人？”

阿瞻握住她的手：“我来接你啊，你这么久不在，我早就想见你了。”

当着这么多人的面，师雨有些不好意思，一手托着他的胳膊，朝远处走了几步：“我不是跟你说过不要到处乱跑吗？居然一个人都不带，霍叔叔知道了得多担心啊！”

“回去你再训我也不迟，现在……”阿瞻忽然紧紧捏了一下她的手指，师雨一愣，就听他压低声音说了个字，“跑！”

师雨的脸色骤然变了，所幸戴着面纱看不出来。

定了定神，她装模作样地给阿瞻整了整披风，扶着他走回马旁，一边嘱咐他回去小心一边送他上马。然而下一刻，她忽然攀住他翻上了马背，重重拍了一下马臀，疾驰而去。

后方的士兵一阵忙乱，赶紧拍马追了上去。

夙鸢心都慌了，她从未见过阿瞻，只知道自家城主是跟他跑了，叨叨着就要上路去追。不过转念一想，有士兵跟着，应该没什么事吧。

马速极快，师雨搂着阿瞻的腰，发现他依然那么瘦，心中一软，担心他经不起颠簸，便要放缓速度，却听见后面马蹄阵阵，只好咬牙继续飞驰。

“他们是什么人？”

“若羌人。”阿瞻努力大声回道。

师雨心中一紧：“若羌竟然派人潜入了中原？难不成他们……”

阿瞻苦笑：“没错，他们打过来了。”

大约真的是不舒服，阿瞻此后半天没有再说过一句话。师雨有诸多问题堵在胸口，却也只能忍耐。

那群士兵穷追不舍，师雨不会武艺，阿瞻又是一副病体，被追上是迟早的事，何况此处地势开阔，要隐蔽也不可能。她想了想，一把扯住缰绳，调转马头朝左边奔去。

阿瞻虚弱地问了句："去哪儿？"

"往安西都护府的地界跑。他们一定是打算活捉我，先摆脱他们再说。"

"可是我们都快到墨城了……"阿瞻的话被重咳打断，他抬手要捂住嘴，一下失去平衡，就要摔下马去。

师雨连忙拉他，一下没顾及手中缰绳，马匹被勒得抬脚狂嘶，将她和阿瞻齐齐抛了下去。

后方士兵见状，加紧速度紧跟而至，师雨爬起来，拖起阿瞻就跑。

阿瞻气喘吁吁："要、要不……我拖住他们……"

"闭嘴！"师雨斩钉截铁，头也不回地道，"就算我被抓了，也决不能让你落入他们手中！"

"可是……"

阿瞻话音未落，头顶忽然飞过一支箭矢，后方一声惨嚎，师雨转头看去，追赶他们的士兵接连倒在血泊里，顷刻间被箭矢射死了大半。

大队人马疾驰而来，一排弓箭兵，个个手挽长弓。后方跟着一排骑兵，再往后是个黑马银甲的将领，匆匆到了跟前，直奔师雨。

"师城主，乔某来迟，好在你没事。"

师雨仔细看了看他的相貌，才认出他是乔定夜。

士兵牵了马过来，师雨先将阿瞻扶上马，自己才爬上另一匹，有些惊魂未定。

因着师雨的态度，乔定夜不免多看了几眼阿瞻，此时天气还有些炎热，他却用一件大披风将自己裹得严严实实，未免叫人奇怪。

"师城主，这位是……"

师雨坐正身子，笑了笑："霍老将军家的小公子，身体不是很好，幸亏乔大都护及时赶来。"

"原来如此。"

乔定夜带的人多，很快便将那群士兵制住，最后只剩了四五个活口。

师雨在后方瞧见，朝乔定夜拱手道："还请大都护准许将这些人全部押去墨城，稍候我会亲自审问。"

乔定夜回礼道："一切依城主所言，我们这便上路。"说完一挥手，所有士兵都跟了上来，齐齐整整地跨马朝墨城而去。

师雨有些奇怪，仔细想想，好像之前他就是从墨城方向赶来的，忍不住转头问道："乔大都护怎会从墨城方向而来？"

乔定夜白面俊朗，笑容儒雅：“墨城此次受若羌入侵，乔某深知唇亡齿寒的道理，自然要赶来相助。”

师雨心中疑惑更甚，若羌入侵，兹事体大，为何竟没有一个人通知她，反倒惊动了这位大都护？

她压下思绪，又问：“那现在战况如何？”

乔定夜畅快地笑了两声：“他们哪里有那能力？早已被我和霍老将军联手击退了。”

师雨这才放了心，提了提缰绳，打马前行。

袖口忽然被轻轻扯了一下，她转头看去，阿瞻恹恹无神地与她并驾缓行，露在外面的下巴上沾了灰尘，看起来有些狼狈。

“怎么了？”她柔声询问，顺手揭去早已弄脏的面纱。

阿瞻垂眼盯着因前行而后退的土地，低声道：“我这样子实在太没用了，竟还要你护着。”

师雨笑了笑：“那也没什么，我可以保护你一辈子。”

阿瞻忽然抬头看了她一眼，神情有些恼怒，到最后却只剩下愁闷和不甘，一夹马腹，抢先朝前走了。

若在以往，师雨肯定要追上去宽慰几句，但如今非常时期，她还有许多疑惑要解，也就任他去了。

初秋时的长安城里天气有些反复无常，白天下了一天的雨，傍晚时分忽然停了不说，到晚上竟出了泛白的月牙。

即墨无白站在院中赏月，杜泉脚步匆匆地从回廊那头跑了过来，喘着气道：“公子，打听清楚了，若羌使团还没回到国内，他们绕道走的，还在路上呢。”

“绕道？”即墨无白冷哼，这个齐铸在长安挑拨离间了一堆的事，难道是怕被报复，连回国都要绕远路。想到此处思绪一顿，他忽然又觉得不太对劲。

绕道而行，会不会有其他原因？

他转身回房更衣，决定去宫中打听一下墨城的消息。

八百里加急早已送到嘉熙帝手中，即墨无白来得正好，嘉熙帝正要找他商议此事。

御书房里沉香袅袅，在烛火中升腾变化着模样。即墨无白跪坐在书案对面，似乎看这景象已看出了神。

对面的嘉熙帝轻咳一声，拉回他的思绪：“所幸此次事态不大，乔定夜带兵迎战，助其退敌，应该让墨城看到依靠朝廷的好处了，当记一大功。”

即墨无白回了句：“陛下英明。”神色却并不轻松。

嘉熙帝手指攥着朱笔，蹙眉道：“如今你要再去墨城就没理由了，这可如何是好？”

即墨无白起身行礼：“臣不需要理由，臣有一颗赤诚之心，姑姑有难，侄儿岂能不在身边呢？臣向陛下辞行，即刻出发前往墨城。”

“咳咳，也好。”嘉熙帝摸了摸脸，心想这种借口要搁他嘴里说出来得脸红个透吧。

回到墨城时天已黑透，霍府灯火通明。

老将军焦急地在院中来回转悠，直到下人来报，师雨亲自将阿瞻送回府上来了，才算消停。匆匆去门口迎接，果然瞧见师雨扶着阿瞻进了门，后者早已疲累不堪，垂着头白着脸一言不发。

“你……”霍擎板着脸要教训，想想又将话给咽了回去，转头朝师雨拱了拱手，“城主回来就好。”说着抬手请她进门。

师雨叮嘱了阿瞻几句，让下人扶他回房休息去了，转头对霍擎道：“霍叔叔就不要生气了，这次如果没有阿瞻，我恐怕都无法活着回来了。”

霍擎闻言一惊：“出了何事？”

师雨将若羌士兵假扮成他的部下去迎接她的事情一五一十说了。

霍擎沉吟不语，负手进了厅内，请师雨就座：“若羌入侵墨城，老夫最担心的便是你与阿瞻，好在这次没事，想必是老城主在天之灵护佑。”

师雨点了点头：“也多亏了乔大都护及时赶来，听闻这次抵御若羌入侵，他也参与作战了，可是真的？”

霍擎面色竟有些凝重：“确实，其实老夫认为墨城兵力足够应付若羌，他主动前来，老夫觉得有些不妥。不过伸手不打笑脸人，当时情况紧急，也不能拒之门外。”

师雨手指轻点着桌面，在即墨彦手中时，墨城的事完全没有别人插手的份，如今乔定夜来此，他背后的安西都护府也就介入了。这的确是不妥。

“霍叔叔，若羌入侵这么大的事，为何没有人送消息给我？”

霍擎正亲手为她沏茶，闻言一顿：“什么？老夫派人前前后后给城主送了不下十次书信，还疑惑你是不是有事被困在了长安呢。”

师雨讶然无语。

霍擎眉头皱成了川字：“此事古怪，莫非是有人从中作梗？城主在都城时住在何处？”

师雨脸色有些难看，又是即墨无白！

乔定夜没有住在墨城城中，而是在边界线附近扎营驻守。如此用心，倒显得墨城官员懈怠了一般。

师雨回到城主府，便见到了等候久矣的一众官员，个个垂着头，似乎已做好准备要被她问责。

时候已经不早，她赶路疲惫，实在没什么心情，摆摆手叫他们都走了。一个人回到房间，静坐思索，总觉得这次回来，墨城大有变化。

庆幸的是，这次她不用再分心对付即墨无白了。

一夜休整，第二日一大早师雨就起了身，要去边界巡视。

墨城此时的天气已经没了暑热，早晨时甚至有些微寒。夙鸢给师雨披上披风，正要送她出门，师雨又返回道："改换男装吧。"

军营里气氛肃穆，乔定夜得知师雨前来，立即出营相迎，却见她冠服严整，腰佩宝剑，面容姣丽却步步威仪，脸上顿生笑意："师城主这装束实在精妙，难不成是想亲自保卫墨城？"

师雨勾了勾唇角："乔大都护此言差矣，保护墨城本来就是我分内之事。"

"是是是，城主所言极是，乔某失言了。"乔定夜笑着告罪，虽身着甲胄，依然儒雅俊逸。

师雨跨上马，邀他一同巡视边界，乔定夜欣然前往。二人边走边谈，他将墨城被侵时间、一些细节都说得清清楚楚。

师雨一字一句记在心中，再回味一下霍擎昨晚说的话，心中大致了解了情形。

"墨城兵备充足，但乔大都护肯来此相助，师雨依然谨记在心，他日必然还上这个人情。若羌挑衅已不是一次两次，谅他们也不敢有什么大动静，有霍老将军坐镇，应当不会再有大风波了。"师雨跨马缓行，说到此处，看了一眼乔定夜，"都护府事务繁忙，大都护还是早日回去的好。若是耽误了您的政务，那可就是我的责任了。"

二人此时已巡视到城门边，有几个妇人脸罩面纱经过，看到身跨烈马的乔定夜，频频对其递笑眼，不过转头看到师雨，眼神却是更加热烈了。

师雨身着男装，没有罩面纱，骑在马上也看不详细身段，的确有俊俏公子哥的模样。乔定夜转头打趣："师公子这一抛头露面，墨城的女子可都要被勾了心去了。"

师雨有些不悦他转移话题，淡淡道："自然比不上乔大都护，谁不知道乔都护爱美成性，风流之名早已遍传天下。如今看来是要来祸害我墨城的姑娘了。"

乔定夜吃吃低笑："在见过师城主之后，乔某方知自己以前是浪得虚名，墨城之美，唯在眼前哪。"

师雨笑意浅浅柔柔，目视前方，一如平常，仿佛根本没有听见他说什么。

“墨城之美，唯在眼前？呵呵！”即墨无白将手中书信揪成一团，身体随着颠簸的马车轻轻摇晃。

杜泉见状不妙，机灵地躲去车外跟车夫唠家常去了，可惜依然没能逃脱。

“杜泉，还有多久到墨城？”

“回公子，至少还要七天吧。”

“太慢了。”

杜泉都快哭了，这一路简直日夜兼程，您老还想怎么样嘛！

乔定夜依然没有离开墨城，师雨如今明白何谓“请神容易送神难”了，何况这尊大神还是自己要来的。

那位也不知道用了什么法子，在墨城混得风生水起。原本就有风流之名，他也不忌讳，常常出入声色场合，名声更大了。

师雨将自己关在府中好几日，苦思对策无果，不免有些忧愁。

“城主。”夙鸢将书房的门推开一条缝，探进来半张脸，犹犹豫豫地道，“有……有书信到。”

“有书信便送进来，你遮遮掩掩的做什么？”师雨连怨怪时也是带笑的，声音也轻柔，可夙鸢还是有些胆怯，好一会儿才迈脚进来，将书信放在她桌案上：“是……是少卿大人寄来的。”

师雨伸出去的手稍稍一顿，接着又毫不迟疑地拿了过来，三两下拆开，细细阅览。

夙鸢仔细观察她的神色，见她到后来竟还露了笑，虽不明白到底怎么回事，还是松了口气。之前她离开中原时还跟少卿大人怄着气呢。

师雨看完信，提笔迅速回了一封，正要让夙鸢送出去，想想又多了个心眼，另外写了一封空信，让夙鸢先送完空信，再秘密送出真信。

这封信之后，师雨的心情一下平静下来，开始专心解决城中事务。

虽然若羌入侵并未给墨城造成多大损伤，她还是颁布了诏令——墨城即日起严查国境线，严禁若羌人入城，商人也不例外。违者予以严惩，甚至有可能入狱。

如此一来，若羌往来贸易难以维持，遭受重创，国君按捺不住派遣使臣前来求和，甚至还委托其他国家来做说客。

乔定夜为此事来找过师雨几次，师雨想起即墨无白的来信，以“此乃城中事务，即便是陛下也不会过问的理由”打发了他，在城主府避不外出。

没几日，师雨收到消息，乔月龄来了墨城。她没有过问，只叫人密切注意她的动向。

乔月龄也没来见她，径自去了军营，也不知与乔定夜说了什么，兄妹二人当天就走了。实在太急，连告别也不能亲自登门，只草草写了一封书函派人送到了城主府。

师雨回了一封信，表达了自己未能一尽地主之谊的遗憾，并命人备了厚礼送去宁朔的都护府，以答谢乔定夜为墨城抵御外敌的功德。

可是乔定夜虽然走了，军队还留了大半在这里。

师雨当夜命葛赍带领人马乔装若羌士兵从外围突进，做出夜袭的假象。

乔定夜不在，无人敢做主出兵。霍擎派了重兵前来驱逐“外敌”，顺便占定边界线，借着肃清敌军的名义，要求非墨城官兵速速撤离。

前前后后忙碌一场，总算将乔定夜的人马从墨城清走了。

霍擎这些时日一直有些不快，如今都护府的兵马走了，心情大好，大步走入城主府去报喜，满面红光，皱纹都舒展了好几条。

“城主调虎离山计使得绝妙啊。”

师雨早立在台阶上等待，远远看着都护府大军离去的火把队伍，笑道：“这可不只是调虎离山，还有里应外合。”

“哦？”霍擎不解，“城主里应，那何人外合啊？”

师雨摇了摇头：“远在长安，不提也罢。”

远在长安的即墨无白第二日就到了墨城城门口，彼时日头刚出，人马俱疲。

之前他在墨城游走，早已跟大部分官员混熟，守城官也不是第一次见他，一见是太常少卿的马车，立即下来相迎。可即墨无白也不知犯了什么冲，下令说不入城，就在此停驻。

杜泉累得靠着车门打盹，管不了那么多了，爱停哪儿停哪儿吧。

守城官心中奇怪，但也不好过问，只好随他去。

没想到他这一坐就坐了一整天，眼看太阳都要下山了。守城官实在无奈，看这架势，他这是要在这里生根发芽了啊！赶紧派了人去请示城主，自己下去劝说。

“少卿大人？您是想去城主府还是去其他官署落脚啊？下官派人送您，您先入城吧。”

“不必。”即墨无白依然坐在车内一动不动。

城主府的车舆很快驶上大道，即使是去中原也没有过这种阵仗，百姓们都很好奇城主这是要去做什么，有的人甚至跟了一路，直到城门边。

侍卫立定，车舆停下，师雨缓步下车，金丝坠饰的面纱，藕色大袖短襦，叶绣重重长裙，曳地逶迤的披帛，步履轻缓，摇曳生姿。

百姓们咋舌，上次见到这样庄重的服饰还是在她成为代城主那日巡游城中之时，今日这是有什么大人物来了不成？

守城官早已下了城头在门边待命，师雨步伐不停，一直走到那辆纹丝不动的马车边。

“贤侄远道而来，为何不入城呢？”

“姑姑曾说后会无期，无白无脸相见。”

师雨叹息：“哪里的话，今日我亲自来接你，权当认罪，贤侄切莫将那些话当真。”

即墨无白没有作声，师雨便有数了，亲自挑起车帘，请他下车。

即墨无白果然下了车，身体看上去稍稍清减了一些，大袖宽衫，双目清亮，却是姿容更胜从前了。

师雨一手搭在他的手臂上，亲自领他入城，如此礼仪，叫所有人侧目。

“贤侄啊。”她目视前方，一本正经，口中却道，“你架子够大啊。”

即墨无白以扇遮唇：“说后会无期的又不是我，我这是谨遵姑姑教诲啊。”

师雨低低哼了一声。

即墨无白再回到城主府，地位与之前大不相同，不仅有代城主亲自出迎，还特地被安排住在城主府里地势最好、风景最美的南居正院，连分去伺候他的仆从都多了一倍。

杜泉受宠若惊，他现在什么都不用干了，连给即墨无白更衣这种小事都不用插手，感觉自己都快成主子了。以至于他一直怀疑自己是不是在做梦，醒来第一件事是狠狠掐一把大腿，发现痛得厉害，顿时乐开了花，觉得这一路的疲惫都值得了。

即墨无白却是心安理得，一早起身，神清气爽。

信步走至院中，忽听边角树丛里窸窸窣窣地响，走近一看，竟是师雨钻在里面，穿着贴身的软料胡服，腰身收得紧紧的，正弯腰在忙着伺候花草。

听到动静，她转头看过来，见是他招了招手：“贤侄来帮把手。”

即墨无白将衣摆撩起扎在腰间，钻进花丛：“一大早的怎么有兴致弄这些？”口中说着，手却已经帮她扶起了那株新植的花苗。

师雨声音放低，答非所问：“你用什么借口将乔定夜调走的？”

即墨无白嗤笑：“他发兵来此相助，陛下龙心大悦，我干脆写了奏折替他邀功，陛下召他归都领赏去了，没有月余回不来。”

师雨蹲下来，看着是在种花，却并不认真：“之前你与我通信，我的回信被人截了，好在我先送的是一封空信。”

即墨无白左右看看，顺手将花丛拨了拨，密密实实地遮挡住二人："你觉得墨城混入眼线了？"

师雨点头："之前若羌来袭，霍叔叔送的信一封也没到我手上，我还怀疑是你在长安做的手脚，如今看来，应该是墨城这边的问题。"

即墨无白想了想，摇头道："未必，墨城固若金汤，手下官员多为效忠老城主的老臣，不会有什么机会安插眼线，依我看，你的信是在出了墨城之后被截的。"

师雨忽然想到什么："那你寄过来的信为何能平安送到？何况你写信去长安，为何用时如此之短？"

即墨无白挑眉："山人自有妙计。"

师雨翻了记白眼，垂眼用葱白的手指翻弄着土块："信件出了城之后必然要经过安西都护府，截信的人想必是乔定夜了。"

即墨无白从旁边的水桶里舀了一瓢水灌溉花苗，笑着道："你寄了封空信出去，应当会打草惊蛇。乔定夜这人可不是容易对付的，当初我撕破脸皮都没参倒他，你当他这般年纪就做到大都护是假的？"

师雨瞪他："怎么，我还怕他不成？"

"岂会呢，姑姑如此英勇，会怕谁呀。不过嘛……"即墨无白凑近一些，"你该找个人结盟对付他才行啊。"

"找谁？"

即墨无白伸出手指点了点自己的鼻尖。

讨论未断，忽听外面一声断喝，一柄利剑破叶而入，唰地带碎了枝枝叶叶，剑尖直袭两人。即墨无白反应迅捷，右臂一展将师雨揽在身后，偏头让过剑尖，左手扫开花丛，赫然见霍擎执剑立在外面。

"城主？"老人家万分诧异，看了看即墨无白，又看了看他身后的师雨，再环顾周遭密密实实的花丛灌木，干咳一声别过头去。

师雨拍了拍手，钻出花丛："霍叔叔怎么来了？"

霍擎语气不太好："老夫是来向城主禀报边界情形的，正好经过此处，听到有人窃窃私语，还以为是府中来了刺客呢。"

师雨讪笑："我闲着无事在种花呢，中原的花实在不好种，好在有贤侄教导。"

霍擎转头去看即墨无白，他正认真种花，相当卖力，相当细致。

"城主若真有心研究种花，老夫可以为你引荐个花匠过来，何必让太常少卿操劳。"他丢下一句，率先走了。

师雨万分尴尬。

即墨无白也有些难为情，明明没什么，却有种被捉奸在床的感觉是怎么回事？他赶紧告辞，净手换衣，牵了匹马出府溜达去了。

边界有霍擎守着，不用担心。他主要去城中那些酒肆茶楼坐了坐，听了一些有关乔定夜的传言，回去后一路理着头绪，在心里思索对策。

目前乔定夜是出兵助战，除了舍不得走之外也没什么过分的举动，截信也没有确切证据，看不出意图。不过以即墨无白对他的了解，必定没有好事。

他跨在马上当街而过，已想得有些入神，忽然身下的马抬了一下蹄，将他惊醒，仔细一看，不知何时多了个人，正给他牵着马。

"少卿大人只顾着发呆，可要叫周围的姑娘看痴了。"

即墨无白勒马停下，俯身凑近他看了看，视线忽然朝他手腕瞥去，那人立马将手背在身后。

"哦……邢先生啊，好久不见啊。"

邢越摸摸脸上的大胡子，欲哭无泪，如果没有那个倒霉的刻印，怎么可能这么容易就被你们认出来！

再说了，那是菊花吗？那分明就是一团麻花！

邢越咬牙切齿地想，改日定要将墨城代城主作画不堪入目的事宣传得天下皆知，方能一解他心中愤恨！

"邢先生，想什么呢？"即墨无白伸手在他眼前摇了摇。

邢越回神，干咳一声："没什么。"

即墨无白忽然想到个主意，朝他勾勾手指："邢先生，我们做个交易如何？"

邢越一拍额头："我就不该来你跟前溜达，我走了！"

"回来！"即墨无白伸手拽住他的衣襟，"你想不想将朝廷命官都扮演个遍呀？"

邢越双眼一亮："你说什么？"

即墨无白翻身下马，笑眯眯地走到他身边，勾着他的肩膀朝前走："我现在有个机会给你，你帮我做成件事，我让你将朝廷官员都给扮个遍。"

"这……"邢越沉吟，"想是想，可扮演朝廷命官要入狱的。这话还是上次我假扮润州刺史的时候，你就跟我说的啊。"

"咳。"即墨无白干笑道，"所谓不入虎穴，焉得虎子？你有这个瘾在，何不玩儿个大的呢？"

邢越神色已经松动了。

即墨无白语气带着诱惑："还能扮演我入宫去见陛下哟。"

"一言为定！"邢越一口应下，搓着手问，"那你要我做什么？"

“我要你假扮安西都护府大都护乔定夜，去一趟都护府。”

邢越更激动了，一上来就玩儿这么大啊，太合胃口了！

一拍即合。即墨无白请他在酒家吃了一顿好的，亲自送他出了城门。

这一走，没几日秋季就来了，几天之内凉意四面八方侵袭而来，夏日悄然隐退，无踪无息。

“即墨无白来这里大半月了，终日四处在城里转悠，你未免也太纵容他了。”午后的书房里浸润了几缕薄阳，让人昏昏欲睡。阿瞻一手支着额头，懒懒散散地倚靠在师雨对面，双眼紧紧盯着她。

师雨正埋头处理政事，抬头瞪他一眼：“你上次跑出去已经让不少人见到你的容貌，我前前后后煞费苦心才压了下来，你居然敢来城主府！”

阿瞻轻轻叹息一声：“城主府都叫即墨无白给占了，我岂能不来。”

其实是他之前听霍擎说了花丛那一幕，实在按捺不住才跑来的。这理由自然不能让师雨知道。

师雨搁下笔，一脸好笑：“他助我退了乔定夜的兵马，对他礼遇是应该的。”

“我倒是觉得乔定夜比他好得多。”阿瞻坐正身子，“至少乔定夜替墨城出过力，他可是来夺墨城的。”

师雨摇头：“这些事你现在还不明白，不要插手，我自有计较。”

阿瞻紧抿着唇撇开脸：“我是什么都不明白，那还不是你们不让我明白。”

师雨知道自己语气重了，忙起身过去，在他身旁坐下：“好了，一件小事而已，不要放在心上。你还是继续待在霍府，不要随便走动，叫即墨无白发现了你就不好了。”

阿瞻似想出言反驳，被师雨伸过来的手打断，他就着她的手臂一枕，躺在她腿上，合上眼睛：“我歇会儿再走，自你做城主以来，我就难得见你一面，下次再见还不知道是何时呢。”

师雨轻轻拍了拍他的脸颊：“可别睡着了，冻着又得卧床不起。”

门外传来徐徐而来的脚步声，师雨愣了愣，夙鸢已被她支开，怎么会有人来？

她走到门边看了看，连忙返回扶起阿瞻，将他身上的披风系好，帷帽也戴好：“快从窗户出去。”

阿瞻诧异道：“为何？”

“即墨无白来了。”

“他来了我为何一定要躲？”

“就凭你这张脸！”

阿瞻一愣，乖乖走去窗口，门外已经响起敲门声，果然是即墨无白。

窗户有些高，师雨看了看，担心阿瞻摔着，一时犹豫，时间又紧，最后只好将他藏在了屏风后面。

她返回案后坐下，应了一声，即墨无白推门走了进来，高冠锦袍，神采奕奕。

“贤侄这是遇到什么好事了不成？”师雨浅笑盈盈。

即墨无白在她对面跪坐下来：“算是好事吧，陛下虽然对乔定夜颇为嘉许，但没有给他升官，只赏了些财物。”

师雨细细一想，点了点头：“这还真是件好事，他意图不明，若是权力更大，也就更难对付了。”

“他的意图应当很快就会知道了。”即墨无白从袖中取出一张卷着的纸条递给她，一眼就能看出是刚从鸽子腿上取下来的。

师雨展开看了看，讶然抬头：“你居然在都护府里都安插了人手？”

“别人可安插不进去，也就这个人能堂而皇之地混进去了。”

“哦？何人？”

即墨无白失笑：“就是那个叫你姑姑，叫我姑父的家伙啊。”

旁边忽然传来一阵轻响，即墨无白警觉地转头，师雨忙拉回他的视线：“你说的是邢越？”

“嗯。”即墨无白习武之人，眼力过人，口中答着，视线早已扫到屏风后的身影，那微微露出的一截衣摆，显然是个男子。

他看了一眼师雨，心忽地沉了下去。

师雨从来不是个扭捏的人，原本她执掌墨城，官员们来来往往，书房里出现个男子也不是什么大不了的事，可刻意藏起来就叫人奇怪了。即墨无白垂眼抿唇，手指轻轻摩挲着扇柄。

师雨心里七上八下，生怕他是发现了什么在打坏主意，找了个说辞岔开他的注意力：“贤侄，乔定夜应当不久就会回来，关于此事，你我还得好好计划一下才是。”

“这是自然。”即墨无白抬眼，含笑应了一声，一切如常，接着却霍然起身，朝屏风走了过去。

师雨连忙站起来，又生生按捺住情绪：“贤侄这是要去哪儿啊？”

即墨无白脚步转了个弯，在窗口停住：“看看外面的天色啊，时候不早了，我这就告辞了。”

师雨松了口气：“既然如此，我就不留你了。”说着一路将他送至门边，“贤侄慢走。”

即墨无白抬脚出门前转头看了她一眼，师雨身上蓦地起了一层鸡皮疙瘩，却听他道："姑姑还没想好与我结盟一事吗？我还在等着你的答复呢。"

师雨提着的心放了下来，还以为他发现了什么呢。"放心，我一定尽快给你答复。"

即墨无白离开后，阿瞻从屏风后面走了出来，也是一脸不快。

"什么姑姑姑父，乱七八糟的。"他小声嘀咕。

师雨哪里顾得上解释，亲自送他出去，一边道："你以后不要再随意走动，有事我会去找你的。"

阿瞻默不作声，一直走到后门口，霍府的马车正在那儿候着。他抬头看了看巍峨的城主府，又看看师雨："难道你没事就不能去找我了吗？"

师雨给他掖了掖衣领："即墨无白狡猾非常，你要明白我今时今日所做的一切都是为你好，就该乖乖听话。"

阿瞻默默点了点头，转身登车。

师雨再不能对他过多纵容，转身回府，立即派人传信葛贲，挑几个机灵的人暗中守在霍府附近，专门盯着他。今日这事可千万不能再来一次了。

即墨无白这一走就没再在师雨面前出现过，依旧和以往一样在城中四处晃悠。

沙义拔克里面依旧热闹。当初他与邢越那场辩法实在让人印象深刻，即使坐在角落也一眼就被认了出来。

掌柜手抚着上扬的小胡子过来问候，见他桌上只一壶酒、一道简单的下酒菜，惊呼道："少卿大人怎么一个人喝闷酒啊。"说着连忙招手叫来小二，让他去将店里卖唱的姑娘叫来，给他助助兴。

片刻，一名汉家女子抱着琵琶走了过来，向即墨无白施了一礼，在他对面坐下，开始拨弦吟唱。左右无事，即墨无白干脆支起额头认真欣赏。

曲调苍凉，那女子音色柔美，糅在一起是另一幅风情。他细细听那歌词，不同于普通酒肆里的靡靡之音，竟是细数历代风流人物的铿然之曲，很是赞赏。

待唱到魏晋时，忽听得一句"桓温见谢安，幕后藏郗郎"，他忍不住皱起了眉头。

入幕之宾。

岂不就是那日师雨书房里的写照。

当初那场辩法传为美谈，连带这间客栈也生意红火。掌柜的已将即墨无白当作吉星看待，全程在旁殷勤伺候，忽然见他沉着脸一言不发，赶紧挥手叫卖唱女离开，一边躬身赔笑："少卿大人可是不满意？小的再给你找别人来唱。"

有人接话道："掌柜的看我怎么样？"

掌柜的一扭头，就见一名戴着面纱的女子抱着琵琶站在一旁，音色有些古怪，身量也比较高大，头发微微带点栗色，看来是个外域女子。也好，换个口味。

“来吧，来吧。”他招招手，女子立即乖巧地走了过来。

即墨无白没什么心情，摇了摇手，掌柜的会错了意，还以为是嫌他碍事，立即告退了。

那女子却没拨琴，反而直接朝即墨无白身边挤过来，后者惊讶地后退，她就偏要凑过来，渐渐地竟然将即墨无白挤到了板凳的边缘。

即墨无白正要出言制止，那女子已抢先抱怨：“哎哟，你躲什么，我这不是想跟你悄悄说些话吗？”

他一愣，继而“扑哧”一声笑出来，这声音十分熟悉，竟然是邢越。

“邢先生，你这次扮演的是哪位啊？”

邢越将琴往腋下一夹，随手拨了拨头上盘得累赘的头发，左右看看，低声道：“休要再提，这次谁也不是，乔定夜回来了，我得找个法子跑啊。好在那小子不枉风流之名，府上多的是女人，我随便挑一个伪装一下就行了。”

即墨无白憋笑：“邢先生辛苦。”

“何止辛苦，简直是要了我的命了！内子若是知道我为你做这么大的事还不收一分钱，非得剥了我一层皮不可。”

“放心，以后少不了你的好处。”即墨无白展臂揽住他，在外人看来似乎在调戏卖唱女，“你打探到的消息呢？”

邢越挣开他，背过身去，伸手在胸口摸索了半天，将个皱巴巴的纸团递了过来。

即墨无白又想笑了，面对他愤然的眼色干咳一声忍了下来，接过纸团展开，仔细看下去，什么笑容也没有了。

邢越眨巴眨巴眼睛，故作娇媚地挤过来，捏着嗓子问：“大人……接下来奴家可以假扮你了吗？”

“你随意。”即墨无白随口敷衍一句，匆匆起身出门。

邢越望着他的背影扭捏地跺了一下脚：“切，你们这群臭男人，一个比一个没良心！”说着一把抱起琵琶，扭着腰肢出了客栈，就这么消失不见了。

掌柜的目送他出门，啧啧称奇，少卿大人胃口真叼啊。

即墨无白匆匆赶回城主府，刚进住处就大声喊了句：“杜泉，研墨！”

杜泉正靠在窗边优哉游哉地啃苹果，闻言一头栽到了地上。太久没干活了，都不习惯了。

他抹了抹嘴赶紧爬起来奔到桌案边，即墨无白已经伏案疾书，洋洋洒洒写了满满一折子，最后盖上官印，叫他立即送出去。

给陛下的奏折，杜泉哪里敢耽搁，赶紧出门去办。

此时此刻，师雨正坐在书房里欣赏字画。夙鸢拿进来时说这是乔定夜亲手所作，派专人快马加鞭送来的。

画中不是时下盛行的花鸟山水，也不是侍女图，而是师雨本人，正是那日她身着男装与乔定夜一起巡视边界时的模样。

旁边题了一句诗：韶光得相顾，不负风流名。

不愧是风流名声在外的大都护，连追求女子的方式都如此风雅。

师雨毫无感觉，却还是提笔给他回了封信。

忙完这事，她亲自去城主府的侍卫队里走了一遭，挑了四个侍卫，派他们去南居正院看着即墨无白。

“城主要我们盯着少卿大人什么举动？”四个侍卫摩拳擦掌，已经构思出深更半夜揭开瓦片偷看秘密书信的场景了。第一次做这种事情，想想还有些小激动呢！

师雨言简意赅：“所有举动。”

城主亲自指派的任务，侍卫们自然万分尽责，去了南居正院后，每日都会将即墨无白的动向详细记录下来。

师雨第一天看，上面记载了即墨无白的一日三餐吃喝拉撒不说，连吃什么都写得清清楚楚——“太常少卿命仆从剔除豆角，可见其不喜豆角。”后面记述了豆角自中原运来的艰辛，并表达了对太常少卿将如此昂贵的东西浪费掉的痛心。

第二日再看，记载了即墨无白的着装——“太常少卿喜着素色，尤恶玄黑，然其着玄色绝胜其他。”

师雨无奈，是要你们盯着他的行为，四个大男人，不是盯着吃的就是讨论即墨无白穿黑色好不好看，这样真的好吗？

乔定夜很快又寄了新的字画和书信过来，自此后断断续续没停了。有时候只是简简单单的一两句诗，有的时候是随意胡诌的几句闲话，但个中情怀已叫人一目了然。

师雨当作什么都不明白，回信时胡乱扯些东西，只是与他继续保持着联系。乔定夜说吃饭的时候想到她，她就说自己今天吃了什么菜色不错，推荐一二；乔定夜说喝水的时候想到她，她便寄去几种好茶。

生母在世时为了养活她，在酒家给客人跳舞，难免会遇到难缠的。与男人的周旋之道，她很小的时候便见了许多。若乔定夜当真是为了她的容貌如此，倒还好说，只怕是醉翁之意不在酒。这种人不能直接拒绝，因为吃不准他的意图是什么，也许会被反噬。唯有装傻装纯装清高，他不挑明，她就坐观后效。

南居正院里的四个侍卫忙了好几天后，总算是带回来了一个有用的消息——

即墨无白收到了一封信，疑似来自皇都。

师雨不耐烦地下令他们再去查探。

几个侍卫干脆轮流看守报信，一会儿来一个报告说太常少卿出了院子，一会儿又来一个说往东边方向走了，过一会儿来了一个说不好啊城主，太常少卿好像是往您这边来的呢。

果然，师雨刚遣退他们，即墨无白便晃进门来了。

"贤侄，多日不见了啊。"师雨笑着与他打招呼。

即墨无白也不多说，在她跟前站定，动手开始脱衣服。

师雨一惊："你这是做什么？"

即墨无白诧异道："姑姑以前不是跟我说在您这儿要守长辈的规矩吗？我看您安排的那几个人应当是和之前一样，想知道我里面穿的是什么吧？何必如此麻烦，您说一声，我这就脱给您瞧啊。"

将师雨弄得无语了，即墨无白似乎是满意了，理了理衣襟，在她对面坐下："我看姑姑是故意找了这几个人，想给我提醒呢，出了什么事您不妨直说。"

师雨沉声道："我怀疑乔定夜在图谋墨城。若真如此，他的意图与你一致，你们有可能会结盟，我自然要盯着你。"

即墨无白笑了一声："不用怀疑了，他的确是想图谋墨城，邢越已经打探到了消息。"

师雨皱眉："那你为何不早说？莫非真有结盟意图？"

即墨无白只叹了口气。

他收到消息后立即写了奏折给嘉熙帝，回信今日送到，嘉熙帝说当初给他的三个月期限早已过了，若乔定夜能代替他做到，也是好事。毕竟墨城不可能一直存在一位代城主，总要有个正式的城主。

这话也不好直说，他转开话题："姑姑是如何知道的？"

师雨拿了乔定夜寄来的字画递给他。

即墨无白还以为是什么机密要件，展开一瞧，居然是师雨的画像，再看落款，当即不屑："画成这样也好意思送来。"

"谁让你看他画得如何了？"

他将画卷起来还给她："姑姑能明白他别有用心就好，却不知你是如何回应的呢？"

"没什么回应。"

即墨无白看她神色也不像是没什么回应的样子，僵笑了一下道："也罢，此事暂且不提，我之前就提议结盟，现在你意下如何？"

师雨面有疑色："贤侄，这么好的机会，你为何要站在我这边呢？"

即墨无白笑得有些冷涩："我岂会让墨城落入外人手中？叔公的心血，只有我亲手继承，才能报答他的恩德啊。"

师雨听他语气，感觉不太舒服，总觉得像是在针对老城主，连面都没见过的人，哪里对他有什么恩德？但他直言了目的也是好事，怕就怕他没目的，那样反而不敢合作。

二人商定，当日城主府便发了一道诏令，下令各城镇所有决策统一递交城主府，由代城主亲自做决断，重大事件协同太常少卿共议。又命令全城提早宵禁时间，加强军力，严密防范。

全城百姓惊诧莫名，这道诏令居然是太常少卿拟定，代城主加盖印绶的。

去了一趟中原回来就这么和谐了？好不习惯啊。

墨城官员也都揣着疑问，虽然师雨的心思难以捉摸，但对付太常少卿，防止中原干涉的大方向是没变过的，这回是什么情况？

刺史明哲保身，收到消息就"一病不起"了，什么神医也治不好。霍擎又终日守在边界，官员们没有领头的，就将葛赍推了出来。

谁让他受宠呢。

葛赍遂风风火火地去了城主府，进了书房，就见师雨端坐案后，正在提笔书写，左手捏着右手祥云绣纹镶边的衣袖，长发随意地束了一下，发尾旖旎地从胸前拖到了案上。

他目光一转，旁边便是即墨无白，宽宽松松的常服披在身上，头发散着，手捧一份书函正在仔细浏览，竟比师雨还要闲散，不知道的还以为他才是这里的主人呢！

他有些火大，这小子是给城主灌了什么迷汤，居然一下子地位提升了这么多，简直要和城主平起平坐了。

即墨无白抬头看到他的神色，心里便已明白了几分，放下手中书函，笑道："葛校尉是因为诏令之事来的吗？"

葛赍理也不理他，对师雨拱了拱手道："城主下令，属下等人不敢不从。只是老城主在世时，从没有过让别人与城主共决事项的先例，城主岂可开此先河？"

师雨笔下不停，连头都没抬一下："老城主已经安息，不要什么事都拿他出来说话。诏令已经颁布，你们身为下属只要好好遵从诏令便可，不该质疑的不要问太多。"

葛赍瞪一眼即墨无白："城主有什么难言之隐不妨说出来，若是有人胁迫您，属下们绝对不会坐视不理！"

即墨无白摸摸鼻子，一脸无辜。

“放肆！”师雨抬头，对外唤了一声，两名侍卫立即进来听命，“将葛校尉送回府上思过！没有我的允许，严禁踏出府门半步！”

葛贲张口结舌。

消息很快传出去，连深受城主宠信的葛贲都被软禁了，这下谁也不敢表示异议了。

进入十月，东西贸易又开始热络起来，大家都赶着在入冬前尽快将手上的货物抛出去。

若羌对墨城一击不中，如今自食恶果，时间越久越艰难，又派了使臣来和解。这次来的也不是别人，正是右相齐铸。

师雨玄衣盛装，眼见着齐铸由下人领进议事厅，嘴角轻勾。

齐铸这次来也是情非得已，本来就在中原得罪了师雨，心有戚戚，再瞥到她的神色，膝盖微微发颤，转头一看，即墨无白竟然也在，心中更觉不妙。

身后的门在他进来时便合上了，议事厅本就空旷，上首位置只比下面高出一阶，但师雨此时坐在那里，齐铸却觉得自己矮了不止一个头，简直跟朝见嘉熙帝时的感觉一样。

“哟，这不是右相大人吗，许久不见啊。”即墨无白笑眯眯地看着他，颇有故友重逢的模样，“早知道是您亲自前来，在下一定出城十里相迎啊。”

齐铸讪笑：“咳，少卿大人也在，实在叫本相意外。”

即墨无白笑道：“为何意外？我们姑侄在墨城的大事上，一直是互相扶持、共同商议的啊。”

齐铸神色阴晴不定。

师雨道：“贤侄还是先让齐相说一说打算如何赔偿墨城损失吧。”

齐铸一愣，声音都高了几个调：“赔偿？”

“是啊，自古议和，哪有不赔偿的？”师雨冷笑，“又不是我墨城入侵的你若羌。”

墨城虽然自主权力大到可以与外国使臣商议事情，前后却还需要向朝廷知会。齐铸对此心知肚明，料定二人是在虚张声势，定了定神，将之前就拟好的说辞丢了出来：“城主容禀，若羌这次并非有意为之，只是为了追回一个逃兵才进了墨城地界。墨城这边出击了，若羌也不能挨打不是？所以此事说来不过是一场误会啊。”

师雨微微抬了抬下巴，眼神睥睨：“这么说我们还得赔偿若羌了？”

齐铸笑道：“哪里的话，城主有心便好，万事以和为贵嘛。”

师雨不置可否，转头问即墨无白："之前让贤侄算的账如何了？"

即墨无白从袖中抽出一张纸来，递给她："早已算好。"

师雨打开看了看，点点头，命夙鸢交到齐铸手中。

齐铸双手接过，不明所以："这是……"

"若羌需要赔偿的数目，齐相慢慢看，赔偿到了，贸易也就通了。如你所言，万事以和为贵嘛。"师雨笑着站起身，施施然离去。

齐铸对着她的背影无语凝噎，敢情说了半天等于没说啊。

即墨无白倒是善良，还特地送他出门，一边道："右相大人不妨向代城主献一支胡旋舞，兴许她一高兴，要的赔偿就少些了呢。"

齐铸额头青筋突突地跳："少卿大人这是什么话？我堂堂一国右相……"

即墨无白食指掩唇"嘘"了一声："准确来讲，你是战败国的右相。"

齐铸咬牙切齿，恨恨拂袖离去。

若羌吃了瘪，比什么都让人痛快。晚上师雨特地命人备了酒菜，与即墨无白庆贺。

"齐铸傲慢，你今日激怒了他，若羌恐有异动。"饭吃到一半，师雨将疑虑说了出来。

即墨无白停箸："若羌这次与墨城的战事之所以这么快就平息，也是因为后劲不足。其他西域小国没有一个帮他的。只要我们尽快派出特使去周边诸国走动，打牢关系，若羌定不敢轻举妄动，乔定夜也会有所忌惮。"

师雨左右看看，好在屋中只有夙鸢和杜泉在："可是墨城贸然派出使臣，会被定为谋逆的。"

即墨无白笑了笑："无妨，我亲自走这一趟就是了，也不用使臣身份。"

师雨上上下下看他一圈，笑盈盈地夹了一筷子菜放到他碗里："无白如此善解人意，实在叫我感动。若是没有墨城横在中间，我一定交你这个朋友。"

即墨无白把玩着酒盏，笑看着她："我只要推心置腹的那种。"

师雨忍不住笑出声："那是自然。"

"不，还是不够。"

"嗯？"

即墨无白脑中忽然闪过那片屏风后的衣角，又被这一声"嗯"恍然拉回了神，摇了摇头，拿起筷子："没什么。"

师雨和即墨无白都是雷厉风行的人，既然定下了出访周边诸国的计划，自然是越早进行越好。

第二日一早，即墨无白便整装要出城。临出发前，他去书房与师雨道别，没见到她人，倒是见到下人抱着字画进来了。

师雨给了他决策权，如今他的地位自然也不同往日，下人不见师雨，便将卷轴送到了他手里。

即墨无白打开一看，仍然是师雨的画像，这次是身着襦裙的娇媚模样，背后是假山叠水的美景，她倚在廊边，巧笑倩兮。旁边题了一句情意绵绵的情诗，落款不是乔定夜是谁。

他啧啧摇头，酸水都快吐出来了，心里老大不痛快，当即铺纸研墨，一掀衣摆落座，提笔蘸墨，照着乔定夜所作的画临摹了一幅，却在人物的双目、神态上做了改动。背后的场景也换成了茫茫远山，看起来师雨像是在凭栏远眺一般。然后大大方方署名，盖上自己的印章，叫人送去都护府。

此画一气呵成，送出后他精神百倍，出门时的步子都轻快了许多。

几日后，师雨收到乔定夜的信件，他在信中表示，还是子玄画技更胜一筹，寥寥几笔便描尽了师雨神韵，叫他自惭形秽。

师雨莫名其妙，连忙写信去问即墨无白怎么回事，他义正词严地回复，这是为了让乔定夜了解如今墨城已有他一席之地，再无可乘之机，也好让他忌惮着些。

这般合情合理，师雨竟无言以对。

第六章

终身大事

西域大大小小共三十六国，唯若羌与墨城接壤线最长。周边的且末、乌孙、龟兹、焉耆、楼兰等国虽也接近，却没那么紧密。

即墨无白要走访的是围绕在墨城和若羌周边的十国，数量虽多，却疆域小路途近，耗时也不算太长，走访结束时，正好到了十月底。

最后一站是依耐国，国君派了人马，一路护送即墨无白到豫国境内，距离墨城已不足百里。他不想太招摇，叫随从先行回去报信，自己带着杜泉在后面赶路。

原本天气不错，过了两日却是风沙大作。他用一条毯子从头裹到脚，骑着骆驼自沙海向绿洲靠近。远远地，隔着纱帐般的黄沙，已能看到墨城的轮廓，他长舒了一口气。

杜泉包得比他还严实，只露出嘴巴说话，每说一句话就要吐一口沙子：“公子……呸！您说您这么辛苦……呸！值得吗？呸！”

即墨无白知道他就是嘴碎，故意不理他。

“咦？”杜泉忽然发现了什么，指着前面道，“好像有人来接我们了啊……咳咳，呸！”

即墨无白早就看到了，只是黄沙遮眼，看不清楚。待渐渐走近，才看出那是个跨在马上的人，蒙着脸，看不清容貌，身段倒是能看出是个女子。

总不可能是师雨亲自来接吧？

他一边寻思着，一边加快速度接近，一眼看到对方手里的长剑，想调头已经来不及了。

“少卿大人，许久不见啊。”

即墨无白只能硬着头皮上前，嗯哼一声：“乔姑娘有礼。”

说话实在不方便，乔月龄抬了一下手，示意他去前面避一避风沙。

黄沙在风中扭动，像是舞姬甩出的水袖，偶尔扫过眉梢眼角，却会叫人清晰地感觉到微疼。三人纵向前行，走了一里路，踏上绿洲，渐渐有了树木遮蔽，沙尘好了许多，看东西也清楚了不少。

前方有一间破败的房子，孤零零地伫立在路边上，已被风沙侵蚀了大半，只有一堵墙还能挡一挡。

乔月龄下了马，揭去面巾，拍了拍头上的沙尘，转头看着即墨无白：“我已为你们备好马，出了沙海，再骑骆驼速度就慢了。”

即墨无白颇为意外，这还是第一次两人见了面没有动手还这么客气的呢。他下了骆驼，拱拱手：“那就谢过乔姑娘了。”

乔月龄依旧冷冰冰的，看了一眼杜泉，对他道：“让你的侍从回避一下，我有话要与你说。”

即墨无白转头朝杜泉使个眼色，后者左右看看，实在无处可避，只能默默站到风沙里。

“乔姑娘远道而来，看来是有要事要说。”

乔月龄黑衣飒飒，冷哼一声：“你当我乐意来？不过是家兄有命，不得不来罢了。”

“哦？”即墨无白来兴趣了，“不知乔大都护有何指教啊？”

“没什么指教，只是顾念相识多年，关心一下你的近况罢了。”

即墨无白好笑道：“我有什么近况好关心的？”

乔月龄神情有些不自然，微微扭头，盯着远处漫天飞舞的黄沙：“你……这么多年了，没准备找个姑娘把终身大事定了吗？”

“准备啊，我时时刻刻都准备着啊。”即墨无白回答得又溜又顺。

乔月龄面色微红，垂头看着鞋面：“那你心仪的女子是什么样的？”

即墨无白把玩着毯子的一角，认真思索着，脑海里首先浮现出的竟是那双面纱后似笑非笑的眼，苦笑着摇了摇头：“不知道。”

乔月龄稍稍抿唇，藏去嘴角笑意，一本正经道：“既然如此，家兄可以为你做个媒。你如今住在城主府，与城主一个未婚女子朝夕相处，久了难免会有闲言碎语，早日成家也是好事。”

乔定夜连拉拢人都这么老套。即墨无白干干地笑了一声：“我住在城主府怎么了？如何就有闲言碎语了？”

乔月龄听他语气不善，惯性使然，脾气也隐隐有些发作，再回想当初他背着师雨逃出险境时的那亲昵模样，口气不太好：“怎么没有闲言碎语？你是太常少卿，掌管礼乐，应当最懂教化伦常，切莫动了什么不该动的心思，惹人诟病，说你乱伦！”

即墨无白手指攥得死紧。

乔月龄见他不作声愈发来气，恨不得跟往常一样动手才好，想起兄长的话又忍了下来。

都说长兄如父，她的心思如何瞒得过亲哥哥？那日他突然说想成全她，她还推辞了半天不承认。但哥哥说得对，即墨无白这样的人，她不说的话，他可能一辈子都不知道呢！

可她终究不好意思直言，戴好面巾，翻身上马：“你好好想想吧，我在……我们在宁朔等你的消息。你若愿意，家兄一定会尽心尽力替你操办的。”

即墨无白意外，以前甩也甩不掉她，今日却是自己跑了。他虽然对乔定夜无甚好感，却还不至于牵扯到她身上，客客气气地拱了拱手：“多谢乔姑娘一番美意。”

乔月龄的脸色好看了一些，策马走了。

风沙小了一些，即墨无白裹好毯子，叫上杜泉，换乘马匹继续赶路。

杜泉吃了许久的沙子，忍不住一路抱怨，但即墨无白半点儿回应没有，一路都默不作声，半路还差点儿走错路。他以为是自己唠叨太多让公子心烦了，只好将话默默吞回肚子里。

天色将晚时，终于进入墨城边界，风沙也已经停息。天像是被污水洗过，乌蒙蒙的，墨城大军的军营如同一朵一朵的小白花绽放在远处。黑甲金戈的军士看起来不过是一群黑点。

即墨无白掀去毯子，深深吸了口气，一路狂奔过去。快到军营门口时，见到一身戎装的霍擎跨在马上，花白的胡须在风中颤动，似已等候久矣。

他勒马停住，整了整衣冠，朝他拱手：“霍老将军。”

霍擎回礼：“太常少卿近来为墨城做了许多，老夫特来相迎。”

即墨无白微微一笑：“晚辈受宠若惊。”

霍擎抬手做请：“城主已经在府中等候太常少卿的好消息，请！”

即墨无白打马前行，转头拦了一下：“老将军就不要同往了。”

霍擎一愣：“为何？”

“我怕你待会儿受不了。”

师雨已在城主府备好接风宴，亲自站在门边等候即墨无白。

掌灯时分，他终于策马而至，尚未到跟前，一道身影已经看出瘦了不少。

“贤侄辛苦了。”

即墨无白抬眼，见她静静地站在檐下，目光柔柔的，映着灯火。他垂头应了一声，再无他话。

师雨只道他是累了，并没在意，原本要询问出行各国的情况，也只能暂时压住。

二人并行朝府中走去，即墨无白忽然道："我有件事要与姑姑商议。"

师雨朝身后摆了一下手，下人们悉数退去。"贤侄有话尽管直言。"

即墨无白目视前方，脚步不停："我想请你交出一半兵权由我执掌。"

师雨脚步一停："你说什么？"

即墨无白转过头，负手而立："自与姑姑结盟以来，聚权为其一，巩固为其二，如今这两步都完成得很好，眼下就是要再走一步，让所有人都认定我与你是真的姑侄同心，而不只是做戏，这便是要再走的一步。"

所言在理，但师雨犹豫不决。即墨无白的目的天下皆知，眼下的结盟不过是暂时的，难保他这不是借机为以后夺权铺路。

即墨无白如何不知她的心思，望着天继续道："不止如此，此事还必须在大庭广众之下宣布，以昭告天下。"

师雨正要开口，他竖起几根手指朗声道："我所做的一切都是为了墨城，可对天发誓。"

她抿了抿唇："此事并不是我一人可以做主的，军政还有霍叔叔在，他那关过不去。"

即墨无白叹口气："还说姑姑聪慧过人，原来也不过如此。你让霍老将军做两个假的虎符给我做做样子不就完了？"

师雨挑眉："你肯？"

"你们不信我，也只能如此了啊。"即墨无白笑笑，转身继续朝前走。

他这般通情达理，倒让师雨自觉理亏了。

第二日师雨便找霍擎议定此事，三日后于城主府大摆宴席，宴请全城官员，包括被软禁的葛赍，以及周边城镇的大小属官。

城主府许久没这么热闹过了，上次大厅里摆满案席，算起来是即墨彦六十大寿时的事了。当初只有即墨彦一人高高坐在上方，如今除了盛装的师雨外，还有身着绯色官袍的即墨无白。这种状况还是头一次见，官员们都觉得很新奇，三三两两地窃窃私语。

宴席开始，诸位官员都一一起身向师雨述职，禀告了辖地中的大致情形。

师雨听得很认真，但凡遇到拿不准的事情，都要跟身旁的即墨无白小声讨论几句，再做出决断。

官员们都以为那道诏令不过是形势所需做个样子，可眼下见了这情形，却都确定了，看起来城主是真的很倚重太常少卿啊。

酒过三巡，师雨吩咐奏乐暂停，官员肃静，师雨站起身朗声道：“今日当着诸位的面，有件事要宣布。太常少卿即墨无白乃老城主嫡亲侄孙，在墨城也多有建树，如今我与霍老将军商议，允许其执掌墨城一半兵权，即日起生效。”

话音一落霍擎便站了起来，从袖中取出兵符放进侍女手捧的锦盒里。众人眼睁睁地看着那锦盒交到了即墨无白手中，一片哗然。

师雨以茶代酒，转头朝即墨无白举了举：“贤侄，你我是一家人，今后也要互相扶持才是。”

即墨无白起身举杯向她敬了敬，仰脖一饮而尽。

官员们一见，纷纷开始向即墨无白敬酒。此时什么惊诧，什么不满，都比不过攀关系重要。即墨无白也来者不拒，今晚他一直神色肃然，仿佛直到此时才高兴起来。

只有葛贲坐着没动，对这些墙头草的行径痛心疾首。

趁着大家热闹，夙鸢悄悄在师雨耳边传了句话，她听后放下酒盏，走了出去。

厅外角落里站着派去盯着阿瞻的人，他特地来禀报师雨，说阿瞻得知了师雨分兵权给即墨无白的事，砸了一屋子的东西。

师雨仔细交代了一番，最后道：“随他砸，东西砸完了再添上，直到他消气为止。”

这一耽搁，不过片刻工夫，她正要返回厅中，就见杜泉架着即墨无白出来了。

“这是怎么了？”她看着几乎挂在杜泉身上的即墨无白，有些诧异。

杜泉道：“师城主有所不知，我家公子酒量不济，平时都不怎么饮酒的，今日也不知怎么了，一杯接一杯地喝。”

师雨笑着走过去：“想不到贤侄你还是个酒鬼。”

即墨无白抬眼看她，双眼如同蒙了一层水雾：“不要叫我贤侄。”

师雨一怔，好笑道：“不叫你贤侄叫什么？”

“嗬……按年纪来论，你还该叫我哥哥。”

师雨故意趁他意识不清逗他：“叫你哥哥？你哥哥来了，我也得管他叫侄子呀。”

即墨无白忽而一把握住她的手腕，手劲大得出奇：“我说了别叫我侄子！我与你非亲非故，算你哪门子侄子！”

师雨微微愠怒，却在看到他的神情时愣住。

他的目光灼灼，似要在她身上烧出个窟窿来才甘心。师雨垂眉敛目，心中诸多思绪一闪而过，却面如止水。

杜泉和夙鸾都吓得不敢作声，常言道酒后吐真言，原本姑侄相称的二人关系越来越好，大家都有目共睹，可今日太常少卿一喝酒却否定了这关系，看来心里根本没把城主当成自己人，难保她不会生气啊。

“酒可真不是个好东西。”师雨忽然轻轻笑了笑，叫杜泉好生扶他回去休息。

杜泉如蒙大赦，连忙架着即墨无白走了。

师雨看了一眼二人离去的背景，转头朝夙鸾勾勾手指：“你说说，若是一个男子喜欢我，那他是喜欢我的什么呢？”

夙鸾脱口道：“自然是城主的容貌了，城主姿色天下无人可比。”

师雨笑着戳了一下她的额头：“什么时候这么会说话了？”

夙鸾憨笑，师雨嘴角的笑意却隐去了。

即墨无白第二日起床后头疼欲裂，眯着眼睛好一会儿才适应窗外投入的阳光。

杜泉守在房中，见他苏醒，连忙端起桌上的汤碗过来：“公子可算醒了，师城主一早叫人送了醒酒汤过来，都热了好几回了呢。”

即墨无白愣了愣：“谁送的？”

“师城主送的啊。”

他神情微微尴尬，接过来几口喝完，什么也没说。

洗漱整理完毕，出门时已经是中午了，门口齐齐整整站着四个侍卫，一脸严肃。

即墨无白左右瞟了瞟：“你们现在改成正大光明盯着我了？”

其中一个侍卫拱了拱手：“回禀少卿大人，奉城主之命，吾等以后负责您的安全。”

他不禁失笑：“我何时变得这般重要了？”

四个侍卫彼此对视一眼，摇摇头，那模样似乎比他还疑惑。

出访各国的结果还没有跟师雨详谈，即墨无白也不管他们，匆匆朝书房走去，踏上回廊时，忽然发现两边有些变化。

墨城比不上中原花木葱茏，如今又入了秋，越来越有萧瑟之感，可这里一夜之间竟然多了不少姹紫嫣红的花，一盆一盆放着。他险些要以为自己还在润州那江南之地了。

杜泉也很惊讶，揉了揉眼睛，不敢相信：“这是怎么回事啊？”

身后跟着的侍卫个个面露得色，推了一个嘴皮子利落的出来，让他解释。

原来以前每年到了这季节，城中的人都喜欢做一些假花假草贩卖，一是为了装点，二是为了生计。草梗、韧性强的杨枝条都是好材料，可以做枝干，布料可以做成花瓣，成型后再绘以颜色，五彩斑斓，煞是好看。

达官贵人们府上装点的则要贵重得多，金漆描的花盆，在里面铺上黄沙压实，嵌入锡制铜质的枝条，上面的果实挂的很有可能是珍贵的珠玉或者玛瑙。

中原的姑娘都以会女红作为闺阁必修之道，墨城的姑娘却一定要会做这种花卉，久而久之就有了个节日。当初墨城还叫哈兰城，这种做出来的假花就被称作哈兰花，到了葭月深秋，还有个哈兰节。

即墨无白一边往前走一边听他说，连连点头，墨城百姓果然智慧。

到了书房，只有夙鸢在，见到他来，迎上来道："就知道少卿大人要来，城主人在吹雪阁呢。"

即墨无白朝西北角的楼台看了看："她去那里做什么？"

夙鸢当前领路："城主让奴婢等在这里，就是要请少卿大人一起去，大人请。"

吹雪阁据说是以前城主夫人住的地方，即墨无白只远远看过一眼，还是第一次来。

拾阶而上，到了阁楼门前，转身远远一瞥，一侧群山茫茫，一侧黄沙漫漫，绿洲城郭外一湾碧湖，旁边一支驼队正绕着它西去，仿佛能听到迎风传来的驼铃声。

萧瑟到极致便成了壮阔。此时已经如此，待到深冬大雪落下，必然更加摄人心魄，难怪这阁楼名叫吹雪阁。

他深舒口气，宿醉的头疼也好了许多，转头进了室内，在门边站定。

日头正烈，阁楼四周的窗户都打开了，风裹着阳光钻进来，吹动纱幔，师雨坐在窗边，由一个年老的妇人陪着，背影若隐若现。

"城主，少卿大人到了。"夙鸢低声禀告。

师雨示意老妇人退下，朗声道："请他进来吧。"

即墨无白走过去，看了一眼她手下零零碎碎的东西："姑姑在做什么？"

师雨抬手请他坐下，笑看着他："怎么，今日又肯认我做姑姑了？"

桌案不大，即墨无白在她侧面坐下，听到这话神情微微一僵。

师雨贴过来细细端详他的神情，轻轻笑出声来："不是说喝醉了不记得发生过的事吗，我怎么觉得你好像记得很清楚？"

即墨无白垂眼："我醉酒后的事情的确记得比清醒时还清楚。"

"原来如此。"她坐直身子，声音既轻又柔，"何必勉强，你以后想叫我什么便叫什么好了。"

即墨无白看着她的侧脸，试探般道："我若直呼你名字呢？"

"那就叫吧。"师雨手中忙着，没有看他，嘴角却牵出一抹浅浅的笑，"我还没听你叫过我名字呢。"

即墨无白只觉心中被什么挠了一下，有些酥酥麻麻的痒。

好在师雨没再继续谈论此事，拿了桌案上的东西给他看："这些都是用来做哈兰花的。”

即墨无白此时才看清那些东西——已经成型的枝干，零碎的叶子，还有三三两两的花瓣，材质却是上好的金银玉石：“你要亲自做？”

师雨点头：“听说每年中原的立春日，皇帝都要亲自下田耕种以示重农劝稼，我们这里的哈兰节，城主也要亲自做哈兰花。如今你我联手，众所周知，今年要做哈兰花，你自然也要参与。”

即墨无白笑道：“这规矩想必是叔公传下来的。”墨城至今也就两位城主，眼前这位还不是正式的，除了是他定的还能有谁？

“你说对了，的确是父亲传下来的规矩，此事说来还有段故事。”

据说当初城主夫人从长安远嫁到墨城后，不习惯这里的凋敝，一直心心念念想再见一见长安的牡丹。即墨彦知道墨城有哈兰花这等工艺，便命人做了一朵假牡丹，金子熔出来的花瓣，玉石做的花蕊，外面用色彩描绘，看起来如同真牡丹一般。

城主夫人生辰当日收到此花，见花瓣上有水珠，还奇怪此地干燥因何会有露水，用手去拂才察觉出异样，大为感动。即墨彦道：“花叶终有凋零时，唯卿手执者能长久。”

此事传到坊间，自此兴起男女互赠哈兰花表白的风潮来。

即墨无白听得胳膊上都起了一层鸡皮疙瘩：“啧，头一回听说叔公还是个情圣。”

师雨眼波一横：“你又不曾见过他，自然不了解他。”

即墨无白意味不明地笑了一声，没有答话。

师雨今天要做的也是牡丹，但要大一些，以便于在节日时展示。方才那老妇人教了许多，她已通晓一些门道，认真忙了一会儿，居然也弄出了个样子来。

她拿了支笔塞进即墨无白手里：“闲话不多说了，你不是擅长丹青吗，那你负责上色好了。”

即墨无白接过笔，看着她在定型后的花瓣上涂涂抹抹，又放在阳光下晒干，忙得不亦乐乎，心不禁慢慢宁静下来，也跟着动起手来。

这可不比耕田，是个细致活，二人第一次做出来的花，形态只能说看得过眼，好在即墨无白描画得不错，远观倒也能以假乱真。

“真是不容易。”师雨揉了揉发麻的双腿，看见即墨无白端详着手中成品，伸手拿了过来，低头一嗅，再抬头，人比花娇，“无白，这花便送了我吧。”

即墨无白怔了怔。

“怎么，不愿意？”

“不是……”只是易让人联想到她方才所言的风土人情。

“那就是答应了。”师雨将花小心翼翼地放到桌角，视如珍宝。

即墨无白心绪微动，丝丝缕缕的甜，刚刚冒了个头，又被他狠狠扼住，拧出酸涩的汁来，流到了每一个角落。曾在北固山头吟诗九州，也于滔滔江水睥睨卿侯，多少轻狂，多少恣意，如今竟也有因一颦一笑、一言一语而心神不宁的时候。他心中苦笑。

出吹雪阁的时候已经是夕阳西下，即墨无白想起找她的初衷，一边往下走一边道：“你还未问我出访结果呢。”

师雨走在前面，步履轻缓：“看你回来后的模样，便知一切安稳。倒是我听先行回来的人说，在返回路上见到了乔姑娘，不知道你见到了没有？”

“见到了。”

即墨无白说完这话正好走完台阶，杜泉快步迎上来，将一封信递到他眼前：“公子，宁朔有书信送到。”

师雨瞥了一眼，似笑非笑：“都护府可不就在宁朔吗？”

即墨无白将信递给她：“姑姑若是怀疑我与乔定夜暗通款曲，可以亲自拆阅。”

师雨轻哼一声，抬脚就走：“只怕是乔姑娘的信吧。”

即墨无白拆开一看，果真是乔月龄的信。他抬头看了看师雨的背影，惦记着她刚才那声轻哼，也不知是不是多心，莫非她是在吃乔月龄的醋？

乔月龄来信自然还是为了上次谈话的回复，虽然才过几日，但对她而言却如同隔了许久。

即墨无白实在对乔定夜的这种拉拢方式反感，晚饭之后便写了封回信，用的借口和当初推托那些达官贵人的一样——婚姻大事还得长辈点了头才能考虑。

侍卫很快就将他回信的消息送到了师雨耳朵里。她伏在窗边出神地望了会儿天，忽然想起明日起便是哈兰节，晚上城中会很热闹，叫来夙鸢给自己更衣，准备出门。

夙鸢知道她要为老城主守孝三载，平常都着素色或者深色，便给她挑了一件月白的衣裳。师雨却摇了摇头，亲自选了件水红丝绸襦裙，束结高腰，外面披一层素纱，到了晚上灯火一照，便如水波般熠熠生彩。披帛软如棉白如雪，连面纱都带着纹绣。

而后她对镜饰面，点描脂粉，梳了个双鬟后倚髻，妆成后揽镜自照，夙鸢已在旁看痴了。

师雨转头笑骂：“发什么愣？去请即墨无白，让他随我去见识一下墨城的盛事。”

夙鸢匆匆去传了话，即墨无白欣然接受了邀请。

师雨走出府门，见他站在马车边，摇了摇头道：“不坐车了，你我信步过去才有意思。”

即墨无白见跟在她身后的侍卫都换成了平民装束，接过杜泉手中的灯笼：“好吧，我还是头一次见识这节日，也只能听你的。”

师雨转头摆摆手，侍卫们立即退远去一大截。

即墨无白走近，这才看清她的模样，目光流连了几遍才收回，抬了一下手：“走吧。”

官居之地，安静非常，但远处街市灯火透亮，已可窥见。即墨无白听侍卫们说从今晚起，长达一个月墨城都没有宵禁，看来还真是如此。

一路地势往下蜿蜒，师雨行走得不疾不徐，即墨无白却还不习惯走这种路，脚步不自觉地就有些快，于是每走了一段路就要停下来等她。

师雨每次抬头，总见他提着灯笼站在前方，广袖的白衣在风中轻轻扬起衣角，背后亮光逆照出一道柔和的剪影。

快接近商市时，欢笑声、孩童的追逐打闹声、食物煮熟的香气，一股脑儿扑了过来。

即墨无白对师雨道：“看来人很多，你要跟紧了我，可别挤丢了。”

师雨双眼粼粼如波，笑语如娇嗔：“我又不是小孩子。”

即墨无白笑了笑，步入大街。

街上果然熙熙攘攘的全是人。几乎一路都是卖哈兰花的人，往前走有杂耍，还有吃食，原本宽阔的道路显得拥挤不堪。深秋的夜晚，凉意深重，可在这里丝毫感觉不到。

即墨无白在长安，在润州，都逛过这样的集市，可与这里大不相同，自然大感新奇。看到前面有几个萨满法师在念念叨叨地围着个人做法事，他便挤过去看了看，不过瞬间，蓦地记起师雨，转头一看，哪里还有她的身影。

他连忙折返，沿路找过去，但这里的女子大多蒙着面，只凭服饰找人，犹如大海捞针，若是直接唤她，又恐怕惊动全城百姓。

找了许久，别说师雨，就连一个侍卫也没见着。他有些后悔，走的时候该劝她带着夙鸢的。

路上有百姓认出他来，叫了他一声，他也无心回应，立即大步走开，在一处边角里站着，用目光数着一个个过去的人。

“哟，这不是……”一个人从他眼前窜出来，话只说了一半，看着他的脸戛然而止。

即墨无白上下打量他一圈，一个白净秀气的青年，有些熟悉，回味了一下他的声音才反应过来："邢先生啊，你还在墨城？见惯了你各种模样，对着你自己的脸反倒不认识了。"

邢越哼哼一声，面有得色："我已从长安回来了。"

即墨无白的视线仍然在人群里搜索，随口"嗯"了一声。

邢越抬手在他眼前摇了摇："你都不问问我去长安做什么了？"

"哦，你去做什么了？"

"哈哈哈哈哈，我顶着你太常少卿的名号……"他的声音突然低下去，凑到他耳边接着道，"混入了宫里，还见到了陛下。少卿大人这张脸委实好用，连令牌都不用就能入宫，不愧是陛下跟前的红人啊！"

"嗯。"即墨无白依然反应平淡。

邢越有些不高兴，冷着脸道："本来还想告诉你若羌的消息，既然你无心听，那我便走了。"

即墨无白回神，赶紧拦住他："什么消息？"

邢越这才满意了，清了清嗓子："若羌那边谣言四起，说你与代城主关系如此和睦，实际上……"他左右看看，又贴到他耳边，"实际上关系不清不楚，沆瀣一气，狼狈为奸。"

即墨无白皱眉："此话当真？"

邢越点头如捣蒜："内子刚从那里回来，知道我认识你，将这消息告诉了我。说若羌国内都已传遍了，西域其他国家也有这传闻，料想不用多久就会传来墨城，然后传去中原咯！"

说完这话，他长叹口气，拍了拍即墨无白的肩膀："我言尽于此，趁事态未扩大，赶紧想法子遏制一下吧。"

即墨无白问："如何遏制？"

邢越想了想："容易，赶紧娶妻就是了。"

"你与即墨无白一起来的？"街道尽头，几个壮汉团团围着的马车里，传出阿瞻低低的声音。

"嗯。"师雨道，"我带他来见识一下。"

阿瞻语气里染了不甘："你将我看得好好的，却终日与他朝夕相对。"

师雨笑了一声："多大人了，净吃飞醋。"她揭了帘子下车，嘱咐道，"时候不早了，快些回去吧，晚了霍叔叔得着急了。"

阿瞻手扶着帘子，露出半张脸，依依不舍地看了她一会儿，总算听话地坐了回去。

邢越来去如风，趁即墨无白一走神就不见了。他凝神再去找师雨，忽然衣袖被轻轻扯了一下，一扭头，就见师雨正俏生生地站在他身后。

“你去哪儿了？”

师雨垂眼：“贤侄，你走得那么快，如何追得上？”

即墨无白看着她的双眼，不觉心软，低头见她还捏着自己的衣袖，柔声道：“那我走慢些便是了。”

师雨跟着他往前走，因为拥挤，半边身子紧贴着他，笑道：“贤侄以后肯定会对自家夫人宠溺得很。”

“那是自然，世上如我这般疼惜女子的人可不多。”和平常一样厚颜无耻的话，此刻在他口中却有些心不在焉。

“那你倒是疼惜疼惜姑姑，少与我斗一些啊。”

即墨无白没作声。

走到前面，有个卖哈兰花的摊子摆着。师雨松手走了过去，即墨无白正要跟上，见她只是买了枝花，立即就走了回来，一手仍捏住他的衣袖，一手将花递给他。

即墨无白一愣：“给我的？”

“是啊，今日你不是赠了我一枝牡丹吗？”师雨将花塞进他的手心，笑道，“若是以后有机会再去长安，你给我植一株真牡丹吧，我还没见过真的牡丹呢。”

“好。”即墨无白将那枝花仔细纳入袖中，心潮涌动，面色无波。

哈兰节盛大，在墨城甚至胜过春节。如今边界有了禁令，西域方向的外来客少了许多，可即使如此，还是热闹得如同一锅沸粥。

人多了事情就多，师雨如今又事事都要亲自决断，手上事情多如牛毛。

即墨无白无法帮她，他正忙着与若羌交涉，这年头，催款也不易，即使是赔款也一样。其实他知道若羌不会给钱，都已经开始散布谣言分化他和师雨，哪里是要给钱的样子。

全城热闹了好几天后，中原方向来了贵客。

师雨正在书房处理事务，听夙鸢来报说乔定夜兄妹来了墨城，第一反应便是皱眉。

不出半个时辰，二人就到了府上。师雨命人收拾了一下，就在书房见他们。

乔定夜一袭黑衣，罩了件宽大的披风，大步迈入书房，笑着拱了拱手：“师城主，别来无恙。”

师雨跪坐着没有起身，拱手回了一礼：“多谢大都护关心，诸事安好。”

乔月龄跟在兄长身后进来，今日竟着了大袖当风的襦裙，鲜嫩的鹅黄色，将她的脸色也映衬得好看了许多。她向师雨见了一礼，垂着头一言不发，似有些羞赧。

“乔姑娘这是怎么了？”师雨笑着看向乔定夜，“我还是第一次见乔姑娘这样呢。”

乔定夜哈哈笑着落座，接过夙鸢递来的茶盏：“女大当婚，她这是羞涩呢。”

师雨心思微动：“哦？原来是有喜讯了，不知乔姑娘要嫁的是何人啊？”

乔定夜抿了口茶，注视着她：“实不相瞒，乔某属意子玄，舍妹也心系于他。只不过他说婚姻大事还要经过长辈，我只好厚着脸皮来见师城主了。”

“原来如此。”师雨一手掐着衣角，恨不得是在掐即墨无白才好，这种事也好意思推给她！

明白人都知道这种事情不能管，双方都不是善茬，怎么管都落不得好。

师雨脸上带着温善的笑意，看向站着一动不动的乔月龄：“乔姑娘，恕我直言，你之前不是口口声声说即墨无白品德不佳，如今怎会愿意嫁给他呢？”

乔月龄张了张嘴，找不出说辞，只能推诿给乔定夜：“这是哥哥的意思。”

“令兄方才不是说你心系于他吗？”

乔月龄眼神闪烁，嘀咕了一句：“谁心系于他了……”

师雨转头对乔定夜道：“乔大都护，你看是不是哪里有什么误会？虽说长兄如父，但令妹不是寻常女子，婚姻大事岂好强迫呢？”

乔定夜也不知道妹妹原来说过这种话，笑得有些牵强：“舍妹年轻，说话无状，城主不要误会，姑娘家总是口是心非的。子玄的为人乔某信得过，也放心将妹妹交给他，如今就看您的意思了。”

师雨重重叹了口气：“说来惭愧，我与无白毕竟没有血缘，至今也没入即墨族谱，这个长辈当得名不正言不顺的，如何能管得了他的亲事？他口中的长辈，大概是指润州的老族长吧。”

乔定夜蹙眉，且不说润州距离此地山高水远，即墨族的老族长脾气古怪天下皆知，如何能说得通道理？

师雨将他的神情看在眼里，起身走到乔月龄身边，牵住她的手柔声道：“乔姑娘这样的好姑娘，要嫁什么样的人都是那人的福分。我虽然做不了主，但乔姑娘若当真痴心一片，我一定会好好替你在无白跟前说一说的。”

乔定夜立即起身拱手道谢，乔月龄却仍有些不服气：“我才没有对他痴心一片。”

师雨笑而不语。

即墨无白回来得晚，一进府门就听说了乔氏兄妹到访之事，心中便觉不妙，立即赶去书房见师雨。

沿着回廊走了没多久，忽闻后园之内琵琶铿铿哀怨，走近一看，那坐在亭中的曼妙背影不是师雨是谁。

他不好打扰，在亭外站了许久，直到她一曲弹完才举步迈入亭内："姑姑好兴致。"

师雨转头，深陷在曲中的情绪还没缓过来，神色郁郁："是贤侄啊，你莫要误会，方才是乔姑娘说要学弹琵琶，我教了她一些，她人刚走。"

即墨无白以为他们兄妹惹了她不快，问道："不知他们兄妹前来，所为何事？"

师雨起身看着他："为了你与乔姑娘的婚事啊。"

"我和乔月龄？"即墨无白以为自己听错了，蓦然大笑，"乔月龄嫁给我？家还不得给拆了啊！"

师雨神色认真："可人家真的是对你痴心一片，连琵琶也是为你而学的呢。"

"哈哈哈哈哈哈……为我学琵琶？"即墨无白一手扶着柱子，一手捂住肚子，"我……我就没见过有人痴心到拿着剑朝心上人砍来砍去的，再说她若是对我痴心一片，会到处说我品行不端？"

"这……"师雨无言以对。

远处有下人经过，即墨无白赶紧止住笑，整理仪态，忽而想到什么："我怎么觉得你今日像是在做说客呢？"

师雨冷哼："你对乔大都护说此事须由长辈定夺，这里除了我，谁还是你长辈？"

她这话说得还真有几分长辈的架势，即墨无白移开眼："我心里可没把你当长辈看待。"

师雨面有愠色："人家乔姑娘家世、相貌，哪一样配不上你？"

"是我配不上她。"即墨无白见她这般卖力，语气也冷了下来，丢下这句话拂袖便走。

师雨看着他一路走远，气得不轻，胸口剧烈起伏，直到身后有人轻轻扶住她的胳膊："城主息怒。"

她转头，乔月龄正垂着头站在她身边。

"乔姑娘不必气馁，无白只是不相信你是真心钟情于他而已。唉，可惜我在他心中没有地位，你也听到了，他根本不将我当长辈看待，我说的话也没分量。"

乔月龄面色冰冷："他不信便不信，我也不稀罕！"

师雨耐心劝慰："怎可说气话？你不妨大大方方告诉他心意好了。"

乔月龄犹豫不决："我……不知如何开口。"

"不知如何开口也得开口呀，错过了机会可是会后悔的。"她握住乔月龄的手，“我能帮你的也就只有这些了。”

乔月龄心中满怀感激，总算下了决心：“嗯。”

太常少卿回府，乔定夜已经收到消息，觍颜请师雨晚上赴宴，四人一同聚聚，算是给即墨无白和乔月龄制造些机会。

师雨已是爱莫能助之态，很是为难，却还是命夙鸢即刻去办了。

乔定夜已经从妹妹那里得知即墨无白与师雨争执的事，见她还能如此相助，口中自然是感激不尽。

晚上圆月当空，全城都被照得亮堂堂的，这般夜色，叫人心情都平和了不少。

偏厅略小，四席并置，相隔不远，距离刚刚好，乔定夜对这安排颇为满意。

即墨无白姗姗来迟，水绿色的儒衫松松地披在身上，长发散在身后，带着夜风迈入厅中，微凉的气息中带着仿若刚睡醒一般的慵懒恣意。

他朝乔氏兄妹拱了拱手后落座，头一句话便笑道：“乔兄叫无白感动之至，我自己都还不急着操持婚事，你却关怀备至，先父先母在天有灵也会感激你的。”

乔定夜讪讪一笑：“乔某越俎代庖，该惭愧才是，子玄切莫在意。”他举起酒盏，朝他举了举。

一旁坐着的乔月龄却不怎么高兴，即墨无白话中的嘲讽谁都听得出来，说他们多事呢！她忽然觉得竟是自己上门倒贴来了。

师雨坐在即墨无白身边，与乔定夜相对，三人神色都瞧得清清楚楚，想了想，对即墨无白道：“贤侄年纪早该成家立室了，乔大都护也是一番好意，你有什么主意不妨直言好了。”

乔定夜感激地看了她一眼。

即墨无白托着酒盏认真想了想：“那我也不扭捏了。实不相瞒，我中意的是心灵手巧的女子，他日我与她同坐一处，描叶折花，定也颇为得趣。”

师雨不禁瞥了一眼他的侧脸。

乔定夜看看胞妹，面露愁容，他这个妹妹舞刀弄枪无一不精，可要说到心灵手巧，当真是不沾边。

如此一来，原先要说的话也不知该从何说起，何况以白天的情形来看，即墨无白对乔月龄是半分念头也无。

宴毕时厅中气氛凝滞，四人就等着彼此告辞离去了。乔月龄看见师雨对自己鼓励的眼色，又看看即墨无白，脸上虽然没什么表情，心里却已刀来剑往地斗争了半天。

正苦于找不着个合理的理由与即墨无白独处，却听他开口道：“乔姑娘以前不是一见面就要与我比武的吗，今夜月色不错，你我不如试一试身手如何？”

她立即点了点头。

二人一前一后出了门，师雨朝对面的乔定夜微微一笑：“我只能做到这里了，乔大都护见谅。”

乔定夜看她的眼睛里盛满了情意：“城主恩情，乔某永记在心。”

“乔都护不必客气。”师雨起身先一步出门，仿佛根本没看见他的神情。

即墨无白和乔月龄二人的确是比了武，刀剑之声在后园中传出来，很远都能听到。

师雨倚在廊下望着头顶明月，正出神，由远及近的脚步声传了过来。来人站在她身后，微微倾身靠近，在地上拉出长长的一道影子，与她的叠在一起。

“姑姑还有心思赏月？”

师雨没回头：“你们比试得如何？”

即墨无白低低笑了一声：“好得很。我对她说，谁赢了便可以问对方一个问题。结果我赢了，便问她是不是真心喜欢我。”

师雨微微侧头：“哦？然后呢？”

“她起初不答，我再三追问，她忽而怒道绝无此事，扬长而去。”即墨无白“啧”了一声，“这便是姑姑所说的真心吗？”

师雨唇角微扬，以乔月龄那死犟的性子，会是这个结果一点儿也不奇怪，死要面子活受罪。

她欲举步回房，一转身却正对着即墨无白的胸膛，不禁退了半步，背抵住廊柱。

即墨无白垂眼看她，月色如水，她明眸善睐。

“姑姑当真希望我与乔氏联姻吗？”

“胡说！”师雨语调软如甜糯，浓如纯酿，“你我皆知乔定夜图谋，墨城富庶，纳入安西都护府，多的是膏脂，在皇帝跟前又是一件旷世奇功，他既然动了心思就不会轻易放弃。我自然不希望你与乔家联姻，只不过怜惜乔姑娘一片真心罢了。”

“你怜惜她的真心，那何人怜惜我呀？”

“自然是乔姑娘最心疼你。”师雨横他一眼，推开他离去。

即墨无白目视着她远去的背影，虽然一想到周遭目光、风云态势，都提醒自己应该早日清醒，然而此刻觉出她似有妒意，心中竟无比欢愉。

原本当她是一泓毫不相干的冰泉，如何想到会酿成一碗酒，喝了会醉，却又心驰神往。

只是一想到乔定夜，那酒又变成了陈醋。

他托着下巴思忖：要怎么把这厮弄走呢？

第七章

相思难托

邢越带来的消息果然没错，哈兰节还在热热闹闹地进行，若羌的流言已经挤着夹缝吹入墨城。坊间到底还是对这种桃色传闻最感兴趣，不出几日就闹得沸沸扬扬，百姓们对即墨无白和师雨二人之间的关系也是越描越黑，连夙鸢都听说了。然而就在此时，茶馆酒肆里的说书人忽然开始齐刷刷地说同一个故事——

汉初，匈奴使臣来访，嚣张跋扈，不仅羞辱朝中大臣，还让镇守边疆的女将军当众献舞取乐，好在被中书舍人巧妙化解。

使臣心怀不满，回去后捏造谣言，诋毁女将军与中书舍人有私情，引来百姓与满朝文武指摘，最后逼得中书舍人辞官归隐，女将军自刎以表清白。

朝廷连失两员股肱之臣，边疆告急，战火四起。

几个朝廷派出的使节恰好途经此处，听到这段故事，大为称奇，这前半段不是像极了朝中的事吗？于是你一言我一语，若羌右相齐铸当时在长安城中的所作所为渐渐就流传出来了。

百姓们一拍大腿，哎哟，这故事可不就是说的咱们代城主和太常少卿吗？若羌就是那挑拨离间的匈奴啊！

墨城官员们也积极应对，于全城张贴告示，称若羌入侵在前，拒偿在后，如今又大肆宣扬谣言诋毁代城主和太常少卿，行径卑劣，有失一国风范，墨城决意从此与之决裂，并断绝其国人入境道路与贸易。

即墨无白在百姓心中有些地位，师雨虽不怎么与百姓亲近，好歹也是代城主，这二位怎么着也不能被外人如此欺辱啊。若是故事里的结局成了真，那可真是叫亲者痛仇者快了。

所以百姓们对这道告示可以说是拍手称快，甚至还主动帮助官府揪出混入墨城的若羌人，一时间全城上下同仇敌忾。

邢越在酒家里一边嗑着花生米，一边瞄着对面坐着的即墨无白：“少卿大人，一出好戏啊，您老实说，您当初辞官之后是不是去做话本先生了？”

即墨无白深沉地托腮：“隐藏得这么深，还是被你发现了我的才华。”

邢越默默吐出花生米，往他身边凑了凑：“您不肯按我建议的成亲辟谣，如此煞费苦心地遏制流言，不会是做贼心虚了吧？”

即墨无白瞪他：“胡说什么，我是那种人吗？”

邢越以为他这是在澄清呢，还想奉承地附和一句，结果他接着道：“我若真做了贼，是半点儿也不会心虚的。”

忽然，即墨无白朝他勾勾手指：“见了陛下，心情如何啊？”

“妙不可言啊！”一说这事邢越就兴奋，若非不宜声张，他恨不得逢人就说才好。如今对着即墨无白，自然想怎么嘚瑟就怎么嘚瑟了，“您怎么也不问我是如何逃过陛下法眼的？”

即墨无白翻一记白眼：“陛下的为人我清楚得很，他通常不需要旁人开口，自有主张。你在那边一站，嘤嘤嗯嗯地支吾几句便好了，他会发现你才怪。”

邢越深感无趣，撇撇嘴不作声了。

即墨无白笑着坐近一些：“好歹我也帮你见过陛下了，你是不是该帮我一个忙啊？”

邢越呆住，手里的花生米骨碌碌掉到了桌上：“又来？”

哈兰节到了月中算是正日子，这天城主要登车巡游全城，向全城展示亲手所制的哈兰花，并为城中的新人祝福，鼓励劳作，祈求墨城繁荣，人丁兴旺。

师雨已换好装，她面貌娇柔，特地选了件锦缎料子的齐胸长裙，质感厚重，添些威严。

霍擎今日亲自护送她巡游，跟着她出府时，忽然道：“城主对那流言如何看？”

师雨脚步不停：“不足挂齿。”

霍擎皱眉，其实他是最先听到这流言的人。边界的守军盘查往来商队时听到了风言风语，带入营地，落入了他的耳朵里。

自从上次在城主府撞见二人藏于花丛后的那幕，老人家的心里就有些怀疑，如今更不是滋味。

他是很欣赏即墨无白，兰芝玉树、君子端方的，又能文能武，有时候看到他就想起年轻时的老城主。平心而论，论文采即墨彦还不及他。可他到底是揣着异心来的，若是真的跟师雨有什么，影响的还是墨城。

师雨走到大门外，发现他半天没开口，不免有些关切：“霍叔叔有什么话不妨直说。”

霍擎道：“城主的为人老夫深信不疑，不过还得顾念一下阿瞻，他若是知晓了消息，定会伤心的。”

师雨移开视线，微微叹气：“阿瞻认死理，您还是多劝劝他才好，他那副身子如何经得起折腾。”

霍擎点点头，犹豫了一下，终是将心中忧虑说了出来：“即墨无白是老夫所见年轻一辈中的佼佼者，若是城主当真动了心思，老夫也不意外。”

师雨眼神一闪，未待开口，夙鸾过来禀报说一切都已准备完毕，可以出发了。她刚好撇开话题，登上车去。

原本这么盛大的场合，即墨无白是要出席的，可他也不知道在忙些什么，一连好几日都没见着人了。恰好最近处在风口浪尖，师雨觉得与他分开露面也好，便没有派人找他。

巡游队伍很长，几乎墨城所有的官员都盛装出席了。

乔定夜跨着马就跟在末尾，虽然官衔高，但墨城有墨城的规矩，他是来观礼的，只能跟在后面。因为距离太远，他甚至需要仰高脖子才能看到师雨的车驾。

至于乔月龄，自与即墨无白比武之后就躲在房中，没见过外人。

师雨的车驾是专为巡游所制的，顶部是圆形，四面以杆支撑，再挂上白纱，四方通透，随风轻轻摆舞，师雨端坐的身影便若隐若现，百姓们甚至能看清她交叠的双手，蒙着的面纱。

刚任代城主时，她也巡游了一次，如今面对百姓们的欢呼吵嚷全然淡定，甚至有些百无聊赖。

但她绝对不能动，只能一双眼睛不断地扫来扫去，身子依旧坐得笔直。

经过闹市，竟看到了即墨无白的身影，他侧坐在一间酒家的窗边，对面还有个与他对饮的男子。

师雨的视线在那男子身上一直停留到完全离开视野范围，确定自己完全不认识对方，心中大感奇怪。

即墨无白在墨城的人脉竟比她想象得还要广。

长队缓缓前行，乔定夜也看到了即墨无白，却是脸色陡变。他不可思议地瞪着他对面的男子，甚至还打马凑近看了看，脸上有了怒色。

那是他都护府里的领事，平常大门不出二门不迈，总在官署待着，今日居然坐在这里与即墨无白对饮。看情形，这二人是早就暗通款曲了。

他不好打草惊蛇，将头一垂，径自经过。

巡游看着简单，却十分累人。师雨回到城主府时，跪坐的腿早就麻了。

乔定夜打马飞奔，比她先到，正在门口等她，见她下车便伸手去扶，忽然有只手抢先一步横插进来，将师雨扶住。

“巡游大事都不见你，跑哪儿厮混去了？”师雨笑骂一句。

即墨无白笑道：“姑姑一人足以应付，我就不丢人现眼去了。”

“姑侄”二人说笑了几句，即墨无白转头看到了乔定夜：“原来乔兄在这儿啊，我正找你呢。”

乔定夜心里自然不快，面上却是笑得儒雅：“子玄找我所为何事？”

即墨无白道：“听说你就要回宁朔了？”

乔定夜正想说还没定下，即墨无白接着道：“你我难得聚一聚，你不妨在此多住几日，明日我陪你一同去行猎。”

师雨看他一眼，心中奇怪，这尊大佛送都送不走，他倒好，还好心挽留他。几日不见，脑子坏了？

乔定夜心里早已迅速盘算开来，即墨无白从来都是与他井水不犯河水，更别说主动亲近了，此事必然有诈。

挽留他便是不想让他尽快回到都护府。想到酒家里的那幕，他心中一惊，莫非他在都护府里已部署了什么？

“现在这时节，墨城只怕是猎不到什么的。”他讪讪笑着婉拒。

即墨无白忙道：“非也，沙狐、野狼正是觅食的时候，多的是猎物。乔兄此时回去未免太可惜了。”

乔定夜摇了摇手：“子玄好意愚兄心领了，只是都护府事务繁忙，我不该久留。”

师雨接话道：“怎么，乔都护这是要辞行了？”

乔定夜拱了拱手：“正是，乔某叨扰多时，早就该辞行了。”

师雨瞥了一眼即墨无白，后者一脸惋惜，眼神又隐隐夹杂些许不安，连她都好奇究竟出了什么事。

乔定夜当日下午便匆匆带着妹妹上了路，即墨无白送了一路，直到出城，多次挽留，未果。

乔月龄在马上回望，情绪怏怏，嘴上仍不服输：“此时知道留人了，哼。”

“他哪里是要留你。”乔定夜面色沉凝，扯了一下缰绳，“此人心机狡诈，你与他成不了也好，免得日后受苦。”

乔月龄紧抿着唇不作声。

乔定夜调转马头，扬起笑脸，朝即墨无白抱拳："子玄保重，请代为传话师城主，他日必定再来探望。"

即墨无白点头，抱拳回礼，皮笑肉不笑：好不容易把你弄走，还好意思来呢，有完没完了！

师雨在廊下逗着笼中鸟，听了这消息，总算明白了，笑道："有这个好侄子在，当真是省事不少。"

侍卫退去，身后忽然又传来急促的脚步声，她转头一看，是派去盯着阿瞻的人。

"怎么了？"

那人气喘吁吁，从怀中摸出一块染血的帕子来。师雨脸色一白，忙道："快带我去！"

天刚擦黑，霍府的前庭还安静如常，到了后院却是灯火通明。师雨脚步匆匆，踏上回廊后能看见阿瞻住的南院，她提起衣摆，简直是一路小跑。

原本环境清幽、鲜有人至的院落今日却是人影幢幢，丫鬟小厮来来往往，没有一个人闲着。她快步进门，因为太急，还微微喘着气。

霍擎正在房中来回地踱步，见她到来，忙迎上前见礼。

"霍叔叔，如何了？"师雨一边问一边朝屏风里望去，却只看到几道模糊的忙碌身影。

霍擎摇头叹息："不太好，阿瞻的身子是越来越差了，今日也不知从哪儿听到了若羌的流言，气得砸了不少东西，临晚就倒下了。"

师雨眉心紧拧，轻手轻脚地绕过屏风，就见一个头发花白的大夫坐在床沿，一手扶着阿瞻，一手端着药碗抵在他唇边，额头上滚下大颗大颗的汗珠，旁边还站着几个大夫，个个脸色凝重。

"如何？"师雨冷声一问，大夫愈发心惊胆战，碗险些都丢了，多亏旁边的丫鬟眼疾手快给接了过去。

师雨走近看着阿瞻，他脸色苍白如纸，双目紧闭，看起来毫无生气。

"到底如何？说！"

都说平时看着越温和的人，发起火来越叫人害怕。师雨这一怒，大夫、丫鬟当即跪了一地。那喂药的大夫哆嗦着道："城主容禀，公子身体孱弱，虚劳气短，需要灵芝补气，可眼下没有。"

"胡说！区区灵芝而已，城主府多的是，怎么没有？"

大夫抹了抹汗："属下说的是千年野生灵芝，如今百年的野生灵芝已是十分难寻，何况是千年的。”

师雨打断他：“你尽管说何处可以寻到，本城主自会想法子取来。”

大夫叹息：“外面鱼目混珠者多的是，真品极其稀少，必然是送入宫中做贡品了。”

师雨蹙眉，嘉熙帝本就对她态度不明，如今她和即墨无白联手，还不知道他怎么想。别说从他手里拿到一株珍贵的千年灵芝，就是一根针也是要看脸色的。

她摆了一下手：“此事我会想办法，你们先救人。”

大夫胆怯地看了她一眼：“属下们……喂不进公子药了……”

师雨眼神如刀：“你再说一遍？”

大夫连滚带爬地起了身，重新端起药碗：“属下这就喂，这就喂。”

师雨走到床边，俯身给阿瞻掖好被角，转头扫视一圈垂着的人头：“好好让公子续着命，他没了，你们就自己上路吧。放心，家眷我会替你们好生安置的。”

众人瑟瑟发抖，连连称是。

师雨转头出了房间，霍擎仍在屏风外枯站着，原本还挺得笔直的身子似乎陡然就佝偻了。

“城主方才的话老夫都听见了……”他重重叹息，后面的话再没说下去。

师雨扶住他的胳膊：“霍叔叔放心，我一定会保住阿瞻的命。不过如今墨城正值大节之时，人多口杂，恐会泄露风声，还请霍叔叔受点委屈。”

霍擎道：“老夫明白，已经叫管家传了话，边界那边会有其他将军守着，老夫明日起便称病告假。阿瞻本就深居简出，不会有人注意到病的人是他。”

师雨点点头，转身离去。

走过后院人工掘出的小池边，恍惚记起当初在这里初识阿瞻的场景，那么多年了，她还清楚地记得当时他瘦弱纤秀地站在那里，盯着她的眼神满怀戒备。而如今他不是坐着就是躺着，几乎就没有几次是好好站在她眼前的。

她朝身后招了一下手，负责盯着阿瞻的人快步上前：“城主有何吩咐？”

“将阿瞻身边的人全部换掉，做干净些。”

“是。”

即墨无白今日心情不错，送走了乔定夜兄妹，觉得墨城的气息都清新了许多。

无星无月，夜风寒凉，他居然也有心思在廊下优哉游哉地散步，只披了一件单衫，边走还边哼着小调。经过那些摆放着的哈兰花跟前，他仰头合眼，故作陶醉地嗅了一下，竟似真的嗅到了香气。

咦，不对，这不是花香。他睁开眼睛，只见师雨穿戴整肃，身罩披风，手执一盏灯笼，娉娉婷婷地站在他跟前。

即墨无白上下左右看了一圈：“你这是要出远门？”

师雨抬手做请，脚步一转，朝花园走去。

即墨无白跟上她的步伐：“姑姑似乎心事重重啊。”

师雨沉默地走了一段路才道：“我要离开墨城一段时间，这段时间若羌和宁朔你都要盯好。”

“哦？不知姑姑欲往何处？”

“长安。”

即墨无白挑眉：“我莫不是听反了？你去长安，将我留在墨城守着？”

师雨垂眼，脚下踩着落了一地的积叶，咯吱作响：“你没听错，我要去见皇帝。”

即墨无白脸色一沉：“不行，你不能去。”

师雨扭头看着他，灯笼中的烛火在夜风中轻轻跳动，她的神情看起来阴晴不定：“霍叔叔病重，大夫说需要千年野生灵芝方可救治，我去长安向皇帝求赐。”

“那你就更不能去了。千年野生灵芝何等珍贵？一定是保存在珍宝司，层层官员，陛下不会轻易给你，就算给你，也必然会有要求。”

师雨笑了笑：“我知道你想说什么，皇帝之前的确对我存过念想，但他终究是个有分寸的帝王，你上次已经提醒过他一次，料想不会有第二次了。”

即墨无白冷笑：“你错了，陛下不会轻易放过任何到手的东西，你若有求于他，只会让他失而复得。因为帝王在乎的不是真情，而是九五之尊的颜面，他要得到你也不是为了那一点念想，而是为了彰显至高无上的皇权。”

师雨背过身去：“那我就让他遂愿好了。”

即墨无白久久没有作声，夜风撩过他的衣角，拂过他的袖口，微微掀开，露出他捏得死紧的双拳。

“霍老将军前日尚且精神矍铄，今日便病得到了非要千年野生灵芝才能续命的地步，还真是造化无常。”

师雨的声音在风里支离破碎：“人生本就造化无常。”

即墨无白看了看她的背影，抬手慢条斯理地理了理衣裳，将衣领细细掖好，走到她面前，接过她手中的灯笼：“你留在墨城，我替你走这一趟。”

师雨仰头看着他，微微错愕：“当真？”

“还能骗你不成？”他转身朝府门走去。

师雨匆匆跟上他的脚步：“你回去准备一下，明早再走不迟。”

“你这么心急，只怕一刻也拖不了了吧。”

师雨无言，沉沉夜色，恰好掩盖她的神色。

即墨无白之所以与嘉熙帝书信畅通无阻且来回迅速，都是因为嘉熙帝特许他用了八百里加急的人马，路线和马匹都是专用的。

这支人马本不该轻易动用，但他这次还是用了。一路日夜兼程赶到长安，离半个月还差了几天。

嘉熙帝于睡梦中被惊醒，听闻他回都求见，以为是墨城出了变故，顾不得整装，披衣散发，赤着脚便走下了龙床。

太监举着烛火为他照路，到了外殿，就见即墨无白垂头跪在地上。嘉熙帝伸手接过烛台，摆摆手遣退太监。

"有事直说。"

即墨无白抬头："臣求陛下赐臣一株千年野生灵芝。"

嘉熙帝皱眉："就为此事？你哪里病了？"

"不是微臣，是老将霍擎。"

嘉熙帝一愣，好笑道："朕巴不得霍擎早登极乐，你居然还替他求药？"

即墨无白抬手行了大礼："陛下三思，霍擎此时不能有事，否则若羌恐会乘虚而入。臣今日作为是为陛下和国家社稷着想。"

"哦？那么与师雨结盟也是为朕和社稷着想了？"

即墨无白毫不迟疑："是。"

嘉熙帝沉默片刻，伸手扶他起身："满朝文武，朕只信任你一人，你不相信乔定夜，朕心中有数，只是墨城之事已经拖了太久，朕不愿再等了，你可明白？"

即墨无白垂眼："臣明白。"

嘉熙帝目视他良久，点了一下头："去吧，朕会命人将东西送到你府上。"

哈兰节已临近末尾，百姓们却无心狂欢了。得知霍老将军病重，不少百姓出入寺庙为其祈福。师雨每日也必去一趟霍府。

阿瞻中间醒过一次，见到她在身边，心满意足，此后竟好转了一些。

她却不敢掉以轻心，派了人在城外百里处迎接即墨无白，每日都要亲自过问情况，却至今也没有见到他人。

哈兰节的最后一日，天公不作美，又是一场大风沙。原本热闹的街道，顷刻间人迹全无。

到了深夜，风沙完全停住。下属来报，说太常少卿入都求灵芝一事不知如何走漏了消息，路上惹了匪徒劫道，此时方才脱险抵达墨城。

师雨立即整装要出城相迎，即墨无白却是迅速，已经快马加鞭到了府邸。

她亲自提着灯火站在台阶上等候，一如送他那晚。即墨无白快步走近，一切如常，只是衣摆处被划去了一块，看起来有些狼狈。

师雨立即遣退左右，免得他这狼狈之态落入他人眼中。

即墨无白却似浑不在意，到了跟前，从怀中摸出扁扁的一只锦盒，笑道：“不辱使命。”

师雨没有接，将灯笼架在一边，解下身上披风，亲手为他披上。

月色如水，她双手各捏着一根带子在他领口缠绕，正要系上，忽而用力一扯，连带即墨无白不自觉地往前一倾，她便轻轻撞进了他的胸膛。

“救命大恩，保全之义，永世不忘。”

即墨无白微微错愕，垂眼盯着她的鬓发，双手垂在身侧。他心中有诸多怀疑和猜测，挣扎许久，终究还是展臂搂住了她。

阿瞻醒过来时，入眼依然是帐顶，这场景多年未变。

旁边侍候的婢女一声低呼，匆匆绕过屏风出去了，很快就有急促的脚步声传来。

“阿瞻，可好些了？”师雨在床沿坐下，倾身看着他的脸色，轻声细语。霍擎紧随其后，神情总算放松了下来。

阿瞻微微颔首：“我又叫你们操心了。”

“那你以后便少让我们操些心，好好保养着身子。”

阿瞻别过脸去，不作声。

师雨料想还是为了流言的事，朝霍擎递了个眼色，待他老人家出了房间，柔声安慰道：“跟你说了多少次，不要听信谣言，若羌狼子野心，你若是气坏了，岂不是正合他们心意？”

阿瞻摸到她的手，贴到自己脸颊上，感到她手心的温暖，情绪安稳不少：“你终日与即墨无白朝夕相对，我不放心，流言总会成真的。”

师雨严肃道：“那你也别折腾自己的身子，你出事了就解气了？”

阿瞻坐起身来，仍紧紧握着她的手：“你何时肯嫁给我，我就放心了。”

师雨板着的脸一松，好笑地摸了摸他瘦削的脸颊：“你如今这样还想着成亲？还是好好养着身子，不要胡思乱想。”

阿瞻失望地垂下头去：“都这么多年了，我这身子还不知何年何月才能好。”

“别说丧气话，好好休息，切莫再动怒。”

“即墨无白何时离开墨城，我何时才会心平气和。世上无不透风的墙，流言岂是空穴来风？他绝对没安好心。”他有气无力，说完这话便又快快地躺了回去。

师雨拍拍他的手背："不要这么说，这次若非他去求皇帝赐药，你还醒不过来呢。即墨无白与你我的确立场对立，但他为人无可指摘，这次算起来是我们欠他的。"

阿瞻背过身去："欠他的可以还，你心中向着他，就再难回头了。"

师雨一时无法言说清楚，唯有无奈，又好言安抚了他一番，才走出房门。

已经入夜，天色一片漆黑。她站在门边，忽而轻轻叹了口气。

霍擎跟在她身旁，好奇道："阿瞻都醒了，城主还有什么可担心的？"

师雨捏了捏眉心："阿瞻总说我们很多事情不让他知道，不让他插手，可他这心性，我如何敢让他插手？"

霍擎默然。

即墨无白因为在路上遇到劫匪受了些轻伤，已在住处休养了好几日。正因如此，他才没有去霍府看望霍擎。

杜泉将这事情看得比天塌下来还严重，有事没事就往厨房跑，成天给他煲汤煮粥熬药的，弄得即墨无白哭笑不得。

"不知道的还以为你家公子我是在坐月子呢。"下午窗外微风徐徐，即墨无白躺在软榻上看书，往嘴里丢了颗葡萄。

杜泉坐在旁边给他削梨，抱怨道："您就是真坐月子，也就只有我照顾您。明明是替师城主跑的腿，结果她成天就顾着照顾霍老将军，连看都不来看您。"

即墨无白拿书敲了一下他的额头："那可真是谢谢你了，等公子我出了月子一定好好赏你。"

杜泉揉揉脑门，坐远一些。

即墨无白翻了会儿书，心思却全然不在书上，师雨这次求药真的是为了霍擎吗？

夙鸢端着药膏纱布走了进来："少卿大人，该换药了。"

他头也不抬，直接道："小伤而已，随他去吧。"

杜泉昂着脖子斜睨夙鸢："哟，夙鸢姐姐这么好心，亲自来为我们家公子换药呀。"

夙鸢白他一眼："你阴阳怪气的做什么？我不该来吗？"

即墨无白这才注意到来的人是夙鸢，笑了笑道："姑姑一番好意我心领了，不过真用不着，你让她忙吧，不用顾念我。"

这话杜泉就不爱听了，忍不住唠叨："公子，您怎么能这么说呢？什么叫不用顾念您？您可是老城主唯一最亲最亲的人，不顾念您顾念谁啊？没天理了啊！"

即墨无白额头青筋突突地跳："你今日话怎么这么多？"

夙鸢也不痛快，跺了一下脚道："可不是，尽欺负人，你要是嫌我手脚不利索，自己给少卿大人换就是了！"说着将东西在桌上一放，扭头走了。

杜泉扭头看到即墨无白的眼神，讪讪道："仆随主，她跟师城主一样不近人情。"

即墨无白连忙抬手否决："千万别这么说，我可不跟你一样刻薄。"

杜泉捂住心口，我这还不是为您好，竟然说我刻薄？！

结果到最后还是没有换药。

夜深人静，即墨无白伏案给老族长写了封家常信，起身关窗准备入睡，一转身却见室内多了个人。

"听闻贤侄不肯换药？"师雨笑盈盈地看着他。

即墨无白叹息："一点小事而已，何必如此麻烦。"

"小伤不治，落下根来可就麻烦了。"师雨扶着他坐到桌边，拿起在桌上闲放了一下午的药膏，看着他，"伤在何处？"

即墨无白朝房门看了一眼，确定门已掩好，解开外衫，露出左边肩头。上面有一道刀伤，入口不深，但划得有点长。

师雨举着灯火照了照，眉头微蹙："都这样了还是小伤？大夫说三日换一次药，我还特地嘱咐夙鸢过来盯着，看来你是一次没换过吧？"

即墨无白狡黠地一笑："我若不这样，只怕你也不会过来。你若当真心疼，那我还是装严重点好了。"

师雨拿着药膏重重抹到他的伤口上，他疼得咧了咧嘴，不说话了。

"其他地方还有伤吗？"抹完之后，师雨又问，声音柔若春水。

"有啊。"即墨无白一脸愁苦，"我也忘了具体伤在哪儿了，要不劳烦姑姑帮我好好看看？"说着就要继续脱衣服。

师雨一把按住他的手，眉眼夹杂愠色，双颊微红："只道你脸皮厚，不想已到登徒子的地步了！"

烛光微暖，即墨无白不觉溺在她波光潋滟的眸子里，手揽在她背后，轻轻扣向自己，感到她微微急促的呼吸时恍然惊醒，脸已近在咫尺，他干咳一声别过头。

"果然是登徒子。"师雨低笑，给他用纱布细细包扎好伤口，掖好衣衫，忽然迅速在他侧脸上啄了一下。

即墨无白怔愣转头，她已经端起药品施施然出门了。

他伸手摸了摸脸颊，竟觉回味无穷。

再多顾忌阻碍也比不得这一刻的滋味，原来这便是情爱。

深秋，北风过处百草折。

自与若羌决裂，边界巡视更不可松懈，师雨每隔半月都要亲自巡视一番。

此时的墨城已经能感受到明显的寒意，日头越来越高远，风也越来越大。师雨照旧巡视完回城，竟被冷风吹得遍体生寒。

回到府邸，即墨无白早已等在阶前，见到她立即屏退左右，一边与她并肩前行，一边从广袖中探出手掌包住她冻得冰冷的手指，语气却是一本正经：“你该叫我一起去的。”

师雨反手捏了一下他的指尖：“贤侄是想让全城百姓都知道你我姑侄乱伦？”

即墨无白皱眉：“这不还没到乱的地步吗？”

“那你还想怎么乱啊？”师雨的手指不安分地顺着他的衣袖爬上去，轻轻刮着他的手臂，口中发出轻笑。

即墨无白被她冰凉的手指激得一麻，赶紧又捉住她的手，不让她乱动，长叹一声：“我可再无颜面任太常少卿了。”

师雨顺杆而上：“那你干脆跟着我好了，也不用再替陛下奔波，你我共治墨城，何须相争。”

即墨无白看她一眼，涩涩一笑，没有回答。

踏上回廊后，师雨便自发自觉朝书房走去，即墨无白却扯了她一下，转了个方向：“我在此等候你，是因为朝廷派了人过来，已在议事厅中等候许久了。”

师雨一怔：“可知所为何事？”

即墨无白握着她的手忽地紧了一些，随之又松开，摇摇头，议事厅已离得不远。

师雨瞥一眼他的侧脸，心中迅速盘算了一下，然后走了进去。

一位年届不惑的中年朝官站在厅中，身着绯色官服，看来品阶应当与即墨无白差不多。

即墨无白一身深黛常服，起手却已是官员架势，朝那朝官拱了拱手道：“闫大人，这位便是墨城代城主师雨。”

说完又向师雨介绍：“这位是当朝中书侍郎闫均闫大人。”

师雨因为出行之故，脸上还罩着面纱，披着披风，看起来有几分神秘。闫均之前未曾在长安见到过她，此时上前与她互相见礼，不禁仔细打量了几眼，只觉得身姿曼妙，一双眼眸灵动非常。

师雨淡淡笑道：“不知闫大人远道而来，所为何事？”

闫均道：“在下奉陛下之命出使他国，途经此处，顺便来为陛下传个话。墨城久未定下城主之位的正式继承人选，想必墨城全城上下都在等候。陛下得知近来西域异动不断，有意在近日发布诏令，正式册封城主。”

师雨的视线游移到即墨无白身上，又迅速收回。

等了这么久，没想到这一日会在此情此景下到来。

嘉熙帝选择在此时正式择定城主，不只是因为拖了太久，最主要的原因是西域最近不太平。

原先即墨无白出访十国是稳定了一段时间，但最近若羌以他并未以使臣身份出访为由多加挑拨，扬言他那一遭走得名不正言不顺，与各国之间所做的约定自然也不能算数。

十国渐渐动摇，已经有了与若羌会盟的意向。

闫均此次出使也是为了稳定诸国，以免引来大动乱。

消息只传给了师雨和即墨无白，答案不言而喻，城主之位到底归谁尚且不知，但一定是这二人中的一人无疑。

然而两位当事者却仿佛什么都没发生过，仿佛这和其他任何一个消息一样，再平常不过。

闫均要在城主府借宿一宿，明早启程出关。

师雨和即墨无白自然也要注意一些，从议事厅出来后各自告辞，表现得很疏离。

一切如常，到了晚上，即墨无白居住的南居正院里忽然多了好几个禁军侍卫，而之前师雨派去的四个侍卫和婢女仆从却都被一个不落地赶了出去，只留了一个杜泉。

闫均背着手走进屋来，像是个来串门的老邻居：“即墨大人，临行前咱们同僚之间说些体己话吧。”

即墨无白原本正执着书卷静读，因为这动静被扰断，早已等在桌旁，请他就座，又命杜泉奉茶。

“闫大人有什么话请直言。”

闫均摸了摸下巴上的短须：“陛下对即墨大人惦念得紧哪，如今城主之位即将揭晓，特地命本官来提醒即墨大人一句，既然结盟只是权宜之计，那么此时该做什么，即墨大人应该心中有数才行。”

即墨无白笑了笑：“在下愚钝，还请闫大人明示。”

闫均靠近一些：“陛下的意思是你该主动争一争，正大光明地争。既然已经到了这种时候，有陛下撑腰，还有什么好顾忌的呢？只消一道折子陈述利害，让满朝文武心服口服，届时陛下顺应百官意愿，即墨大人还怕不能一举拿下墨城？”

“闫大人的意思是……让在下参师雨一本？”

“即墨大人心领神会便好。”闫均端茶啜了一口，赞了一声好茶，起身告辞。

即墨无白送他出门，见那些禁军侍卫站着不动，完全没有要跟着离去的意思，不禁奇怪地问了一句。

闫均道：“所谓防人之心不可无，这些人留给即墨大人，也好有个照应。当然本官还是希望这段时间你能搬出城主府去，谁也不知道会出什么事嘛。”

即墨无白本想解释一番，想了想又觉得没有必要，干干脆脆地接受了下来。

“对了，还有一句话，请即墨大人务必谨记在心。”闫均像是陡然想起一件小事，神情语气却是前所未有地严肃，凑到他耳边低语，“陛下眼下最关心的是，墨城究竟有无异心。即墨大人在大事上千万不可含糊。”

即墨无白将这句话一字一字吞入腹中，低低应了一声，长睫掩眸，在灯火下敛下一道淡淡的阴影。

师雨跟前正跪着那四个侍卫，脸上挂着一抹冷笑。

皇帝想得真周到，竟然怕她害了即墨无白。

她站在窗边斟酌了许久，将所有头绪都一点一点捋了一遍，忽而叫来夙鸢，让她备好车马。

“城主这是要去哪儿啊？”夙鸢临出门前问了句。

“去走访全城各个镇口。”师雨边回答，边取下木架上的大氅披上。

夙鸢以为自己听错了，看看外面：“现在就走？天都黑透了啊。”

师雨点点头，毫不迟疑，未等她去安排，已经脚步匆匆地朝外走去。

第二日闫均一早离开，自然就没见到她。

府门口马嘶阵阵，众人即将启程，仍然不见师雨出现。即墨无白忍不住将管事叫来询问。

管事一脸歉疚，朝二位大人点头哈腰地赔礼：“怠慢了闫大人实在罪该万死，城主……”话说到此处，他恰好接触到闫均的眼神，连忙改口，“代城主她因为听闫大人说起西域异动之事，十分忧虑，昨天连夜便去走访城下各辖地了。”

闫均明显地一愣，笑着摇摇头：“无妨，无妨。代城主这也是为民生着想嘛。本官还有要事在身，本也不需要相送，这便走了。”说完拖着即墨无白朝前面走了几步，低声问，“这个师雨在搞什么鬼？”

即墨无白想了想：“朝廷倾向于我，她自然要换个方向。墨城不比其他地方，城主便是天，闫大人千万不可小瞧此地百姓的力量。”

闫均恍然：“本官明白了，即墨大人从上层着手，她便从下层着手。妙哉，此女如此，也难怪即墨大人耗时日久。”

即墨无白手拢在唇边一阵干咳，看来谁都在嫌他慢呢。

师雨故意选在晚上走，多少有些故弄玄虚的意味，正好也能让朝廷放心，省得老疑神疑鬼地认为她要害人。

墨城辖下十五镇，离中原最近的叫偃月镇，因靠近偃月湖而得名，旁边便是安西都护府的地界。

师雨赶了一夜的路才到。听到消息的官员风风火火地赶来相迎，彼时朝阳初升，映照着他们的脸，个个都是激动得难以言表。

她有意高调，所过之处人人都收到了消息，一时间城主亲自巡视全城民生的消息遍传各地。

接着师雨下令，停留偃月镇十日，聆听百姓心声，但凡百姓有状要诉，不用经过下属官员，可直接去官署门口通禀来见。

偃月镇的百姓对这位女城主的印象还停留在传闻里，并不了解，因此大多反应平平。

过了三日，有个被官员占了葡萄园的农户揣着豁出去的架势去告了状，竟然真的见到了她本人。

师雨亲自询问了情形，命人彻查，当日便拿了那官员，撤职抄家。

此事传开，百姓们纷至沓来，一时间师雨城主威名远扬四方。

天气越来越寒冷，队伍的出行速度也快不起来，师雨干脆又在偃月镇多停留了几日。

没想到这一留竟然遇到了不速之客。

连日来已经习惯见到人就往城主面前带的侍卫们这次带来了一个英姿飒爽的女子。

师雨一眼看到来人，立即从案后站起身来："乔姑娘怎么来了？"

自上次即墨无白的事情后，乔月龄就将她当成了贴心人，在别人面前一副冷冰冰的模样，对着她却是和颜悦色："城主如今在这里为民生做主，名声已经遍传天下，我特地赶来一睹风采。"

师雨横她一眼："连你也学会耍嘴皮子了，这可如何是好？"

乔月龄赧然笑道："其实我是无事不登三宝殿，今日前来，是为了替家兄传句话。"

"哦？"师雨面上笑盈盈的，实际上一听到乔定夜的名号便开始全神戒备。

乔月龄浑然不觉："如今大家都知道墨城要选出城主了，家兄感念城主恩德，让我转告你一句，但凡有需要相助之处，请尽管开口。"

师雨一脸受宠若惊的模样："乔大都护这份恩情太重了，我受之有愧。只是这么一来岂不是叫他与即墨无白作对了？”

乔月龄移开视线：“这是家兄的意愿，我话已传到，城主自己瞧着决定便好。”

话已说完，她仍没有要走的意思，在屋中踱着步子，瞥了师雨几眼，欲言又止，好一会儿才讪讪道：“不知即墨无白最近如何了？”

师雨心思微转：“他如今被朝廷特派的侍卫守着，我也许久没见着他了。”

所谓的许久也就是几天而已。

乔月龄原本是打算开口请她牵线见即墨无白一面的，如今听了这话便知道没有可能了。连堂堂代城主都见不着的人，她如何能见到?

师雨贴心地牵着她的手走出门去：“别板着脸，走，去园中散散心。你有什么想说的便直说，我也好帮你拿拿主意。”

乔月龄看她一眼：“那就恕我直言了。有关你与即墨无白之间的流言，我也听说了一些。”说到此处她连忙竖手补充，“我自然是相信城主的。”

师雨柔声道：“既然相信我，又何必再打听呢？”

乔月龄有些尴尬，毕竟她与即墨无白什么关系都没有，这些话的确不该问，但就是想求个心安。

师雨道：“要传个话何必劳烦乔姑娘大驾?你来见我，其实还是因为即墨无白吧？”

乔月龄被言中心思，却冷着脸否认：“我才没那么闲。”

师雨似笑非笑地盯着她，什么也不说。

乔月龄实在吃不消她这眼神，感觉自己像是被剥光了一样，什么小心思都瞒不过她，咬了咬唇，立即抱拳告辞。

师雨故意连声挽留，她跑得更快了，一溜烟就从视线里消失了。

唉，多聊聊嘛，师雨一脸可惜。

乔月龄走后的第二日，师雨就决定离开偃月镇，她实在不想再应付乔氏兄妹一次。

往主城方向一连过了好几个镇口，处置了不少脓包官员，师雨一边将心腹填塞进去，一边将自己严律官员、为民着想的名声宣扬得沸沸扬扬。

一切都按照她预料的发展，就连霍擎都特地写信过来称赞她此举英明。

不日就要抵达主城，师雨得知城中百姓已做好盛迎她的准备，便下令在城外驿站停留，避开日子回城。

自然不是因为不喜排场，还是因为她想博一点好名声罢了。

师雨很清楚嘉熙帝比她更好名声，否则不会冠冕堂皇地派一个即墨无白过来，也不会因为几句舆论就放她出宫。既然如此，当然要好好利用。

眼下只要即墨无白肯松一松手就好了。

她托着腮倚在窗边沉思，天刚擦黑，夙鸢去忙着张罗晚饭，她却在忙着张罗以后的人生。

不知过了多久，耳边似乎有轻微的响动声传了过来。她回神，四下看了看，驿站这时节没什么人，只有他们这一行，队伍不算庞大，也很安分，四周安静，那点响动听起来便尤为清晰。

"城主。"一个侍卫慌慌张张地跑过来，也不从门进来，就站在窗边对她禀报，"不好了，外面出事了。"

师雨立即站好："出什么事了？"

"似乎有人闹事，已经与我们的人动起手来了！"

师雨想叫个人去看看，但见他如此焦急，大约是事情很严重，便亲自走了出来："带我去看看。"

侍卫领着她快步朝外走，师雨觉得不妥，这一路走来竟没见到一个侍卫，刚转身要回去，忽然胳膊一紧，脖子贴上一片冰凉的刀刃。

领路的"侍卫"拉着她的胳膊就朝外拖，刀贴得太紧，师雨连呼救挣扎也不敢，只有赶紧将空着的那只手上的链子蹭了下来，借以指引救兵。只要拖一会儿，夙鸢就会发现她不见了，要逃出去不会太难。

哪个上位的没有遇过一两次险，师雨心中很冷静，面上却表现得战战兢兢，一面仔细揣摩着这假侍卫的来路。

他拖着师雨到了驿站旁边的一片杨树林里，枯草灌木间簌簌轻响，很快就钻出七八个人来。师雨终于知道刚才的响动如何而来，心中暗道不好，原来人家早准备好了。

"你们是什么人？要什么可以直接说。"师雨本就语音柔软，此时不敢用力，说起话来更是软绵绵的叫人酥麻。

对方却是不为所动，只有挟持她的那个假侍卫哼了一声道："谁稀罕你的破东西，我们是不服！不过就是为了一个城主的位子，就拉我们做垫背！"

师雨凝神想了想，难不成是被她处置了的官员？可眼前这些人一个也不认识，极有可能是他们的家人或者心腹。

她试探道："此事我是处置得重了些，但为官渎职本就该受罚，他们还能留着命就不错了，如今不思悔改还妄图谋害我，岂不是罪上加罪？"

"哈哈哈……"那几个人纷纷笑了，假侍卫推了她一把，师雨脖子一疼，划了一道浅浅的血口子，忍不住轻"嘶"了一声。"我们还不至于那么傻，罪上加罪？杀了你，城主就是即墨少卿的，我们为他立一功，还怕他保不住我们？”

师雨心一凉：“是即墨无白派你们来的？”

假侍卫的刀又近了一些，显然已经懒得废话了，忽有个声音插了进来：“诸位与我素不相识，这样替我奔波，实在叫人感动呀。”

师雨一下就听出那是即墨无白的声音，她动不了，只知道他在自己身后，也不知道是不是一个人来的。

那几人面面相觑，有一个忍不住问道：“你就是太常少卿即墨无白？”

“正是。”即墨无白的声音近了一些，“我一收到诸位的消息就亲自赶过来了，如此厚礼实在受宠若惊啊。不过师雨一介女流，用不着为她背负一条人命吧？”

师雨脖子上的刀松了几分。

“即墨大人的意思是……”

“诸位今日帮我擒到了师雨，的确是大功一件，待我坐上城主之位，那几位大人自然会安然无恙。”他顿了顿道，“将师雨交给我就是了，诸位背后的几位大人最近正是多事之秋，还是少惹点事为妙啊。”

天色越来越黑，那几个人的神色看不分明，但师雨感觉到自己身上的挟制又松懈了一些，料想还是动摇了。

“天色不早了，再犹豫侍卫们该追来了，诸位不宜久留，当速下决断。”

即墨无白此言一出，那几人终于下了决定，但要求他写一份保证，确保几位官员无恙。

师雨只听见身后纸张摩挲之声，即墨无白道：“早写好了，几位快拿上离开吧，这里我已安排好人转移师雨。”

那几人道了谢，匆匆走了。

师雨一转头，手就被即墨无白捉住，拖着就走。

师雨抬手抹了一下脖子，血迹已干，但火辣辣地疼。拉着她的即墨无白一言不发，脚步迅速，她在后面简直要小跑才能跟上。

“不回驿站吗？”她一眼就看出即墨无白在演独角戏，哪里有安排的人的影子。

即墨无白哼了一声：“还回什么驿站，直接回城，我给他们的是随身携带的几张诗稿，待会儿被发现少不得要追来，届时你就真连命都要搭进去了。”

师雨笑了一声：“没那么严重，喏，你看看那边。”

即墨无白顺着她的手指看过去，树上站着道模糊的影子，再细细一看，四周都有，大意些还真注意不到。

师雨摆了摆手，他们就全都退去了。

“你刚到不久他们就追来了，都是一等一的弩兵，那几个人伤不了我。”

“原来我是多此一举，早知如此就不赶过来了。”

即墨无白松开她的手，自顾自朝前走，忽而腰间一紧，师雨自背后搂住了他，闷声道：“好不容易才见到你，怎会是多此一举呢？我脖子受了伤，有些晕，你就别在这时候与我置气了。”

即墨无白连忙转身，贴近她仔细看了看伤口，轻声道：“好在伤口不深，已经不流血了，不过还是赶紧回去敷药吧。”

“回去又该见不着你了，那些侍卫都防着我呢。”师雨似乎真有些晕，说话也跟醉了一样，轻飘飘的似已脱出意识外了。

树林里只有杨树叶随着夜风唰唰作响，即墨无白将她搂在怀里，声音柔得自己都意外：“那也是要回去的，你还真想把小命搭进去啊。”

“搭进去了更好，你就如愿以偿了，也无须费心对付我了。”

“胡说什么，我总不至于害你性命吧？”即墨无白说着轻叹了一声，“若真能不回去倒好了。”

“什么？”

“没什么。”即墨无白随口应了一声，低头触了触她的唇，本是蜻蜓点水，离开时却又流连，反反复复，许久方止。

而后没再说话，牵着她走向林外，驿站就在眼前，他抱着她上马后，跟着翻身而上，果然没有回驿站的打算，径自朝城门奔去。

也不知是不是因为羞赧，师雨窝在他的怀里一言不发，浑身软若无骨。

到城主府时天气已经冷得叫人发颤，即墨无白脱了外衫披在师雨身上，一面吩咐管事派人去驿站知会随从们回城，一面吩咐去叫大夫，忙里忙外，井井有条。

师雨房中很快挤满了人，伤是不重，但女子留疤可是大忌，大夫们献计献策，开了一堆方子，致力于还城主一个白皙水嫩的肌肤。

师雨对此毫不在意，她流了些血，有些气虚，连婢女送进来的饭也没吃几口，倚靠在软榻上休息，不知不觉就睡着了。

睁眼时竟然已经天亮，身上仍旧披着那件即墨无白的外衫，多亏房中生了一盆炭火，才不至于着凉。

这一夜脖子上敷了药，果然有效，已不再疼痛。她起身开门换气，却见即墨无白背对着她站在门口，身上穿着厚厚的织锦长袍，也不知道站了多久。

“贤侄一早就来看我吗？”她笑着打趣，将他拉进门来，刚关上门就窝进了他的怀里。

即墨无白摸了摸她的头发："好些了吗？"

"嗯。"

"那就好……"他言辞温柔却面色凝重，迟疑一瞬，终于道明来意，"我刚收到消息，西域诸国决定会盟了，闫均已经返朝，陛下打算提前册封城主。"

师雨靠在他胸前，手按在他心房上："那就封吧，只是……若你做不了城主，至少还是太常少卿，我若没了墨城，就没有家了。"她的手抚上即墨无白的脸颊，能明显感觉出他僵硬的神情，"无白，你说我们之间最终会是个什么结果？"

即墨无白闭了闭眼，抬手盖在她手背上，蓦地捉紧那只手扣到身侧，低头吻住她，来势汹汹，只有手掌温柔地护在她脖子的伤处。唇齿胶着难舍，深深探索，分开时彼此都呼吸不稳。

"霍老将军刚才来找过我。"他抵着师雨的额头，忽然说道，"他让我将那两块假兵符还回去，我知道他是担心墨城官员真以为我手中有兵力，继而支持我。"

师雨低声问："那你还了吗？"

"没有。"即墨无白贴在她耳边，"对不住，师雨，你没家我给你家，你没亲人我就是你的亲人，但我绝不会放弃墨城。"

师雨沉默许久，退出他的怀抱，轻轻笑了："也好，因为我也不会放弃。"

第八章

成王败寇

霍擎负手站在厅中，眼前满堂宾客，俱是墨城官员。

“老夫方才所言，诸位想必都听清楚了，当初当众分出兵符给太常少卿，不过是对付若羌的权宜之计，并不是城主与老夫的本意，如今大事当前，诸位还得擦亮眼睛才是，切莫做错决定。”

许多官员抱拳称是，有一些却是游移不定，刺史也是一言不发。

霍擎头一偏，直接点名道：“刺史如何说啊？”

刺史这次没能装病成功，面对霍老将军半点气势也无，讪讪道：“这个……本官自然是遵照城主之命行事。”

霍擎点点头：“那就好。”

既然刺史表了态，别人也该有数了，霍擎很满意，拱了拱手，宣布聚会结束。

官员们起身回礼，先后出了门，一到霍府大门外，刺史身边立即围了好几个人。

“大人，霍老将军的话能信吗？若说之前分兵符是权宜之计，如今忽然说是假的就不是了？”

“就是，何况城主对少卿大人有多器重谁都看得出来，不像作假呢。”

刺史望天：“你们有什么主意自己做决定，本官可看不明白。”

大家本想听听他的意见，也好选择站队，哪知道他要做甩手掌柜，实在无奈，只好作罢，纷纷散了。

霍府高高的阁楼上，阿瞻从院门外收回目光，这些人聚在府门口商议许久，也不知道是不是要对师雨不利。

他转头看看，身后跟着的是一批全不认识的仆从，一定是师雨的安排，如今行动越发没有自由了，想要去看她一眼也难如登天。

默不作声地下了阁楼，不觉有些疲倦，立即有一个婢女过来搀扶他，阿瞻看了她一眼，又是一张陌生的脸。他不禁想起之前伺候自己的仆从来，刚用顺手就没了，心情自然不好，当即用力甩开。

婢女吓得跪在地上："公子恕罪，奴婢该死。"

阿瞻本也不是有心发脾气，看她这样又不免心软，叫她起来，轻轻叹了口气，有些心不在焉。

那婢女起身后小心翼翼地问："公子可是有什么烦心事？"

阿瞻失笑："是啊，我想去城主府，说了你们也办不到。"

"那有何难？奴婢帮您。"婢女语气轻快。

阿瞻不禁好笑："你叫什么？"

婢女恭恭敬敬："奴婢叫娟惠。"

阿瞻只道她是安慰自己，心想这姑娘真是够天真的。

回到住处小睡片刻，娟惠来伺候他喝药，之后午饭只吃了一小碗细米粥，再无食欲。

娟惠见他精神不错，提议道："公子不是说想去城主府吗？这时候城主想必在休息，去见她正好。"

阿瞻愣了愣："你还真能带我去啊，不怕城主怪罪？"

娟惠笑道："公子又不是去做坏事，奴婢没什么好担心的。"

阿瞻寻思片刻，点了点头："也好，早去早回，切记隐秘行事。"

走到路上，阿瞻才知道娟惠以前就是从城主府里拨来的，不过自入了霍府就没再出去过，路线却是熟悉得很，他只不过在车中稍稍打了个盹，清醒时已经到了后门。

若非实在担心师雨眼下情形，他也不会过来，可是真的到了又不禁担心师雨生他的气。他将斗篷披好，对娟惠道："顶多半个时辰我就出来，你就在这儿守着。"

与其说这话是说给娟惠听的，倒不如说是说给他自己听的。

霍府马车上下来的人谁敢拦？何况这被厚厚斗篷遮着的人也不止一次出现在后门了，侍卫们只能多留一个心眼，派了一个人跟着他，却不敢多嘴。

阿瞻进了府中，本要去书房，但猜想如今非常时期，师雨办公之处必然有不少进出之人，便转了个方向去了她的住处。

住处只有夙鸢在，正在整理收拾，忽然见到一个瘦瘦高高的男子进门，吓了一跳，看到他腰间的霍字玉佩才记起这是当初救她家城主脱险的那位公子。

“霍公子怎么来这里了？”夙鸢一边行礼一边朝他瞄啊瞄，可惜他太瘦了，斗篷宽大，脸藏在帽檐下后，只露出一小片光洁的下巴来。

她好奇得要命，至今没有看清他长什么样，真是心痒难耐。

“小……城主不在吗？”

“是，城主在处理公务，应当很快就会回来，每日她都要午憩的。”

阿瞻点点头，在桌边坐下：“那我在此等候吧。”

夙鸢称了声是，奉了杯热茶退出门去，叫了个小厮去报信，自己在门口守着。

阿瞻在房中坐了一会儿，昏昏欲睡，干脆起身走了走，转着转着就进了内室。

师雨与即墨无白那番谈话早已结束，此时已在书房里待了一上午。

赶过来时，夙鸢正从回廊另一头走过来，见到她立即迎了上来：“城主来晚了，霍公子已经走了。”

师雨哼了一声：“还好他走得快，否则我少不得又得骂他一顿，总是不听话。”

夙鸢见他们如此要好，不禁掩口笑了笑。

师雨一面朝房间走一面问：“没人见到他吧？”

夙鸢事先得到过吩咐，忙道：“没有，奴婢一直将他送出门才回来的。”

师雨点点头，知道阿瞻是担心自己应付不了即墨无白，原本要责怪的心也软了一些。

用罢午饭，照旧要小憩片刻，只是想起即墨无白的话，翻来覆去也无法合眼。良久，她终于坐起身来，走到梳妆台前。

抽屉里放着方杭当初给她的折子，当初只提了一句就已经踩痛了即墨无白，这大概是唯一能让他无法爬起来的把柄了。

只要公之于众，他父亲当初私藏军械却被皇帝包庇的事就会天下皆知，他就会身败名裂。

她的手指搭上抽屉，轻轻打开，忽而一愣，里面竟然空无一物。

即墨无白坐在书案前一动不动，维持这个姿势已经有几个时辰。

杜泉好几次借着添茶送水的理由进来查看：之前他在奋笔疾书，洋洋洒洒写了一道厚厚的折子，可之后忽然就没了其他动静，就这么看着眼前的折子发呆。

“公子，要不要帮您把折子送出去啊？”夜都深了，杜泉实在忍不住了。

即墨无白终于动了，拿起自己的印章盖了上去，却也没说要把折子递出去。

这本是一道要参师雨的折子。

嘉熙帝已经亲自发来密诏，师雨最近在墨城风头正盛，正需要他在朝中遏制一下。

尚未做好决定，门忽然被大力地敲了几下。

杜泉去开门，进来的是个官兵，但身上穿的不是城主府内侍卫的服饰，而是和闫均留下的禁军侍卫的一样，进门后没说话先亮了一下腰牌。

“我这里还是头一回有密探来。”即墨无白笑了笑，不知师雨知道了会有何感想。

“少卿大人，属下来此是因为收到了对您不利的消息。”来人大步走到跟前，在他耳边低语了几句。

即墨无白脸色忽变。

第二日，师雨早早地起了身，用完早饭也没去书房，而是烧水煮茶，仿佛在等着客来。

即墨无白不知何时已倚在门边，仿佛从天而降一般，早晨的风很大，他的衣角时不时掀动，那一角蓍草纹样舒舒展展。

“姑姑好谋划，我以为你当初说出家父获罪一事只是听说了一点风声，没想到还有方杭给你亲笔书写的折子做证据。”

师雨煮茶的手停了下来，侧脸在晨光里妩媚如梦：“那就是说，折子里说的都是真的了？令尊当真私藏军械，你也是因此才不得不辞官归隐，是不是？”

即墨无白嘴角微微勾着，答非所问：“我收到消息说折子是从霍府送出去的，霍老将军向来唯你的命令是从，如今也下了诸事皆由城主做主的诏令，他应该不会越俎代庖，那么究竟是何人想散布这个消息呢？”

“就是我。”师雨垂眼盯着就要煮沸的水。

屋中静得可怕，即墨无白忽然冷笑起来：“那就昭告天下吧，只怕到时候揪出来的不是家父的丑事，而是我那位好叔公即墨彦的。”

师雨愣了愣，转头看他：“你说什么？”

“家父堂堂户部尚书，岂会无事生非跑去私藏军械？那批军械是即墨彦的，他忽然找到家父相助运送，声称只是些寻常货物。家父还以为他是有心与本家修好，自然全力相助，哪里想得到即墨彦只是看中他手中的权力。”即墨无白站直身子，掸掸衣摆，“后来事情败露，即墨彦便立即将此事推得一干二净。多亏陛下明察，家父才没有背上叛国罪名，但他因此客死异乡，不知真相大白之后，这笔账究竟该算谁的？”

师雨错愕地看着他。

即墨无白笑得意味不明：“即墨彦在墨城人心中是英雄，是情圣，在我眼中却只是个六亲不认的小人。也许这就是所谓的成大事者不拘小节，我虽从未见过他，却早已领教了其手段。至于相不相信，你自己有数。”

师雨竟没有反驳，沉默许久：“我终于知道你为何对墨城如此上心了。”

“可我还不知道你为何不肯放手？”他走近一步，“究竟是谁想散布这个消息？”

师雨扭头：“我说了，就是我。”

即墨无白的神情竟然分外柔和，伸手轻轻抚了抚她的脸：“也罢，陛下派的特使想必该到了，愿姑姑得偿所愿。”他笑了笑，转身离去。

他指尖的温度尚未消散，桌上茶水已经沸腾到溢出。师雨沉默片刻，叫来侍卫，吩咐立即追回那道折子。

冬月十六，西域十六国会盟若羌，消息传到豫国，满朝震惊。

嘉熙帝震怒，恨不能当即下令驻兵墨城，但他行事不能超出当初太祖立下的城主权责范围，一国帝王在自己的国土上竟然也畏首畏尾。

摔烂了御书房里能摔的一切东西后，他终于下了决心，墨城的事绝不能再拖了。

数日后，安阳王因私自拟定身后将封地爵位传给庶子一事而获罪，嘉熙帝借此事颁布了一道新国法。

这道法令后来被称为“血亲令”，规定了藩王功臣受封的封地承袭，必须严格按照血亲亲疏而定，嫡出高于庶出，直系高于旁支。若无子女，养子高于养女，但该养子女必须入族谱，并由帝王亲自册封。

看似一道毫不相干的法令，矛头却直指墨城，按照这道法令来说，师雨根本连和继承沾边的资格都没有。

朝廷中暗潮汹涌，不知内情的只当一道法令看看，从太常少卿返朝后的表现那里推测出一二的自然精明，却多为明哲保身之辈。唯有一些老臣，深知来龙去脉，又担心社稷安稳，纷纷上折子进言。

他们担心的是墨城的目的，即墨彦当初能将太祖逼得束手无策，如今推这个养女出来，未必没有后招。若是此法令逼得墨城走上不归路，在如今这关头，只怕会将国家推向危难。

嘉熙帝将折子一道道收下，却没有半点儿回应。帝王之心瀚如海，坚如石，一旦决定，谁也动摇不了。

寒风吹遍西北大地，似乎连再绚烂的哈兰花也无法掩盖墨城的萧瑟了。这样的天气，连往来商人都减少了许多，墨城大街上行人骤减，比之前安静了不少，却有了另一种宁和美。

很快就有急促的马蹄声踏碎了这宁静，嘉熙帝派出的特使带着圣旨到了墨城。

城楼守将早已将消息送至城主府，师雨正对镜描妆，不疾不徐。反倒是她身边的夙鸢心情忐忑不安，一遍一遍地给她挑着适合这场合穿的衣服。

直到下人来报特使已在议事厅等候，师雨抹了抹发鬓，揽镜自照，终于满意，但她起身后却没有立即去见特使，反而吩咐备车去霍府。

两队侍卫迅速而有序地在霍府大门前列队，城主府的马车缓缓驶来。

霍擎命手下得力副将坐镇军营，人已赶去城主府议事厅。他的大儿子和二儿子都分别带兵驻守在墨城其他边界镇口，所以城主忽然来到的消息便只能送去给阿瞻。

刚过午后，阿瞻小睡了片刻，此时正在喝药，得知师雨前来，竟然惊了一下，被呛得咳了半天。

师雨走进房中，面罩薄纱，步履轻缓，一点儿也没有凌驾于人之上的架势，下人们却一个个都垂着头不敢吱声，她轻轻挥了挥手，所有下人便立即退了出去。

阿瞻以前被她黑脸红脸地教训过那么多回，却只有这次最紧张，还没等她开口，手指已不自觉地揪着衣摆。

“怎么，你这模样是不希望我来吗？”师雨眼角弯弯。

“当然不是……”

师雨在他身边坐下，揭下面纱：“阿瞻，那道折子是你下令要公之于众的吧？”

阿瞻脸色顿时有些不好看，哼了一声：“我就知道你是来怪我的，我也是想帮你，既然有即墨无白的把柄，为何不用？难道你要等着他将你拉下来……”

师雨竖手打断他：“我不是来怪你的，我是来接你的。”

“什么？”

“我说我来接你回城主府。”

阿瞻错愕地看着她，似乎还没回味过来。

师雨扶着他起身：“走吧。”

议事厅里气氛异常凝重，特使手执着圣旨已站了许久，脸色不怎么好。左面一侧是以霍擎为首的墨城官员，甲胄森森的武将占了大半，他脸色不好也是正常的。

右边只有寥寥几人，闫均面色肃然，与他并肩而立的即墨无白身着绯色小科圆领官服、草金钩革带、长靴靴。别人如临大敌，他这个当事者却神色如常，似在赏花般悠闲。

厅外一声唱名，姗姗来迟的师雨现了身。众人纷纷转头看去，她脸上罩着面纱，身上穿着繁复的礼服，玄底金绣，肃然庄重。墨城官员们看得清清楚楚，那正是与老城主礼服一模一样的一套女装。

“特使远道而来，辛苦了。”

佳人缓步，音色柔柔，特使也不好责怪，干咳一声，展开圣旨：“宣旨——”

众人下跪，墨城上下官员却明显慢了半拍。

特使微微皱眉，大事当前也没多言，当即朗声宣读了圣旨，开头便提到了嘉熙帝所颁布的新国法。

“国法如山，墨城既为豫国疆土，自当遵照国法立定城主。今察符合国法者唯太常少卿即墨无白，择其即日起继任墨城城主，统领全城，抵御外敌，匡扶社稷。钦此——”

“谢主隆恩。”即墨无白垂首，双手平举。

特使将圣旨放到他手中，抱了抱拳：“恭喜了，少卿大人。”

闫均也立即上前道喜。

墨城官员神色不定，有人忍不住弯了膝盖就要参拜城主，被人一把拎住衣领，抬头一看，葛贲正恶狠狠地瞪着自己，不禁吓得一颤。

特使走到师雨跟前，假兮兮地笑了笑：“代城主这段时间劳苦功高，以后有即墨少卿统领墨城，您也算功成身退了。”

师雨双眼晶亮，仿若月牙湖中波光粼粼的湖水，幽深得摄人：“特使宣布得未免早了些，按照血亲令而论的话，城主之位是轮不到太常少卿的。”

特使笑容僵住，转头看看即墨无白，他笔直地站着，视线落在师雨身上，看不出神色中的意味。

特使收回视线，冲师雨笑了笑：“代城主的心情在下理解，但事已至此，还是不必强求了。”

师雨眼神渐冷，声音却温和如旧：“只怕强求的是你们。”她拍了一下手，凤鸢扶着一个罩在斗篷里的瘦高男子走了进来。

所有人的视线都落在那男子身上，他自己似乎也知道，垂在身侧的手指甚至带着轻微的颤抖。

师雨走到他跟前，忽然一把揭去他头顶的帷帽，露出他的脸来。

四下一片哗然，眼神在他和即墨无白脸上游移不断。

即墨无白的神情瞬间有了变化，眼神直直地落在那人身上，满是不敢相信。

“容我为诸位介绍一下。”师雨环视一周，朗声道，“这位是即墨俠，小字阿瞻，老城主即墨彦嫡亲血脉，唯一的子嗣，按照血亲令，就是墨城法定的城主。”

厅中鸦雀无声，只剩下错愕。

特使讷讷道：“不可能，即墨彦没有儿子。”

师雨斜睨着他：“特使看看太常少卿，问问我墨城诸位官员，太常少卿长得是不是有几分像老城主？再看看即墨倓，问问他们，即墨倓是不是比太常少卿更像！”

即墨无白背在身后的手捏得死紧，他看着即墨倓，后者也正看着他，那张苍白的脸上带着莫大的敌意。

特使一时说不出话来，好在还有闫均反应敏捷，立即接话道：“代城主忽然推出一人来说这是老城主的子嗣，只怕难以服众，不知可有凭证？”

师雨笑了一声：“老城主早知尔等会如此狡辩，早已留下了字据，加盖了城主印绶，可以请陛下派人验定笔迹。即墨倓自幼身体孱弱，老城主无暇照顾，特地将他寄养在霍老将军膝下，霍老将军便是人证。闫大人若还是不信，我还可以请来他的乳母、稳婆，甚至当初城主夫人也在书信中提及过他的存在，可要过目？”

霍擎立即出列：“代城主句句属实，老夫可以做证。”

闫均脸色铁青：“此事还需禀报陛下定夺……”

“太常少卿就可以直接按照国法册封，轮到老城主的亲儿子就要陛下定夺了？”师雨冷笑连连，“难不成陛下的国法是因人而定的？”

“放肆！”特使总算找到机会发泄了。

即墨无白抬了一下手，四下皆静，他看着师雨：“敢问代城主，老城主有子嗣，隐而不报是不是欺君？你在有城主人选的情形下代任城主这么久，是不是欺君？”

葛贲闻言手已忍不住按住佩剑，被霍擎一把握住手腕，阿瞻也气得直喘气。

师雨只是轻轻笑了一下：“老城主子嗣艰难，老来得子，呵护备至，未能及时告知朝廷便驾鹤西去，也是无奈。当年老城主在世时，时常远巡，城主夫人数次代任城主之职，墨城上下均视作平常。我是即墨倓的未婚妻，未婚夫身体不适，我代夫行职，有何不可？”

即墨无白脸上血色褪尽：“你是他的什么？”

阿瞻冷冷接话：“未婚妻！你没听见吗？”

“拜见城主！”霍擎蓦地掀了衣摆跪在地上，率先打破僵局。

师雨从即墨无白身上收回视线，跟着拜倒，葛贲紧随其后，墨城官员终于也纷纷跪下。

大势所趋，特使和闫均脸色已经难看到了极点。

阿瞻是第一次在这么多人面前现身，第一次接受这么多人的跪拜，这一天突如其来，他心绪涌动，体力已有些透支，虽已经努力支撑，却还是有些力不从心。

师雨注意到，立即起身，一手扶住他，他稍稍斜了斜，几乎半边身子都倚在她身上。

即墨无白转过身子，离开大厅，嘴角零星笑意一点一点消弭殆尽。

“不可能！”御书房新添的东西又被嘉熙帝全给砸了。

闫均伏在地上不敢作声。

“好端端的怎么会出来一个儿子？若真有个儿子，当初嫁过去的公主岂会一声不吭？”嘉熙帝负手来回踱步，“此事绝无可能！”

闫均瞥他一眼，从袖中取出一封书信呈上去：“陛下请过目，这是当初城主夫人要送给太祖的书信，只是还未送出墨城就被截了。”

嘉熙帝立即接过来，只看信封也知道有些年头了，拆开一看，署名果然加盖着公主的印章，信中的确提到了此事。

他将信揉作一团，回忆着当年先皇教导的话，一点一点捋清思绪，神色明明灭灭。

闫均小心翼翼道：“陛下不用担心，此事还有转圜余地，毕竟时隔已久，不妨派人彻查，未必不能否决他的身份。”

“不用了。”嘉熙帝打断他的话，“一个病秧子而已，就让他做城主好了。”

闫均一愣，不明所以，只能讷讷地接一句：“谨遵圣谕。”

冬月末，圣旨下，严格按照国法行事，承认即墨倓的身份，册封其为墨城城主。

消息一夜之间传遍天下，不知又有多少双眼睛里多了惊愕与措手不及。

很多人挤在城主府门口等着见一面这位新城主，甚至连忙着会盟的西域小国也派人过来，先前那么大的动作因为墨城的动向而有了动摇。

可惜阿瞻那日太过劳累，还在床上躺着，墨城大小事务皆由师雨做主，她仍然是墨城的代城主。

夙鸢还不习惯阿瞻的新身份，这几日对着师雨也是眼神怪怪的。

师雨数次从政务中抬头都见到她神思恍惚，终于忍不住叫了她一声。

“啊？”夙鸢被吓了一跳，回神后才惊觉失态。

"你这是怎么了？"

夙鸢讪笑："奴婢只是在想，以后该怎么称呼您。"

师雨好笑："就为这事？还是叫代城主，图省事直接叫城主也可以，还和以前一样。"

夙鸢不解："那倓公子呢？"

师雨复又提笔，似随口般道："就称公子，因为他迟早会有更高的地位。"

阿瞻身体不适，诸事从简，但全城觐见城主的礼仪不能废。

腊月初一，城主府设宴，全城官员到席，参拜新城主。

阿瞻精神不错，穿着厚重的锦袍，脸上有了些血色，坐在上首，竟也颇有风致。他的视线在下方来回扫视了几圈，没有见到即墨无白，再看看师雨，心情愈发好了。

霍擎到底是照顾他久了，情同父子，知道他不能久坐，时间差不多便带头走了，官员们也只好纷纷散去。

师雨亲自扶着阿瞻回去休息，他脸上一直带着笑，小声道："我今晚偷喝了一口酒，就一小口。"

师雨好笑地摇头。

"唉……"他忽然叹了口气，却满是心满意足的意味，望着前面曲曲折折的回廊道，"小雨，你我终于能一起在这城主府里并肩而行了。"

师雨"嗯"了一声，只是笑，并不多话。

阿瞻转头看她，神情渐渐绷紧："你打算何时将即墨无白逐出墨城？"

师雨垂眼盯着路面："他是你的亲人，你说了算。"

阿瞻朝南居正院方向看了一眼，蹙紧眉头："他早该走了。"

师雨刚要说话，忽然听见外院传来一声高喊，转头看去，回廊尽头火把高举，一队侍卫正朝他们跑来。

"有刺客！"侍卫首领一路高喊，"保护城主！"

师雨上前一步将阿瞻挡在身后："什么刺客？"

侍卫首领拱了拱手，急急道："尚不知身份，只知道人仍潜在府中，还请城主和代城主暂且避一避。"

"都潜入府中了，还能避去何处？"师雨沉着脸，将阿瞻推过去，"保护城主回房。"

阿瞻紧紧拉着她："你不走吗？"

"你先走，敌在暗我们在明，最好分开他们的注意力。"师雨拍拍他的手背，示意侍卫们速度快些，之后从夙鸢手中拿了披风罩在身上，便朝反向走了过去。

城主府防卫严密，对方大约是借着今日宾客入门才得以潜入，但人数也绝不会很多，只是身份和身手都不明，终究让人不踏实。

侍卫齐齐调动，一层一层将内院围得水泄不通。师雨往住处走，路上经过南居正院，见其中灯火通明，门口侍卫也个个严阵以待，料想即墨无白也已经收到消息了。

刚转头要走，院门打开，即墨无白走了出来。

师雨看过去，只见他一身窄袖束腰的胡服，手里提着长剑，见到她站在廊下只是轻轻瞥了一眼便移开了视线，与门边侍卫交谈了几句，带着一队人朝另一边的回廊走去。

跟在师雨身后的侍卫道："听闻保护少卿大人的都是皇家大内侍卫，对付此类宵小定有经验，如今他肯出手相助实在再好不过。"

师雨点点头，一言不发，继续朝前走。不想转了个圈，到了花园竟然又撞上了即墨无白。

这次彼此离得还不足两丈远，他终于朝师雨拱了拱手："听闻府中潜入了刺客，代城主最好还是回房避一避。"

疏离有礼，远似高岭之花，仿若初见。这才是外人眼中遥不可及的太常少卿。

师雨回了一礼："多谢少卿大人，哪有让客人护卫主人的道理，还是请少卿大人回去休息，城主府自会护你周全。"

即墨无白侧身而立，似一张蓄势待发的弓："新城主刚刚继任便潜入刺客，我若不现身，只怕会有误会。"

师雨抿唇不语。

二人站在一檐之下，谁也没开口。远处蓦地一声高喊，侍卫们齐齐冲了出去，对面房顶上人影一闪而过，灯火下似有箭矢破空而至。

师雨未及回神，被一只胳膊拉着周身一转，抬头一眼看到的是即墨无白线条明朗的下颚，再转头看一眼自己原先站的地方，地上果然落着一支箭矢。

即墨无白松开她，仿佛刚才救她的举动是幻觉，走过去捡起箭矢看了看，皱眉道："沙陀族的用箭，有可能和当初你入中原时遇到的一样，是来历不明的雇佣兵。"

师雨看着他的侧脸："你认为幕后主使是谁？"

即墨无白从袖中取出方帕子，将箭矢包好，口中却道："墨城已与我没有干系，我又何必关心这些？"说完转身就走。

一夜忙碌，刺客们抓到了，但还未审问就全都吞毒自尽了，果然是沙陀雇佣兵一贯的作风。

师雨一夜没有合眼，特地叫人注意着即墨无白那边的动静，果然，将至午时时，听说阿瞻派了人去南居正院。

不出一个时辰，杜泉便出现在她眼前，来替即墨无白传话，说要即刻告辞归都。

师雨点了点头，什么也没说。

其实她昨晚就想劝即墨无白离开墨城了，她太了解阿瞻了，他一定会借此机会向即墨无白施压。刺客来意不明，追查不到幕后主使，即墨无白是最容易背黑锅的人。

即墨无白说走就走，毫不停留，和他来时一样干脆。

没想到第二日墨城竟然迎来了今冬第一场大雪。他走到府门外，头也不回地上了马车，一路驶出城门，地上已经开始有了积雪。

杜泉怕火上浇油，这几日都小心翼翼的不敢多话，此时终于忍不住劝他道："公子，要不还是等一等再走吧，这天气不好赶路啊。"

即墨无白揭帘朝外看了看，大雪纷纷扬扬，像羽毛织就的帘帐，无法远视。他却一眼就看到了十里亭外站着的人，她披着厚厚的大氅坐在马背上，远处是一队森严的侍卫，天际是模糊不清的山峦。

即墨无白下了马车，迎着风雪走过去，身上的披风在寒风中猎猎作响，他伸手拢了一下，仰头看她："怎么，代城主来送我？"

师雨面纱后的双眼依然弯弯的似天边月："是啊，昨日刚刚有刺客闯入城主府，也不知是否有余党在墨城附近，我至少要将你护送出墨城地界才行。"

她转头看着那队侍卫，没有明说其实那不是她带来的，而是她赶来拦截的。墨城形势不稳，其实没有几个人乐意再多一个即墨氏的血亲留在世上。

即墨无白伸手接了片雪花在手中，轻轻捻成雪水，轻描淡写地笑了笑："不用了，我带了那么多侍卫，只要不被当作心怀不轨就好，哪里有资格再由你亲自相送。何况你已与即墨倓有婚约，最好还是不要落人口舌了。"

师雨笑了一声，说不清什么意味："我骗了你，你竟还为我着想，真是叫人惭愧。"

即墨无白深深看了她一眼，抬手朝她行了一礼，转身离去，最后一句话残留在风雪里："我只知道成王败寇，终是你赢了……"

第九章

咫尺天涯

大雪下了半个月也没停，西域边塞已经是一片银白。过了宁朔，即墨无白暂时停在了驿站，道路难行，只能等待天气好转再上路。

早晨起床，杜泉打了热水过来给他洗脸，却有些心不在焉，一直朝门外左瞄右瞄的，端着水出去时还特地鬼鬼祟祟地将门掩好，生怕他发现什么一样。

即墨无白看到，故意不动声色，等他离开，走到门口猛地一拉门，愣了一下。

门边倚着师雨，鼻尖冻得泛红，妆容比平常要艳丽许多，整个身子都罩在披风下面，看起来有些臃肿。

他太过错愕，呆站着一句话也说不出来。

师雨凑过来靠在他胸前，轻声道："你就这么走了，我实在是舍不得。"

即墨无白原本涌动的心绪听到这句话后瞬间压下，抬手捏住她的下巴，迫使她仰起脸，笑眯眯地道："其实我也舍不得你呢。"说着就要低头吻她。

师雨猛地推开他，一面"呸呸呸"地躲到房间角落，咋咋呼呼地喊："演不下去了，你还真下得了口啊！"竟然是道清亮的男声。

即墨无白哼了一声："你真是装女人装上瘾了，就不能正常地来见我？"

对方解掉披风，作为女人，身材瞬间就显得太过高大了，随手用披风擦去脸上的妆，原本的相貌稍稍显山露水，除了邢越还能有谁。

"我就知道你跟师城主有一腿，啧，还真被我诈出来了。"他在桌边坐下，自己给自己倒了杯热茶，得意扬扬地笑起来。

即墨无白坐到他身边，贴近看了看他的脸："我一直想问你，你这一手化妆术究竟是从哪儿学来的？若非身材太明显，声音不够细，光看脸的话还真能唬人。”

大约是心有余悸，邢越退到他对面，一副不乐意靠近他的模样：“这可是我吃饭的家当，如何能告诉你？不过你说得还真对，我的确总是栽在身形和声音上，所以从不轻易扮女人。”说着他猛地一拍桌，“别打岔啊，咱们来继续谈谈你跟师城主的事。”

即墨无白高声唤道：“来人，有刺客！”

“哎，别别别！”邢越连忙摇手，“不提了，不提了。”

即墨无白笑了一声，自顾自地用早饭：“若非你装扮成这样，还真混不进来。我得提醒侍卫们注意些了，若你真是刺客，我的命可没那么长。”

邢越托着腮道：“说到刺客，墨城最近出入盘查得十分紧，师城主似乎就在追查刺客，听说都下令要将所有沙陀部族赶尽杀绝了，她对那位新城主可真是没话说。若是性别换一下，我是女子的话，真恨不得嫁给这样有魄力的男子才好。”

即墨无白勾了勾唇角，没作声。

邢越又凑过来：“你就没好好查一查这位新城主的来历？当真就如此放弃了？”

即墨无白搁下碗筷，起身走到屏风后面，片刻后返回，手里拿着一本册子：“我离开城主府前，去城主夫人以前居住的吹雪阁找了一下，这里面记载了她的一些起居备注，据我推断，即墨俟并非城主夫人所出，可即墨彦又只有一个妻子，想必他是私生子。他的相貌做不得假，不过多了解一些总是好事。”

邢越昂了昂下巴：“可要在下相助啊？”

“正等着你这句话呢，不过……”即墨无白一边转动心思，一边斟酌道，“这次得换个法子，即墨俟被藏了那么久，一定不只是因为身体不好。”

邢越看他这模样就后悔了，闲着何必来招惹他？唉，总没好事！

大雪第二日就停了，即墨无白不愿在驿站多留，下令弃车骑马，继续赶路。

邢越和他虽都是南方人，但不及他身强力壮，遇到这天气实在吃不消，骑在马背上直哆嗦，看到官道旁有人支着篷子卖热汤，连滚带爬地凑过去要了一碗。

即墨无白耐心等着他上路，侍卫首领走到他身边小声提醒，似乎有人跟了他们许久了。

他调转马头，四下看了看，没看到什么人，心中备感警觉，打马去摊子前，一把将邢越提溜起来。

邢越吃了一惊，狼吞虎咽喝完最后半碗热汤，翻身上马，裹紧披风跟他继续上路。

全队悄无声息地走了许久，擦黑时进入中原腹地，即墨无白故意没有在驿站落脚，顶着严寒继续前行。

后面渐渐显露出跟踪者的行迹，侍卫禀报说对方应当只是一人一骑，看马蹄轻浅，有可能是女子。

月色明晃晃地照着雪地，四下透亮。

即墨无白命令所有人藏进树林，等了许久，终于等到那跨马而来的女子。他策马冲出去，对方立即亮剑，极为机警。

即墨无白勒马停住，上下打量她一番，笑道："看身形似乎是乔姑娘啊。"

马上的人揭去头上的帷帽，露出一张冷冰冰的脸。

即墨无白叹息："乔姑娘有事不妨大大方方地现身，至于这么一路尾随吗？险些叫在下误以为是不轨之徒了。"

乔月龄冷哼："我尾随你？你还是省省吧，我不过是要去中原，恰好与你同路而已。"

即墨无白撇撇嘴："那好吧，当我多此一举。"

他调转马头，回到队伍，乔月龄仍旧在远处不急不慢地跟着，没有上前同行的意思。

邢越打马过来，哆嗦着问："这姑娘对你有意思吧？"

即墨无白笑笑："大概是吧。"

"啧，依我看，她比师城主好。"

即墨无白瞥了他一眼。

邢越讪笑："你别怪我多嘴，说实话，你太聪明，就该配个这样的姑娘，看着冷了点儿，但绝对翻不出你手心去。师城主太精明，两个精明人在一起不累吗？"

即墨无白笑眯眯地拍拍他的肩膀："好了，就别套我话了，我是不会上当的。"

邢越脸一垮，嘀咕着走开了。

墨城如今全城戒备，固若金汤，别说西域各国，就是中原本土人要出入也有些困难。

附近的沙陀族近期开始悄悄迁徙，谁也没想到她一个柔弱女子会下这样的狠心，虽然明令说了不会伤及无辜百姓，但大家还是不放心。

嘉熙帝收到消息，心里有了些盘算，恰好即墨无白回到了长安，他只能暂时放下此事，召他入宫来见。

即墨无白连家也没回，直接入了宫，官服也没来得及换，一身常服因为赶路而沾染了风尘，进了御书房便一掀衣摆跪倒在地。

“微臣无能，未能完成陛下密令，请陛下责罚。”

嘉熙帝上前扶他起身：“这不怪你，是朕太心急，一道诏令反倒给了他们机会。”他叹了口气，“事已至此，不提也罢。”

即墨无白垂着头：“谢陛下。”

嘉熙帝遣退所有宫人，对他道：“如今墨城也算是大局已定，只是即墨倓被即墨彦保护了这么多年，只怕是另有目的。”

即墨无白与他不谋而合，却没说什么。

嘉熙帝见他消瘦不少，一时感慨，拍了拍他的肩：“罢了，不提墨城了，这段时间你也辛苦了，如今回来就好好休息一段时间吧，朕自有计较。”

即墨无白道了声是，退出了殿外。

长安的月亮似乎总是离得很远，看起来朦朦胧胧的，像是一笔点画出来又浸了水雾。不像在墨城，近在眼前，又大又圆，永远给人一种触手可及的错觉。

他缓步走出宫门，不想又遇到了乔月龄。

“咦，乔姑娘，这次又是顺路啊？”他似笑非笑。

乔月龄翻了个白眼：“我入宫觐见太后而已。”她走过来，像是随口一提般道，“我都听说了，墨城丢了就丢了，也没什么大不了的，做太常少卿也没什么不好。”

即墨无白点了点头，笑道：“多谢乔姑娘开解，只是你我见面不再动手了，还真不习惯。”

“你……”乔月龄刚从宫门侍卫手中取过自己的佩剑，当下就拔了出来，即墨无白连忙爬上马背溜了。

还有不久就是年关了，阿瞻作为新城主，必然是要有些活动的，在全城官员和百姓面前都要体面。

刺客的事依然毫无进展，师雨一筹莫展，只好暂时压下，着手准备年关事宜。

朝廷却在此时送来了诏令，要求全国各地的官员都要入都述职，新城主刚刚上任，理应入都觐见陛下。

师雨捏着诏文一筹莫展，阿瞻连多走几步都会气喘吁吁，如何能一路颠簸去长安？何况现在还有人想要他的命，出行危险更大。

皇帝简直是强人所难。可若是不去，就是和朝廷明着对立，对墨城实在不利。

她再三思量，唯有自己代替他去最妥当，当天便去霍府和霍擎议定此事。

即墨无白就在长安，她担心阿瞻会胡思乱想，只能瞒着他，只说是这趟出行是要去巡视一下周边镇口，顺便查找刺客线索。

出行当日，阿瞻一路将她送出府，依依不舍："早些回来，我可不想今年过年再一个人了。"

师雨笑道："不是还有霍叔叔吗？"

"那怎么一样，你是我在这世上最亲的人了。"

师雨神情微动，安抚他道："好，我会早些回来的，放心吧。"

阿瞻将她送上车，还牵着她的手，手指被冷风吹得冰凉。师雨给他拉下袖子遮好，松开手指："回去吧，别冻着。"

他摇摇头，直到车马离开视线才由娟惠搀扶着回了府内。

一旁的霍擎暗自点头微笑，这么多年两人感情一直这么好，他也就放心了，连带之前对即墨无白和师雨的那点怀疑也抛诸脑后了。

各地官员年底入都述职是惯例，没什么大不了的。但是墨城城主地位不同寻常，不能与其他官员相提并论，嘉熙帝对此自然更重视一些。

新城主继任的消息在朝中传得沸沸扬扬，大多官员不愿意蹚浑水，关于接待事宜也是能推则推。最后有人将事情推到太常少卿身上——反正与新城主是亲戚，由他接待再好不过。

嘉熙帝体恤即墨无白，原本是打算让他好好休息一阵子的，但事已至此，也没办法，只好将命令送去了他府上。

即墨无白知道皇帝是有心试探墨城是否忠心，这也无可厚非，便坦然接受下来，叫人关注着墨城行程，随时准备出迎。

等墨城的队伍到达，除夕早已过去，已是立春之后了。

"公子，您要是实在不乐意就推了吧，何必勉强自己呢。"杜泉一边伺候着即墨无白换衣，一边念念叨叨。

"有什么勉强不勉强的，说起来也是亲戚嘛。"即墨无白整整官服，朝外走去。

刚刚破冬的长安依旧冷得似一块敲不动的灰砖，街道上行人穿梭，繁华依旧，却始终抹着一层霜白的颜色，反倒为皇都更添了几分庄重。

嗒嗒的马蹄踩过青石大道，禁军侍卫庄严开路。即墨无白没有乘车，绯色官服，白马烈烈，疾驰而至，在队伍前停下，一眼见到领路的是葛贲，熟络地和他打了声招呼。

葛贲领着卫队护送，沿途辛苦，对中原也就愈发不满，心情自然不好，对他没有好脸色，敷衍地回了一礼，半句话也不想多说。

即墨无白下了马，走到车边拱了拱手："太常少卿即墨无白，奉陛下口谕，特来恭迎城主大驾。"

马车内毫无动静，即墨无白以为是即墨俟有意为之，只能耐心等候。

许久，帘子终于揭开，他悄悄一瞥，却见是女子修长的手指，抬头看去，正对上师雨的脸。

周遭的寒凉似乎有一瞬的凝结，最终还是师雨先笑着开了口：“有劳少卿大人，陛下隆恩，师雨感怀在心。”

即墨无白淡淡回以一笑：“还请代城主先去官署歇息，陛下已经设宴，稍后会为诸位接风洗尘。”

师雨又道了谢，放下帘子，彼此生疏有礼，挑不出一丝破绽。

宫中已经准备妥当，申时，师雨入宫赴宴。

夕阳未落，宫灯已然高悬。师雨锦衣厚重，领口、袖口的祥云暗绣在灯火下若隐若现，依旧容颜若画，举手投足比以往更有风度威仪。

百官俱在，但今时不同往日，对着她再也没有几人敢轻视了。连陛下跟前的大红人都在她面前栽了跟头，哪敢小看？

师雨先向嘉熙帝见礼，替阿瞻告罪。

嘉熙帝自然不悦，只不过见她言辞诚恳，态度才稍稍缓和。

师雨落了座，一抬头便看见斜对面的即墨无白，他和往常一样，言笑晏晏，风度翩翩。

“代城主。”

旁边有人叫自己，师雨收回视线，看见着了大袖襦裙的乔月龄在自己身边坐了下来。

“乔姑娘？不想竟在这里遇见。”

乔月龄笑得有些赧然：“陛下对城主未能亲临有些不快，但还是为代城主着想的，今日特地叫我来作陪，也是免得全场就你一个女子太过孤单。”

师雨朝上方瞥了一眼，笑道：“还是陛下想得周到。”

说话间已经开席。殿外寒风凛凛，殿中谈笑风生，此情此景，几乎要叫师雨忘了嘉熙帝的目的，仿佛自己已经融入这百官之中了。

她觉得嘉熙帝的表现越来越像是个合格的帝王，因阿瞻未至，帝心不悦得恰到好处，开席后对她的态度也是拿捏得恰到好处。

之前将她接进宫中的那件往事已经叫人淡忘，如今他在暗暗摆正君与臣、国与藩的位置。

这根本是场鸿门宴。

不过有乔月龄在还是有好处的，师雨可以装作只跟她说话，从而挡住其他官员的劝酒和试探。

嘉熙帝虽然在墨城失了手，但前几日贵妃刚给他添了个小皇子，心情不坏，今日这酒宴也没拖太晚，他还要看儿子去，随便找了个说辞就走了。

百官只好纷纷告辞。

嘉熙帝走到半路，忽然想起件事，折返回了御书房，再出来，竟在半道撞见即墨无白，他站在远处高阶之上发着呆。

嘉熙帝顺着他的视线看了一眼，不过是寻常的宫门，也不知道他在看什么。再一扭头，发现前面廊下站着乔月龄，跟即墨无白离着数丈远，一动不动地看着他的背影。

嘉熙帝走过去，脚步声惊扰了乔月龄，她回神，连忙行礼。

嘉熙帝故意板着脸看了一眼即墨无白的身影："乔姑娘在边疆多年，关于墨城的事应当多少也听说了一些，此番即墨无白在墨城的所作所为，朕深为不满，正准备治他的罪，你若知道些什么，不妨给朕做个人证，免得他到时候狡辩。"

乔月龄猛地抬头："陛下且慢，即墨无白究竟做了什么让您大为不满？他不是荒废正事的人，陛下一定是误会了，千万不要责怪好人。"

嘉熙帝摸了摸下巴，顺带掩藏起笑容，冷声道："他是好人？朕只知道他无能。"

乔月龄脸都急红了："陛下此言差矣，谁能想到墨城藏着老城主的亲生儿子呢？就是陛下自己不也被蒙在鼓里？"

"放肆！"

乔月龄立即跪下告罪。

嘉熙帝咳了一声，摆摆手："好了好了，朕知晓了，不治他的罪就是了。"

乔月龄狐疑地看他一眼，心道果然伴君如伴虎，却不敢多言，忐忑地告退，临走还不放心地看了一眼即墨无白。

即墨无白在远处听到些声音，已发现二人，待乔月龄走远，走到嘉熙帝跟前见礼："微臣以为陛下已经回宫歇息了。"

"本来是要去歇着了，但见你眼前开了一枝粉艳艳的桃花，朕怎能视而不见呢？"

即墨无白好笑道："陛下指的是乔姑娘？"

嘉熙帝连连点头："一听我说要治你的罪便心急如焚，这姑娘看着挺沉稳，其实脾气藏不住，好在是真关心你。"他抬手拍了拍即墨无白的肩，轻轻叹息一声，"无白啊，你早该儿女绕膝了，当年的往事不必总放在心上，亲事也都是过去的事了，有个人在身边照顾你，朕也好放心一些，否则总是独来独往，朕看着也忧心啊。"

即墨无白垂眼笑了笑："陛下日理万机，就不必为臣这点小事操心了。"

嘉熙帝知道他与乔定夜有些隔阂，只怕这就是他不肯接受乔月龄的原因，不过觉得乔月龄一片痴心未免可惜，安抚他道："罢了，你再好好想想吧。"

即墨无白称了声是，不愿再留，告辞出宫。

此事总算是交了差，他打定主意，回到府邸便闭门不闻窗外事，好好闲上一阵子。

哪知脚刚跨进门，杜泉就急匆匆地扑了上来。

"公子，大事不好，邢先生被葛校尉扣住了。"

即墨无白抽了一下嘴角："那厮如何与葛贲牵扯到一起去了？"

"还不是因为他曾经在墨城招摇撞骗的事，当初您私自放了他，现在葛校尉又撞见他了，能不抓吗？他那道海捕文书还没撤掉呢。"

即墨无白想了想，好歹师雨和自己对邢越的看法也算一致，应当不会把他怎么样。

"你就当什么都不知道吧，公子我也当什么都不知道。"他拍拍杜泉的肩膀，伸了个懒腰就往后院走。

杜泉愣了一下："不行吧，公子，邢先生被抓走的时候鬼哭狼嚎地叫我转话给您，一定要您救他，否则他做鬼也不放过您，临死也要将您和师城主的丑事宣扬得天下皆……"

即墨无白连忙竖手阻断他说下去。

杜泉讪讪："这是邢先生原话，可不是我说的。"

即墨无白揉了揉额角："算了，我去一趟吧。"

师雨也刚回到下榻处不久，听说葛贲将邢越捉了回来，只是一笑置之，随便找了个理由让葛贲撤了手，而后将邢越提到了跟前。

二人久未见面，竟如故友重逢一般。师雨问了他的近况，邢越便倾囊相告，说到经历中的趣事更是眉飞色舞，将师雨逗得笑声连连。

"邢先生，我有个提议，你好好考虑一下。"闲话了半天，师雨亲手给他沏了杯茶，"你以后跟着我如何？我绝对不会亏待了你。"

邢越顿时有点犹豫，倒不是舍不得即墨无白，而是即墨无白能放纵他行骗，师雨可不一定。

正当此时，即墨无白人到了。他也干脆，径自走进屋中，一把提起邢越就走。

师雨坐着没动，目光一直追随着他的脚步直到门口："少卿大人这是做什么？"

即墨无白松开邢越，朝她拱了拱手："代城主见谅，在下是来拘捕此人的，一时情急失态罢了，万望莫怪。"

"拘捕？"师雨眼中盛满笑意，"却不知邢先生所犯何事？"

即墨无白道："代城主有所不知，这厮扬言要散播你我之间的丑事，如此造谣中伤，岂能饶了他？”

师雨笑意敛去，扯了一下嘴角，轻柔地“嗯”了一声：“那就交给少卿大人处理了。”

即墨无白从她脸上收回视线，将邢越拽出门去。

“不是吧，你这是要动真格的？”邢越到底欺软怕硬，小声示软。

即墨无白冷幽幽地拖着他出了官署大门：“我细细想了一下，你这种败类，还是拎回来亲手弄死比较妥当。”

邢越叹息：“其实你这是为了灭口吧？”

远在墨城的阿瞻起得很早，第一件事是喝药，第二件事是念叨：“代城主究竟什么时候回来？”

身边的下人没有一个能回答他的。

他叹口气，拢紧衣裳，对娟惠道：“扶我去高处看一看，兴许他们已经入城了呢。”

娟惠扶他出门：“那便去吹雪阁，不是说那是老城主建给城主夫人遥望长安用的吗？可高了。”

阿瞻皱着眉甩开她的搀扶：“那算了，我不想去那个女人住的地方。”

娟惠没想到他对城主夫人有意见，错愕地闭了嘴。

阿瞻始终有牵挂，到了晚上又开始念叨这事，还叫娟惠到几个城门口去打听打听，毕竟又不是多远，怎么一去就是一个多月也没消息呢？

娟惠依言而去，返回后却只站在门边，踟蹰着不敢接近。

阿瞻一直等着她的消息，见她这模样以为师雨出了什么事，一时情急，咳了好一会儿。娟惠这才动了，扶着他坐下，端茶送水，生怕他出事受责怪。

“到底怎么了？快说！”阿瞻捂住胸口瞪着她。

娟惠跪在他跟前，小声道：“奴婢听说代城主不是去巡视周边，而是去长安了。”

阿瞻一怔：“不可能，她不会骗我。”

娟惠伏在地上：“一定是奴婢听错了，那些往来的商旅都不值得信任，公子千万不要动气。”

阿瞻撑着桌子站起身，走到门口，望望头顶圆了大半的月亮，对娟惠道：“你去将刺史传来，让他派人去找代城主回来。”

娟惠跟在他身后，脸上赔着小心：“可是……可是代城主吩咐过，所有命令都得由她发，刺史只怕不会来见公子。”

阿瞻气得脸色发白："我是城主，他竟敢不来！"

娟惠又吓得跪在地上，一声也不敢吭。

阿瞻咬了咬唇，虽然嘴上不承认，心里却透亮，自己这个城主不过只有一个名号，所有大权都在师雨手里。他被这一副病体禁锢在了这方寸天地，别说手里有一座城，就是有整个天下又如何，连她的踪迹都寻不到。

"罢了。"他像是一下卸去了所有脾气，摆摆手，"你去请霍老将军，我要见他总不需要命令吧？"

娟惠轻声称是，快步出门，还不忘叮嘱门外的婢女好生照应着，万一他再倒下，代城主回来谁也活不了。

近来正是年节之时，霍擎因二子回城，今天没去军营，在府上共享天伦。

娟惠来时正是晚饭时间，他以为阿瞻出了事，随手拿了披风就出门，丢下一大家子面面相觑。

阿瞻倚在榻上，身上披着的虎皮还是当初霍擎亲手猎来的。见他安然无恙，霍擎进屋的脚步不觉放轻了一些："怎么了？我还以为你又病了。"

阿瞻睁开眼，见他已经到了，连忙坐好，抬手请他就座："霍叔叔，我请您来，是想问问您，当初您给即墨无白的那一半兵马究竟做何安排了？"

霍擎很欣慰他关心正事，笑道："那不过是假兵符，兵马自然还是由老夫和代城主掌管，不过为了做给世人看，一直没动用过他们，免得被若羌看出破绽。"

"原来如此……"阿瞻若有所思地点了点头，看了看他的脸色，犹豫道，"我在想……若是这支兵马暂时不动用，那是不是可以……给我？"

霍擎被他问得一愣："你要兵权做什么？"

阿瞻抿唇："好歹我也是城主，却有名无实，什么事都让您和师雨扛着。"

霍擎了然地笑了，抚了抚胡须道："这有什么，待你身子好了，早晚也是要让你接手的。"

"待我身子好了？"他自嘲地笑了一声，"这是个好理由，可以用一辈子。"

霍擎总算听出了点深意，脸上的笑容也没了。

长安春意已至，风吹在脸上多了些柔和，早晨春阳里也多了丝暖意。道旁开始绽放迎春花，黄蕊鲜嫩，夹杂在大片灰白的颜色里冲撞进视野，叫人心神为之一振。

师雨衣着整肃，朝宫门方向走，心里回味着方才在御书房向嘉熙帝述职的场景，只庆幸还好来的不是阿瞻。

皇帝是越来越不好对付了。

"代城主！"

她转头，乔月龄快步朝她走来，大约是不常穿飘逸的襦裙，脚步一快竟险些摔倒，闹了个大红脸。

师雨笑着迎上去，扶住她的胳膊："你这是从何而来？"

乔月龄赧然地笑了笑："皇后陛下忽然召见，刚刚觐见完。"

"原来如此。"后妃经常替皇帝召见高官家眷亲属，师雨并不觉得意外。

二人并肩走出宫门，本该各自告辞，却见对面缓缓停下一辆马车，下来的人是一身官袍的即墨无白。

师雨脸色如常，乔月龄却陡然躲在了她身后。

她扭头看了一眼，心中会意："乔姑娘还为当初的婚事介怀？为何连少卿大人的面也不愿见？"

"不是……"乔月龄摇摇头，抬眼朝即墨无白瞄了一眼，声音低得像是蚊子在哼，"实不相瞒，今日皇后陛下提及了一句，说要替我和他做媒，只怕现在就是请他入宫去谈此事的，如今就这么撞见，实在太……"

师雨抬眼看向即墨无白，他已快走到跟前。她挤出个笑来，对乔月龄道："这是好事，也算遂了你的愿啊。"

"可他对我……"乔月龄脸色冰冷，止住了话，僵着身子站在一边，眼见着即墨无白已经到了跟前。

"乔姑娘，代城主，有礼。"他含笑见礼，并不停留，径自经过。

师雨转头看着他远去的背影，朝乔月龄笑笑："但愿你们能有个好结果，我还有事，就先走了。"

直到即墨无白入了宫门，乔月龄才浑身一松，转头追上师雨的步伐："其实我有件事想问你很久了。"

"什么？"师雨转头，温柔如旧。

"算了，没什么。"

乔月龄实在不好意思，她在哥哥书房里见过即墨无白作的那幅画，画上的师雨神韵逼真，所需的不只是画功技巧。其实她一直怀疑即墨无白对师雨存着心思，但师雨对她态度大方，倒不像中意即墨无白的样子，也许是她多心了。

师雨坐上马车，回到住处，吩咐收拾东西，准备返回墨城。

葛贲这些天闲得快发霉了，一听说能回去，连忙准备，比谁都积极。

第二日一早师雨入宫向陛下辞行，出宫后谁也没知会，径自出城。日头未露脸，天边挂着几缕红霞，绸带一样缠绕着云，整个长安瓦墙都被染了一层薄薄的红光。

师雨的马车驶出城外，后面还跟着一串早起的百姓。

大家得知墨城城主到了长安，但直到此时才看到车马当街而过，争相一睹真容，却不知道里面坐着的是代城主师雨。

百姓们一直跟随到城门外方止，以至于葛贲误以为师雨在长安做了什么大好事，惹得百姓如此爱戴，回城还送出来这么远，简直是受宠若惊啊。

刚出城不久，身后有快马追来，师雨听到动静吩咐停车，探身出来，却见来的是乔月龄。

“代城主怎么忽然就走了？我还想和您结伴回去呢。”

师雨朝她身后望了一眼，护城河静默，城门空寂。

“墨城还有事务要处理，我不能久留。”师雨冲她笑了笑，“不用送了，就此告辞。”

乔月龄摇头道：“那可不行，这可不是我一个人送你，原本太常少卿也是要来的，但他事务繁忙来不了了，特地叫我代他送你一程，说这是礼节。”

师雨脸上的笑有些僵硬：“他的好意我心领了，不用再送了，就此别过吧。”话未说完，车帘已经放下。

乔月龄以为她是急着赶回去，只好作罢。

百草初发，涧水潺潺，鸟啼半空，春光融融。

车轮声声碾过红尘，一路往西，此后半生，应当再无瓜葛了。

师雨坐在车中，闭目养神，轻轻告诫自己：“我不在乎，不在乎，不在乎……”

这样才是本来的轨迹。

“嘭”的一声，车身似被什么重重撞了一下，骤然一停。葛贲在外大喝一声，师雨揭帘看去，只见邢越捂着脑门跨在马上，就紧挨着马车。

“邢先生？你这是……”

邢越边揉脑门边看一眼师雨：“唉，兴冲冲跑来要投奔师城主，结果刚一靠近就被葛校尉一下拍在马车上，还好我命大。”

师雨哭笑不得，示意葛贲离他远些，亲自下车扶他下马：“邢先生这是答应我之前的提议了？”

“答应答应，我可不乐意跟着即墨无白了，还是跟女子在一起有意思嘛。”

“闭嘴！”葛贲哪里容他言语放肆。

师雨笑着摆摆手：“好了，你肯随我去墨城实在再好不过，我一定将你奉作上宾。”

邢越朝身后看看：“快走吧，万一即墨无白追来怎么办？”

“不会的。”师雨朝身后看了一眼，笑容依旧，“我想若有一点儿可能，他都不会乐意再见我了。”

邢越眼神有些兴味，但师雨已返回车上。

就此启程西归。

出了长安地界不久，墨城快马送来急件。师雨本要找个地方落脚后再看，但见寄信人是霍擎，不敢耽搁，连忙拆开，愣在当场。

他老人家竟然提出了辞官归隐。

“师城主，晚上就别住驿站了，找间美人儿多的酒家呗？”邢越打马过来，脸上带着浮想联翩的表情。

“不住了，即刻出发。”师雨斩钉截铁。

邢越伸着手眼睁睁看着她就这样带头走远，痛心疾首地感慨：“那我还不如回去跟着即墨无白啊。”

师雨快马加鞭，回到墨城所用的时间不过只有大半个月。

她顾不上疲惫，匆匆赶去见霍擎，他老人家已闭门谢客数日，连军营也不再去了。

邢越累得不行，到了墨城先找了间茶楼喝茶休整去了，自然没有跟去。

师雨和霍擎在书房秘密谈了许久，一个时辰后才出来。邢越此时也已在霍府大门边候着了。

“看你这模样，情况很棘手？”墨城的春日依然寒冷，邢越裹紧披风，一边重重咳了几声，似乎感染了风寒，鼻音有些重。

“此事一时说不清楚。”

邢越切了一声：“所谓用人不疑，你口口声声要我为你所用，却连发生什么事都不告诉我，我能帮你什么？还不如回去投靠太常少卿呢。”

师雨想了想，抬手请他上车：“那我们边走边说吧。”

牵扯到阿瞻的事情，师雨一向不愿多言，只是一路走到现在也的确不易。城中官员看似忠心，实际上大部分只是慑于老城主威严才安分守己，随着即墨无白在墨城走动，动摇立场的不在少数。当初即墨彦早已有疾在身，却一直隐瞒到最后，撒手突然，她之前什么准备也没有，心腹也寥寥无几。葛赍是军人，多少有些鲁莽，唯有霍擎可以倚仗，若邢越当真可为心腹，实在再好不过。

阿瞻自幼被保护得太好，性格良善，却因为孤单难免会胡思乱想。如今得知她私自去中原，他心里肯定不会痛快，只是师雨没想到他会主动求权。

“为何不直接放权给他？毕竟他才是城主嘛。”为了避嫌，邢越只坐在车门边，离她有些距离。

“他身体不好，权在手上，很多事情要亲力亲为，恐怕吃不消。何况他现在只是一时冲动要权，我更不能轻易放手。”

邢越忽然笑了，师雨还是第一次见他这样的笑容。将骗人当成伟业来追求的人多少是没心没肺的，可他这笑容却和往常大不相同，仿若一个历经沧桑的老者听到年轻人夸夸其谈后一个随心的笑，带着宽容、好笑，以及否决。可这一笑又惹动了风寒，他顿时好一阵咳嗽。

“那你为何如此保护他呢？何不干脆放手让他历练？”

师雨长睫微动，眸光半敛，脸上惯常的笑多了些无奈的意味：“我答应过老城主，首先要保证他活下去。”

邢越撇嘴：“首先保证的是他的命，在下不禁有些好奇墨城是不是另有目的了。”

师雨幽幽抬眼：“邢先生说话可要小心些。”

“别冲动，在下还病着呢。”邢越一手竖着，一手捂着嘴又连咳几声，抚了抚胸口道，“你打算如何安置我？我总要有个身份才能跟着你吧？”

师雨思忖片刻：“这简单，你就做我的幕僚。”

“那我能随时跟着你吗？”

“可以。”

邢越点点头，似乎很满意这个决定，冷不丁打了个喷嚏，揉揉鼻子，靠着车边合目养神去了。

城主府一切如旧，消息早已送了回来，但门口迎接的只有下人。

师雨快步朝阿瞻的住处走，派去盯着的人紧跟在她身后，将近来发生的事说了，有关霍擎当日和阿瞻的谈话也一并详细报上。

当日情形霍擎已经对师雨说过，老将军并非舍不得兵权，也不是因为生气，而是在用这法子迫使阿瞻让步，还有谁比他老人家更了解阿瞻的身体状况呢？阿瞻心软，肯定会让步。

在门口站定，师雨如同往常一样，吩咐撤换阿瞻身边的人，举步进门。

室内窗户紧闭，燃着宁神香。下人们伶俐地退了出去，师雨绕过屏风走到床边，看见阿瞻躺在床上，脸色惨白，神色恹恹，如同萎在雪地的一棵枯草。

“你回来了？”他听到响动睁开眼睛，看见师雨，伸手拉着她在床沿坐下，“一路奔波辛苦了，你都瘦了。”

他还和以前一样温柔，叫人半点儿脾气也没有。师雨沉默许久才轻声问：“霍叔叔要辞官归隐你知道吗？”

阿瞻垂眼，长睫掩着微微泛青的眼眶：“刚知道消息，我不明白为何他会如此反对给我兵权。”

“他不是反对给你兵权，而是现在不能给你。”师雨叹气，言语里满是无奈，“阿瞻，你怎么就不能体谅我们的苦心呢？”

阿瞻抬眼，紧紧盯着她：“那你为何要骗我？”

师雨一时无言。

阿瞻坐起身来，双手捧着她的脸，直直看进她的眼睛里：“你在看着我的时候，会不会想起即墨无白？”

师雨沉了脸，挥开他的手：“你和他并没有那么像。”

阿瞻躺回去，苦笑一声：“是啊，若我有他那副身子才是真像。看到他，我就更恨那个女人了。”

师雨皱着眉站起身：“此次我去中原事出有因，只是怕你胡思乱想才没告诉你，没想到反而弄巧成拙。即墨无白就快成亲了，你还不放心吗？”

阿瞻的手动了动，想牵住她，终究作罢：“你不会明白的，除非你是我……”

师雨不觉心中一软，这座城里，没有谁比他的地位更高，也没有谁比他更没有自由。她坐回床沿，俯身搂住他：“算我错了，你要怎么样都好，我都答应你。”

阿瞻抱紧她：“我们也成亲吧。”

师雨出内室时，邢越就等在门口，手捂着嘴巴忍着不咳嗽，神情看起来有些滑稽。她招招手，示意他跟上自己。

走到花园，左右无人，邢越舒畅地咳了一阵，问师雨：“听着你们似乎谈得并不愉快啊。”

师雨扯了一下嘴角：“愉快，就快成亲了，如何不愉快？”

“成亲？”邢越皱眉。

“嗯。”

邢越没追问，咳了两声，忽而话题一转：“对了，我听见倓公子说恨一个女人，那个女人是谁啊？”

师雨转头朝高高伫立的吹雪阁看了一眼：“城主夫人。”

邢越也顺着她的视线看了一眼：“她不是过世了吗？妈呀，你别这么看行吗，好瘆人哪！”

师雨忍不住笑了一声，风有些大，她伸手拢了一下披风，一边朝前走一边道：“即墨无白临行前去过吹雪阁，肯定知道了些东西，他没跟你提及过？”

邢越“啧”了一声：“真是什么也瞒不过师城主，忽然多出来个堂叔，太常少卿能不查一查吗？在下听他提过，好像说是倓公子并不是城主夫人所出，却不知是真是假？”

“的确不是。”师雨在廊下站定，拨了拨放在廊柱旁的一盆哈兰花，“城主夫人怎么会给老城主生儿子呢？她巴不得老城主终生无后呢。”

“啊？”邢越惊讶地看着她。

“很意外吗？”师雨笑笑，“老城主也曾痴情过，为她起高阁，为她雕金花，不纳妾、不宠婢，连看别的女人一眼都觉得多余，最后换来的却是她苦心孤诣的监视和防范。情圣？呵呵……”

她侧头看着邢越：“皇家的人绝对不会给老城主留下子嗣，等他意识到这点的时候，终于薄情了，可是和别人生下的孩子也一个个夭折了。若非当初城主夫人向朝廷通报的信件被截了下来，只怕老城主还真以为自己是命定无后呢，阿瞻怕是也留不下来了。”

邢越咳了一声：“真是个精彩的故事。”

“是啊。以前发生的事我们只能靠口耳相传，真正如何也许只有他们自己清楚。老城主和城主夫人的为人我不便评价，因为那是他们的人生。”师雨抬手轻轻搭上他肩膀，笑得风情万种，“邢先生知道了这些，该明白自己如何做了吧？”

邢越吞了吞口水，猛点头：“师城主坦然相告，在下定当竭尽所能为您办事，绝对不会走漏风声。”

师雨点点头：“放心，我绝不会亏待了你，你以后会庆幸自己做了这个决定的。”

她转头离去，沿途奔波的疲倦终于无所遁形，脚步都缓慢了许多，邢越注视着她的背影，一直到她完全离开视野才收回，又转头朝吹雪阁看了一眼。

“看事果然不能看表象。”即墨无白挑亮烛火，外面暮色四合，邢越的身形在对面渐渐清晰。他坐在对面小口小口地灌酒，葡萄美酒夜光杯，当真是叫人沉醉。

“是啊，你跟师城主之间也不能只看表象。”邢越嘿嘿直笑。

即墨无白走到窗边，负手站定，朝静默伫立的城主府望去：“我已经辞官了。”

“啊？”邢越手里的酒杯滑了下来。

说好的让他扮演完满朝文武官员的呢？就这么辞官了，还玩儿个啥！

“陛下有意为我和乔月龄搭线，我不想和乔定夜扯上关联，不如辞官。”

“陛下答应了？”

“那不重要。”即墨无白手撑着窗台，笑了一声，“重要的是我已经抽身事外了。”

邢越恍然：“哦，我知道了，你想让师城主挽留你嘛。”

即墨无白额角青筋跳了一下。

“可惜啊，她就要嫁给你叔了，不会挽留你啦。”

第十章

真假难辨

城主成婚对墨城而言，堪比皇帝大婚。如今刚刚议定，一切都还在准备，消息自然也没有外传。

霍擎是第一个听闻的，他料想此事一定，阿瞻做决定也会慎重，要兵权的事是板上钉钉要退让的了，虽然还没有收回辞官归隐的话，但也开始继续操心军营事务了。

阿瞻这些日子调理身子愈发积极，每日都按时喝药，师雨也放下心来，不再管他，一面专心政务，一面让邢越熟悉墨城情形。

转眼到了仲春，墨城的春意才姗姗到来。一大早，下人们在府门口清扫，忽见平常深居简出的新城主被搀扶着出来，和身边下人有说有笑地登车离去。

师雨当日不在府中，回来时已经是深夜。邢越跟着她四处奔波了一天，一边捶肩一边朝府中走，哈欠连天。刚到书房门口，忽然蹿出一道黑影，他吓了一大跳，嗖地躲到师雨身后。

师雨白他一眼，那道黑影已经跪在地上，低声禀报："今日傒公子出去了，说是要见什么人。属下无能，跟丢了，并没查到他要见谁，属下罪该万死，好在公子已经平安回来。"

师雨皱眉："他跟谁一起出去的，你竟然也能跟丢？"

黑影头伏得更低："只是身边几个下人，并无特别，但沿途人多，很容易跟丢，此事是属下失职，听凭城主责罚。"

"他身边的人换掉了吗？"

“还没，公子似乎有意防范，还没机会下手。”

师雨语气里有了怒意：“赶紧换掉！再拖延就不要来见我了！”

黑影称了声是，迅速退走。

邢越这才整个身子探了出来，看看师雨神情，啧了一声：“以后你嫁了他，想必他的日子会更难过。”

师雨眼波一转：“其实我嫁谁，谁的日子都不好过。”

邢越嘿嘿笑道：“那可不一定，你嫁给太常少卿就不会不好过，你们俩就可劲儿地狡诈去吧。”

师雨神情僵了一下，转头一面朝前走，一面道：“这趟出去，我对若羌仍旧不放心，邢先生来此后还没做过什么呢，不如找个机会替我去若羌走一趟，打探打探消息？”

邢越痛苦地扶住廊柱，就知道她跟即墨无白一样，逮着机会就使唤他。

第二日一早，天开始下雨，干燥的墨城终于有了些许湿润。

师雨刚刚整装洗漱完毕，正要用早饭，房门就被大力撞开，她一抬头，看见阿瞻站在眼前，衣裳湿了大半。

师雨面色不悦：“你的下人呢？都是怎么伺候的？”

阿瞻蓦地笑了一声：“还有什么下人？我一早起来，全都不见了。和以往一样，又是一群陌生人。”

师雨朝左右使了个眼色，下人们垂头退出门外。她从架上取了披风给他披上，柔声道：“有什么话不可以好好说？你近来好不容易将身子养得有些起色，要是再病了怎么办？”

阿瞻紧紧攥住她的手：“为什么？我已经不是小孩子了。”

师雨凝视着他的双眼：“你忘了自己当初如何落下这一身的病了？身边的人可能是朋友，但你的身边最可能出现的是敌人。那个娟惠怂恿你出去见了谁，我可还没问呢。”

阿瞻吃惊地看着她：“你不信我？娟惠呢？你将她杀了？”

师雨眼神沉沉：“她逾越了做下人的本分。”眼见阿瞻苍白了脸，她又缓和了神色，扶住他双臂道，“若我真不信你，早就追问了。阿瞻，今时不同往日，以往你要小心百倍，以后就是千倍万倍。你知道从那日我将你推至台前，有多少双眼睛在盯着你吗？”

阿瞻苦笑：“我不过是个空架子，何须如此？”

他拉下师雨的手，转身走了出去，身上的披风落到了地上也浑然不觉。

师雨跟至门边，示意夙鸢派人跟上他，倚着门一直目送他离开视线，一转头，正对上迎面而来的邢越。

“怎么，又闹僵了？”邢越笑眯眯地走过来，“没事儿，我跟我家媳妇儿成亲之前也总吵，所以说成亲之前男女双方不见面的规矩还真对。”

师雨转身回到房中，拿起碗筷：“我暂时没有心思与你讨论私事，你决定好何时动身了吗？”

“我自有安排，哪里用得着亲自跑一趟。霍老将军近来闹别扭，听闻若羌已有人趁机潜入了墨城，你说会不会之前的沙陀雇佣兵就是他们派的？或者这次傒公子见的就是他们呢？”邢越在她对面坐下，笑着托腮，一脸骚包样。

他这么一说，师雨也无心吃饭了，起身道：“不行，我还是得去见霍老将军。”

邢越点头：“没错，让霍擎亲自点人于全城暗查。葛贲鲁莽，但忠心不二，可做后援。”

师雨听得极为赞同，一面吩咐夙鸢准备，一面就要出门，忽然脚步停了停，扭头看了一眼邢越。后者一转头就见她紧盯着自己，连忙站起来：“好吧好吧，我跟你一起去，唉，真是一刻也不得闲哪。”

雨越下越大，这不稀奇，稀奇的是居然一连下了好几日。在墨城这种雨水贵如油的地方，很少有这样的天气，百姓们顾不得春寒，竟然兴奋地在雨中手舞足蹈。

傍晚时分，师雨乘坐了最普通的马车，穿过近乎狂欢的街道，在一间酒家门口停了下来。

酒家很小，左边是一间很大的绸布庄，右边是钱庄，这么好的地段，它缩在中间，像是个夹在两个贵妇中间的乡野村姑，蓬头垢面，瑟瑟缩缩。

街道上人群喧闹，酒家附近走动着三三两两面容严肃的男子，服饰各异，只有目光时不时流连着酒家，很巧妙地借着走路将道路拓开，让师雨的马车得以通行到门前。

师雨手指稍稍挑开帘子，仔细打量了一遍酒家，朝邢越看了一眼：“就是这里？”

“嗯，一切都已打点好了。”邢越跳下车，朝她伸出手，“走吧，委屈你演一下我家媳妇儿，免得被认出来。”

师雨朝他的手瞥了一眼，将手递了过去：“委屈的是你的真媳妇儿。”

“哈哈，那你可千万不能让她知道了，否则千里之外她也会追来弄死我的。”

师雨跟着他朝里面走，称赞了一句：“你以一人之力这么快就办好了事情，真是叫我刮目相看。”

邢越得意地笑了一声：“那是。”

不出所料，酒家里客人少得可怜。邢越作儒生装扮，手捏着扇柄为师雨打起门帘。她垂首进去，面纱遮了半张脸，一抬首双目顾盼，眼波粼粼，款步行走时襦裙飘逸，大袖翩翩，徐徐似盈风满袖。

店中寥寥几人尽皆注目，掌柜的快步迎上前来拱手作揖：“二位是用饭还是住店？”

邢越左右看了一眼，压低声音道：“奉城主之命而来。”

那掌柜的一听神情就变了，转身去了后面的房间，不多时出来，朝他们抬了一下手：“二位请，我家主人已在等候。”

趁着走动，师雨悄悄拽了一下邢越的衣袖：“这是怎么回事？他们真的见过阿瞻？”

邢越头往她这边歪了歪：“若羌在你和即墨无白手上吃了亏，自然是想从新城主身上下手，可惜被霍老将军的人识破了地方，消息也被截了。我推断傒公子应当还没有见过他们，所以那日见的应该是别人。不过若羌既然想勾搭傒公子，那你我就装作傒公子派来的心腹来套套话好了。”

师雨盯着他的侧脸，“嗯”了一声。

房内坐着两个人，一个是满脸皱纹的老者，眼眶深邃，典型的西域人面孔。另一个是一脸横肉的黑衣男子，一看就知道是这老者的护卫。

其实若羌对中原，就像是一个馋嘴的孩子对着另一个有糖葫芦的同龄人，想要他手里的糖葫芦，又不确定自己是不是能摆平对方。而墨城是这个同龄人腰间欲坠未坠的钱袋，若能得到就可以自己买吃的，可若动手偷抢，必然还是要跟对方动手。最好的方式自然是等着这钱袋自己掉下来，然后悄悄地捡起来。

所以师雨很能理解若羌这么不依不饶、锲而不舍的心情，他们的确是一群馋鬼。

老者不苟言笑，抬手朝两人行礼：“在下是若羌国中的商贾查渠，二位有礼。”

邢越回了个礼，从袖中取出加盖了城主印章的密信亮了一下，以示他们是奉城主密令来的。

那当然是假的。

他挨着矮几跪坐下来，直奔主题：“查渠这名字可是如雷贯耳啊，若羌首富，听说连若羌国库都有您的功劳呢。却不知阁下为何要见城主，若是说不出个所以然来，就要按照规定将您投入大牢了。”

查渠老人的脸色有些黑：“既然这位公子开门见山了，那老夫也不客套，城主刚刚继位没有权力，我愿鼎力相助，只要墨城与若羌重归旧好，继续互通有无即可。”

邢越端起面前的茶盏假饮一口：“若真是为了这事，你应当递交拜帖给墨城官员，一层一层，直到刺史将此事报给城主知晓，而不是一上来就削尖脑袋要见城主。”

查渠皱眉：“经商讲究诚信，这位大人可不要随意怀疑人。”

邢越“呵呵”一声：“我还听说商人重利呢。”

眼前黑影一闪，那原本坐着的黑衣男人忽然发难，身形一跃，如虎扑至，以手做刀朝他们扇来。

师雨离他近，眼看要遭殃，邢越展臂将她一揽，另一只手轻轻松松接住那只手掌。

“咦，有蚊子吗？这才是春天呢。”他笑眯眯地看着那人，师雨瞄了一眼他的手，虽谈笑风生，手背上却是青筋暴起。

对方脸色早已变了，窗外轻微响动不断，这说明他们还有人埋伏于此，他恨恨甩开邢越的手坐了回去。

查渠神色微有变化，干笑一声，若无其事般道：“二位明鉴，老夫的确是为此而来，绝无他意，还请一定转告城主。”

邢越装模作样地犹豫片刻，终于点了点头：“也好，只是城主一直忧心若羌和其他各国结盟一事，很不放心。若是真有此事，那我就是磨破嘴皮子也是没用的。”

查渠道：“大人放心，结盟一事已经搁浅，我们只求相安无事。之前是齐相得罪了贵城的代城主，那都是他的错，犯不着让我们小小商贾承担这罪责吧？”

邢越与师雨对视一眼：“那好，我这就回去禀告城主。不过奉劝二位还是速速离去，免得被官府的人逮到，那我们也是爱莫能助了。”说完起身就走。

查渠意识到不对，这意思是不管这番密谈结果如何，他们都不会理会自己的死活啊！

果然，二人一出酒家，师雨就授意埋伏左右的人将酒家中的人悉数拿下，只是看他们有备而来，只怕会有一番恶战。

“此人不一定是查渠，大富商都惜命，应该不会冒险。”邢越扶师雨上车，跟上来后依然靠门而坐，接着道，“不过他说的结盟搁浅一事应当是真的，西域最近是没动静了。墨城暂时应该不用费心对付西域了，专心应付中原便好，想必这也是你所希望的吧。”

师雨沉默不答，忽然问道：“你这些日子见过即墨无白吗？”

邢越抬眼看她：“怎么？”

师雨眼神与他相接：“不知他现在如何了。”

“辞官了，应当自由自在了吧。”邢越笑了笑。

车中光线昏暗，师雨的眼神也晦暗不明：“如此再好不过，墨城是非不似他想象中那般简单，既然脱身了，就彻底脱身吧。”

邢越盯着她，隔了半晌，笑了一声，音色已有变化：“何时发现的？”

师雨看了一眼他的手腕：“我没看到记号，邢越也没你这么好的身手。我不知道你这偶尔扮他一次的戏码用了多久，也不知道我身边的邢越到底何时是真，何时是假。而你有些举止是掩藏不了的。”

“啧，原来姑姑对我记忆如此深刻吗？”即墨无白贴过来，捏着她的下巴，呼吸酥酥麻麻地拂过她的脸颊，“这样如何能嫁人呢？我那位堂叔知道了可又要吃味了。”

师雨冷着脸，手指紧捏成拳：“我是认真的，离开墨城。”

即墨无白很久没有对着她露出厚颜无耻的笑了，这笑容在邢越这张脸上看起来却有些古怪，他靠得更近，几乎与师雨耳鬓厮磨：“你以为我是为你来的？嗯？”

师雨只是一声冷笑：“我还没自负到那般地步，你必然是为墨城而来，但墨城并不是那么容易得到的。”

即墨无白低笑，凝视着她的双眼：“你错了，我的目的从来就不是一定要得到墨城，我只在乎墨城会变成什么样。”

师雨垂眼：“你终究还是记着前仇。”

即墨无白的肩头与她相抵，温热的气息缭绕在周围，音色沉沉：“如果你也有至亲蒙难的一日，就会知道为何我无法忘记。”他倏然揭帘，身子探出去时忽而又僵了僵，口中发出一声轻笑，“有时真希望我就是另外一个人。”话音未落，人已跃下车去，大步流星，很快就消失在人群里。

师雨往后靠在车厢上，直到此时情绪才稍稍和缓一些。

回到府邸不久，又见到了邢越，师雨一眼就知道这个才是本尊。他哼着不知名的小调，从园子穿过来。师雨朝他招招手，他便笑眯眯地走了过来。

“邢先生，你方才让我扮成你媳妇儿的事，可不能叫阿瞻知道。”

“那是自然。”邢越回答得极其干脆，神情也毫无痕迹，还真是不容易察觉出异常。

“我还真想见一见你媳妇儿呢。”师雨朝天边遥望一眼，“听说她也在边疆，长得挺标致，尤其是笑起来时那一对梨涡。不过你要提醒她小心些，她似乎和一些不明身份的人来往，钱是好东西，可也别沾染上什么危险才好。”

邢越脸色忽变，他早料到师雨不会对自己完全放心，肯定会找他的把柄捏着，以至于每次去找即墨无白都小心翼翼，但他万万没想到她下手的竟然是自己的妻子，还将其动向掌握得一清二楚。

如果没事，她不会忽然出言提醒，一定是即墨无白暴露了。他讪讪应了一声，立即告辞，出府后直奔客栈。

即墨无白负手站在窗边，衣着与他一模一样，但伪装已除，身形相貌都与他不同。

“你是不是暴露了？”

即墨无白点点头。

邢越走到他身边仔细看了看：“这几日我觉得你有些不对劲，你心思缜密，该不会这么快露出马脚才是，你不会是故意的吧？”

即墨无白挑挑眉，不作声。

邢越挠了挠头：“我就不该把她要成亲的事告诉你，你肯定是想借暴露身份阻止她。”

即墨无白倚在窗边，朝外面看了看，师雨既然知道了他的存在，必然会派人来盯着。

“我的确有阻止她的念头，因为一旦他们成了亲，就有可能给即墨彦留下后代。墨城的意图还没弄清楚，让他们有了继承人，可不是什么好事。”

邢越义正词严地说了四个字：“冠冕堂皇！”

即墨无白朝他伸出手，邢越立即后跳一步：“干吗？我媳妇儿都被师雨盯上了，我还不能说你两句了？你现在可是无权无势了，跟我一样，我还怕你不成！”

即墨无白原本是要叫他过来说话，见状只能垂下手，走到桌边，抬手倒茶：“我之前已经提醒过你，最好将尊夫人接到身边来，一来是淡化师雨戒心，二来也是出于安全考虑。毕竟师雨能藏一个即墨倓，就说明她善留后招。”

邢越看他端着茶朝自己走过来，愤懑道：“不喝！猫哭耗子！”

即墨无白瞄他一眼，自顾自将茶杯送到嘴边，神情分明写着他在自作多情。

邢越无力靠墙，他光辉灿烂的行骗生涯里为何会扯上这捶不破砸不烂的伪君子，简直是人生污点！

雨水早已停了，墨城恢复干燥，还没到暮春，已经开始炎热。师雨想起自己已经守住墨城有一年了，心情起起落落，也分不清是喜是忧。

凤鸾给她梳头时，忽然兴起问道：“好像很久没见到邢先生来了呀。”

“嗯。”师雨随口敷衍了一句。她的确已有半月没见过邢越了，原先决定要放给他的权力也都收了回来。

用完早饭，发现今日难得有时间，她决定去看看阿瞻。之前已经抛出话来说要为老城主守孝三载，成亲事宜还需要仔细商议。可是走到阿瞻门前，婢女却说他还想睡会儿，暂时不想见人。

以前总是他缠着自己，还从未吃过闭门羹。师雨无奈，只好转身走人，却忽然听见室内传来谈笑声。

她贴近门口听了听，那声音竟很熟悉，心一下提到了嗓子眼，推门进去，果然看见阿瞻和邢越相对坐着说笑。

见到师雨进来，邢越立即起身退去一旁。阿瞻也有些不自在，咳了一声，拢了拢衣裳，起身进了内室。

师雨瞥了一眼邢越，他倒是识趣，立即退出门外。她绕过屏风跟进去，问阿瞻道："这是怎么回事？"

阿瞻躺在床上，在帐内翻了个身，背对着她。

师雨叹了口气："我请邢先生来是做幕僚的，你没事就不要与他接触了。"

阿瞻立即坐起，因为太急，又是一阵猛咳："怎么……如今连你亲自带回来的人也不放心了？"

师雨不知该如何解释，在床边站了许久，手指拨了一下帐子："算了，我知道你气还没消，既然真的这么不想见我，那我就走了。"

她原本就轻柔的语气此时听来更是无辜，叫人于心不忍。果然，刚刚转身走出去几步，手就被拉住了。阿瞻半边身子探出来，将她拽到身边。

师雨含笑："如何，没脾气啦？"

阿瞻就势搂住她的腰，闷声道："我还不是气我自己？连累了那么多下人。"

师雨拍拍他的背："不，那些都是我的罪孽，你好好的比什么都重要。若非你年幼时被身边人所害，也不至于落得如今这副病体。那个娟惠未必就和表面一样好心，你总是不长心眼。"

"我落得这样还不是那个女人的错？"阿瞻一提到城主夫人就难以平静，二十载缠绵病榻，谁能忍受？尤其是即墨无白出现后，看着那张跟自己酷似的脸，却能文能武，更叫他心有不甘。

他仰起头看着师雨，瘦削的下巴叫人心疼："我们和好吧，我以后都听你的，但是你也要答应我，再也不会见即墨无白了。"

师雨讪讪笑了一下："我与他只有官场相逢，如今他已经辞官，料想以后是不会见到了。"

阿瞻点点头，埋首在她怀间，终于安定下来。

从阿瞻那里出来，没走几步就见邢越就站在不远处。师雨遣退夙鸾，走过去仔细打量他一番，虽有些不确定，还是问了一句："你想怎么样？"

他一开口，果然是即墨无白的声音："轻易说出来有什么意思？我看我这位堂叔也没想象中那么讨厌我嘛。”

师雨蹙着眉，死死盯着他。

越是不知道他的目的越是棘手，偏偏又不能将实情告诉阿瞻。

“你信不信我会让邢越永远消失在这世上？”师雨盯着他，“无论真假。”

“信，可是真正的邢越已经跑去见他家夫人了，若是死了一个，另一个还活着，不是更麻烦？”

师雨紧紧攥着衣角：“你要怎么样冲着我来，不要对付阿瞻。”

即墨无白眼神渐冷：“真不愧是即墨彦的好女儿，哦，不对，是好儿媳。他可真是没选错人。”他似是想到了什么，蓦然笑道，“我终于知道行骗的好处了，骗人的确很好用，难怪你当初会对我用那一招美人计了。不过你放心好了，我又不是即墨彦，怎么会对自己的亲人下手呢？”

师雨脸色微白，没有作声。

“城主！”忽地一声呼唤，二人立即拉开距离。霍擎戎装烈烈，大步而来，到了跟前朝师雨一抱拳，“边疆有异。”

师雨毫不意外：“可是来要人的？”

霍擎点头：“若羌派人来与老夫交涉，要求送还查渠，否则就要以墨城扣人为由发兵。”

“看来那个查渠的确不是普通人，否则若羌不会这么紧张。”即墨无白的身形较邢越要高一些，声音即使刻意模仿也还是有些不同，但对与他接触不多的霍擎而言丝毫察觉不出来。

“邢先生言之有理，不知有何计策？”霍老爷子知道幕僚都是用来献计献策的。

“此事我亲自处理，霍叔叔先行一步做安排，我稍后便到。”师雨打断他的话，扯了一下即墨无白的衣袖，示意他撒手。但即墨无白怎么可能放弃机会，对霍擎道：“霍将军且慢，在下随您一道过去，先稳住他们再说。”

“啊，如此再好不过。”霍擎朝师雨拱了拱手，请“邢越”先行。

师雨眼睁睁看着二人离去，当真灭了邢越的心都有了。

正午时分，炎热已经能明显感受到。日头火热地投射下来，远处的大漠被蒸腾成一片虚幻的黄影。

师雨的车马驶入军营，士兵禀报说若羌的人还在，看样子大有不依不饶的架势了。

“邢越”站在营门口笑容满面地迎接她，师雨走过去时习惯性地看了一眼他的手腕，他大大方方地露出手腕，笑容深了几分，看起来简直有些欠抽。

师雨紧抿着唇走进中军大帐。霍擎自案后起身，向她介绍了在座几人。若羌一行三人，左右两个红光满面的武将，都是若羌朝中的大将。中间一个白面书生，看起来似乎是汉裔，名唤赵遇。

即墨无白亲自伺候师雨就座，倾身时低语："若羌左相便是姓赵。"

师雨瞥他一眼："我知道。"

即墨无白笑笑，在她身侧坐下，自袖中拿了折扇给师雨扇风。师雨看过去，那扇面上写着一句话——查渠即若羌左相，左右相素来不和，可分化之。

外面的军队正在演练，马啸声震，桌案上的茶水轻轻漾出涟漪，师雨沉心定息，心却如这茶水，被即墨无白搅成一片混乱。

城主府中一切如旧。

阿瞻的心情已经完全平复，这会儿也终于意识到之前自己伤了霍老将军的心，午饭后特地吩咐下人备车，要亲自去霍府登门谢罪。

霍擎人还在军营与若羌交涉，自然不在。

阿瞻没见到人，却也没急着走，在霍府中流连了许久，毕竟在这里住了那么多年。

比起霍擎，他对即墨彦几乎没什么印象，一直以来都被藏在阴影里，即使自己是他唯一的血脉，也没见他多疼惜自己。

他在霍府孤孤单单地做他的霍家幺儿，霍擎两个儿子却都不太敢接触他，生怕将他磕着碰着，因为必然要挨霍擎一顿抽，以至于他和这两个名义上的哥哥一点儿也不亲近，便说是陌生人也不为过。

直到师雨到来，他才算是有了个伴，这么多年来，最照顾他的人也只有师雨。

往事总是叫人沉闷，他怏怏不乐地出了门，登车回城主府，半道车马忽然停下。一个下人隔着车帘道："公子，有人拦车说要见您，要不要让侍卫赶他走？"

阿瞻掀帘朝外看了看，那是个骑在马上的老者，穿一身道袍，眉眼慈祥。正是之前娟惠带他去见的人。

娟惠也是觉得他终日孤单苦闷，便带他去见了这个风趣的老者，希望他开心些。

此人自称山石老道，也不知什么来历，的确能说会道，阿瞻难得遇到一个能放松交谈的人，也很乐意与之交朋友，但如今既然已经答应师雨，也只能点点头，任由下人将老者赶走。

那老者也不纠缠，叹了口气，递了张纸条给阿瞻，上面写着给娟惠吊唁的话。

阿瞻不知他为何会知道娟惠的事，也不想细究，被触动心思，不免又有些内疚，将那张纸在手心里揉成一团，心情愈发低落。

军营里的谈判仍未结束，天已经黑了。

若羌敢孤军深入墨城大营，不仅仅是因为霍擎强硬，不让对方进城，更因为他们救人的决心坚定。

这几位口口声声让墨城开条件，可是条件开了一个又一个，又全不满意。最后自然僵持，只能暂时搁置，第二日再议。

出军营时，师雨脚步很快，有心和即墨无白拉开距离。他倒是轻车熟路地跟着她上了车，毫不生分。

“我看这几人是另怀心思。”

师雨本不愿多说，但此时听到这话也不免侧耳：“怎么说？”

“他们话语间多次提及齐铸，想必左相的人来救左相，右相不甘愿。如果我们帮他们对付一下右相，岂不是顺水人情？”

其实师雨心中也有这想法，但这件事并不好办，她也不能开口要求即墨无白相助。

即墨无白忽地往她身边坐了一些，师雨微微一惊，连忙让开一些。车中昏暗，但如此抗拒的动作还是看得清楚。即墨无白又坐近一些，师雨退到角落，背部紧紧抵靠车厢。

“你干什么？”

“我本也没想干什么，听姑姑这么问了，倒要好好想一想了。”

师雨定了定神，竟主动靠了过去，微凉的指尖抵在他唇边：“贤侄若是想要重温旧梦，姑姑倒也不是不能成全。”

车厢中一时没了声响，片刻后即墨无白忽然朗声朝外喊了一句“停车”，就此揭帘下车，仿佛方才什么也没发生过。

师雨目视着他的背影消失在夜色里，轻轻吁出口气来。

夜晚的街道仍然人来人往，有人经过，挤了一下即墨无白，他警觉地看过去，那人塞给他一个纸团就走了。

他握着进了客栈，师雨派来的人仍在周围，可有什么用？出入都是邢越这一张脸，盯也是白盯。

回到房中，点亮烛火，他展开纸团，上面的字可真是够乱的，汉字、若羌文、其他国家的文字，七七八八拼凑在一起，不知道的还以为是哪个无聊人士随手乱涂的废纸。

即墨无白仔细拼读完，捏了捏眉心。

皇帝还未同意他辞官，而他悄悄跑来墨城的消息已经被朝廷知晓。

消息是邢越送来的，也不知道他见着自己的媳妇儿没有。

"没想到有这么多人盯着我。"他自言自语一句，摇摇头，将手上皱巴巴的纸条引火烧掉。

一夜未眠，第二日一早，天还没亮，即墨无白以邢越的身份前往墨城大牢，提审了几个人。

当初师雨随即墨无白去中原为即墨彦立衣冠冢，其间若羌来袭，她没收到丁点儿风声，回来的路上被乔装改扮的若羌士兵所劫，多亏阿瞻与乔定夜出手相助才得以脱险。

乔定夜当时抓住了那些士兵中的几个活口，后来因为识破他的目的，师雨和即墨无白开始结盟对付他，这几个活口也就一直搁置着没有细审。

即墨无白提的就是这几个活口。

天气不太好，暮春时节已经闷热难当，霍擎除了甲胄，一身常服，在营中灌了几口凉茶，就见那赵遇又带着人来了。

"几位请坐，代城主很快就到。"霍擎一面招呼一面朝外看，心道怎么今日不见邢幕僚来帮忙呢？

赵遇跪坐案席之后，普普通通的样貌，却是神采飞扬，双眼十分机灵："霍老将军，为何如此大事不见城主的面，却仍旧由代城主做主呢？"

外面多的是打听阿瞻的人，师雨和霍擎早已拟好对策，他当即回道："城主刚刚接手墨城，事务繁多，一时忙不过来。何况城主和代城主本也是一家人，不分彼此，谁处理都是一样的。"

"那么，太常少卿即墨无白呢？他应当是城主最亲之人了，以前和代城主同进同出，如今为何不见人影了呢？"

霍擎皱眉，这姓赵的小子真是给他找不痛快。当初阿瞻的身份刚刚公之于众，他就和几个即墨彦的老部下商议好要除去他，若非师雨去送他，也不至于下不了手。

"想不到还有人记挂着无白贤侄。"帐外一道温柔的女声，赵遇转头，就见师雨走了进来，金绣面纱绸缎裙，娉婷款步，遗世独立，"无白贤侄也有自己的事情要忙，如今是难得现身墨城了。"

赵遇讪讪笑道："在下多嘴一问，望代城主见谅。"

"无妨。"师雨在他对面坐下，朝帐门看了一眼，没见到"邢越"出现，转头道，"我们接着昨日内容继续吧。"

赵遇点点头："在下昨日仔细思量，代城主无论是金钱要求还是其他，敝国一定尽力满足，只求赶紧放了查老，千万不可让他出事。”

师雨原本就好奇堂堂一国左相为何要亲自以身犯险深入墨城，而赵遇言辞之间又似乎毫不忌讳提及他身份的重要，这可是谈判大忌。但昨晚听了即墨无白的建议，忽然觉得这是赵左相在以己做饵了。

他要钓的可能不是墨城，而是右相齐铸。这也不是若羌在对墨城打主意，而是想借墨城除了政敌。

师雨遂开口道：“墨城以前就提过让若羌赔偿，但至今没有收到一锭碎银，依我看钱还是算了。若贵国真有诚意，便交出右相齐铸，若非他从中作梗，若羌和墨城睦邻友好，何至于如今这地步？”

赵遇的神色豁然开朗，师雨就知道自己推测对了。可他身边的武将却是神色不愉，齐铸是朝中的主战派，这并不奇怪。

但赵遇紧接着又拍案而起：“代城主这是什么话？我国右相，岂能随便交出来任你们处置？”

师雨冷笑：“那我们就新账旧账一起算，齐铸在长安辱我在前，唆使若羌大军入侵墨城在后。战败后不思悔改，亏欠补偿，如今这偷偷潜入墨城的查渠说不定还是他派来的。也好，不肯交出齐铸，本城主至少可以杀了查渠以泄民愤。”

“且慢！”赵遇脸色都白了，这一声喊完后神色几番变化，将内心挣扎表露无遗。师雨觉得他的演技简直仅次于邢越和即墨无白。那两个武将也按捺不住，接连起身，手按佩剑。霍擎大步走至师雨身边，帐中立时拥入一群士兵，剑拔弩张起来。

“在下似乎来迟一步啊。”门边士兵小小骚动，让开一条道，帐门外走入绯色官袍、高冠束发的即墨无白。

师雨蹙眉，他怎么以真身示人了？

霍擎这下神情却是更加紧绷了。

赵遇连声规劝身边两位武将，转头看向即墨无白：“这位大人是……”

即墨无白拱了拱手：“豫国太常少卿即墨无白，这次来是奉陛下旨意，来协助墨城处理若羌事务。”

赵遇愣了愣。

霍擎朝师雨递眼色，后者回以安抚的眼神，即墨无白这么说正好，让若羌相信朝廷也介入了此事，才更有筹码逼他们交出齐铸。若能跟左相合力除了齐铸，若羌朝中主战派倒下，今后墨城也会安稳不少。

“贤侄此番前来想必带了不少人马，不知是如何安置的？”师雨故意问即墨无白。

他相当配合："也不多，区区十万。不过陛下还特许侄儿调动安西都护府兵力，这次若是若羌不给个交代，兵戎相见便是。"

他语气轻巧，云淡风轻，赵遇等人气势不免矮了一截。墨城之事向来不由朝廷插手，听这口气倒像是一早计划好了联手，他们自然忌惮。

即墨无白从袖中取出一份书函，递到赵遇面前："另外，在下审问了当初意图劫持代城主的若羌士兵，他们都一口咬定是贵国右相齐铸指使。"

师雨笑了一声："那便是又要记上一笔账了。"

赵遇拿到那书函的刹那，神情简直可以算是愉悦，随即又严肃道："既然如此，吾等连夜归国请示王上做主，一定给豫国和墨城一个交代。"

师雨目送三人离开军营，朝即墨无白看了一眼，他似笑非笑。若非时过境迁，简直让人以为彼此依然处在结盟之时，默契竟然还在。

"公子。"下人走进城主房间，阿瞻刚喝完药，室内弥漫着浓郁的药香。

"怎么了？"他一边拿着一方细绢轻轻拭唇，一边问道。

下人道："安西大都护求见，公子可要见？"

"代城主呢？"

"代城主去军营处理事务了，还未回来。"

阿瞻不禁自责，师雨那么忙碌，自己还跟她置气，他叫来婢女为自己更衣："见，叫他稍候片刻。"

书房里，乔定夜品完一盏茶，阿瞻才姗姗来到。他已做足了准备，看到阿瞻的脸时还是吃惊得说不出话来。

当初匆匆一瞥，他整个人都藏在披风里，根本看不出样貌，原来这张脸跟即墨无白这般相似，即墨一族的容貌还真是骗不得人。

阿瞻早已习惯别人盯着他瞧的模样，不以为意，任由他瞧了个够。

乔定夜回神，儒雅地笑了笑，拱手道："在下失礼了，城主莫怪。"

阿瞻抬手请他就座："不知乔大都护造访，所为何事？"

乔定夜道："我是为太常少卿而来。"

阿瞻神情微变："即墨无白又不在墨城，你为他而来如何说？"

乔定夜诧异道："原来城主不知道吗？即墨无白就在墨城啊，若非如此，我何至于亲自跑一趟？"

阿瞻沉下脸，搁在膝头的手指蓦地收紧，直至骨节隐隐泛白。

嘉熙十年，暮春，若羌与墨城忽然往来频繁，反复谈判数十次。就在百姓们都以为双方关系破冰之际，墨城却点兵二十万，陈列边界，直指若羌。

据说另有太常少卿率领皇家禁军十万驻扎待援。安西都护府二十万兵马备用。

五月初，若羌朝中生变，以左相为代表的温和派占据上风，主导若羌王清肃主战派。

当月中旬，右相齐铸被革职，以策战谋乱的罪名被移交墨城。

暖暖南风，却有烈烈艳阳。

边界之地大军整肃，即墨无白自称是皇帝代表，自然由他亲自押送查渠在此交换齐铸。

原本霍擎该陪同坐镇，一来是防止若羌异动，二来是表示墨城出面。但他对即墨无白并不重视，也许是有意为之，并没有现身。

赵遇等人押着齐铸赶来时，便只见到太常少卿一人跨在马上，身后是静默的墨城大军。

齐铸人在囚车里，原本臃肿的身子竟然消瘦了不少，发髻散乱，见到即墨无白后神情近乎癫狂："即墨无白！果然是你！我就知道出这个馊主意的人是你！你这个……"

即墨无白实在听不下去那些不堪入耳的话，从袖中取出早已准备好的棉球，从容塞进耳朵里，又继续目不斜视地看着他的囚车靠近。

齐铸早已见识过即墨无白厚颜无耻的本色，见他始终面不改色，眼神一转瞪向查渠："呵呵呵呵，一出好戏，赢得光彩啊左相！"

"查渠"忽来一阵咳嗽，那叫一个及时，就落在他喊出"左相"的节骨眼上。

其实也无所谓，大家都心知肚明，何况即墨无白也塞着耳朵。

赵遇上前向即墨无白拱了拱手，也不废话，一挥手，双方将人调换。

大概是见大势已去，齐铸终于不吭声了，人恹恹地靠在囚车上，面如死灰。

即墨无白拿掉耳朵里的棉球，便见赵遇朝自己行礼道："虽然敝国右相对贵国和墨城多有得罪，但还请少卿大人能向贵国陛下和墨城城主进言，对他网开一面。"

啧，还挺会做好人。即墨无白淡笑着点了点头。

若羌这一年来蠢蠢欲动，皆因之前他与师雨之间明争暗斗。他自认对墨城的所作所为存着私心，若是因此牵连到国家和百姓，则是罪过了。

此次借着查渠一事，行为反复无常，让师雨措手不及，是想借机试探墨城底细，没想到还能借机斩除若羌国中的主战派，真可谓是一举两得。

"即墨无白，你休要高兴得太早。"双方告辞，正要开路，齐铸蓦地阴恻恻说了一句。

即墨无白命人押他返回墨城，看向他的眼神忽而有些怜悯。

他知道齐铸肯定活不长了。

赵遇说得好听，又岂会真想齐铸活下来？若是有朝一日他再回到若羌，岂不是要翻天？

果然，囚车刚刚到达墨城官署，齐铸忽然口吐鲜血，身体瘫软下去……

“齐铸死了？”师雨被堆积如山的政务所扰，也不想给若羌多大面子，今日便没有现身，收到消息时人还在书房。

夙鸢点头：“城中都风传是太常少卿杀了他呢。”

师雨搁下笔：“若羌还是一如既往地狡诈。那太常少卿人呢？”

“不知，他命人将齐铸尸首送去了官署，随后就走了。”

师雨想了想，他既然已经决心辞官，如今再以官员身份出现，难免要给朝廷交代，应当是在回避。如今他行事忽明忽暗，立场也似敌似友，不接触也好。她叮嘱夙鸢：“叫府中下人全都将嘴闭紧，谁也不能将太常少卿在墨城的消息传到阿瞻耳中。”

夙鸢连声称是。

师雨放了心，这才起身去官署处理齐铸的事。

走上回廊，负责盯住阿瞻的人紧跟而至，脚步轻得几乎像是踩在棉花上：“禀代城主，公子这几日经常出府，时常去见一个老道。”

师雨问：“身份可查清楚了？”

“已经彻查清楚，是中原知名的山石道人，近来闲游至此，不知怎么与公子结识的，想必正是之前他见的人。”

师雨点点头：“只要身份没问题便可，也不要盯得太紧了，免得他又不快。”

黑影称是，即刻退去。

阿瞻此时人在酒家，半眯着眼睛斜靠在座椅里，看着坐在对面的山石道人：“道长宽解了我半天，我却仍旧放不开，该当如何？”

山石道人抚着胡须道：“道法自然，城主若真放不开，也不必强求。你我也是缘分不浅，若有任何需要贫道相助之处，城主尽管开口。”

阿瞻苦笑：“你帮不了我的。”

山石道人呵呵笑道：“那可未必，请城主直言。”

阿瞻神色郁郁：“我要这墨城没人可以再藏住我，没人可以再蒙蔽我的双目，没人可以夺走我心爱之人，道长如何能帮？”

山石道人微微颔首：“有些难，却也未必没有办法……”

从酒家出来时，天快擦黑了。阿瞻没有回城主府，而是赶去了墨城军营。

天气不太好，师雨从城主府返回时已经是半夜，无星无月，夜色浓黑如墨。因为见了死人，夙鸢有些忌讳，一路叫车夫加快速度，恨不能即刻飞回城主府去。

师雨原本在车中闭目养神，忽然感受到眼前隐约有亮光闪烁，睁眼揭帘，就见霍擎戎装烈马，手举火把，领着一队士兵迎面而过。

“霍叔叔。”

行进军队倏然停下，霍擎打马过来，朝她见礼。

“您带着这些人马是要去往何处？”

霍擎眼光闪了闪：“老夫……带兵巡视一下城中情形。”

“巡城自有守城兵，霍叔叔的人马都需要留在边界，尤其是齐铸刚死，还需多加注意。”

“代城主所言极是。”霍擎顿了顿道，“不过既然已经来了，老夫还是巡视一遍再回营吧。”

师雨笑了：“也好，霍叔叔辛苦。”

霍擎称是，抱拳告辞，匆匆离去。

师雨吩咐车马继续前行，继续闭目养神，忽而睁开眼睛探身出去，朝后看了看霍擎前往的方向。

“调头！去追霍将军！”

霍擎一行都是精兵良骑，行进速度极快，师雨的车马竟然没有赶上。她命车夫在岔口调转方向，抄了个近路，向即墨无白落脚的客栈驶去。

城中已经宵禁，街道上空无一人。客栈前火光熊熊，一队精锐铁骑围住了大门。

师雨的车马停在远处的暗影里，手紧紧扶着车门，帘子只揭开一道缝。

客栈门洞开，里面空无一人，只有即墨无白立在门前，儒衫单薄，手里一柄长剑，剑尖抵地，白刃反射着火光和霍擎漠然的脸。

“老将军此举是要过河拆桥？”

见惯了生死的霍擎语调毫无起伏：“即墨少卿是聪明人，应该知道为何，老夫就不多言了。”他挥了一下手，铁骑横枪上前。

即墨无白手中长剑一抖，不退反进，劈断当前而至的马腿，迅速穿过间隙朝外奔去。

霍擎怒骂下属：“即墨一族自幼文武兼修，岂可轻敌？”他一提缰绳，亲自领头去追，一面吩咐出动弓箭兵。

无星无月，城空人寂。即墨无白游鱼一般穿梭在城中，试图甩掉追兵到达城门口。

这一日不是没有出现在他的设想中，但本不该毫无准备地出现。若非他行迹暴露，也不至于为了速战速决用真身搬出朝廷来行事，如今计划全被打乱了，连后路也无暇顾及。

他抬头远远望了望那紧闭的城门和高耸的城墙，沿着狭窄的巷弄朝那边跑去。回首，追兵的火光已经到了跟前。

箭矢破空，数箭并发。他缩身在城门下方，免得被守城兵发现。一面思索着要如何出城。

身旁忽然有马轻嘶，他立即握紧长剑，身体绷得笔直，手心一片濡湿黏腻，却见旁边黑暗中驶出一辆马车来。

“上来。”

即墨无白朝四处搜捕的火光看了一眼，咬牙爬上马车。

车中没有悬灯，一片漆黑，师雨端坐的身影朦胧缥缈，身上若有若无的幽香在车中弥漫。即墨无白靠在一侧，沉声问：“你这么做不怕即墨偿翻脸？”

“我们彼此信任，有什么好翻脸的。”

即墨无白冷笑了一声，满是嘲弄。

师雨只当没听见，吩咐车夫绕道去南城门。霍擎秘密行动，应当是想瓮中捉鳖，守城官未必知道此事。

车夫到底对地形熟悉，一路走去，竟然将追兵越甩越远，渐渐连声音也听不见了。

车内安静得过分，师雨忽觉肩头一沉，即墨无白靠在了她身上，但她刚要伸手去扶，他又立即坐正了身子。她忽觉不对，鼻尖似有若有若无的腥膻味。

“你受伤了？”

即墨无白幽幽笑了一声：“大概吧，不愧是墨城铁骑。”

师雨立即取下自己腰间佩戴的香囊，拆开散倒在车中以遮掩气味。

“城主。”夙鸢在车外低声道，“南城门也有霍老将军的人，怎么办？”

师雨挑帘瞥了一眼，咬了咬唇。

即墨无白笑道：“也罢，临终也算是为国做了件好事，我下去亲自找即墨彦算旧账也不错。”

“闭嘴！”师雨放下车帘，沉声道，“回城主府。”

即墨无白好笑：“出人意料，倒是好计策，只怕未必能瞒天过海。”

师雨用手指掩了掩他的唇，解下身上的披风披在他身上，连带帷帽也给他戴好，将他搂在怀里：“现在起别开口。”

即墨无白冷声道：“我可不想扮即墨偿。”

“容得了你做主？”师雨轻轻一笑，按了一下他的胸口，即墨无白吃痛闷哼一声，再说不出话来。她摸了摸他的脸，“这才乖……走！”

夜深人静，阿瞻还没睡，信步从房中散步至花园，霍擎等在半道，立在花园里那棵杨树下，身形笔直如松。

阿瞻撇开随从走到他跟前，他抱了抱拳，随即深深叹气：“让即墨无白跑了。”

“没除掉？”阿瞻扶住树干，也跟着叹了口气，“果然是不让我好过。”

霍擎宽慰他道：“他既然要辞官，以后无权无势也没什么好担心的，老夫所有人马都唯你马首是瞻，他动摇不了你城主之位的。”

阿瞻的眼神落在他鬓间的银丝上，撑着树干的手指一点一点缩紧：“霍叔叔也不年轻了，我也不能让你保护一辈子，待我成了婚，不如让我也替你分担一些军务吧。”

霍擎立时明白了他的意思，皱眉道：“莫非你是在怪我办事不力？”

阿瞻不言不语。

霍擎的心沉了下去，虽说是为阿瞻着想，但他毕竟是城主，第一次提这种话可以回避，第二次再回避的话，未免有不忠之嫌。

他不能对不起老城主。

“若这是城主所愿，老夫自当成全。”他取下盔帽，携于腋下，双鬓斑白，却刚毅一如当年。

后半夜，城主府归于沉寂，大门口却仍旧有下人挑灯等候。

许久，终于见马车缓缓驶来。师雨下车后亲自扶着即墨无白进府，自然而然，毫无异常。下人们甚至都没怎么注意到半倚在她身上的人，多瞄一眼的也以为是倓公子与她一同归来，反正他一向都是这病恹恹的模样，深居简出的，行踪也捉摸不定。

夙鸢将即墨无白的长剑严严实实地藏在车里，又处理了一下留下的血迹，这才跟上师雨。她见师雨几乎架着即墨无白，似乎很吃力，想要伸手帮忙搀扶，却被师雨一个眼神止住。

平常阿瞻跟她一起时向来不会要下人相助，多此一举反而容易露出破绽。

回到房中，师雨吩咐了几句，夙鸢立即紧闭门窗，点燃一炉熏香。屋中很快便盈满了浓郁的香气，夙鸢这才拿出药材来，免得药味在室内太明显。

师雨将即墨无白身上的披风除了下来，此时有了光亮，才发现他那件浅色儒衫上血迹斑斑，胸口处竟还留着一截箭羽，尾端已被折断，箭镞却还留在皮肉里，看起来简直触目惊心。

她紧蹙着眉，看了看即墨无白，他虽面白如纸，却一脸平淡。

这么晚了，只能在府中请大夫，可府里的大夫都是为阿瞻随时待命的，难保不会走漏风声。师雨思来想去，唯有自己动手，本来手已伸到他的领口，终究还是收了回来，转头对夙鸢道："你来替少卿大人取下箭镞。"

夙鸢吓得连退两步，脸都白了："奴、奴婢不敢……万一出了什么岔子……"

即墨无白忽然扯住师雨的衣袖："这也不是小伤，姑姑何必为难她一个下人？侄儿还是相信你，不如还是由你来吧。"

师雨没能从他的力道下拽回衣袖，蹙眉看了他半晌，闷声对夙鸢道："出去打盆热水来，守好门。"

夙鸢如蒙大赦，出门时可谓脚下生风。

即墨无白显然是匆忙出的客栈，身上只一件薄衫，一件里衣，因此这一箭中的可算是实打实。

师雨不曾处理过这些，手指捏着那一截箭羽，紧紧盯着即墨无白的脸，数次想要一鼓作气将之拔出，却又怕动作不当弄得无法止血，一时投鼠忌器，额头都浮了一层细密的汗珠来。

即墨无白倒也能忍，每次她手上刚一用力，就瞥见他紧紧一蹙眉，面色痛苦不堪的模样，却死活不吭声。

其实还不如听他叫唤出来，这样只会叫人更难受。师雨松开手，定了定神，在桌上翻找了一下，找到一瓶最好的伤药，倒了些在帕子上。而后靠近他，一只手将帕子搁在他伤口附近，另一只手稳稳握住箭羽，忽而抬眼看了看即墨无白。

即墨无白虚弱地笑了笑："你别看我，我是文官，受伤的机会可不多，可不能指导你什么。"

师雨哼了一声："死了可别怪我。"

"不会的。"即墨无白接得又快又自然，"但我做鬼也不会放过你就是了。"

"是吗？"师雨眉眼忽而染上风情，蓦地贴上去含住他的唇，即墨无白一怔，脑间一片空白，忽然胸口一痛，不自觉唇间一用力，竟咬了她一口。

师雨闷哼一声，连忙推开他，下唇已经破了一小块，溢出血珠来。她白了一眼即墨无白，径自伸舌舔去，扔掉拔出的箭镞，一把将伤药捂上伤口为他止血。

只方才这一个举动，那未及消退的风情愈发勾人难耐，即墨无白移开视线，觉得胸间伤口少了箭镞，却又钻入了火苗，灼得心焦。

"我先前并未见到他们伤着你，你这伤是怎么来的？"大约是彼此无话有些尴尬，师雨找了个话题。

即墨无白这才知道她一早就在，不禁看了她一眼："弓箭兵是后来才调动的。"

连弓箭兵都出动了。师雨皱眉，何曾想过会这么大动静置他于死地？

夙鸢端了热水进来，师雨只能收起心思，本想将接下来的事交给她来办，但夙鸢一见到地上有摊血，二话不说转头就跑了出去。

师雨无奈，看来贴身之人还得挑个胆大的才好使。

反正更尴尬的事都做了，接下来倒也没什么放不开的了。师雨看即墨无白的血止住了，立即解下他的腰带，除了他的上衣。

即墨无白肌理匀称，肤色却出奇地白皙，说是光洁如玉也不为过，那伤处看起来也就越发惨不忍睹。

师雨绞了帕子给他轻轻擦去身上的血污，一盆水很快就染红了。她只当没看见，又给他上好药，细细包扎好。衣裳已经不能再穿，只能先用披风给他披着。

这下再唤夙鸢进来，她可算没跑了，手脚麻利地将室内清扫干净。师雨转头看了看窗户，已经能看见熹微的薄光，即墨无白失血过多，到现在却也没喊累。

她叫过夙鸢吩咐了一句，叫她赶紧忙完将灯熄了，免得这一夜灯火通明的惹人怀疑，又特地叮嘱她明早备一身阿瞻的衣裳过来，届时也好送即墨无白出城。

夙鸢仔细记下，迅速忙完退了出去。

师雨扶起即墨无白绕过屏风，将他送至床边，扶他躺下。

“这是做什么？”

师雨好笑：“还能做什么？自然是让你睡觉。你半点精神提不起来，我可无法送你出城。”说完去外间洗漱，片刻后返回，坐在梳妆台前除了首饰外衫，自然而然地走到床边躺了下来。

即墨无白故意贴近她的耳边道：“我只是受了伤，可不是不能动。”

师雨反身将被子严严实实地盖在他身上，回敬道：“我只是不会武，可不是不会杀人。”

即墨无白在被子里闷笑了两声，很快就没了声响。师雨将被子悄悄掀开一角去看，他终于抵不住，沉沉睡去了。

师雨却睡不着，她听说受了重伤的人特别容易发热，只能时不时以手试他额头的温度，直到外面天光大亮才迷迷糊糊地睡着，一只手仍搭在他的额间。

这一夜提心吊胆，自然睡得沉，日上三竿，师雨在梦里被惊醒，就听见外面夙鸢在大声说话，听起来简直像在喊。

“倓公子请稍候，奴婢这就去伺候代城主起身。”

“都这时候了她还在睡？”阿瞻的声音带着笑意。

“是，昨晚为了处理若羌右相暴毙一事，代城主忙到很晚才回来，所以有些疲倦。”

"原来如此，那还是不用吵她了，我进去看看。"

房门吱呀一声轻响，师雨转过身看向即墨无白，他也已经醒了，眼睛牢牢盯着屏风。

她往后退了退，严密地贴住他的身子。即墨无白身上火热，尤其是腰腹之间。她将被子拉高，盖住彼此，却无论如何也遮掩不住心中的赧然。

阿瞻果然进来了，墨城虽然开放，但因尚未成婚，他倒也没逾矩，站在几步之外，隔着帐子看着她。

师雨双眼半眯，也隔着帐子看着他，蓦地轻轻哼了一声，像是被惊醒一般动了动身子："咦，阿瞻？你怎么在我房里？"

她声音喑哑，的确像是刚刚苏醒的模样，刚才那一动，身后的人忽然展臂紧紧钳制住了她，力道大得惊人，她便再也不敢动半分。

阿瞻在床沿坐下，手递进帐中摸了摸她的脸："听闻你昨晚半夜才回来，我有些担心，过来看看。"

师雨按住他的手："有什么好担心的？政事便是这样，忙个不停，我早习惯了。"

隔着帐子，阿瞻的侧脸看起来有些朦胧："你这样太辛苦了，待你我成了亲，有些事情还是我亲力亲为吧，我可舍不得你再奔波劳累。"

师雨笑了笑道："那你赶紧养好身子，我也就放心撒手了。"

"好。"阿瞻笑得很温柔，手指流连着她的脸庞，温文多情，忽而滑过她的唇瓣，疑惑道："你的嘴怎么了？"

"没什么，昨晚赶着去办齐铸的事，临走吃饭急了些，不小心咬着自己了。"

"那一定很疼吧？"阿瞻忍不住笑出来，咳了一声，恢复认真，"其实我一早吵醒你，是想跟你商量一下成婚的事。日前我上奏陛下，请他为你我主婚，今早收到他的回复，他已经答应了。"

身后的即墨无白忽然将师雨的腰身扣得更紧，她脸上的笑容也瞬间凝滞："你说什么？居然请皇帝主婚？"

阿瞻点了点头，言辞安抚道："我知道你不愿与中原亲近，但如今墨城毕竟还是归属豫国，我这也是为了郑重，而且可以让全天下都见证你我的婚事，不是很好吗？"

背后就是即墨无白，师雨纵有千言万语也不能直言。一直以来，墨城追求的就是自主，从不会主动与中原亲近。阿瞻忽然亲近皇帝，已经与老城主和她的努力背道而驰了。

她压住心绪，若无其事地问："皇帝还说什么了？"

阿瞻道："陛下说，他当初年少即位，便是到大婚后主政的，我也该在成婚后承担起城主之责才是。"

师雨将他的手从脸颊上拿下来，语气渐转深沉："你的意思是，成亲当日，就是我这个代城主卸任之时？"

阿瞻单薄的身子随着发笑在帐外轻轻摇晃，看起来分外轻松："不好吗？今后万事有我，你可以轻松自在地做你的城主夫人，相夫教子。"

"好？若是你身体康健，自然是好的，可是你这样，根本禁不起劳累，哪里好得起来？"师雨终于严肃起来，"阿瞻，你我本都是常人，若非有即墨彦这样的父亲，根本什么都不是。墨城并不是那么容易就能担得起来的，不要把自己想得太厉害了。"

阿瞻从她手心里抽回手，沉默了一瞬，也没反驳，起身道："都是我不好，扰了你的清梦，你再睡会儿吧。"说完就离开了房间。

室内原本氤氲的香气已淡了许多，帐中温香软玉，却无半分暖意。

即墨无白的那只手仍然牢牢箍着师雨，待到室内再无动静，他才贴在她耳边说了一句："这就是你们的信任？我可是半分也看不出来。"

师雨去掰开他的手，却被他钳制得更紧，他的唇就贴在她的后颈，每说一个字都会拂过温热的气息："师雨，时至今日，你我也不必藏头露尾了。你苦心孤诣要保住墨城和即墨倏，原因我已猜到一二。这种念头不像是你自己的，应该是即墨彦留下来的命令吧？奉劝你一句，切莫走上不归路。"

师雨轻轻笑了一声，一点一点地转过身子，因为彼此紧贴，无论是蹭到他的伤口还是其他，这动作都未免有折磨之意。她正对着他的脸，长睫轻颤，媚眼如丝："这条不归路指的是什么？是嫁给阿瞻吗？这么说来，贤侄果然还是舍不得我啊。"

即墨无白双眸一暗，伸手捏住她的脖子，但根本没用力道，不过一瞬就改成了轻抚："我有什么好舍不得的？今日这一出逼婚显然打乱了你的计划，只要能毁了即墨彦的心血，我巴不得你早些嫁才好呢。"

师雨凝视着他的双眼笑了一下："那就好，能得到贤侄的祝福，成亲时我当多饮一杯庆贺。"

即墨无白松了手，背过身去，不再理会她。

师雨起身，唤了一声夙鸢。门被推开，夙鸢捧着一身衣裳走了进来，头都不好意思抬。

师雨从她手里接过衣服，丢到即墨无白身上："穿上，放心，虽然都是你堂叔的衣服，可都是新的，也不算委屈了你。"

即墨无白转过身来，斜倚床榻，以手支额：“春宵苦短，怎奈日已高起啊。”

他身上原本不过就披了一件披风，一觉醒来早不知去处，整个上身除了包扎之处都光着，倒是不过分，还知道搭了被子在身上。只是这话一出口，那原本若隐若现的胸膛与散在肩头的黑发交织在一起，黑白分明，便尤为引人注目。

师雨坐在镜前梳妆，看也不看他：“春宵苦短，总好过长睡不起吧。”

城中事务还得处理，师雨也不能一直守着即墨无白。离开房间去书房时，她特地嘱咐夙鸢盯好房间，别让外人随意出入。夙鸢倒是干脆，直接一把锁将门给锁了。

即墨无白独自在房中百无聊赖，但只是开始，没一会儿便开始在房中转悠。闺房应该或多或少藏着一些秘密才对，但他仔细检查了床榻、案几、矮柜，却是一无所获，若一定要说特别的东西，也就当初那朵被师雨要过去的哈兰花了。

如今回想，吹雪阁上师雨端坐的背影，轻声细语，微微垂首，假装轻嗅花香时的那一抹娇羞，当真就如一场梦一样。这不过是那梦里的一个用之则弃的物事，她竟还留着。

即墨无白有些好笑，想起自己回到长安后还真为她培植了一盆牡丹，更觉好笑。

也无心探寻墨城的秘密了，他和衣躺在床上，回顾二十余载的人生，若没变故，他应该依旧风雅翩翩地行走于长安庙堂，平步青云，人人称羡，如何会与这千里之外的墨城扯上关联？如何会避于这一室之中，鬼鬼祟祟地行这探秘之举？

师雨似乎感觉到城主府里有了些细微的变化，她好像好几天都没再见到派去盯着阿瞻的人了。叫人去暗中打听了一下，依旧毫无消息。阿瞻在这个节骨眼上起了变化，他却偏偏失踪了，实在让人忧虑。

吃过午饭，回到房间小憩，没想到刚到门口就见到一把锁锁住了房门。师雨转头看向夙鸢，第二次生出了更换贴身婢女的念头。

夙鸢显然也意识到了错误，一面开锁一面小声道：“奴婢是怕像之前拦不住侠公子一样拦不住别人。”

师雨哭笑不得：“原本没什么，你上了锁，不就等于叫别人来开吗？”

夙鸢惭愧垂头，不敢在她眼前晃悠，主动请缨去各个城门口打探消息去了。

师雨扯了个谎说自己没吃饱，叫下人送了点心小食过来。端进去给即墨无白，却见他躺在床上已经睡着了。

趁他这会儿安静，师雨轻手轻脚地给他将伤药换了。血是早止住了，但愈合情形不佳，看来还是得找大夫才行，不能拖了。

夙鸢去城门口打探了一圈，回来禀报说霍擎的人还没有撤走。师雨有些无奈，老爷子是极其稳重而又有耐心的人，他大约是猜到即墨无白受伤了，打算将他困死在墨城里，这也不是没有可能。

眼下阿瞻兵行险招，已与她生出嫌隙，府中并不是长留之地。她一点一点仔细计划着。

“代城主不愿意交出手上的权力？”城主府后门，阿瞻和山石道人同车而坐，便听道人这么问了一句。

“嗯。”阿瞻神情郁郁寡欢，与之前在师雨面前表现出来的轻松截然不同。

山石道人看了看他的神情，抚须道：“城主还是缺少魄力，此事本也不难。我可为城主引荐一人，他定会助城主成就好事。”

阿瞻疑惑地看着他：“何人？”

山石道人凑到他耳边低语了几句。

到了晚间即墨无白才醒来，毫不费力地解决了桌上一切能吃的东西，接着又倒床上继续睡去了。

师雨觉得他这模样有些奇怪，坐在床沿盯着他的脸仔细看了看，又伸手摸了一下他的额头，吃了一惊，竟然滚烫。

昨夜熬过去了，今天反倒忽然发热了，师雨觉得不妙，再不拖延，吩咐夙鸢去做准备，自己则热水毛巾地伺候即墨无白。

今日也巧，阿瞻大约是送完山石道人后有些劳累，也喊了一会儿不舒服，天刚擦黑就喝药睡了。

师雨接到消息，将晕乎乎的即墨无白从床上拽起来，给他披上披风：“走，我带你出城。”

即墨无白病了也本性难移，头搁在她的肩上，手搂着她的腰，恹恹无力地感慨：“我倒还想再多留几日的，那床睡得舒服，晚上还能抱着你取暖。”

师雨掐了他的手臂一把：“你这是病糊涂了？”

即墨无白一声娇吟：“疼……”人如死鱼般挂在她身上。

估计他昏昏沉沉自己也搞不清楚真实虚幻了，师雨无奈摇头，给他戴好帷帽，扶他走出房门。

耳目都已放出，沿途也已肃清，她带着即墨无白登车直奔东城门，只安排寥寥数人护送。夜晚的风很凉，即将宵禁，路上已经没什么人。

车辙声碌碌响过石街，很快到了东城门下。夜色中城墙巍巍而立，上面火光星星点点，森森严禁的模样，一看就知道不好糊弄。

师雨叫了一声“夙鸢”，后者立即下了车，站在城门下大喊开门。

守城官被惊动，嗒嗒打马而来，在马车边停下，诧异道：“这不是城主府的车驾吗？难道是城主在其中？”

师雨揭开大半帘子，那守城官一瞧，她膝头卧着个男子，外罩披风，只看得见小半张脸，应当是城主无疑，赶紧抱拳道：“不知二位城主因何出城？”

“治病。”

师雨言简意赅，守城官自然明白她这是急着赶路。他倒是听说了城主一向体虚多病，但要出城寻医还是头一回，不免稍有犹豫。

“怎么？若是出了事，你担得起？”

守城官对上师雨的眼色，心惊胆战，掂量一番，连忙吩咐开门。旁边霍擎的人马要过来细查，被他拦住提醒了一句，大意是别得罪了城主，毕竟治病救人可是大事啊。

马车毫无障碍地出了城，之后立即放开速度，一连驶出十几里方停。师雨揭开即墨无白头上的帷帽，手指不小心触到他的脸，竟有些冰凉。

“我都安排好了，现在只能送你到这儿了。”

即墨无白“嗯”了一声，探身出了马车，轻轻跃至地面，看起来一切如常。

师雨跟下车，刚走几步，忽听他道：“别跟着，我可不保证不会将你劫走。”

她笑了一声：“你这样子，还能将我劫走？”

“你可以试试。”即墨无白提了提手中剑，继续朝前走去。

师雨停了脚步，目送着他的背影消失在沉沉夜色里，这下应当是再无相见的机会了吧。

第十一章

城府之变

浓黑的夜色像是被人撕开了一角，微薄的光亮钻入视野。那裂口一点一点扩大，直至天边云层透亮，霞光满天。

即墨无白已经不清楚自己到底走出多远，四下荒凉，除了山头就是杂草丛生的荒野，但方向应该是通往中原的。他终于抵不住疲惫，跌坐在地上，这才想起自己走时连盘缠干粮都没带，果然是病得晕头了。

前方忽然传来丁零的响声，他抬眼看去，一个身着彩衣的少女牵着一头毛驴远远走了过来。

看到即墨无白，少女停下来在毛驴背上的口袋里摸索了一阵，拿出个羊皮卷来，展开看了看，又看了看即墨无白，笑眯眯地道："咦，你已经到这儿啦？还挺快的呢。"

即墨无白莫名其妙地看着她："姑娘是……"

"我是方圆百里知名的行脚商啊。"

即墨无白左右看了看，在逗他吗？荒无人烟的，到底知名在何处啊？

那少女一点也不生分，到了他跟前，从毛驴背上的口袋里一样一样掏东西，水壶、食材，甚至连煮东西用的铜锅都有。

她也不与即墨无白解释，仿佛早就认识他，径自生火煮肉汤，忙得不亦乐乎，一面与他唠叨："你的烧退了吗？我看看？"她伸手探了探即墨无白的额头，噘了噘嘴，"还是很烫啊，那没法子了，让他们帮忙吧。"

"他们？"即墨无白问了一声，那少女却不回答，自顾自忙着在肉汤里加佐料，而后拍拍手起身道：“好了，即墨公子慢用，小女子告辞了。”

她只留下了一锅肉汤，牵着毛驴就这么走远了，即墨无白头还有些晕，望着她的背影失笑：“难不成我是遇上救苦救难的菩萨了？”

虽这么说，他在吃之前还是先取了身上的一块银饰试了一下，没毒。

饱食一顿，再上路多了不少精神。即墨无白用剑刨了个坑，将铜锅埋进土里，掩藏好痕迹，继续赶路。

看了看日头，再算算脚程，往前该是玉门地界了。即墨无白身上的伤口有些疼痛，大约是需要换药了，他决心加快速度去集镇上寻个大夫。

直到下午才看到人烟，若非那一锅肉汤，他还真不一定能撑到此时，这么看来，那少女还真算是活菩萨了。

集镇小得可怜，以前都有车马代步，即墨无白从没注意到路上有这么一个地方。赶了许久的路，身上有些发汗，他正打算解掉披风，身后有人按住他的手道：“哎，即墨公子不可，您还病着呢。”

即墨无白转身，一个高鼻深目的西域男子笑眯眯地看着他，身后跟着两三个仆从。

“阁下是……”

“在下是这镇上知名的药材商啊，即墨公子请随我来，您这会儿正需要药呢。”他一手引着即墨无白，穿过三三两两的行人朝前走去。

即墨无白心想，自己今日还真是到处遇到名人呢。

沿着街道往前越走越见繁忙，到了街心一家店铺前，西域男子停步朝即墨无白抬手做请。

他举步进去，里面立即迎上来一个老大夫，张口就问：“可是即墨公子？”

即墨无白点点头。

“啊，即墨公子脚程很快，还以为至少要明日才能见着您呢。”大夫领着他朝里走，揭开竹帘进了内室，刚请他坐下就立即为他诊脉，也不问他是否愿意。

即墨无白一来是高烧不退晕晕乎乎，二来是心中猜到了一二，并没有推辞，任由老大夫给自己望闻问切。

“公子的伤需要好好休养，老夫这就给您开药方煎药。”

那西域男子就站在门口，听老大夫说了这话，立即叫来两个仆人伺候即墨无白去厢房休息。

即墨无白已是疲累至极，就在老大夫为他诊治这段时间里，已经半靠在榻上睡过去了。

“找到了吗？”

城主府里有一小片湖泊，是人工掘出来的。师雨此时倚栏而坐，捻食喂鱼，襦裙曳地。本是极其散漫闲适的光景，说话的口气却并不轻松。这话她今日已经问了三遍，派去盯着阿瞻的人就这样凭空消失了。

夙鸢摇头："没有。"

师雨停下手，将鱼食递给她，起身走出亭外。

夙鸢连忙跟上去："城主，还查吗？"

"不必了。"师雨叹了口气，"多半是没了。"

身为贴身侍从，这时候必须起到宽慰人心的作用，夙鸢刚想找个理由让师雨宽宽心，却见远处一身戎装的葛贲大步走来，风风火火的样子，赶紧提醒了师雨一声。

"葛校尉这是怎么了？"师雨朝他走了两步。

葛贲猛一抱拳："回代城主，霍老将军忽然收拾好行囊，要去乡间隐居了。"

师雨神情好笑："隐居？如今这关头，他好端端的隐什么居？"

葛贲摇头："属下不知，只知道他老人家去意已决，只能来请您做主。"

师雨看他神情认真，不再多言，立即出门，没遮面巾，也没坐马车，骑快马直奔霍府。

到了府门口，大门敞着，老管家领着一群仆从在大门口，看样子霍擎刚走没多久。

师雨来不及下马便问："霍将军朝哪个方向走了？"

老管家施礼道："代城主还是别追了，老将军去意已决，他知道您要追来，特地写了信函给您禀明情形。"说着呈上一封信来。

师雨接过来，三两下拆开，霍擎这封信写得极其详细，先将两个儿子所带兵马多少，驻扎之地，具体承担事务一一禀报，其实这些师雨都清楚，但他还是详细写了出来。

之后声称自己年事已高，难以操持军务，唯有让二子继续为墨城效力。墨城兵马调度大权向来由城主与主将共掌，如今他自己手上的那部分兵权已移交城主即墨倓。不过以后若有需要，他一定为墨城鞍前马后、鞠躬尽瘁。

看他每件事情都交代得如此清楚，师雨就知道这次与上次不同，他是打定主意要走了。她将信收入袖中，问管家："老将军走的时候有没有带足够的仆从？"

"回代城主，带了些人，您可以放心。"

师雨点点头，调转马头，原路返回。

她曾经与霍擎一同站在即墨彦榻前聆听他最后的命令，不想如今路刚走到一半，以后就只能靠她自己走下去了。

回到城主府，一进大门就见到高阶之上站着的阿瞻。师雨从下仰视上去，竟第一次觉得他遥不可及，高高在上。

阿瞻见到她，往下走了几步，笑着牵住她的手："我听说你昨晚出城去了，去哪儿了？"

师雨昨夜特地从东城门出去，绕道西城门归来，此事本不该被他知晓，但霍擎的人马都归他了，知道也就不奇怪了。

"边镇有些事要处理罢了，后来知道没什么大事我就回来了。"

阿瞻点点头，也没追问，领着她往住处走："喜服已经制好了，我叫人送去你的房间了，你去试试。"

师雨一愣："这么快？"

"是啊，早些把婚事办了吧。"

师雨停下脚步："日子已经定了？"

阿瞻也跟着停下，握紧她的手："定了，下月初八就是大吉之日。"

师雨无言以对。

阿瞻没有在她脸上见到喜色，不免有些失落："怎么，你不愿意？"

"不是……"她垂眼盯着地面，再抬头时与往常一样笑语温柔，"若这真是你所愿，那就这么办吧，但你以后不管做什么决定，最好还是与我先商议一下。"

阿瞻含笑点头："一定。"

即墨无白是被一阵颠簸弄醒的，睁开眼睛发现头顶不是严实的屋顶，而是晃动的车厢，立即坐起身来。

车外探进个脑袋："哟，你醒啦？"

即墨无白剑都握在手里了，看到他才稍稍放松了一些："邢越？你怎么在这儿？"

邢越坐进车里，笑道："我来接你的啊，师城主给我递了消息，叫我来接应你，怕你出事。"

即墨无白已经猜到那少女、西域男子和大夫都是师雨安排的人，没想到他也有份。他朝外看了一眼，天光刚亮。

"我睡多久了？"

"一天一夜吧，好在退热了。"邢越看他双唇泛白，取了水壶递给他。

即墨无白灌了口水，又问："这是要去何处？"

邢越道："去我落脚的地方避一避，有人跟着你呢，多亏这一路师城主的安排，否则还不知道对方会不会寻机害你。"

"是军队？"

邢越摇头。

即墨无白想了想："那应该就是暗中盯着我的人了，我在墨城的消息一定就是他传递出去的。"

邢越摊摊手："反正我不清楚是谁。"

二人没再闲谈，马车行进的速度极快，一日颠簸，天黑前进城，沿着喧嚣的大街走了片刻，拐入了宁静的小道，徐徐停下。

即墨无白下车后观察了一下周围，月色洒在石板路上，像是倾泻了一地水光。眼前是一条不太宽阔的街道，两边房舍齐整，却好像都没什么住户，连灯火也没有。

"这里好像是宁朔？"他看向邢越。

"没错，的确是宁朔。"邢越打开院门，请他进去，院中昏暗，一棵矮树偎着房屋，屋内一灯如豆。

屋门上的帘子被掀开，一个女子矮身出来，抬头一眼看到即墨无白，立即踏着小碎步跑过来："哟，这位俊公子就是少卿大人呀？"

即墨无白干咳一声，见了一礼："想必这位就是邢夫人了。"

邢夫人一阵娇笑："公子不必客气，奴家小字六娘，你可以直唤我名字的！"

即墨无白转头看向邢越，月光照耀下，邢越面色如常，丝毫不动气。

邢夫人笑完了一甩帕子："住宿一夜六两，白日三餐一日五两，给公子便宜点，一日十两就是了。"

即墨无白恍然大悟，难怪邢越不动气，他妻子看他不是女人看男人，而是财迷看银子。

邢越一面请即墨无白进屋，一面凑到他耳边小声说了句："放心吧，她要多少您就听听，反正有师城主养你，钱都是她出。"

即墨无白白了他一眼："我还不至于沦落到要靠她养吧？"

邢越道："可是她说过几日就派人送钱来啊，难道你要我退了，然后你自己给钱？"

即墨无白认真地想了想："姑姑盛情难却，我若拒绝就太虚伪了，还是不退了吧。"

邢越默默在心里呸他。

邢夫人是个很有原则的人，秉承着君子爱财取之有道的原则，她在收了钱后做的事也是相当尽心尽责，具体表现为：指使邢越给即墨无白端茶送水，指使邢越为即墨无白换衣换药，甚至还让邢越在即墨无白睡前讲几个笑话逗他开心。

而她自己则负责紧密盯牢金钱交易。据她所言，这是一项繁杂且细致的活，非一般人所能经手。

一夜无梦，到第二日日上三竿即墨无白才起身。邢越已经等在外面，待他洗漱完毕，端着刚煎好的药进来给他服用，又伺候他换药。

即墨无白挑眉道："这种事情何须你自己做？"

邢越瞪他："不然你想内子给你换吗？"

"我的意思是你可以雇个下人啊。"

"你觉得我家那位舍得花钱雇人吗？"

即墨无白抱以同情的眼神。

邢越看起来的确可怜，忙完这些又去给即墨无白端早饭，简直跟个小丫鬟没区别，邢夫人却是不见踪影。

一连数日都是如此，即墨无白渐渐也习惯了。

这日吃罢早饭，邢越出门给他买药去了。即墨无白独自坐在房中计划接下来的安排，忽然听见院外有人说话，走到窗边一看，原来是邢夫人回来了，一手提着裙摆，一手拎着个包袱。

包袱显然很沉，因为邢夫人半边身子都是往下沉的。她相貌生得不错，皮肤白嫩，此时却是双颊酡红，双眼冒着兴奋的光彩，即墨无白一猜便知包袱里装的是钱。

他朝邢夫人背后望去，院门未合，送她回来的马车正缓缓驶离，车上有人掀帘探了探头，眼神迅速在院中扫视了一遍，退回车内。

即墨无白觉得不对劲，邢夫人善于敛财，与外人多有来往并不奇怪，但此人显然不简单，双眼狡黠，神色却沉稳，不像是寻常人，倒是很像那种官场中混迹的人。

他暗暗留了个心思。

邢越回来后又忙着做饭。大概是赚了钱，邢夫人今日心情不错，亲自掌勺，照旧对他指手画脚、呼来喝去的，邢越却很听话，夫妻俩打打闹闹的一顿饭很快就做好了。

即墨无白见夫妻和睦，不便打扰，一直到吃完午饭，趁邢越过来送药，才扣住他问了句："尊夫人最近在与什么人往来？"

邢越的表情竟然有些闪躲，支吾许久，小心翼翼地问："是不是师城主与你说了什么？她不会是想对内子下手吧？"

即墨无白一听这话便知有事，佯装道："该说的都与我说了，我想听你自己说清楚，兴许我还能为你求个情。"

邢越左右看看，扯着他的衣袖一直走到角落：“这事我在路上就想告诉你的，师城主之前就提醒过我，说内子与一些不明身份的人来往，我来见了她之后不久就见到了对方，我竟然见过。”

“谁？”

“当初我奉你的命令假扮乔大都护时见过他，是乔大都护的部下。”

即墨无白蹙眉：“你的意思是，尊夫人与乔定夜有接触？”

“也许……是吧。但我已经告诫过她，她答应我不再与对方来往了。”

若真没有来往，今日就不会提着钱回来了。即墨无白稍作沉吟：“她自己知道对方的身份吗？”

邢越摇头：“她一直反对我卷入官场中事，我不敢对她直言，只是劝她少与那些人往来。”

那就难怪了。

邢越见他不言不语，颇为激动，紧紧揪着他那一截衣袖：“我知道你们都不待见乔都护，若是师城主要追究，你可千万要替内子求情啊！”

即墨无白心道还不知以后能不能再见到师雨呢，求什么情啊！不过表面上还是好言好语地安慰了他一番，白日里的事也没告诉他。

之后几天邢夫人都很安分，没再独自出去过，偶尔出去也是和邢越一起。即墨无白在屋中静养，一直注意着她的动向。

一直到大半月之后，喷薄的热气席卷了西域大地，他身上的伤都已好了大半，邢夫人才又单独出了门。

倚窗静候，直到天快擦黑时，邢夫人才回来，这次神色如常，手里照样提着些财物。即墨无白推门出去，在屋檐下站定后唤她。

邢夫人看他脸上带着三分笑，端的是君子派头，将包袱藏于身后，笑着上前问：“即墨公子有何吩咐啊？”

即墨无白道：“夫人既然已经答应了邢越不再与都护府的人接触，为何又出尔反尔呢？”

邢夫人顿时笑意全无：“都护府？什么都护府？”

即墨无白绕着她缓缓踱步：“这段时间与你接触的人是安西都护府的人，夫人竟毫不知情？”

邢夫人愣了愣，气恼地一跺脚：“唉，真烦，我还骂邢越卷入你们官家事里去，结果我自己也卷进来了！”

即墨无白道：“你何时与他接触的？”

邢夫人仍不高兴，哼了一声道：“要论最早，至少也有一年了，如今隔了那么久忽然来找我，不过是叫我盯着你的动向，不让你乱跑，我还以为又是哪个暗中照料你的人呢。”

即墨无白心中顿生不妙，原来那么早乔定夜就插手进来了。这么说来，自己行踪败露，也有可能是因为他了。

此事出乎他的预料，他稍作思虑，自腰间摘了玉佩递给邢夫人：“这块玉佩不值什么钱，但我即墨族人都认得，夫人最好避一避风头，不如去我老家润州，远离这边疆是非之地。”

邢夫人立即接了过来：“那我相公呢？”

即墨无白遗憾地看了她一眼：“他还有用，暂时还不能走。”

邢夫人不快：“加钱！”

邢越回来的时候，和平常一样要做午饭，却已经不见自家媳妇儿了。他以为媳妇儿被抓走了，心急火燎地冲进即墨无白的房间要人。

即墨无白白他一眼：“我替你把人送走了还不好？”

邢越悬在心口的一腔怒火顿时熄了，匆匆返回房间检查了一遍，却又顿生愤怒，走就走吧，还一个子儿都不给他留，还有没有夫妻情分了！

即墨无白跟到房间门口，抱臂倚门：“都护府的人应当还会再来，要么你扮一下你家娘子去会会他们？”

邢越连连摆手：“算了吧，乔定夜都不在都护府了，他们怎么还会再来啊？”

即墨无白疑惑道：“他去何处了？”

“去迎接圣驾了，陛下已经在去往墨城的路上了。”

邢越适可而止，即墨无白还是立即就明白了：“这么说来，即墨倓与师雨就要成婚了？”

“听说就在初八吧。”

即墨无白眉头深锁，邢越也不好说什么，东张西望装作在看风景。

过了许久，即墨无白蓦地说了句：“不妙。”

邢越瞥他一眼，深表同情，唉，对你而言自然是不妙了，号也没用啊。

嘉熙帝还在赶来的路上，日子却一天一天临近初八。他与阿瞻的关系像是瞬间成为了君主与宠臣，甚至亲自书信一封寄去墨城，抬头竟称其为表弟，言辞间愧于时间匆忙，恐无法及时赶至，请他按时成婚，不必等候。

火热的阳光照着墨城，百姓们奔走相告，城主与代城主行将完婚，皇帝亲临主婚，简直是无上的荣宠。

不日，城主府全城布告，举城同庆，初八当日，全城官员可入府道贺，百姓皆可于城主府前观礼。

这一场婚礼声势浩大，古未有之。全城沸腾，喜气洋洋。

初八转眼即至，师雨一早起身，先去祠堂祭拜了即墨彦，这才坐回房中由下人伺候着描妆更衣。

金钗环佩，五色披帛，嫁衣火红，一身珠翠。师雨五官娇柔，神色端和，下人们都赶着道贺，她也始终带着笑，逢人便赏，刚刚装扮完，已经打赏了一圈的人。

墨城女子出嫁不披盖头，只戴红色面纱。原本该由母亲或者其他女性长辈亲手遮上，但城主府找不到这样的人，师雨原先是打算开个先例，请霍擎替她遮面的，但如今老将军已经归隐，她也只能自己动手了。

夙鸢今日也特地换了身新衣，忙前忙后地进进出出。师雨遮好面纱，将她叫到跟前："皇帝到哪儿了？"

夙鸢道："刚听说了，还有百里，说赶不上吉时了，直接来喝喜酒，请城主和代城主照常完婚。"

师雨好笑，就是只有十里，他也不会来主婚的。若不是为了墨城，他堂堂九五之尊何必亲自跑这一趟，毕竟当初也对她动过心思，还来主婚，多尴尬。

两个墨城官员的妻子款款进了屋中，扶着师雨出门去阿瞻居住的城主正院。稍后师雨再和阿瞻一同前往大厅，在众官和百姓的面前拜堂。

所过之处，仆从纷纷垂眼躬身，毕竟师雨才是墨城的实际统治者，下人们是最看得清时势的。

师雨目不斜视地经过，走过回廊，穿过繁花正艳的花园，来到张灯结彩的院门前。门口的侍卫比往常竟然多了一倍不止，她左右看了看，走入院门。

阿瞻高冠束发，红衣摄人，稍稍饰了面，脸色看起来好了许多。他站在檐下，见到师雨进来，微微笑了笑，上前握过了她的手。

师雨左右看了看，院门外是一身军服的侍卫，院中是数十精壮男仆，个个垂首而立，她还是第一次在这里看到这种景象。

阿瞻左手执着她的左手，右手托着她的后腰，一路走入屋中，院门忽然落下。师雨转头看了一眼，自己带来的仆人全都被关在了外面。她侧头看向阿瞻："马上就要去前厅了，关什么院门？"

阿瞻温柔地笑了笑："莫急，你先放下固执，我们再去前厅拜堂不迟。"

师雨眼神流转不定："哦？我放下什么固执？"

阿瞻引着她到桌前，文房四宝一应俱全："只要你即刻下令卸任代城主，移交城主印绶，如此而已。"

师雨从他手心里抽出手："你不是答应过凡事会与我商量吗？"

"我这不是在与你商量吗？"

"若我不答应呢？"

话刚出口，师雨的腰间抵上一截尖硬之物，甚至穿过层层礼服触到了她的皮肉，一个"男仆"单手扣住她的肩头，阴沉沉地站在她身后。

院中那群"男仆"全都拥了进来，师雨终于看清他们的相貌，竟然是沙陀人。她不可思议地看向阿瞻："为了对付我，你居然跟沙陀人合作？你忘了当初是他们杀入府中要取你性命了？"

阿瞻紧抿着唇，眼神坚定得可怕："我已有安排，你快做决定便是。"

师雨默然不语。

她不回应，腰间的刀子便往前送了一分，她低哼一声，阿瞻立即喝道："别伤她！"他走近一步，牢牢扣住师雨的手腕，"你就不能放手吗？"

师雨看进他的双眼里："你现在显然已经被人利用，我若放手岂不成了墨城的罪人？你让我将来有何颜面去见父亲？"

阿瞻松开她的手，眼神失落："我被你们藏了二十几年，至今依旧得不到一个机会。你知道我舍不得动你，我只不过想将墨城和你都变成我要的样子……"

师雨身后的沙陀人蓦地一声冷笑："城主太优柔寡断，此女狡诈固执，不如在下替你下决定。"

他的手往前一推，师雨蓦地睁大了双眼，冰冷的薄刃已经刺入她的身体，她甚至能清晰地感觉到血液正在喷涌而出。

"放肆！"阿瞻气急攻心，上前就要来扶师雨，一边朝外大喊："来……"

那个"人"字被狠狠掐断，沙陀人一把推开师雨，迈步而进，一手扣住他，手中白刃灵巧地转了个弧度，送入了他的心口。

变故太快，时间仿佛已经静止。

师雨忘了自己的处境，从地上爬坐起来，看着阿瞻像是被折断了的纸鸢一般，从沙陀人的手中摔倒在地，胸口汩汩而出的血液顷刻在地上汪成一片。

他的脸白得像是枯草附上了秋霜，眼中还带着莫大的震惊，定定地落在她身上。

师雨好像听到了一阵轰然倒塌之声，即墨彦临终前的交代言犹在耳，她亲口答应会倾尽毕生保护阿瞻以成大事。

而任何事情的先决条件都是他要好好地活着，可是现在他却倒在她面前，生气迅速地流失，拼命追也追不回来。

阿瞻抬起手腕，似乎想要伸手触一触她，旁边的沙陀人如同看笑话一样任由他垂死挣扎。

他抬起的手臂却没有如愿碰到师雨，反而猛地甩向了桌边的凳子，“嘭”的一声巨响，连带桌上的茶具也带了下来，在地上发出清脆的碎裂声。他的手臂颓然落在地上，像是枯木。

这声音传出后不过一瞬，院门猛地传来撞击声，沙陀人这才意识过来他是在递信号搬救兵，何曾想到这么柔弱的一个人竟还跟他们玩起了心眼，愤恨地上前又踹了他一脚。

阿瞻口中溢出鲜血，似乎已经耗尽最后的力气，动也没动，只是双眼直直地看着师雨，大口地喘气。

“来人！来人！”师雨急怒攻心，声嘶力竭。

沙陀人要上前除去师雨，院门已被轰然撞开，当前突进的竟然是一小股弩兵，一箭射中抓向师雨的手腕。

沙陀人显然没想到会有墨城军队杀入，立时朝外奔散，试图突围，看似散乱，却自有规章。

这支墨城军队还不足五十人，几乎与院外的侍卫抢着攻了进来。侍卫首领竟是葛贲，一进来便与沙陀人混战成一片。

夙鸾和那些侍候婚礼事宜的下人也顾不得害怕赶着往里面跑，想知道主子的情形。

院子宽阔，却已成屠戮场。树木枝叶都染上了鲜血，刀剑齐鸣，但忙而不乱的雇佣兵能忍，墨城侍卫军人有律，竟无什么哀号喊叫之声。

纷乱之中，一前一后两人最先迈步进入房中，为首的是一身利落胡服的即墨无白，跟在他身后的是邢越。

一眼见到的是室内惨状，嫁衣灼灼，鲜血殷殷，二人全都错愕地说不出话来。

墨城的炎热抵不住地面的冰凉。阿瞻的眼神在即墨无白身上扫了一下，说不出什么意味，最后胶着在师雨身上，嘴角凄凉地牵出一抹笑来，气若游丝，已无开口的力气。

师雨转头看了一眼，根本来不及分辨是谁，张口便道：“快救阿瞻！”

即墨无白恍然回神，当即叫邢越去叫大夫，接着又命令所有侍卫横挡于门前，所有人未得传令不得近前，院门与房门亦全部紧闭，避免消息外泄。

师雨无心追问他因何在此，还能调动兵力，只满心焦急地看着血流不止的阿瞻。

城主府陷入了奇怪的局面，前厅鼓乐声声，欢天喜地，后院刀剑碰撞，成了厮杀的死瓮。

大夫被邢越拽着穿过紧闭的院门，一片枪林剑雨，以及一道房门，终于出现在阿瞻面前。他慌不迭地要给阿瞻止血，甚至连重伤的师雨都顾不上看一眼，但那一刀扎在心窝，是下了狠手，光看看已足够惊心动魄。

大夫的手刚触到他的身子，就扑通一下跪倒在地，战战兢兢地看向师雨："代城主……节哀……"

师雨颤抖着手揭去面纱，怔怔地看着阿瞻的眼睛，里面已经失去神采。

外面的打斗声小了许多，邢越在外面查看情形，钻进房来道："不好，那些官员好像发现异常了，只怕陛下也快到了。"

即墨无白咬了咬牙，一把提起大夫丢在师雨面前："给代城主止血！"而后叫邢越帮忙，将阿瞻抬到床上。

师雨推开大夫，一把扯住他的衣袖，声音颤抖："你想干什么？"

即墨无白道："你、我、即墨佼，甚至整个墨城都着了道，此时该怎么做你该比我清楚。"

师雨无力地垂下手，眼睁睁看着阿瞻被抬放到床上。

邢越又出去转悠了一圈，回来后师雨已经止住了血，大红嫁衣上沾上了斑斑血渍，只不过在身后，不太容易看见。

他实在无心欣赏她的嫁衣，急得像热锅上的蚂蚁，将即墨无白扯到一边："怎么办啊，陛下真的快到了！"

即墨无白站在床边看着阿瞻，忽然伸手剥下了他的喜服，转头对邢越道："你还想扮演别人吗？"

邢越一愣："当然想。"可是这个时候哪还有心思想这些啊！他看着即墨无白将那件血迹斑斑的喜服穿上身，眼神古怪。

即墨无白整理好衣襟，找了件白纱衣披在外面，血污看起来不算明显了，他又问邢越："那你想不想扮陛下？"

邢越的膝盖陡然一软，险些跪下去："你疯了吗？我怎么能扮陛下？"

"怎么不能？你假冒我见过他，容貌服饰都可以模仿，至于神态气质，有七分即可，墨城除了师雨，根本没人见过他，就看你敢不敢了。"

邢越眼神闪烁不定，显然正在天人交战。

即墨无白提起他的衣领："你不是说过，只要能假冒一回这世上独一无二的人物，就是死也无憾了吗？还有谁能比一国帝王独一无二？"

邢越猛地抬眼："好，扮！"

外面的混战终于结束，房门被推开，葛贲大步走入，见到师雨枯坐桌边，面如死灰，连忙跪倒："属下来迟，请代城主责罚！"

师雨声沉如死水：“你何时来的？”

“城主早吩咐过属下在院外候命，一旦听到他的号令，所有侍卫即刻破门护卫。”

“这么说你一早就知道他的计划？”

葛贲抱拳：“属下了解不多，城主只说他要冒险做一件事，不放心与他合作的人，所以命属下待命保护。”

“他安排得倒是周详。”她干涩地扯了一下嘴角。

葛贲不知底细，一个劲点头：“城主还特地吩咐了，万事以代城主为先，若有异动，要不惜一切代价保护代城主的安全。”

师雨的手指哆嗦了一下。

“葛校尉来得正好，贼人拿下没有？”

葛贲抬头，看见城主已经走到跟前，里面穿着喜服，外面却套着一件薄如蝉翼的白纱衣，这装束还真是古怪。

他拱了拱手：“已被悉数擒下，但还是同往常一样，全都吞毒自尽了，属下无能。”

“便知如此……”

葛贲见他眼神沉沉，起身拱手又道：“属下还有一事要禀，即墨无白也来了，他凭着当初霍老将军给的那假兵符肆意调动军队，竟然还真给他骗来百十号人，可惜趁乱叫他跑了，请城主下令，属下即刻去捉拿他！”

他眼前的城主眼神动了动：“此事先不管，你去前厅宣布，马上开始行礼。”

“呃，是。”葛贲讷讷应命而去。

即墨无白拾起面巾给师雨戴上：“这是唯一能让城主府内外的官员百姓尽快散去的方法，也可以避免陛下得知即墨倓的情形，走吧。”

几乎是被他拖出门去的，师雨转头，隔着屏风看着躺在床上的阿瞻，他的双眼怎么也合不上，脸依旧朝着她所在的方向，同生前一样，一直看着她，不曾移开眼。

一扇屏风，隔了生死。

她挣开即墨无白，跌跪在门前，手指紧紧扣住门槛，双目刺痛。

即墨无白猛地将她提携起来：“我知道你不想和我拜堂，你现在是和即墨倓成亲，若不想墨城万劫不复，就跟我走。”

他的手正按在师雨受伤的部位，遮住了血渍，隐隐作痛，却让她清醒。

即墨无白为了邢越肯放手一搏，其实撒了个谎，除了师雨之外，墨城还有个人见过皇帝，这个人就是当初皇帝亲自委任的墨城刺史。

原本这是颗好棋，但此人过于明哲保身，在墨城多年也毫无建树，久而久之，嘉熙帝也就不对他抱有期待了。

官员们都站在府门入口的台阶下方，分两边按照官阶从上往下站立，刺史自然在最前列。

前方探报的小吏来报了三回，陛下已经快到墨城，他也满心期待，希望皇帝可以认出他，最好大发慈悲将他调离这是非之地才好。

司仪站在高阶上宣布吉时已至，成婚典礼开始，官员们立时肃穆。府门内的官员，府门外的百姓，全都仰头望去。

顷刻，城主携领代城主出现在高阶之上。

没想到平常独当一面的代城主此刻竟偎依在城主怀中，由他揽腰扶持，如同依人小鸟，想来二人感情甚笃。

司仪宣布开始交拜大礼，刺史出列一步，刚想提醒皇帝就快到了，又听他高唱一声：“恭迎陛下！”

啊，原来陛下已经到了。

官员百姓纷纷下跪，心里却都很奇怪，明明也没见着皇帝的车驾仪仗，他竟然已经到了。

头垂着，眼睛却拼命往上看，两位城主的身旁果然出现了金冠玄服的皇帝陛下，虽然没着龙袍，但依旧龙章凤姿，威严绝世。

可惜陛下和两位城主都站得太远，即使是刺史这靠前的距离也看不清楚，真希望他们都往下挪挪步子啊。

这显然是痴心妄想，皇帝根本连脚都没抬一下，神色威肃，一言不发。

司仪在旁高声宣布新人拜天地，官员和百姓才得以平身继续观礼。

礼仪步骤一步一步唱出来，城主一手托着代城主的手，另一只手揽着她的腰，拜天拜地，甚至最后交拜时还一手扶着她的手臂，像是生怕她跌着摔着。

门口拥堵的百姓中有女子见此情形，捂着心口艳羡不已，嫁郎当嫁城主这样温柔体贴的才是啊。

代城主却似乎没什么精神，原先窈窕绰约的身姿愈发显得弱风扶柳。最后交拜时，她跪下去竟半天没起来，最后还是由城主亲手扶起来的。

官员里有人窃笑着和身边人打趣：“代城主今日瞧着倒比城主还虚弱，果然女子还是嫁人的时候最温柔。”

“哈哈，可不是。”

“礼成——”司仪悠扬地拖完调子。

皇帝终于开了尊口，阳光照耀，渐渐热烈，风声将他的声音传出去很远很远：“二位爱卿是墨城的主心骨，如今永结同好，实在可喜可贺。朕为二位爱卿主婚，望二位以后齐心协力，勤勉不怠，使墨城繁荣，百姓安居乐业。”

“谢主隆恩，陛下万岁万岁万万岁。”二人跪谢，皇帝点头，虚扶二人起身，脸上淡笑含威，手心里却全是汗。

这辈子还能享受一次这种高高在上的感觉，也是值了。邢越暗暗吞了吞口水。

师雨毫无血色的脸藏在喜庆的面纱里，浑身虚脱无力，几乎是被即墨无白整个人提着，转过身去，面朝台阶。

墨城上空的云稀薄缭绕，静默无声。中间的风温柔多情，拂过她的脸颊眉宇。下方官民齐呼万岁，喜乐大作。如此空前盛况，举城同庆，群情高涨，兴奋难当。她僵硬着抬了抬手，向这座城宣告喜事。

礼仪既成，司仪临时宣布为城主身体着想，晚上定好的宴席取消。官员们有不少远道而来者，难免有些失望，但最失望的还是刺史。

他站在阶上，看着陛下离去的方向叹气，陛下压根就没看他一眼啊。

说起来也真奇怪，陛下的架子可真小，连个内侍都没带。何况来主婚，好歹也该给些赏赐吧?

他带着一肚子纠结，随人流朝府门走去。百姓们太热情，依然舍不得离去。因为今日人全都拥在这里，他的车马停得很靠后，就快到城主府的后门了。仆人只能护着他艰难地穿过人群，好不容易挤到马车边，一抬头却是吓了一跳。

从后门蜿蜒到眼前的道路上，仪仗巍巍，车马嘶嘶，龙旗高举，黑甲禁军森森而列。当中一驾六乘车辇，华丽庄重。

刺史费解，看这架势，怎么感觉陛下是刚刚才到的呢？何必走后门啊?

待官民全部离去，葛贲率众守住城主府大门，喧闹的府邸终于安静下来。

即墨无白扶着几乎虚脱的师雨穿过花园，即将到达正院门口，忽然转头对邢越道：“快走。”

邢越发愣：“走？走去哪儿？”

即墨无白道：“如果不想死，就立即离开墨城。”

邢越猛一拍腿：“我就知道你是故意哄我！皇帝哪是能随便扮的！”说完也来不及卸下伪装了，拔腿就朝城主府后门跑去，只怕这模样，沿途的人也不敢阻拦。

师雨目送他跑远，发现一路通往后门的侍卫全都不见了，原先要推院门的手顿了顿，推开了即墨无白的搀扶：“你也该走了。”

即墨无白也已看出异样，苦笑了一下：“恐怕是走不掉了，希望邢越能逃过一劫。”

话音未落，院门被人从里拉开，夙鸢等一众仆人跪在院中，两边站着的皆是持枪而立的大内禁军，开门的自然也是禁军。

“城主，乔都护带着人趁你们行礼时从后门闯了进来，连陛下都来了！”夙鸢哆嗦着流泪，她全然不知道是怎么回事，明明是一桩喜事，今日却颇多波折。她看着即墨无白，哆嗦得越发厉害，“他们说偀公子……偀公子他……”

师雨伸手摸了摸她的头，朝房门走去。

房内也站着森寒的禁军，一身明黄龙袍的嘉熙帝背对门站在桌旁。官服整肃的乔定夜自屏风后绕出来，风姿儒雅，却一手按着腰间的佩剑。

“师城主可算回来了。”乔定夜看向门口的即墨无白，儒雅地笑了笑，“子玄与即墨城主本就长得相似，不细看还真看不出来呢。”

嘉熙帝转过身，深锁着眉头，视线扫过师雨，又落在即墨无白身上，蓦地一声怒喝：“这究竟是怎么回事？”

侍从肝胆俱裂，瞬间跪了一地，唯有师雨面无表情，一动不动地站着，冷眼旁观。

即墨无白瞥了一眼师雨，敛衣下拜：“臣伏首告之，城主即墨偀受奸人所害，臣为稳住墨城上下，斗胆假扮其与代城主师雨成婚，实乃迫不得已。”

嘉熙帝冷哼一声：“既然你有理有据，朕容你稍后再细细禀报，若有隐瞒，严惩不贷！”话说得虽重，却有私心包容之意。

即墨无白叩首称是，起身退至一边待命。

“陛下。”乔定夜出列，拱手道，“此事只怕没有这么简单，实不相瞒，此次陛下亲自前来墨城主婚，按理本该由墨城派人迎接。微臣之所以越俎代庖，亲率人马前去迎接陛下，是受了墨城城主即墨偀之托。他曾给微臣书信一封，提及担心自己会遭贼人所害，爱妻被夺，希望微臣能在大婚当日襄助一二，没想到微臣一路快马加鞭，到了这里终究还是晚了一步。”

他接连叹息，从怀中取出一封信来，师雨一眼瞥到信封，封口的确有阿瞻私印。

嘉熙帝接过来，匆匆浏览完，再看向即墨无白，脸色已十分难看：“此为物证，可还有人证？”

乔定夜道：“闻名中原的山石道人是即墨城主派来知会我的引线人，正是人证。”

嘉熙帝说不出话来了，即墨偀暴毙于此，胸口有伤，显然是他杀，而即墨无白却假扮其身份与师雨于众目睽睽之下成了亲，如何脱得了干系？

屋中死一般寂静，嘉熙帝紧抿着唇，不发一言。

正当此时，屋外走入一名乔定夜的随从，附在他耳边低语了几句，又退了出去。乔定夜谦谦然一笑，看向即墨无白："听闻子玄今日不仅假冒即墨城主与代城主成婚，还找了个人假冒陛下，此事当真？"

嘉熙帝陡然震怒："竟有此事？"

即墨无白默然跪地。

他是被折了翼的雀，进了这事先布置好的笼子，其实也是自投罗网。

"欺君罔上，这是死罪。"乔定夜的手轻抚过佩剑，仿佛是无心之举，"不过城主府防卫严密，若无内应，如何能谋害城主？就是不知道此事是太常少卿一人谋划，还是与人合谋了。"他看向师雨，"不知师城主是否知道即墨城主的死因呢？"

师雨揭去面纱，从头到脚将他看了一遍，目光一寸一寸游移，无比仔细，像是生怕遗漏了什么，而后转头走到床边坐下，手搭在阿瞻冰冷的手背上，仿佛他还活着："知道，他是为奸人所害而死。"

乔定夜走到屏风边，瞥一眼床上冰冷的尸首："那敢问到底是哪个奸人害了即墨城主呢？"

"即墨无白。"

乔定夜一愣，还以为自己听错了："谁？"

师雨的侧脸在内室昏暗的光线里似乎刚硬了许多，字字清晰地传出来："即墨无白，他觊觎墨城，妄图用偷天换日之策取代阿瞻。"

乔定夜立时转身，不复儒雅风仪，一脸义愤填膺，手中宝剑终于出鞘，直指即墨无白，尚未开口斥责，却听师雨又接着道："师雨不堪受此大辱，还请陛下做主，捉拿即墨无白，为阿瞻正名。"

嘉熙帝当即道："来人！将即墨无白拿下！"

乔定夜岂敢僭越，霎时敛去所有声势。

即墨无白谢了恩，起身跟着禁军退出门去，借视角瞥了一眼屏风内的师雨，她终于帮阿瞻合上了双眼，转头与他对视一眼，似已将一切说尽。

第十二章

即墨不复

墨城的变故因为即墨无白的被捕而昭告天下，风传极快，途径诡秘，难以遏制。

嘉熙十年，五月初八，墨城第二任城主即墨倓被害于府邸，太常少卿即墨无白假扮其身份与代城主师雨于大庭广众之下成婚，并令人假扮皇帝主婚。寥寥数语，震惊世人。

这件事后来被载入豫国史册，称为“城府之变”，简直一语双关，因为其中实在疑点重重，似乎掩藏了诸多秘密。

城中原本沸腾的庆祝活动戛然而止，随着城主府门额上挂起白绸，墨城家家户户和商铺也都悬白吊唁。

即墨彦去世时也是如此，这是墨城百姓质朴的体现，他们的感情向来表述得直接，无论高兴还是悲伤。谁也没想到前后两任城主离世的时间只不过才间隔了一年。

“还那么年轻啊，可怜老城主就这一个儿子……”

“是啊，太常少卿还得管他叫一声堂叔呢，如何下得了手啊？”

“看他正人君子，倒不像这种人。唉，谁知道那些官人怎么回事，我们还是安心做我们的小生意吧。”

沙义拔克里的客人们最近无心听说书，谈话总离不开这件事。回鹘人掌柜摸着自己上翘的小胡须，回忆着太常少卿当初在这里与假高僧智辩的场景，不过一载光景，竟恍如隔世。

嘉熙帝的禁军侍卫长亲自押送即墨无白到墨城官署大牢，二人在长安时就不陌生，因此一路上侍卫长都很客气，只是看他的眼神已带有明显的疏离。

亲自送他进了牢房后，侍卫长道：“少卿大人先受些委屈，陛下启程时会带您回都的。”

这话说得很委婉，其实是说带他回都城的大牢继续蹲。

牢房里只有一扇小窗可以看见天光，天已将晚。

侍卫送了饭菜进来，菜色竟然很不错，甚至还有一盆热水以及换洗衣物，简直是优待。即墨无白立即将饭菜吃得一干二净，而后更衣，拿起衣服时觉得他们真是分外体贴，知道他刚死了亲戚，衣服都全是白的。

水盆倒映出他的脸，他抄着热水，将伪装清洗干净。喜服上沾了太多血渍，干涸后成了褐色，他干脆将喜服丢进水盆里，看着血渍在水里溶散，自己的倒影随水波晃动，忽而生出了些怅惘。

他对即墨倓全然不了解，生平只见过两面，一次是他被昭然推在众人眼前，一次是他垂死躺在冰凉的地上。他是自己在这世上唯一的至亲，如今残留的血已将一盆水染了半红。

即墨无白并不觉得即墨倓可怜，也不会因这一点血缘的消逝而心软原谅即墨彦，他只是觉得即墨倓本不该这样死于一场阴谋。

“啧啧啧，少卿大人这是在回味成亲的感觉呢，还是舍不得新娘子呢？”

即墨无白回神，转头一看，隔壁牢房里站着个大熟人，正扒在中间隔挡的竖栏上看着他，脸上的易容已经不在，身上还穿着很庄重的玄服，头上的金冠却早已歪在一旁了。

他翻了个白眼：“原来你也被抓过来了。”

邢越的左脸颊肿了一块，显然被抓进来的时候吃了些苦头。他席地而坐，朝他招招手：“怎么回事儿啊，死乞白赖地要跟人家成亲，结果还没能一亲芳泽就被她扣了一顶大黑锅下来，你冤不冤啊？亏得这一路心急火燎地把我拽来，结果人家就这么对你啊。”

即墨无白走过去，面对他坐了下来：“原来你都知道了。”

邢越摊手：“这监狱里谁不知道，都说你杀了自己叔叔，忒狠了！”

即墨无白摇头：“乔定夜计划周详，来势汹汹，是想将我和即墨倓一箭双雕，从此墨城再无合适继承人选，他就能得手了。师雨此举看似栽赃于我，却是在保我，毕竟此时最安全的便是监狱。何况她特地请陛下捉拿我，也是防止我落入乔定夜手中。”

邢越恍然，再不好拿师雨取笑他了，反倒对二人生出些同情来。不过他此时最需要考虑的还是自己的小命。

牢房外忽然传来脚步声，二人噤声，各自退开，一副各做各事的模样，却见来的人是夙鸢。

她站在即墨无白的牢房门口，红着眼睛梗着脖子狠狠道："代城主有令，命你将我们城主的喜服拿来！这哪是你这个凶手能穿的？"

跟在她后面的侍卫一副看好戏的表情。

即墨无白很淡定地"哦"了一声，走去角落，将在盆里泡了半天的喜服捞起来拧水。大概是从小没做过这种事，他有些手忙脚乱，瞎忙活了半天才走到门边，将湿漉漉的喜服从竖栏里递了出去："喏，我可是洗干净了，不用谢。"

夙鸢瞪着眼睛，一把夺了过去，咬了咬牙，气得一个字也说不出来，扭头就走了。

待牢里恢复宁静，邢越才凑过来。这种关头，师雨除非有病才会特地叫人来要一件喜服，必然是想来确认一下即墨无白的情形，这一点他还是能反应过来的。

他扒着竖栏一脸赞赏地望着夙鸢离去的背影："这姑娘戏演得跟我有的比啊，想不到师城主的侍女是个人才啊！"

即墨无白摸了摸下巴："我觉得要真论演戏，我们家杜泉演得比她还好。"

邢越双眼放光："那敢情好，以后跟他切磋切磋啊。"说到这里他的眼神又黯淡了下去，"还不一定能活着出去呢，唉……"

与官署相隔不远的城主府里冷肃而沉默，嘉熙帝的车驾刚刚离开这里，前往刺史府。

嘉熙帝带来的一帮侍从都十分迷信，认为城主府里刚刚死了人，不适合陛下金体居住，全都劝他去别处下榻。墨城刺史终于找到机会，将刺史府腾出来作为陛下行馆。

嘉熙帝看着鞍前马后殷勤卖笑的刺史，心情越发不好。如今城主身死，代城主重伤，墨城本该由刺史担起大局才是，可他最关心的不过是自保，拼命逢迎自己。当初怎么就选了这么个不中用的人来墨城呢？

嘉熙帝很想将即墨无白弄出来，如果此时此刻他超然事外，就能按照血亲令正大光明地继任城主，那就能让人睡个好觉了，可他偏偏不省心！

天气有些阴沉，乌云在天边重重地往下坠，似乎随时都会落下大雨来。到了刺史府不久，嘉熙帝就将精力放到了政事上。天气太沉闷，他干脆命人将桌案搬去凉亭，最近朝中多事之秋，东南沿海一带也不是很太平，他心情愈发焦躁。

"陛下？"

嘉熙帝抬眼，眼前站着姿容儒雅的安西大都护乔定夜，来这里有一会儿了。

“乔爱卿有话直说，朕事务繁忙，无暇多顾。”

乔定夜垂下头：“臣来此是想替子玄求情。”

嘉熙帝手中朱笔一顿，不可思议地抬起头：“哦？”

乔定夜头垂得更低：“微臣与子玄少年相识，当初一同游学澹州，他对臣多加照顾，臣一直感念在心，如今怎能亲眼见他行差踏错而不救呢？”

嘉熙帝干脆搁下笔：“可告他有罪的人不正是乔爱卿吗？”

“那是因为陛下跟前，臣不敢撒谎。师雨妩媚生姿，又手握权柄，子玄会心生爱慕也是人之常情。微臣曾得到过一幅他为师雨所作的画像，神态气韵无一不精，可见其用情至深，由此极端生事，做了傻事，也是因为爱之太切啊。微臣知道陛下也曾对师雨有意，但陛下明君明断，念在与子玄多年情谊上，还请网开一面，毕竟他是城主近亲，最有资格继承墨城。”

嘉熙帝明白了，乔定夜不是来求情的，恰恰是来压他对即墨无白动手的。

乔定夜的意思是，他为即墨无白求情不是因为即墨无白无罪，而是因为其身份以及自己曾受其恩惠不得不报答，这倒显得他知恩图报，即墨无白真小人也。

之后说即墨无白因对师雨和墨城怀有占有欲而犯下大罪，又提及他曾对师雨的那点小心思，无非是在说即墨无白心术不正还挑战了他这个皇帝的尊严。

实话说，他虽对师雨算不得真心，但真这么被宠臣摆一道，颜面受损，自然也不会高兴。

嘉熙帝心里在慢慢盘算，他一直都很欣赏乔定夜，因为乔定夜是个聪明人，最懂掌握时机。

他一抬手，掀翻了案头茶盏，乔定夜顿时跪地告罪。

“依你所言，朕更不能放了即墨无白！墨城用不着他继承，如今形势一片混乱，朕事务繁忙，就有劳乔都护好好协助督导了。”

乔定夜受宠若惊地抬头，又立即伏下身去：“谨遵圣谕。”

嘉熙帝摆摆手，若乔定夜想要墨城，对他而言也未尝不可，只要墨城能全权回到朝廷便可。

湿漉漉的喜服已经被小心烘干，师雨从夙鸢手中接过来时，一并接过来其中一小团布条。

上面有血书的几个小字，分外潦草。

“替我传信长安，让杜泉悄悄来墨城。”她对夙鸢吩咐完，捧起喜服前往灵堂。

事情发生得太突然了，灵堂里跪满了墨城官员，但几乎人人都带着茫然的表情。

只有两个礼官比较活跃，他们正在争论城主的丧事该按哪种规格来办。一个说至少得半个月才能显出威仪；另一个说七日即可，毕竟皇帝在这里，不能太过。

“依在下看，二位大人不用争了，不如即刻下葬。”乔定夜官袍整洁如新，腰悬镶玉宝剑，大步走入灵堂。

官员们愕然莫名，灵堂上佩剑，未免太不尊重死者了吧。

“乔大都护，这是墨城的事，轮不上您插手吧？”葛贲身披白孝，冷冷地嘲讽。

乔定夜看向他：“葛校尉此言差矣，乔某奉陛下口谕，以后墨城的事由在下全权代为督管。”

墨城只有城主，从未听说过需要人督管，这是想要一点一点接手墨城了。葛贲勃然大怒起身：“欺负我墨城无主不成！”

其余墨城官员也按捺不住纷纷站了起来。刺史心惊胆战。

“既然乔都护这么说了，那就即刻下葬吧。”厅外一声柔柔的女音，厅中立即安静。

师雨浑身素白，手中捧着鲜红的喜服步入堂内，一路走至棺边，将喜服放进去，贴着棺椁低语：“早些安息吧阿瞻，免得见了仇人的脸睡不安稳，等我给你报了仇再叫你。”她摸了摸阿瞻冰冷的脸，温柔地笑了笑，直起身来吩咐，“封棺吧。”

官员纷纷下跪：“代城主，不可啊……”

怎能让步，让城主草草出葬，即使是皇帝也不能这么做！

师雨又说了一遍：“封棺。”

厅中死寂。

粗长的棺钉一寸一寸敲入棺椁，墨城官员第一次感到莫大的屈辱。从墨城建城至今，向来自由自主，从未受过这样的窝囊气！

宁朔的安西都护府中一片平静，墨城的事情已经在全天下传遍，都护府中却没有一个人嚼舌根。

乔月龄闲得发慌，偏偏哥哥叫她镇守府邸，不要轻易外出，她只能在后院里练剑打发时间。

天气渐渐炎热，不多时她就出了一身的汗。婢女捧着湿帕子过来伺候，一面告诉她有个叫杜泉的人，自称是太常少卿的贴身侍从，想要求见她。

乔月龄上次从长安回宁朔，其实不是个愉快的过程，因为皇帝要给她和即墨无白拉线的时候，即墨无白径自辞官就跑得无影无踪了。

虽然如此，一听说杜泉来此，她还是立即点头让他来见。

杜泉随着下人穿过曲折的回廊，衣摆沾染了不少灰尘，显然这一路赶得很匆忙。

乔月龄胡服如常，脸上还带着汗，坐在一块大石上，毫无大家闺秀的架子，不等他见礼便问道："你怎么来见我了？"

杜泉施礼，神色很急："乔姑娘，我家公子在墨城和师城主成亲了你知道吗？"

乔月龄霍然起身："胡说！师雨明明是要跟城主即墨傚成亲。"

"谁说不是呢！"杜泉脸上都急出汗来了，"这事说来古怪，城主成亲当日被害了，我家公子为了稳住墨城形势，便假装与师城主成了婚。哪知师城主后脚就说他是凶手，如今我家公子在大牢里呢。我也不知道该找谁了，想着唯有乔姑娘您对我家公子最好，只能来求您相助。"

乔月龄原本就冷的脸色又冷了几分："即墨无白当真只是因此才与师雨成婚？"

杜泉有些讪讪："到底瞒不过乔姑娘，其实我家公子对师城主心仪久矣，只不过因为彼此身份，不敢直说罢了。"

"原来如此……"乔月龄像是受了重创，整个人都委顿了下去，坐在大石上，背脊微微弯了弯，但随即又挺直。

她早该想到的，即墨无白和师雨之间的事情并非毫无迹象可循，是她太自欺欺人了。

"走！"她忽然站起身，对杜泉道，"我随你去墨城看看。"

上午出殡，下午乔定夜便正大光明地带着东西在城主府下榻。如今城主府内外都是安西都护军，师雨的耳目已被全部切断，原本要追查山石道人的下落，眼下再无进展，甚至连治伤所需的医药都急缺。

夙鸾刚刚给师雨换完药，再无伤药可用，看着她一身孝服怏怏倚在榻上，心疼地直流泪："代城主，您不该顺着乔都护的，他简直得寸进尺，这样下去您会撑不住的。何况今日草草安葬了傚公子，连城中百姓都说您心狠了。"

师雨忍着伤口的疼痛，笑了笑："叫百姓和官员都记着今日，越愤恨越好。"

乔定夜占据了即墨无白曾经居住的南居正院，刚坐热凳子就有人领着个老者来见他。他一见来人一身灰灰的道袍，立即站起身来，遣退所有下人。

"无量天尊，乔大都护得偿所愿了。"山石道人见了个礼。

乔定夜温文尔雅地笑了笑："这多亏了道长相助。"

山石道人摇头："乔都护也是为家国大义着想，贫道敬慕大都护正人君子，做这些也是应该的。只是可惜了即墨城主，也不知因何丧了命，贫道心中有愧，特来为他超度……”

他的话戛然而止，乔定夜不知何时已经在他身后，长剑送入了他的身体。

“道长这番好意，不如亲自去跟即墨偿说。”

山石道人错愕地扭头，只看到他一半的脸，笑容依旧儒雅。

老道士颓然伏地，道袍被鲜血浸透，没想到自认半生看人颇准，临了却没看透这以风流文雅闻名天下的安西大都护。

接连几日大雨，墨城的夏日甚至有了些阴寒之意。百姓们众说纷纭，认为这是天降异象，愈发为年轻的城主鸣不平。

阿瞻的牌位前依然有丰盛的供奉，师雨却没有去看过一次，此时还有闲心倚在池边喂鱼。

夙鸾看着她一日一日愈发消瘦的脸色，担忧无比，伤药已经没了，汤药今日也断了，这么下去要如何是好？

“师城主好兴致啊。”乔定夜从远处走来，人还在水池对面就笑着说了一句。

师雨朝夙鸾使个眼色，后者愤愤地退远了。

“乔都护也有兴致来喂鱼？”师雨依旧倚着没动，乌发微垂，白衣曳地，只掀了掀眼皮子，却有一番西子风情。

乔定夜走进亭中的脚步不禁轻了几分：“乔某哪有兴致喂鱼，只有兴致关心师城主，师城主千万不要再沉浸在悲伤中才好。”

师雨笑了一声：“若非阿瞻想夺权，也不至于落到这个地步。我不悲伤他的死，我只悲伤如今自己的处境。”

乔定夜眼睛弯了起来：“哦？师城主处境如何？”

“孤苦无援，看人脸色，还不值得悲伤吗？”

乔定夜哈哈大笑：“看人脸色莫非指的是在下？”

师雨蓦地起身，横眉冷对：“怎么不是你？你都快将我软禁了，我孤苦无依，如同被斩断了双手，如今还……”行动间大概是扯到了伤口，她轻哼一声，一手扶着后腰，软软歪倒，乔定夜连忙上前接住她，霎时温香软玉满怀。

师雨脸色微红，愤怒地推他：“别碰我！若不是你，我也不至于拖延伤势。”

乔定夜却不撒手，反而揽得更紧：“乔某岂能眼睁睁见着师城主摔倒呢？”他贴近她的耳边，“不知师城主要如何才肯息怒呢？”

师雨眼波一转，眼中微微带了笑，手指爬上他的胳膊：“我不在乎墨城来谁走谁，但我一定要分一杯羹，乔大都护可愿与我共享墨城？”

乔定夜嗅着她鬓间的甜香，简直要溺死在这温柔乡里：“求之不得。”

“咣”的一声，二人立时分开，却见亭外站着风尘仆仆的乔月龄，手中只剩剑鞘，长剑钉在亭柱上晃动不止。

师雨吓白了脸，立即躲在乔定夜身后。

“我还以为大哥去哪儿了？原来是赶着来接手人家的新娘子了。”乔月龄冷笑着看着师雨，“不知这位新娘子到底算是即墨城主的，还是太常少卿的呢？或者是要做我的新嫂嫂吗？”

乔定夜皱眉道：“谁叫你来的？”

乔月龄大步走过去，一把抽出长剑：“我来看看曾经的好友，那个鼓励我宽慰我的师城主。曾经我有意撮合你与我大哥，你无意，后来得知有个即墨城主，以为你是心系于他，还暗自惭愧许久。不想如今城主尸骨未寒，你便投入我大哥怀抱了，原来你最爱的是权势。”

“闭嘴！”乔定夜厉声喝止，对他而言还就怕师雨不爱权势，越爱权势才越好掌控。他转头好言安慰师雨，“你先回去休息吧，我稍后便派大夫去给你治伤，好好歇着。”言辞间显然已经当她自己人了。

师雨小心看了一眼乔月龄，朝门口走去，经过她身边时，听到她冷冷的一句：“真替即墨无白不值。”

师雨没有任何回应，径自离开了凉亭，远处夙鸢立即迎了上来，身后还跟着风尘仆仆的杜泉，这边乔氏兄妹的话还没说完。

乔定夜虽负风流之名，在胞妹跟前却一向维持着兄长的威严，今日被她撞见亭中这一幕，不免有些尴尬，待师雨走远，立即道：“墨城如今形势不稳，不是你待的地方，尽早回宁朔去吧。”

乔月龄冷冷道：“既然墨城形势不稳，大哥何必插足？不如跟我一起回去。”

乔定夜拂袖：“我奉陛下命令督管墨城，不能离开。”

“可是你此刻留在墨城，与师雨眉来眼去，难道不算乘人之危吗？大哥时常教导我为人处世，如今自己却做着叫人不齿的事！”

“很多事情你不懂，休要多问。”乔定夜举步要走。

乔月龄快步上前拽住他的衣袖：“即墨无白呢？你将他关在哪儿了？”

乔定夜狠狠甩开她的手：“他最好别落在我手里，免得祸害你。”

乔月龄惊讶地看着他远去的背影，第一回觉得自己的大哥如此陌生。

即墨无白自然好好地待在牢里，算了算日子，料想杜泉也该到了。即墨无白知道他不喜欢墨城，每次往返都对那些古怪天气提心吊胆，这次真是难为他了。

不过他最愧疚的还是乔月龄，她与此事毫无干系，却被拖下了水。

隔壁牢房的邢越越来越焦躁了，每在牢笼中多关一日，他就觉得自己离死又近了一步。这种等死的感觉简直快要把人逼疯了。

“少卿大人，你到底有没有办法啊？难道就无法对付乔定夜了吗？”他扒着竖栏，朝对面颤巍巍地伸出手去。

即墨无白端坐在地上，侧面对着他，手里捏着根树枝在地上写写画画，一点一点理着头绪：“尊夫人说最早与乔定夜的人接触是一年前，那时候你假扮高僧封摩迦来墨城造谣，应当就是他的安排了。此人心机深沉，谋定后动，布局如此之久，要想对付他岂会容易？”

邢越伸出的那只手狠狠痉挛了一下，号了一声“我的娘哟”，跌坐到地上哀愁去了。

即墨无白手中的树枝忽然停下，猛地将地上的东西抹掉，一阵脚步声由远及近地传了过来。

两个大内侍卫打开牢门，走到即墨无白跟前：“少卿大人，陛下提审。”

邢越一下站起来，紧张兮兮地看着他们。

即墨无白身上的白衣早已沾染灰尘，看起来有些狼狈，他起身整了整衣襟：“走吧。”

邢越扒着牢门，简直是十里相送的架势：“少卿大人好好说啊，能不能活命全靠你啦！”

侍卫们都很客气，只给即墨无白双手上了枷锁。一出官署他便闭了闭眼，已经许久没见到阳光，虽然已是傍晚，光线还是很刺眼。

空气里弥漫着热气，盛夏已经到了。

官署外停着马车，即墨无白举步登车，蓦地感觉身后有异，下意识低头，身后侍卫的刀柄擦着他的后颈滑过。但避过这一个，旁边还有一个，他双手被缚，后颈终究难逃这一下重击，顿时晕倒过去。

两个侍卫一边抬他进车一边小声嘀咕：“大意点儿险些弄不住呢，哪里像个文官。”

另一个道：“所以陛下才器重他嘛。”

“哦，也是。”这么一说，二人手下功夫不免轻了些许，生怕伤着了他。

夙鸢端着刚刚煎好的汤药进房，师雨正靠在榻上假寐。连着医治了好几日，汤药伤药都是最好的，她也配合，无论药多苦，也一言不发地咽下去，如今脸色总算是好了一些。

夙鸢轻轻唤了她一声，将药递过去：“城主，试过了，无毒。”

师雨笑了一下：“你以后不用这么小心，乔定夜暂时不会害我，他还需要我稳住墨城，何况还有些龌龊心思呢。”

她将药一口一口喝得一滴不剩，问了句：“消息可递得出去？”

“怎么都递不出去，乔都护的人几乎将整个府邸围成铁桶了。”夙鸢懊恼道，“陛下怎么就这么放纵他？”

师雨将药碗递给她：“当然，陛下想趁机收回墨城，只不过换个人而已，谁收都一样。”

夙鸢不禁开始设想墨城被朝廷接管后的模样，届时和其他地方一样，刺史就是最高长官，再也没有城主了，那好像也没她什么事了。

想到要失业，夙鸢比较激动：“太过分了！墨城怎能说收就收回去！”

师雨食指掩唇示意她小声些。恰好门外走进来个小婢，手中捧着一只锦盒，夙鸢再不敢多话了。

“代城主，乔大都护派人送了礼物过来。”

师雨招招手，小婢立即上前。夙鸢接过来打开，里面是一套薄纱襦裙，一套珠钗环佩，看起来都是上好材质制成的，颇为贵重。

夙鸢觉得不舒服，还在为倓公子服丧的时候，乔定夜却送来这些东西，简直是将她家代城主当成了玩物。

师雨不以为意，捻起来仔细欣赏了一番，口中赞道：“真是美，乔都护破费了。”

她起身去桌边，提笔在花笺上写了几句暧昧的话，叫婢女带回去做回礼。

夙鸢捧着锦盒噘着嘴问：“城主真打算穿这衣裳不成？”

“烧了吧。”师雨朝门外走去，“我去书房看看。”

墨城的政事其实已经荒废了，师雨依然时不时去书房是为了证明给乔定夜看，她还放不下墨城的权势。

好在乔定夜对她不像对即墨无白那样了解透彻，这是唯一能反败为胜的筹码了。

天已擦黑，师雨进了书房，先点亮了烛火，忽然瞥见窗边榻上横卧着一道人影，吓了一跳。好一会儿才看出那人似乎是晕着的，她举着烛火走过去，终于看清他的脸。

瞥了一眼窗上投出的影子，她吹灭了烛火，走到榻边蹲了下来，似是不敢相信，伸手摸了摸他的脸，的确是温热的，这才确信是真的。

即墨无白悠悠醒转，第一感觉是后颈酸痛。睁开眼，左边窗户投入的光亮将周围染成了微微的蓝灰色，包括师雨的脸。

他怔愕不已，抬手摸了一下她的脸，愈发诧异：“你怎么在？我这是在哪儿？”

师雨摇头：“我也不知道你怎么会在我的书房。”

即墨无白坐起身，四下看了看，一时理不出头绪，又在各个角落里走了一圈。

师雨一直看着他，身上松松挂着的白衣，凌乱散在身后的长发，他却浑然不觉。

她忽然道："你瘦了许多。"

即墨无白停步看向她，她扶着软榻缓缓站起来，身上的白孝也宽松得很，离着几步模模糊糊的看不真切。他走过去，上下打量着她："你的伤如何了？"

"死不了。"

即墨无白笑了："我知道你死不了，你若那么容易就认输，我岂不是看走眼了？"

师雨抿了抿唇，垂下眼："可是现在的形势，你我都是朝不保夕。"

即墨无白挑了挑眉："那还真得感谢今日这人的安排，至少让你我见上了一面。否则等我上了黄泉路，小鬼们问我，我到死连自己夫人的面都没见着，会被他们嘲笑的。"

师雨蹙眉："谁是你夫人？"

"原先是假扮的，可现在全天下都知道成亲的是你我二人了，我得负责才是啊。再说了，你不是已经盘发了吗？"即墨无白的手指抚过她的发髻，轻轻一带，将她揽入怀中。

师雨没有挣扎，伏在他胸前更方便低声说话："我这是为阿瞻盘的。"

"唉，真伤心。"

师雨道："可能有人在外面偷听，你若再说这种话，那便添了一项觊觎姑姑谋害堂叔的罪名了。"

即墨无白贴在她耳边道："我知道，他们将我塞进来，八成是想揪出点事出来。我已入狱，说我觊觎你，总比说你勾引我谋害即墨倓好。若是你也获罪，墨城就无望了。"

"你不恨你叔公了？若不是他，你父亲也不会死。你又何必帮着墨城，早就该置身事外。"

"恨啊，哪能不恨呢。不过保住墨城也是为了我自己啊，你一定要好好活着，再把我救出去，我可全指望你了。"

师雨稍稍推开他，站直身子："一言为定。"

门外忽然传来敲门声："少卿大人，该走了。"

即墨无白笑了一声："果然。"

他敛去玩笑之色，盯着师雨的双眼："这次的事若能安然度过，我们……"剩下的半句话终究没说下去。他知道师雨能分清他哪句是真哪句是假，全看她愿不愿接受罢了。

门被推开，两个侍卫走进来给他的双手戴上枷锁。师雨只能看着，却不能多问一句。

即墨无白被带走时以为又是乔定夜的安排，但没想到他竟然被一路带出了城主府，直奔刺史府而去。

侍卫将他推进刺史府的书房，“嘭”地合上门。嘉熙帝坐在案前，眼睛胶着在案上的奏折上，头也不抬地道：“怎样，见到心上人的滋味如何？”

即墨无白抽了一下嘴角：“自然是很美的。”

嘉熙帝今日这一出可不是心血来潮。乔定夜已经给他吹了许久的耳旁风，关于即墨无白和师雨之间的流言蜚语他早就想一探究竟，没想到即墨无白倒是大大方方地承认了。

他陡然掷了笔，饱蘸朱砂的御笔滚落到即墨无白跟前，淋漓如点点鲜血。

“说吧，什么时候的事？”

即墨无白如何不明白他的意思，忙道：“陛下明鉴，当初您将她接进宫里去时，臣可还没动心思呢。”

“哦？是吗？”

即墨无白叹息：“陛下其实说的是臣的伤心事，且不提我与师雨的姑侄身份，她心中就只有即墨僚一人，做什么都是为了他，臣其实是苦求不得啊。陛下都拿不下的人，臣又有什么办法。”

嘉熙帝哼了一声：“休在朕跟前耍这没脸没皮的伎俩！”

即墨无白神色怅惘，却不像开玩笑的模样。

嘉熙帝心里到底揣的是大局，还不至于为一个女人和宠信的臣子闹得下不来台，见他示了软，自己的面子算是过得去了，脸色也好了一些。

“这些私事朕就不再多问了，师雨如今身份尴尬，本要嫁给叔叔却跟侄子成了亲，朕也不会顶着一个天大的笑话再对她动什么心思，你大可以放心。”

即墨无白讪笑。

嘉熙帝起身走到他跟前：“朕现在只想知道，墨城究竟有没有异心。”

即墨无白垂眼盯着手上的枷锁：“回陛下，臣曾以此事试探过师雨，她避而不答，具体是不是有，臣不得而知，但臣可以确定的是，如今即墨僚身死，墨城就算有异心，计划也已被打乱了。”

没有皇帝会不顾及声誉，对外作战是武功，对内则有穷兵黩武之嫌，否则嘉熙帝也不至于兜兜转转绕个大弯子来图谋墨城。墨城到底有没有异心，决定着眼下能否再紧逼一步，进而直接拿下墨城，嘉熙帝自然关心。

他缓缓地绕着即墨无白踱步：“朝中事务繁忙，东南一带又有异动，朕差不多也该返朝了，即墨俟的事怕是没时间细查了，可如今证据确凿，朕只怕是保不了你了。”

即墨无白抿唇不语。

嘉熙帝走到窗边，抬头看着外面的圆月，比在长安看起来硕大明亮许多。他的手指轻抚着窗框：“帝王便如这明月，朝臣如繁星，月明则星稀，星盛则掩月。乔定夜醉心权势，朕少不得这颗星辰，却又不愿意他太亮堂，你说该如何是好？”

即墨无白幽幽道：“星辰再亮，也总有坠落之时。”

嘉熙帝闻言大为满意，即墨无白与乔定夜最大的不同就是，他知道何时该恃宠而骄，何时该奉君为上，不拘小节但大局透彻，所以即使偶有出格，也依旧值得信任。

五月底，嘉熙帝启程回都，无人知晓临走前他曾与即墨无白暗中见过面，但都知道他在临走时和前来送行的乔大都护相谈甚欢，甚至最后还是由乔大都护一路相扶登上了车。

商旅和百姓们都在风传，太常少卿已经失势，新的宠臣诞生了。

六乘龙辇的车辙辘辘驶出墨城城门，城门背后的局势却依旧紧张。

城主府成了禁闭的幽笼，官员被隔离在这幽笼之外，对其中情形一无所知。政事大权在代城主手中，兵权一部分在代城主手中，一部分在已故的城主手中，这些都没有遗失分割，但消息被切断，根本难以调动，等同虚废。

刺史最为难，陛下临走也没有解决他的调任问题，他依旧在墨城夹着尾巴自保，一面要推拒乔定夜的拉拢，一面要敷衍葛贲等人的入伙要求，最后只能故技重演，又得了个神医难治的病，躺在床上哼哼唧唧。

而此时城主府里的师雨，除去每日去书房感受片刻嗜权如命的焦躁，便是倚在池边喂鱼，时不时以池鱼自比，伤春悲秋。

乔定夜知道她是故意做给自己看，乐得安抚，二人时常打得火热，渐渐地，连下人们都知道了，府中有些传言很是难听。

乔月龄站在远处的回廊边冷眼旁观，耳中听着杜泉的挑拨离间。

自来到墨城，杜泉还没有见到自家公子，心里自然是很焦急的。他现在每日工作的主要内容就是围绕在乔月龄的周围随时随地进行口头说服，不断地强调他家公子对师雨如何如何痴情，甚至因此还辜负了她堂堂乔大都护的胞妹……嗯，这是重点。

可师雨呢？冷血无情，对他家公子不闻不问，只顾自己的处境，甚至愿意攀附乔大都护，实在可耻可恨！

说到此处，他的手指还对着亭中柔若无骨靠在乔定夜身上的师雨指指戳戳。这是相当无礼的动作，用以表达他心中的愤恨。

乔月龄其实心里还不愿意相信这一切，不相信她那个儒雅翩翩的兄长会满腹阴谋诡计，甚至设计陷害故友，也不相信师雨会突然变得如此面目可憎。

她打断杜泉，等亭中二人终于分开，独自走去半道等待。

花园里繁花开得正艳，只是比不得气候宜人的中原，品种实在不多。在猛烈的阳光下，香气像是被蒸腾了出来，馥郁了满园。

乔月龄身上的黑色胡服利落地束着腰身，紧抿双唇站在花丛边，心中愤懑无以排解，只能扯下一片花瓣紧紧攥在手心，直到汁水从指尖滴落，师雨雪白的孝服出现在了眼角余光中。

“乔姑娘在等我？”师雨站在几步之外，已经有些削尖的下巴轻抬，看起来有些高傲，神色却是一如既往地柔情万种。

乔月龄按捺住脾气，走近两步：“我来向你道歉，那日我不该那么说你，想必你也有苦衷。”

师雨微微挑眉，不置可否。

乔月龄又近一步：“你我不妨齐心协力将即墨无白从牢里救出来！”

师雨一脸不可思议：“我为什么要救他？”

乔月龄咬了咬唇：“我相信你不是绝情之人，一定是迫不得已才故意这样。”

师雨掩口而笑，眼里满是嘲弄：“乔姑娘，你凭什么认为我不是绝情之人呢？你连自己的兄长都看不准，还自以为看得准我？”

乔月龄无言以对，心中怒火一点一点窜出来，失望和愤懑是油，浇在上面，愈烧愈旺。

“你当真如此狠心？”

师雨冷笑：“实话说了吧，当初看着你对即墨无白死心塌地，我表面上帮着你，其实在心里笑了很久。你对他那么好有什么用，他还不是死死地缠着我？”她妩媚地笑着，手指轻佻地拨了一下身旁的花叶，“男人便是用来利用的，即墨无白既然没用了，我何必为他浪费精力？我可没你那么傻。”

乔月龄脸色铁青，忍无可忍，反手便甩了她一巴掌。

这一巴掌打得很重，师雨跌坐在地上，嘴角溢出血丝，却仍旧昂着头看着她冷笑。

夙鸢尖叫一声，从远处跑过来搀扶师雨。随之传来的是乔定夜的喝声：“月龄，你这是做什么？”

乔月龄没想到这一下下去，连大哥都去而复返来护着她，胸口起伏，犹自难平："果真是狼狈为奸！怎么，碰到你的心尖儿了？你知道她方才说了些什么吗？"

她作势要去拉师雨对峙，师雨却惊呼一声躲到了乔定夜身后，被他护得严严实实，哪里有刚才冷笑嘲弄的架势。

乔定夜脸色阴沉："你再胡闹就趁早回去！"

乔月龄被他一激，怒不可遏："好啊，你护她一时，我倒要看你能不能护她一世！"说完扭头就走。

乔定夜方才走在半路被夙鸢叫回头就是为了阻止自己的妹妹逞凶，实在是颜面扫地。转头看到师雨一手抚着已经肿得老高的脸颊，雪白的肤色，唇角血丝却鲜红，楚楚可怜之态叫人怜惜，连忙好言安抚。

夙鸢抹着眼泪，愤愤不甘道："请乔都护将乔姑娘送出城主府去吧，您也听到她说的话了，她在这里，我们城主迟早得有性命之忧。"

师雨拦住她，怏怏道："乔姑娘不会走的，她早放话了，乔都护不走，她也不会走的。"

夙鸢立即接口："那乔都护也搬出去不就好了！难道眼睁睁看着她来逞凶杀人不成？"

乔定夜眼神微微一闪，轻声宽慰师雨道："舍妹年轻气盛，你千万别往心里去。她现在脾气正冲，我与她话不投机，要她走不太可能。只是你们如今水火不容，对你养伤也不利，不如我送你去宁朔都护府住一阵子吧。"

师雨皱眉不语。

乔定夜知道她不愿意，好声好气地劝说："你别多想，我这也是为你好。"

师雨脸上表情几度变幻，心不甘情不愿，乔定夜只能耐着性子安抚。到底不负风流之名，哄女人时他的嘴甜得很。拗了半天，师雨最终还是点了点头。

其实哪里容得了她拒绝，城主府都被乔定夜控制了，这些在他眼里不过是师雨在耍小性子罢了。

乔定夜立即吩咐下去准备送她们启程。夙鸢扶着师雨回房，路上小声埋怨："我还是头一回见到这么不要脸的人，占着别人的家还将别人送出去，自己却死活不肯挪窝。"

师雨轻轻揉了揉嘴角："我巴不得他送我走，否则这巴掌岂不白挨了。"

日头慢慢降了下去，暑热退却，风势渐起。

乔定夜安排了辆普通马车，足以掩人耳目，派出护送的全是安西都护军，没有一个城主府的侍卫。

师雨如同一个囚犯，乘着囚车往墨城城门疾驰而去。

马车颠簸摇晃，如同夙鸢的心情，她手里握着一截焰火，紧紧咬着牙关。

师雨瞥她一眼："别慌，顶多还有一里就会到东城门，待会儿听我号令。"

夙鸢连连点头。

守城官对安西都护军包围城主府的举动早有不满，此时远远看到一辆全由都护军护送着的马车远远驰来，立即要求检查。

车帘被揭开，一见到里面坐着师雨，脸上还受了伤，守城官大为诧异。

"代、代城主？"

师雨点点头："放行吧。"

"是。"

安西都护军见师雨这般配合，原先的警戒心稍稍松弛了一些。

守城官兵全都聚集在城头观望着马车。现在城主府中也不知是什么形势，全城官员还指望着代城主能再振墨城，现在却见她被一群都护军围着出城，也不知是凶是吉。

念头尚未周转过来，忽见刚刚出城的马车中冲出一支焰火，在半空嘭地炸开。马匹受惊，都护军一时有些忙乱，马车也停了下来。

守城官霍然反应过来，大喊一声："落城门！"

城门轰然关闭，城头守兵架弓引箭，直朝马车周围的都护军射去。

突生变故，都护军忙作一团，回神时已经死伤大半。虽不知因何起了变故，但还有机敏的知道守着马车继续朝前奔去。

外面时不时有哀号和闷哼传来，不断有飞矢落在车身上，发出"嘭嘭"的响声。夙鸢在车中瑟瑟发抖，师雨却闭着眼睛，充耳不闻。

终于跑出了射程，都护军和马车却都有马匹受伤，速度大减。后方城门大开，守城兵又追了出来。

师雨终于睁开眼睛，手指将车帘挑开道缝，都护军奋力前行，前方必然有乔定夜安排的驻兵接应。她朝夙鸢使眼色，低声道："跳下去。"

夙鸢抖了一下："奴婢不敢。"

"要么跳，要么死，自己选。"

夙鸢扶着车门，咽了咽口水。

受伤的马匹已经气力渐渐不支，车夫自顾不暇，此时正是好时候，师雨毫不犹豫地将她推了下去，自己也跟着一跃而下。

摔在地上的滋味不好受，好在没扭伤脚。夙鸢还在哼哼唧唧，师雨一把拽起她就跑。

右边最多十里就是霍擎长子霍拭狄所辖的驻地。她当初与霍擎商议，特地在墨城右翼做了这个安排，就是为了应对野心勃勃的安西都护府，今日刚好派上用场。

都护军很快发现，立即追来，后方守城兵的箭矢又追逐着他们。师雨告诫夙鸢不要回头看，径自往前跑。

"师城主停步！否则休怪我们刀剑无情！"都护军不好直接动她性命，便拿她身边的夙鸢开刀，长枪朝她袭去。

夙鸢小腿被擦伤，鲜血淋漓，可真受了伤后她反倒没那么怕了。

师雨担心她放弃，故意骗她道："最多还有一里路就会有援军，撑一下。"

夙鸢一边艰难地奔跑，一边期待地往前看着，忽然兴奋地叫起来："真有援军啊，城主您安排得太神了！"

师雨抬眼望去，斜阳西沉，染红的云霞分割着天与地，几匹飞骑风驰电掣而来，起初只是零星点点，渐渐却发现后方还紧跟着大队人马，如同骤压而至的黑云。

马踏尘沙，弥漫了半边天际，脚下的大地都感受到了兵马呼啸而来的震颤，旌旗猎猎在大漠孤烟里舒展，左方书"墨"，右方书"霍"。

都护军紧追而至，来不及震惊，劲弩射出的箭矢已经当头落下。师雨连忙拽着夙鸢伏到地上。

军队潮涌而至，井然有序地分出十数人围护住她们，霍拭狄打马近前，戎装铠甲，神色冷肃，颇有其父风范，朝师雨抱拳道："末将见过代城主。"

师雨站起身，朝外看了看厮杀的情形："霍将军来得正好，这些都护军不能留活口，消息绝不能走漏。"

"是！"霍拭狄一挥手，后方大军愈发凶勇，与守城军前后夹击，恣意扑杀。

最后一抹日光被掩盖，风中弥漫着血腥味，都护军的尸首被就地掩埋，仿佛刚才的厮杀从没发生过。

霍拭狄重整兵马，请师雨上马回营。不出几里便看到了连绵的大帐，师雨这才知道援军及时赶来的原因，原来他们就在附近。

霍拭狄解释道："家父得知墨城有变，已返回多日，只是无法统兵。遵照其吩咐，末将将手上所有兵马推至此处驻守，每日出巡，今日竟救出了代城主，实属万幸。"

师雨闻言，立即策马朝营地疾驰而去。

霍擎就立在大营门口，身上未着戎装，一身蓝灰色的袍子，发鬓斑白，像个寻常人家的老父，眼神倒是一如既往地好，一眼见到师雨便快步走了过来。

“代城主，你这是……”

师雨孝服沾染了尘沙，发鬓微乱，翻身下马，站在他跟前，脸色苍白如纸：“霍叔叔，我对不起父亲，没能保护好阿瞻……”她颓然跪倒在地，大颗大颗的泪水滚落下来，融入尘土，喉间蓦地一阵腥甜，竟吐出口血来。

阿瞻死时她没流泪，被草草下葬时她也没流泪，强颜欢笑、仇恨积压，直到此时站在看着自己长大的长辈跟前才无法遏制。

全军下马，垂首静默。霍擎仓皇跟着跪倒，扶着她的手指微微哆嗦，神色枯槁。

虽然早已得知消息，但此时得到证实，他才终于确定自己已经失去这个“儿子”了……

墨城官署的大牢里，邢越第五次追问即墨无白究竟和皇帝谈了些什么，他的眼皮今天一直突突地跳，总觉得不安。

即墨无白靠在墙上，看着那扇狭小的窗户里投入薄薄的月光，压根不理睬他。

邢越见他这么深沉，越发不安了，念叨着是不是该求求侍卫，给他个纸笔留封遗书给妻子什么的。可是嘀咕了半天，瞄一眼即墨无白，依然得不到回应，他郁闷地缩在地上睡觉去了。

牢门外脚步声阵阵，大内侍卫忽然调动，换进来一队都护军。邢越一个激灵从地上坐起来，警觉地看向即墨无白。

乔定夜一身常服，沿着过道缓步走至牢门口：“子玄，愚兄来看你了。”

即墨无白毫不意外，掀了一下眼皮子：“稀客。”

乔定夜整了整衣襟，忽然朝他施了一礼：“子玄，你我二人一同游学澹州时，曾遇奸佞横行，我出手救人反而身陷囹圄，多亏你仗义相救，此事我永远感怀在心。”

即墨无白扑哧一声笑起来：“可我记得当时乔兄出来后对我说的第一句话不是感谢，而是‘他日我若在其之上，必严惩之’。”

乔定夜也笑了：“没错，权势向来都是好东西，我便是从那时候知道的。”

即墨无白点头：“你精于伪装，今日倒是难得这么实诚。权势的确是好东西，可也得节制，若非当初你不知收敛，我也不至于撕破脸皮参你一本，可如今看来，你却是变本加厉了。”

乔定夜不以为然：“我十八高中，弱冠升迁，十年后做上大都护，风光无匹，可也要到头了，如果不拿到墨城，如何更进一步？子玄，若非你与我在此相遇，我也犯不着与你交手，师雨还好说，你实在太难缠了。”

隔壁的邢越翻了个白眼，师城主一定是做了什么，才让你觉得她好说。

即墨无白撇撇嘴：“我可不难缠，至少我从不主动设局，比不上乔兄。”

“是吗？”乔定夜瞥了一眼邢越，“你以为你安插此人去都护府冒充我，当真做得天衣无缝？”

邢越哆嗦了一下。

“那不过是以彼之道还施彼身罢了。”即墨无白起身拍了拍身上的灰尘，“陛下已经言明保不住我，乔兄不必兜圈子了，你的意思我明白。放了邢越，他的所作所为皆由我主使，并非自愿。”

乔定夜嘴角笑意深了几分：“杀叔夺婶，鼓动他人冒充陛下，每一项都是死罪，子玄当真要认？”

即墨无白摊手：“我有的选？”

“没有。”乔定夜朝身后招了一下手，“来人，拿供状来给少卿大人画押。”

邢越猛地跃起来道：“不可啊少卿大人，会没命的！”

即墨无白看向他：“你以后别尽顾着行骗，也劝劝尊夫人别只顾着赚钱，人生苦短，须怜惜眼前人，你们夫妻二人就别再分隔两地了，找个地方好好过日子吧。”

乔定夜拍了两下手：“子玄真君子也，既然如此，我也不为难他。”他命人将邢越的牢门打开。

邢越终于得到了期望已久的自由，却丝毫不觉喜悦。隔壁的牢门被打开，都护军给即墨无白严严实实地戴上脚铐手镣，将他带了出去。

乔定夜当先出了大牢，抬头看了一眼月亮：“月色正好，就请它代愚兄送子玄一程吧，愚兄这就回去写折子向陛下禀报此噩耗。”

即墨无白冷笑：“乔兄忽然要取我性命，莫非是出了什么变故？”

“真是什么也瞒不过子玄啊。”乔定夜无奈地笑了笑，“师雨已经被我送去宁朔，我这人谨慎，倘若她不是真心向我，我好不容易走到这一步，岂不是要功亏一篑？所以最好还是解决了你这个后患，免得节外生枝。”

“原来如此，合情合理。”即墨无白点点头，暗道可惜，若再晚几日，说不定自己就有救了呢，命真不好。

“试图逃狱，在途中被就地正法”是杀即墨无白最好的理由，所以杀他不能在牢里动手。

一队都护军押着即墨无白趁夜色出了官署，在一处僻静细窄的巷子里停下，月光将队伍的影子拉成了森森鬼影。

夜风凄凄哀哀，刀刃当胸没入，直入心房。即墨无白直立许久才倒地，鲜血淋漓，渗入墨城大地……

书房中，乔定夜停笔落印，都护军正好前来复命。

他搁下笔叹息，神情中的怅惘竟也有几分真切：“悲哉人道异，一谢永销亡。即墨不复，天下再无君了……”

第十三章

请君入瓮

即墨彦和阿瞻父子的坟葬在同一座山上，离军营较远。霍擎本有意亲自前往祭拜，但霍拭狄觉得太冒险，极力劝阻，最后便在营地里设了桌案，面山遥遥而拜。

师雨在案前跪了足足两个时辰，脑中全是即墨彦临终时字字句句交代的场景，如今回想，心中自责和挫败无言可表。

霍擎在旁劝道："事已至此，代城主就别自责了，接下来拿回墨城才是正事。"

师雨终于动了动身子："没错，我还要为阿瞻报仇，还要救出即墨无白。"

霍擎对即墨无白情绪纷杂，虽然欣赏，但一直以来碍于阿瞻身份，对他更多的还是防范。如今阿瞻身死，思及他已是老城主仅剩的最亲的亲人，之前那些抵触之感也消弭了许多。

"代城主有何想法？"

师雨起身，眼睛遥望着墨城方向："乔定夜计划良久，根基难以撼动，若要彻底扳倒他，只怕要付出很多。"

霍擎皱眉："代城主不妨直言。"

师雨却有些犹豫，想了半天，终究还是摇了一下头："我再想想吧。"

风夹带着酷暑的热度肆虐在整个西域大地。正午时分的日头像是淋了油的火，烈得快把人烤熟了。

夙鸢不知从哪儿弄了块冰来，放到师雨的帐中给她降暑。她自那日吐了口血出来，似乎心中郁结好了许多，药喝下去的效果比之前都明显了不少，脸色也越发好了，但还是需要好好休养。军中条件艰苦，能弄到块冰实属不易。

帐外兵马操练声一阵一阵，一个士兵忽然跑进来禀报，有个自称太常少卿贴身侍从的人前来求见。

师雨本坐着静养，闻言连忙吩咐传他进来。

来的果不其然就是杜泉，他脚步匆忙地走进来，双眼红肿不堪，还没说话，扑通就跪了下来：“师城主，我家公子他……”

师雨不禁站起身来：“他怎么了？”

杜泉的眼泪怎么也止不住：“他被杀了。”

师雨愕然地看着他：“不可能！”

杜泉抽泣着道：“千真万确，事情都传开了，说他企图逃狱，在途中被都护军失手所杀。我请乔姑娘代为查证，已得到证实了。”

师雨脑中顿空，茫然地走出帐外，烈日焦灼，她竟毫无感觉。

一直到霍擎闻讯赶来，站在她跟前叫了她好几声，她才有了知觉，手指一根一根收紧成拳。

乔月龄猛地踹开乔定夜的房门，他正捧着茶站在窗边，看过来时的神情很是闲适。

“怎么，我都把师雨送走了，你还有什么不满的？”

乔月龄双眼森寒，霍然抽出长剑，指在他眉心：“你居然真杀了即墨无白！”

乔定夜冷了脸：“就知道你是为了他！他有什么好，竟值得你为他对我刀剑相向？”

乔月龄冷笑：“他是没什么好，那你当初不也想将我嫁给他？他有用的时候就拿我做饵，没用的时候就直接除去，这就是我的好大哥啊。”

乔定夜猛地砸了手中的茶盏：“那你就杀了我替他报仇啊！这么多年来你我兄妹相依为命，我好不容易拼到这地步，给你衣食无忧的生活，却将你宠得一无所知！即墨无白是因罪而亡，连陛下都没说什么，你逞什么英雄？”

窗外杨树枝叶在风中簌簌轻响，乔月龄的手腕微微颤抖。她想起当初还是少年的乔定夜外出求学，临别时在她面前折下的那一截柳枝。

他曾保证说自己将来一定折桂为官，衣锦还乡。后来他的确做到了，让她成为人人称羡的千金小姐。

都说长兄如父，他们幼年失去双亲，一路扶持至今。他进入官场，平步青云，自己也将他当作最敬仰的人，从不忤逆。以为他还是当年那个临别折柳的有志少年，却没想到时过境迁，已经是这副模样。

乔月龄丢了剑，后退两步，神情意外地平静了下来：“的确是我太天真了，可惜这么多年下来，要改也改不掉了。道不同不相为谋，就此别过，只希望大哥为家眷多想一想，别走上不归路。”

乔定夜见她转身出门，追上去问：“你要去何处？”

乔月龄停步看了他一眼：“去哪里有什么关系？没有锦衣玉食，我反而还心安一些。”

乔定夜脸色铁青：“好，你走了就别回来！”

乔月龄一言不发，转头就走，毫不停顿。

嘉熙十年，五月末，太常少卿即墨无白殁于墨城。

六月中消息入都，嘉熙帝当着百官的面扔了奏折，百官拜伏，瑟瑟告罪。

嘉熙帝并没有多言，百官并不知晓他是因为得知太常少卿企图逃狱动怒，还是对乔大都护动手杀人而怒。

事后，老宰相私下请问御前，如今即墨彦嫡亲亲属已全部不在世间，是否要严格按照血亲令来择选新城主？

嘉熙帝与其密商许久，没有定论。按照血亲令的话，即墨一族中的其他人与即墨彦血缘关系太远了些，自己无信任之人，恐怕也难以服众。最后算来还是师雨这个养女最有竞争力，可她又态度不明。

若不按血亲令，自然而然是要让乔定夜接手了，未免有些自己打脸，毕竟血亲令可是嘉熙帝亲手颁布的。

宰相忽然道：“今有墨城代城主特派之人求见，陛下可要传见？”

冷不丁来这一出，嘉熙帝着实愣了一下：“哦？师雨居然派人来了？”

宰相点头：“来人乃是霍擎将军长子，为保密行事，特地先求见了老臣。此时入都，兹事体大，老臣认为陛下也该秘密召见才是。”

如今朝权集中于帝王一人之手，宰相其实不太干预朝政，其人极为稳重。如今特地开口建议，想必见面时的谈话已经打动了他，嘉熙帝稍一考虑便同意了。

御书房门窗紧闭，霍拭狄从外面走进来，身长八尺，面目英挺，虽着常服亦有将领风范，见礼时不卑不亢。

嘉熙帝上下打量他之后，心里很不是滋味，精兵易得，良将难求。他中央朝廷没几个拿得出手的大将，偏偏一个小小的墨城有这么多能征善战的将领，不甘心哪。

想到此处，他似有感而发般道：“霍将军的名字取得好啊，威拭夷狄。只在墨城做个小小的将军，实在太可惜了。依朕看，统帅三军，为国效力，方足以彰你胸中之志。”

霍拭狄不苟言笑，拱了拱拳：“陛下所言极是，末将今日来此，便是有心报国。”

“哦？”嘉熙帝闻言有些激动，差点儿按捺不住就要从案后起身。

霍拭狄道：“末将奉代城主师雨之命，前来请陛下接手墨城。”

幸福来得太快，嘉熙帝有些转不过弯来，一时目瞪口呆。

霍拭狄接着道：“代城主受伤太重，至今难以痊愈。如今城主和太常少卿接连离世，老城主再无亲近亲属，代城主自己又心有余而力不足，便提议由他人接任城主，替陛下统管墨城。”

“替陛下统管墨城”这几个字简直太悦耳了。嘉熙帝身心舒畅，定了定心道：“那不知师雨心中是否有合适的人选推荐呢？”

霍拭狄道：“安西大都护乔定夜可以胜任。”

嘉熙帝慢慢回味着这个提议，心如明镜。

要想让乔定夜立即接手墨城是不可能的事，墨城百姓早已将墨城和即墨氏血脉相连的观念刻入骨髓，如今接连失去两位即墨氏成员，贸然宣布让乔定夜接手实在不是明智之举。

嘉熙帝与霍拭狄并老宰相再三商议，最后决定暂时让乔定夜接替师雨管理墨城事务，待时机成熟再担任城主。

之后再将墨城并入安西都护府，一切就都顺理成章了。

乔定夜很快就得知了这一消息，师雨主动让出墨城给他，只可能有两个原因，一个是真心对他，另一个是即墨无白的死对她造成了警戒，她有意示弱，再不提共享墨城的事了。

当然，他私心觉得还是第二个可能更大。

他写了封信去宁朔，表达了相思之情，许诺尘埃落定便迎娶她，甚至愿意休了正妻扶她为正室，深情款款，叫人动容。

不过信函还未寄出，师雨便回到了城主府。

乔定夜亲自去府门口相迎，俨然已经反客为主。师雨却浑不在意，沿着台阶一步步走近，虽身着白孝，却面施粉黛，容光焕发，像是在宁朔度过了一段不错的日子。

乔定夜有些明目张胆，伸手扶住她的手腕道：“怎么这么高兴，一直在笑？”

师雨凑近他的耳边：“见着你自然高兴，我还有样好东西要给你看呢。”

“哦？是什么？”

“墨城的宝藏。”师雨朝他神秘地眨了眨眼睛，退开一步，抬手做请。

乔定夜一直听闻墨城富庶，即墨彦必有藏宝之处，但都当作流言蜚语，没想到还真有这种地方。

“为何要告诉我？”他含笑问师雨。

“这种地方只有城主知道，你说为何？”师雨娇嗔地看他一眼，率先走下台阶。

乔定夜行事向来谨慎。师雨的提议极其诱人，如今她连墨城也要失去了，再无任何背景靠山，但他仍有防心，此行还是带足了人马。

师雨与他同乘一车，路上说起这宝藏来历，原来是即墨彦当初为了招兵买马壮大墨城所积攒的财富。因此一直讳莫如深，只有城主知道。

她伏在乔定夜膝头，叹了口气：“如今知道的和有资格知道的都死得差不多了，我说出来也是为了保命罢了，大都护该明白我的意思。”

乔定夜轻抚着她的脸颊：“我如何舍得动你，别自己吓自己了。若非你身子不好，早成我的人了，还分什么彼此？”

师雨白了他一眼：“还好你是君子，否则我的伤岂不是养不好了？”

乔定夜哈哈大笑，二人在车中暧昧私语，不知不觉便到了目的地。

此处位于墨城西北向的山头，距离即墨彦的墓地不远。乔定夜下车后左右看了看，心中大为奇怪，这里地势平平无奇，怎么会被选为宝藏之地呢？

师雨知道他的想法，指了一下山头道：“你看那边山头和这边的样子，有什么不同？”

乔定夜仔细对比，这才发现异常。原来这里还是天气晴朗的午后，那边山头却阴沉沉的不见日光，像是隐藏在黑夜里。

“如此奇怪，当真是亘古未见。”

师雨道：“这下你明白为何要选在此处了吧？你看那边就是老城主的墓地，他可是用自己守着此处呢。”

乔定夜心中颇感震撼，抬了一下手道：“如此说来，我真是迫不及待了。”

师雨笑了一声，朝前引路。

按照她的意思，大队人马都在后方跟着，不能太接近，免得这地方被太多人知道。

乔定夜跟着她一路走到山壁前，正在思索入口在何处，就见师雨径自朝眼前的山壁走了过去，就这么轻而易举地穿了进去。

他走近伸入手臂试了试，原来那是一团绿色的烟雾，常年缭绕在此，不细看还以为就是山体。

里面是个山洞，黑黢黢的看不见路。师雨轻车熟路地取了山壁上的火把点燃，才算照出条道来。

乔定夜将下属们都留在洞外，仔细嘱咐了一番，确保万无一失之后才跟着师雨朝里走。不过一小段路，他就相信了师雨的话，因为火光下的路极其平整，山壁虽窄，却十分光滑，一看就是人工开凿出来的。

一路走到通道尽头，是一扇厚重的石门，接口光滑，根本无法打开。

师雨当着乔定夜的面伸手触了周围几个机关，石门才有了松动的迹象。乔定夜将她的手法暗中记在心里，上前推开石门。

一进去当先看到的是一尊石像，师雨也是第一次到这里，一抬眼便见到眼前一尊高大的人形物事，吓得惊叫了一声。

乔定夜揽住她，接过她手中的火把细细打量那石像，发现是个赫赫威严的将军形象，双手执剑立地，剑身上书“周跃通”三字。

“周跃通？这不是当年跟随即墨彦南征北战，后来举兵反叛的那个反将吗？”乔定夜皱眉，“这地方怎么会有反将的雕像？”

师雨道：“这有什么好奇怪的，反将凶戾，最适合镇守藏宝之处了。”

乔定夜心想在理，便没再多问，举着火把朝前走去，左右看了看，霍然睁大了双眼。

该怎么形容这种景象呢？一只又一只箱子，堆满在四周的架子上，一排一排占了四周所有空间。

大多箱子都还完好无损，只是落满了灰尘而已。有一些却已裂开了口，其中的东西掉落出来，金银璀璨，珠宝耀辉，叫人目不暇接。

很难想象所有箱子都打开后的场景。

“如何？”师雨的手搭在他的肩上，“这些还只是九牛一毛，除了一道难开的石门，一个周跃通的雕像，连机关都没有，这说明好东西都在后面呢。”

“还有其他地方？”

“那是自然。”师雨越过雕像朝后面走去，乔定夜连忙跟上，道路尽头又是一扇石门。

师雨这次在周围摸索许久才找到开门的机关，然后跟乔定夜解释：“这里是当初老城主遍访高人所铸，共有三道门，一道比一道复杂。”

乔定夜心领神会，那么里面的东西自然也是越来越宝贵了。

第二道门打开果然也有一座石像，比第一座更为高大，目测有十二尺高，铠甲威武，手执长枪，一手负在身后，目视前方，雄武威烈。

乔定夜走近细看，枪身上书“施子光”三字。

他不禁皱眉，前面一个周跃通是反将，这个施子光就是反叛的头领。此人当初和霍擎并列为即墨彦的左膀右臂，在太祖打江山的时候也是一把好手。后因即墨彦得到墨城，渐生不满，策动了几员大将起兵，起先意图夺城，后来干脆反豫，甚至投靠了若羌，太祖和即墨彦前后协力镇压才让他伏了法。

说起来，那还是成为墨城城主后，即墨彦唯一与太祖齐心协力应对同一件事。此人因此名声震响，却也被豫国朝廷有意遮掩，如今只有西域一带的人还有印象了。

乔定夜看了一眼师雨：“这里接连放了两位反将的雕像，莫非墨城……”

师雨如何不明白他的意思，笑道：“墨城可没有反心，乔大都护别误会。我都说了，既为反将，便是凶戾之人，在这里镇守宝藏正合适。”

乔定夜忽而失笑：“你这么说周跃通可以，说施子光可就有些不对了。”

师雨脸色微变，皱了皱眉。

乔定夜举着火把四下观看，果然这里的宝物更加繁多，而且有不少已经失传的古物。甚至有他在皇宫大内见过的许多珍宝，但这里的比皇宫大内的更为珍贵，更为庞大，实在叫人瞠目结舌。

他粗粗一算，这里两道门内的财富已经不可估算，不知皇帝若是得知有这样一个地方会有何感想。哪里想得到墨城也有个堪比国库的地方。

师雨冷眼看他四下流连，神情痴迷，口中却关切地说了句：“可别急着碰这里的东西，会触动机关的。”

乔定夜点头，他谨慎处事，自然不会冒险，但见师雨如此诚意，心中防备稍减。他从雕像后方一直走到尽头：“这最后一扇门如何开？”

师雨叹气：“我今日带你来此，也与这有关。最后一扇门里的东西最重要，老城主只不过将我当作保护他儿子的工具，如何肯全部相告？他只跟我说了一半，还有一半机关秘钥告诉即墨倓了。他的本意是希望我和即墨倓同心协力，一起打开这里，可惜如今即墨倓死了，所以我一个人根本打不开。”

乔定夜蹙眉：“那要如何是好？”

师雨仔细想了想：“霍擎养了即墨倓那么多年，兴许知道秘密。他如今没有兵马大权，不过是个垂垂老矣的老人，我派人去请他与我同去祭拜二位城主。你派兵埋伏在四周，将他捉来此处，你我二人逼迫，还怕他不据实相告？”

乔定夜思索着可行性，没有急着直接回复，只道：“到时候再说吧。”

师雨撇嘴：“你不想要这第三道门内的东西，那前面两道门内的东西倒是分一些给我，我可不想空手而回。”

被她这么一提，乔定夜不禁又动摇起来，前面两道门里的东西已经如此诱惑，第三道门里的东西加起来，只怕当真要富可敌国了。

钱可通鬼神，有了这些，朝中关节道道打通，各派各系都可以培植心腹，还愁以后树大招风被连根拔起吗？

“好，既然如此，就此决定吧。”乔定夜伸手将师雨拽入怀中，摸了摸她的下巴，“有你这样的贤内助，方能与我共享墨城啊。”

师雨娇笑：“只是墨城吗？还有安西都护府辖下那么多城镇，依我看，你可算是半壁江山的主子了。”

乔定夜笑着掩住她的口：“可别这么说，我还想多活几年呢。”

出了山腹，已是夜晚。师雨借口怕被墨城官员发现，要求再回宁朔。

乔定夜欣然同意，送她出城后，下属来报，在宝藏附近发现了一支墨城守卫军，看样子守护此处已经多年，并且还有葛贲率军驻扎在附近。

乔定夜冷笑，就知道师雨不会这么安分，原来也还防着他。可惜跟他玩心眼，还是嫩了点儿。

“那支守卫军是守宝藏的，不能留。至于葛贲，应当是跟随保护师雨的，驱逐出去便是，给她留几分面子。”

下属称是，立即前去调兵。

夜晚天气转凉，营地中风很大。师雨坐在中军大帐中，身上披了件披风，对身旁的霍擎道：“那地方我也是第一次去，没想到里面有反将的铸像，父亲何必如此彰显决心？”

霍擎看了她一眼：“代城主介意的是施子光的像吗？”

师雨脸色不太好：“我的确介意，乔定夜似乎知道些什么。”

“知道了又如何，你与施子光的关系就算大白于天下，老夫也会替你挡下悠悠众口。”

师雨感激地看他一眼：“多谢霍叔叔，不过反过来一想，也许这两个反将的像存在也是好事。”

霍擎叹气：“老夫总感觉不安，若是乔定夜不按计划行事，此举岂不是赔了夫人又折兵？”

师雨摇头：“乔定夜此人本性贪欲甚重，所以才会对墨城紧追不放，怎会不按计划行事？我故意安排葛贲被他发现，他此刻肯定不会再信我，一定会提前打开第三道门。”

霍擎点了点头：“若能报仇自然是好事，就是不知道值不值得。”

师雨看着跳动的烛火，神情恍惚：“阿瞻都不在了，留着那些还有什么用？”

“但是代城主如此孤注一掷，只怕不只是为了阿瞻吧？”

师雨垂眼：“没错，还为了即墨无白。逝者已矣，我又有什么好遮掩的。”

皇帝的授命书不日送达墨城，任命乔定夜接替师雨，出任墨城的代城主。

乔定夜当日便搬入了阿瞻生前所居的正院，俨然已经以第三任城主自居。

尽管如此，墨城官员前来拜见的却寥寥无几，大部分都称病或者告假，弄得场面很是尴尬。

乔定夜为了笼络人心，接连颁布了几条法令，皆从宽待墨城官员和百姓处着手。为了结交西域，又特地放开了禁令，连若羌商人都可以入境继续贸易了。

但墨城对此反应平平。百姓们三缄其口，官员们无动于衷，以自由奔放闻名的墨城一下成了座哑城。

乔定夜自然动气，但他多年经营的儒雅君子形象不能说破坏就破坏，连面对师雨都忍耐下来了，何况是对百姓。只能耐心等待墨城接受他这个异姓代城主。

可惜事与愿违，这个位子实在不好坐。短短几日之间，也不知从哪儿起的头，忽然开始有传言称乔定夜有谋反意图。

消息开始只是三三两两无伤大雅的笑谈，到了后来越传越细，越传越真。如此关头，有这种流言可不是好事。乔定夜派人在墨城四处搜查消息来源，却一无所获。

紧接着坊间开始有传言，说有人亲眼看见城主即墨傚的冤魂在城中游荡，大约是不满墨城落入异姓人之手。

乔定夜至此已是忍无可忍。装神弄鬼，必然是有人在幕后主使。他加派人手去查，结果却连自己的手下也说亲眼看到了即墨傚的鬼魂，还因此吓得一病不起。

于是传言愈发不可遏制了。

大约远在朝廷的嘉熙帝也收到了消息，不多日就发来一封密令，原定时机成熟便将墨城并入安西都护府的计划做了更改，要求乔定夜直接奏请朝廷对墨城直辖。

很显然，嘉熙帝已经不耐烦由别人经手了，不如直接管辖。即使地处边陲，消息往来耗时日久也顾不上了。

若在之前，乔定夜肯定遵照皇命，就及时写奏折报上去了，但此时却想能拖就拖，因为眼下的墨城还不能就此交出去。

深夜时分，城主府中的都护军层层调动，下属在房门外轻叩门扉。乔定夜起身披上戎装，提剑出门。

夜浓黑如墨，伸手不见五指。他系好披风，快步走出府门，跨马带路。

大队人马悄无声息地绕过墨城街道，挑选捷径，朝墨城城主墓葬山的方向而去。

统管四城的官兵都是他安排的手下人，在城中这般堂而皇之地行走根本不用担心什么，乔定夜是不想惊动百姓，节外生枝。

到了目的地，乔定夜留了一小队人马守住关口，带领大部朝深处藏宝的山岭而去。

这座山在墨城城内，却连接城外，正面平坦，看起来毫不险峻，背后却甚是陡峭，像是被一刀劈出来的一样。

墨城的东城门和南城门两面城墙便依势而建，连接至此。之前被发现的宝藏守卫军也是埋伏于山背附近。

今夜无星无月，山岭如同一头黑黢黢的猛兽静静蛰伏。乔定夜下了马，命人点燃火把，机警地看了看四周，对左右心腹道："此地山势看起来普通，但藏着重宝，未必如表面上那般简单，何况还连接城墙，派人将腹背都看守仔细，千万不要让别人混进来。"

一名下属道："大都护为何不等师城主？她不是与您约好捉住霍擎再进去吗？她对这里肯定要比我们熟悉啊，贸然进去万一触动机关的话……"

"不用等她。"乔定夜打断他的话，"师雨不值得信，我们自己提前进去。"

属下们只能抱拳称是。

一行十人的小队先行进去探路，片刻后出来禀报，都说里面没有异常。

乔定夜一眼就看出他们腰间鼓鼓囊囊，必然是揣了不少宝贝，也不拆穿，举着火把进入山腹。

顺利地穿过两道门，这里还是和之前师雨带他来时一样。看来还是他太谨慎了，师雨的人马被他赶走之后，这里并没有外人进入的迹象。

到达第三扇门前，他记得师雨开前面两扇门的手法，可无论如何触动旁边石壁上的机关，都毫无反应。

一群下属拥在门前左思右想，不知该如何是好。

乔定夜皱眉思索半晌，毫无头绪，退开几步道："实在不行便强攻打开。"

有下属劝道："万一触动机关怎么办？"

乔定夜不禁犹豫，但这第三道门比前面两道门严实那么多，其中的东西宝贵自不必说。

越是好奇越是心动，他抿了抿唇，转头朗声道："我军中士兵，但凡有人自愿上前破门者，皆晋级一等，其中财物可任取十件，有人愿上前否？"

前面两扇门里的东西拿个一两件就已经一辈子吃喝不愁，何况是这第三道门里的十件物事？

这话一落，顷刻就有五六个胆大的人冲上了前，其中还有一个是乔定夜身边的副将。

随后陆陆续续来了二十几人。乔定夜带着剩余的人退至第二道门内，等待他们破开门的消息。

那二十几人果然野蛮，刀枪剑戟加火药，什么都用上了。乔定夜感觉山腹中用这种方式未免危险，刚想阻止，却被轰然之声震得险些摔倒，站稳时就听前方欢呼不断，第三道门终于被炸开缺口。

既然如此，他也就不怪罪这些人了，只是过去时还是批评了几句。这么大动静若是惊动了墨城百姓可不妙。

所有人后退，两名心腹当前推门开道，确定没有机关才请乔定夜进去。

门是被强行炸出的缺口，所以很低矮，乔定夜弯身进去，抬头举高火把，猛然愣住。

这里面根本没有什么财宝，却有森森兵器，精良的刀枪斧钺，盔甲马具，都是作战用的装备。

下属们很慌乱，找了一圈都没找到一点儿金银碎屑："大都护，这里面都是军械啊。"

乔定夜举着火把小心沿着四周走了一圈，忽然见到当中立着一座石像，仔细观看，竟见石像着的是件龙袍，再凑近细看其名，大惊失色，那龙袍蔽膝上竟然刻着他的名字。

"中计了！快出去！"

他留了几个人销毁石像，正要带人退出门，却见过道中都护军死伤一片，每个人的身上都中了致命的毒箭。

山腹隔音坚实，这些人本是留在外面看守的，难不成是出了什么事赶进来报信的？

乔定夜不敢耽搁，抽出剑来，快速朝第二道门跑去，却见大队墨城精兵拥了过来，将狭窄的通道挤得水泄不通，不禁止住步子。

霍擎拨开士兵，大步而至，铠甲森森，手中长剑上还滴着鲜血。

"安西大都护乔定夜在山中囤积大量兵械，意图谋反，老臣霍擎奉旨前来捉拿！"

乔定夜变了脸色："老将军无凭无据，莫要血口喷人！"

"无凭无据？"霍擎冷哼一声，"那你为何不肯将墨城交给陛下？这里的金银财宝和军械是怎么回事？里面两尊反将雕像，一尊你为帝的雕像，又该做何解释？"

乔定夜睚眦欲裂："果然是着了你们的道！师雨呢？让她来见我！"

霍擎道："代城主没空见你，她陪同宰相大人在外面等候，乔大都护待会儿出去认罪就会见到她了。"

"宰相？"乔定夜如遭电击，从长安到这里颇耗时日，宰相却已人在此处，这说明皇帝早已清楚一切，原来皇帝也有心要除了他。

他愤恨难当，早已不复儒雅："休得胡言！我从无反心！"

霍擎懒得与他废话，高喝一声道："所有人听令！乔定夜谋反证据确凿，若都护军有意投诚，可饶不死，若仍旧追随反贼，就地正法！"说完朝身后招了一下手，大军立时扑杀上去。

夜风吹过山冈，宰相刚刚在师雨陪同下祭拜了二位城主，从山顶回到山脚。

道旁跪着四位守城官，都是被皇帝派来的亲军叫开城门后拿下的。他们根本不知道发生了何事，为何皇帝会忽然派大军入城，还拿了他们，实在想不通。

火把蜿蜒了一路，葛贲带领部下押着投降的都护军到了跟前，黑压压跪了一地。

宰相见状叹息："我豫朝建国至今，出了好几次内乱，虽然不大，却也有损耗，于国不利啊。"

师雨笑了笑："宰相大人此言差矣，此番平定逆贼，缴获他的私藏宝物军械，其实是得大于失啊。"

宰相神色微动，不禁也好奇那山中到底藏了多少财富。

远处大军从山腹中拥出，抬着厚重的宝箱兵器送上马车，一辆一辆，足足一个车队还没装完。

霍擎押着乔定夜到了跟前。那个风度翩翩、儒雅冠绝天下的安西大都护如今就被按着跪在宰相跟前，一身狼狈，发髻散乱，在火光下不甘地昂着脖子瞪着师雨。

师雨却回以一抹柔柔的笑。

宰相负手而立："乔定夜，陛下对你如此器重，你却心怀异志，该当何罪？"

乔定夜仰头大笑，声震四野："欲加之罪，我认了便是，只要陛下能安心便好。"

"休得无礼！"宰相怒斥一声，命人拿他入狱，次日便押往都城受审。

乔定夜被拖着起身时朝师雨看了一眼："师城主以为自己赢了？"

师雨勾起嘴角："我只知道你已经输了。"

乔定夜冷笑两声，挣开士兵的手，自己朝前走去，神色却并不服输。

深夜城主墓地附近的动静没能瞒过百姓们的双耳。到了白日里大家议论纷纷，联系起之前即墨倓冤魂回来的事情，个个心惊胆战。

很快有人打探到了消息，于茶馆酒肆里大肆传扬。大家这才知道原来是乔大都护因谋反被拿下了，意料之外又觉在情理之中，传言原来都是真的啊。

墨城中的都护军悉数被墨城军队接管，城主府里恢复如旧。师雨回到墨城的第一件事是率领众官重办丧仪，将即墨偞的牌位供奉入祠。

一直忙到入夜时分，官员们全都退去，她却独自在即墨彦的牌位前长跪告罪。

“师雨无能，愧对父亲遗嘱，没能扶持阿瞻独立称王，连他的性命也没能保住。如今还将墨城多年苦心积攒的物资尽数交给了皇帝，今后……墨城只怕再难自主了……”

她的额头点在地上，久久没有抬起。

几日之后便是例行议事的日子。官员们齐聚议事厅，虽然师雨如今对于墨城无名无分，但相比于乔定夜，他们却仍愿认其为主。

师雨早早起身，去议事厅见了大家一面，也不废话，丢下一句：“之前跟了乔定夜的自己来见我。”转身离去。

到了下午，果然有几人战战兢兢去见了她。师雨直接革了他们的职，发配去为二位城主守墓。

霍擎觉得刚刚回到墨城就如此雷厉风行不太适合，单独留下奉劝了她一句。

师雨坐在案后紧锁着眉心：“乔定夜被押走时神色不对，恐怕留有后招，我不能给墨城留下任何祸患。”

霍擎仔细回忆了一下乔定夜的表现，觉得那不过是垂死挣扎，刚想安抚她两句，门外便走入了宰相的贴身侍从，身后还跟着几个军士。

“奉宰相大人之命，特来请代城主前往问话。”

霍擎一愣：“问什么话？”

侍从瞄了一眼师雨：“乔定夜指证代城主师雨乃反将施子光之后。”

师雨叹了口气，站起身来：“来得还真快。”

施子光的大名多年不曾入耳，没想到再听到居然跟代城主有关。

而师雨这一去，居然连着几日都没回来。墨城官员闻风而动，纷纷登门霍府询问此事。

霍擎也是焦急得不行，见众官在此，忽而心生一计，请诸位官员联名上书，为师雨请命，连装病至今没好的刺史也难以幸免。

老宰相也很头疼，他奉旨而来，是为了处理乔定夜，怎么也没想到乔定夜入狱后还咬了师雨一口。

其实师雨当初在长安被若羌右相羞辱为舞女时，皇帝也调查过其身世，但根本没查到什么。

乔定夜在西域多年却是门路广阔，显然是早就捏着这把柄了。他自称手上有一份证据，是施子光写给即墨彦的信件，信中称其有一个康国舞姬的情人流落民间，二人育有一女，小字为雨，请即墨彦代为照料。

最棘手的是，他一出事，宁朔都护府就有人将这信送往宫中直呈陛下了。

算算日子，陛下要么是已经拿到信了，要么就是快拿到了，反正宰相此时想要无视此事是万万说不过去的。

宰相背着手在官署大厅里走来走去，师雨此时就坐在一旁，一身白孝，脸颊瘦削，模样看起来楚楚可怜，却是什么也不说。

老宰相也不想认为她与施子光有关。那位杀神犯的可是叛国之罪，当年太祖亲自下令诛灭九族的大罪啊。

“师城主，你连着几日都一言不发，当真就没什么想说的吗？”宰相可不认为她是来扮可怜博同情的。

师雨放下手中端了很久早已凉透的清茶，含笑道：“宰相大人明鉴，正是因为与施子光无关，我才无话可说。您想想，我若当真是施子光的后人，即墨老城主岂能容得了我？何况一封信而已，谁知道是不是乔定夜伪造的？”

宰相点了点头：“倒也在理，本相一定会将这些话禀明圣上。不过此事究竟如何判定，还得看陛下了。”

师雨笑着点头，手指轻轻摩挲着桌沿。

墨城已经倾巢覆卵，那宝藏虽然栽赃给了乔定夜，地点却处在墨城境内，嘉熙帝不会没数。他若是有意一箭双雕，让墨城彻底成为无主之城，也不是没有可能。

厅中一时无话，宰相的侍从忽然从门外走了进来，贴在宰相耳边说了几句什么。

老爷子的脸色顿时变了，花白的胡子抖了几抖，显然很生气。

师雨将他的脸色尽收眼底：“宰相大人怎么了？可是出了什么事？”

宰相没好气地拂袖：“师城主，不得不说，墨城百姓也太过奔放了些啊。本相只不过请你过来调查一二，尚未有定论，他们就开始数落本相了。”

师雨眼珠轻转：“哦？此话怎讲？”

“哼，现在城中风传本相是收了乔定夜的好处有意包庇他的罪行，所以才迟迟不送他入都受审，反而开始调查代城主你。这、这真是……”他气得说不下去了。

师雨挑眉，这言论挑得还真是时候。

老宰相在她对面坐下，顺了口气，有感而发：“当初在朝中时，本相还以为墨城之事好解决得很，如今方知大错特错。百姓诋毁，官员施压，墨城可真是难缠得很，难怪连老谋深算的乔定夜也奈何不得。唉，本相真是希望太常少卿还在世啊，这地方也就他那性子能吃得住。”

师雨勉强牵了牵嘴角：“是啊，我也希望他还在世……”

宰相并未注意到她的神色，摆摆手道：“师城主暂且请回吧，我这就奏报陛下，请他另派专人来接手彻查此事，老夫这就押送乔定夜回都，免得被墨城百姓的口水淹死！”

师雨赔了声笑，起身告辞。

出了官署，夙鸢正在车边等候，见到师雨出来，一副感谢上苍的神情，举伞上前为她遮住午间烈阳：“城主可算出来了，您再不现身，霍老将军可要带人来冲官署了。”

师雨无心理会她的玩笑，心事重重地上了车，忽然问：“怎么这些天都没见到杜泉？”

夙鸢跟着爬上车，摇摇头：“奴婢不知，离上次见他有七八日了吧，那时他好像心情变好了一些，还主动与我打了声招呼呢。”

师雨皱眉：“不管他心情如何都派人去找找，他是无白最亲近的人，若是出了什么事，我怎么对得起他的主子？”

夙鸢这才意识到严重性，连连点头。

马车普通，行过街道并没引来多少关注。

师雨稍稍揭了帘子朝外看去，路上不时有外国商旅经过，她看到其中有不少若羌人，暗自恼怒。

乔定夜根本不关心墨城的将来，关心的是自己的权势，如今墨城这种形式居然还开放禁令。还好没有让墨城落入他的手中，否则真是不堪设想。

马车很快就到了沙义拔克大门前，里面的客人在大声说笑，也有人在争辩。

师雨吩咐放慢速度，侧耳听着其中断断续续传出的话，果然与宰相所言一致，百姓们都在讨论着她的身世。

有人直接对此大加否定，施子光曾意图夺城，除非傻了才会叫老城主去照顾自己女儿，那不是送羊入虎口吗？

一旁立即有人附和，说此事之前毫无风声，乔定夜一被抓就被大肆宣扬，必然是乔定夜企图转移视线的诡计。

还有人就想得更深入了，拍案大嚷：这是诡计啊，绝对是要引陛下对代城主动手，到时候墨城大乱，官民无主，西域就有机可乘了！

客栈里的西域商人捶桌抗议，我们都很友好的好不好！

夙鸢怕师雨心里不舒服，探身进来：“城主，回去吧，何必听这些平头百姓乱嚼舌根？”

师雨神情怔怔的：“你觉得这些言论是平头百姓能想得到的？这种引导舆论的手法，简直和曾经引导若羌谣言的那次一模一样。”

“啊？”夙鸾摸不着头脑。

“派人去查消息来源，掘地三尺地查！”

夙鸾被她的语气吓了一跳，忽然瞥见她的手指，微微颤抖，似乎分外激动。

嘉熙帝派来接手调查的大臣约摸半个月便到了墨城，夏日已经只剩余威。

老宰相好面子，早待不下去，人家大臣刚入城门，他已经迫不及待地押解乔定夜启程要走，都来不及跟师雨道别。

大街上围满了人，囚车中的乔定夜发髻散乱，形容狼狈，闭着眼睛一言不发。

为了显示自己实乃大公无私，老宰相临走前当街宣布了乔定夜的罪状，除去谋逆大罪外，还包括豢养沙陀雇佣兵；挟持代城主师雨；杀害城主即墨倓；嫁祸太常少卿并杀其灭口等。

乔定夜睁开眼，冷笑连连：“说我杀人，可有证据？”

老宰相正要冷声呵斥，一辆马车缓缓驶近，左右皆有大内禁军护卫。他立即认出是皇帝的特派大臣。

车帘掀开，里面的人探身而出，长身而立，绯色官服一如当初：“不知我本人作证，算不算证据呢？”

乔定夜瞪大了双眼，勃然愤怒：“原来你没死！”

周遭一片惊呼，老宰相也是一脸错愕：“太常少卿？”

来人缓步下车，四下见礼：“唉唉，不好意思，吓着诸位了。”

不过片刻工夫，急促的马蹄声从街尾传来，百姓们及时避让，一匹快马疾驰而至，马上是来不及佩戴面纱的师雨。

她紧紧攥着缰绳，隔着几丈的距离看着那道身影，胸口因微微喘息起伏不定，竟说不出一个字来。

原来他真的没死。

良久方才打马上前，她仔细打量他，刚找到要说的话，眼神却似陡然熄灭的星火，忽而情绪尽敛，调头便走。

后者连忙追上来，一把拽住她的缰绳：“哎，怎么走了啊？”

师雨勒马停住，俯身凑近，音色柔柔却分外孤寒：“邢先生此举过分了，若再有下次，我可能会要了你的命。”

她劈手夺回缰绳，纵马而去。邢越默默摸了一下脖子。

看来不能拿即墨无白开玩笑啊。

第十四章

劫后重逢

御书房内，嘉熙帝端坐案后，手中捏着上缴物资的清单，心绪久久难平。

即墨彦当真老谋深算，但不得不庆幸，这一切如今都归入国库了，尤其是那些精良兵器。若是这些东西还留在墨城，后果真是不敢想象。

他将清单放到一旁，抬眼看了看立在眼前的人："宰相递回奏折，称墨城如今井然有序，而言论又多有利于师雨。连本该诛九族的身份都能自圆其说，可真是本事啊。"

"能不能自圆其说，全看陛下。"

嘉熙帝失笑："那你倒是给我一个容忍她自圆其说的理由啊？"

"墨城看似开放实则排外，频繁更迭城主易激起民怨，给西域以可乘之机。师雨的存在既能稳定官民之心，陛下何不继续用着她呢？反正如今的墨城也是一座空城了，还有什么好担心的？"

嘉熙帝朗然而笑："说得也是，朕总算等到这一日了。"

随着老宰相的离开，似乎连夏日也一并跟着远离了。墨城却依旧热闹，太常少卿死而复生的消息传遍四方，闻者无不称奇。

至于始作俑者邢越，他被师雨吓到，已经乖巧地躲去官署里，再不敢露脸了。

之后他像模像样地在官署里找了几个人问了问话，以示自己正在调查师雨的身世。

当然不能指望他真调查什么，他就是来走场子好让宰相尽快押送乔定夜回都的。已经叫师雨不快了，再在她身世上整出什么幺蛾子来，还不得被她扒一层皮下来啊。

师雨这几天刚好没空管他。她将墨城的政务全部梳理了一遍，以代城主的名义下令废止乔定夜所颁的全部令文，并重新填充守城士兵，下令严守四门，外人不得轻易出入，尤其是若羌人。

秋风一夜之间席卷边疆大地，墨城的天阴沉得叫人发慌。

百姓们八卦的热情没有丝毫消退，最近又开始私下讨论起师雨与乔定夜之间的关系，据说二人曾在城主府中私通，师雨还因此被乔定夜的胞妹掌掴，说得有鼻子有眼的。

这种事情显然比身份什么的更有吸引力，渐渐地大家就把师雨和施子光的关联抛诸脑后了。

长安那边审理乔定夜一案似乎耗费了不少时日，如今已到尾声，却也没人再提过师雨的身份这一茬，更没人来追问“太常少卿”调查得怎么样。

待到八月，嘉熙帝似乎终于记起墨城了，派到宁朔暂代安西大都护一职的大臣顺道带了圣旨，在天还没亮的时候，叩开了墨城的城门。

消息立即送往城主府和官署，师雨与假扮成太常少卿的邢越立即赶赴城门口迎接圣旨。

街头有早起的百姓见此情形，摇头感慨，墨城再不复当初的骄傲啦，若在以前，哪里至于让城主亲自现身至城门来聆听皇帝的命令？

感慨归感慨，人还得跪下去，恭恭敬敬地听旨。

禁军拦道，车中走下来一位皂靴革带的官吏，瞥一眼一地低垂的后脑勺，当街宣读圣旨。

嘉熙帝提及了师雨为城主即墨倓申冤擒凶的功勋，也提到了她安定墨城的辛苦，却独独没有提到她身份的事，依旧当作什么都不知道。随后宣布册封她为墨城城主，统管墨城大小事务。

师雨错愕抬头，忽然看向身旁的邢越。

邢越用那张即墨无白的脸回看过来，心惊胆战地小声问：“怎么了，师城主？”

“为何会这样？”

师雨不明白，若是即墨无白活着，为何会轮到她做城主？可若是即墨无白死了，那暗中推波助澜帮她的人又是谁？

“师城主，接旨谢恩吧。以后你我就是同僚了，当为陛下分忧，为国尽忠啊。”官吏枯站着实在尴尬，只好冠冕堂皇地说上几句，主动将圣旨交到她手里。

师雨伏身叩拜，抬手接过，声音茫然：“微臣谢主隆恩。”

墨城终于迎来了第三任城主，而且是第一位女城主。

按照旧例，官民同乐，全城大赦，盛服游街。

城主府为款待远道而来的官吏及在此坐镇的“太常少卿”，正忙着摆宴设席。

天尚未晚，夕阳欲坠未坠。师雨身上穿着城主当着的大袖礼服，冠带威严，站在城主府廊下俯瞰被晚霞浸染的墨城。

这里终究还是归属于她了，可惜已是物是人非。

“师城主，听说您在找我？”

师雨转头，杜泉站在她身后，服饰齐整，模样精神。

她颇感意外：“我还以为你走丢了，正在想百年之后要如何向你家公子交代呢。”

杜泉有些不好意思：“有劳师城主惦念了。”

师雨收回视线：“没事就好，你若没处可去，以后就跟着我吧，我绝不会亏待了你。”

夙鸢忽然从角落冲了出来，分外激动：“留他干吗呀！城主有奴婢一人伺候就好了嘛！”

杜泉白她一眼，转头冲着师雨时又是一脸的笑：“师城主好意，杜泉不敢领受。我这段时日不在是因为回了一趟长安，这次是随代任大都护来的。对了，师城主您为何不去见一见这位新大都护？”

夙鸢对他要抢自己的饭碗意见比较大，没好气地道：“见什么见？又不是没见过！那日宣读圣旨，全城百姓都见到了呢，就你多事！”

师雨拦下夙鸢：“你这脾气可是比我还大了。”

夙鸢缩了缩脖子，退到一边去了。

师雨冲杜泉安抚地笑了笑：“你说得对，章大人前来替陛下传旨，兴许还带了别的话，我是该好好见一见，他现在何处？”

杜泉神色诡异地笑了一下，抬手做请，带她前往。

师雨怕夙鸢再跟他掐架，叫她去准备晚宴，自己跟着杜泉穿过回廊朝前走去。

一直走到吹雪阁下，杜泉停步，请她上去。

师雨顺着台阶朝上看了一眼，微微蹙眉，这位章大人还真不把自己当外人，连这里也来。

提起衣摆登上台阶，朝下方看了一眼，忽然想起一年前和即墨无白在这阁楼上的场景，不免心生叹息。

推门而入，帷幔拂动，地上一抹最后投入的斜阳，斜拉往上，一直拖曳到窗边。案后坐着一人，宽袖儒衫铺于地上，背影清落，转头看来，逆光只能看见侧脸，微见瘦削，眉清目朗，嘴角带出一抹笑意。

师雨起先以为是幻觉，这光影浮动之间也的确像是梦境。接着她又动了怒，觉得邢越实在是变本加厉。都说了再敢扮一回即墨无白就要他的命，他居然还真不怕死。

“章大人呢？”

“你来这里不是见我的？”

“我是来见代任安西大都护的。”

“我就是啊。”

师雨倒也有耐心，冷冷地盯着他，等他自己招认。然而很快她就察觉到了不对，快步上前，细细打量着他，更加以为是自己出现幻觉了。

“唉，多日不见，夫人竟然不认识为夫了。”他起身走至跟前。

师雨抬手触到他的脸，总算找到点真实感。

“真的是你？”

“是。”

“即墨无白？”

“是我啊，姑姑。”即墨无白好笑地看着她。

师雨一时有些发蒙，久久无言。即墨无白趁势将她揽进怀里，难得有这片刻柔情，心安神定。

师雨的情绪终于完全平复下来，蓦地推开他，张口便是质问：“你待在这里做什么？又计划着和邢越玩什么花样？”

即墨无白连连摆手：“此事纯属误会，我只是指使他来墨城先稳住形势，哪知他被你吓了一下就把气撒我身上了。现在死活不愿与我交换身份，到现在还坐在厅中与众人谈笑风生。我连见你的机会也没有，只能远远躲来这里，否则被别人撞见两个即墨无白，岂不是太可怕了？”

师雨脸上又浮现出熟悉的笑容，温柔得要化出水来：“活该。”

她走到门口，见杜泉站着，冷哼道：“我从未亲眼见你家公子蒙难，起初便有些不信他真死了，是你口口声声说他不在了。待我信了，你又故意不将他活着的消息告诉我，你们一对主仆真是好样的。”

杜泉讪笑：“师城主别误会，当时我真以为我家公子死了，也是回了长安才知道他还在啊。不过今天……的确是故意的就是了……”

即墨无白帮腔：“此事说来话长，的确怨不得杜泉，我稍后再与你解释。”

师雨抿了抿唇，朝杜泉招招手：“今日我继任城主，全城大赦，就不追究了。你现在去和邢越说，让他规矩些，我这就和你家公子去席间会见宾客。”

杜泉如蒙大赦，连忙跑去欺负邢越了。

师雨转头看一眼即墨无白："走吧。"

即墨无白举步跟上她："其实我现在不方便与你一同露面，毕竟当时成亲的事人尽皆知，不如你先去厅中，我晚到一步。"

师雨走至台阶下，停在一株花草旁："大家该说的早就说够了，本就避无可避，你又何必装得这么体贴？"

即墨无白欣慰点头："也罢，既然你已经接受这个事实，我也就放心了，就算险些丧命也值得了啊。"

其实即墨无白这次能活命，全靠嘉熙帝。

乔定夜就像是在赛马快分出胜负时陡然杀向最前列的黑马，已然超出了嘉熙帝的预控。

他可不希望再出现第二个即墨彦，所以一面纵容乔定夜在墨城的行为，一面却又将牢里的即墨无白提了出来。

那一晚的谈话已经表明决心，他有意消除威胁，即墨无白全力支持。

要对即墨无白动手的都护军中有嘉熙帝安插的内应，那一刀虽然看似下手很重，但并不在要害。

即墨无白被连夜送往长安，而那边的邢越则被带出狱外，秘密将一个刚被处死的死囚尸体易容成即墨无白的模样。

邢先生是个技术精湛但胆子很小的骗子，此事在他心里留下了难以抹去的阴影，所以他对即墨无白本人充满怨气实在是情有可原的。

即墨无白与师雨说起这些时，宴席已快结束。

邢越因为被杜泉带来的话吓了一下，早在他们来之前就跑得不见人影。

随同即墨无白来的章大人是唯一知道邢越存在的人，陪着扮演了半天的戏，忽见他跟着杜泉慌慌张张地走了，便猜到了一二。再见到即墨无白与师雨并肩走入厅中，也丝毫不觉惊奇。

其他人倒是没发现异常，以为太常少卿只是去换了身衣服罢了。只不过这一趟出去就跟师雨一起到来，看起来有些微妙呢。

今日的主角是师雨，即墨无白是因为如今代任安西大都护，才得以与她并坐于上方，二人也才有机会悄悄说起之前经历。

这一整天师雨都觉得像是在做梦，白日里乘车游街，晚上见到即墨无白，此刻坐在这厅堂之中，灯火耀眼，人声鼎沸，却更觉恍惚，不禁转头多看了几眼即墨无白，担心这眼前一切不过是幻影。

毕竟即墨俠刚去世不久，庆祝之事点到为止，官员们没多久就纷纷告辞了。何况师雨和即墨无白都有旧伤，也需要多休息。尤其是师雨，这一天劳累，早已面有倦色。

即墨无白与她一同往厅外走，低声问："怎么听了我如何获救的事，你反倒没话说了？"

师雨摇头："不是没话说，只是觉得只差毫厘，万分凶险。经此变故，我方知人命如草芥，着实脆弱。"

即墨无白一时也颇有感触，沉吟不语。

二人没带随从，并肩前行，到了回廊僻静处，师雨忽然问："之前在城中散布乔定夜有谋反之心的人就是你吧？"

即墨无白"嗯"了一声："的确是我。"

师雨语气疑惑："难不成你早预知我会以谋反罪构陷他？否则为何我还没对他下手，你这谣言便已传开了？"

即墨无白停步在廊下，半边身子倚在阴影里，一边肩头浸着月光，摇了摇头："其实我之所以这么传，就是希望你给他套上谋反罪名。"

师雨皱眉："你是想逼我将墨城的家底都交出去？"

"没错？"

"为何？"

即墨无白走近一步，手捧着她的脸："为大义是不想墨城有机会自立，为私情是不想你走上不归路。当然，我也是不想让即墨彦的好事得逞，如何？"

师雨拿开他的手："如你所愿，墨城以后再难成事了。"

"那我就安心了。"即墨无白笑了笑，转过头去，低低叹了口气，"也不知道你是怎么想的，自己的身世不管不顾，却宁可守着即墨彦的痴梦直到如今。他不过养你一场，何必为他的奢望搭上性命做赌注？"

师雨道："有很多事你不明白，即墨彦不只是养我一场，施子光虽然原为功臣，后来却也的确犯下了当诛九族的大罪。是即墨彦保了我们母女二人的性命。我连施子光的面都没见过，对他毫无感情，反倒是他附赠给我一条死路，那我对养我教我的即墨彦感恩戴德有何不对？"

即墨无白默然，他得知师雨的身世时也很震惊，也终于理解了当初她为何对被笑为舞女的事那般介意。她是不想被挖出与施子光的关系。

往事再提只会叫人徒增伤怀。即墨无白没再说什么，唤了一声杜泉，举步走出廊外道："我过两日还得去宁朔一趟，就不留在城主府了，去官署安置便可，你好好休养，我改日再来看你。"

师雨跟上两步，没有理由挽留，目送他的背影在月色下渐渐离去，直至融入凝着的夜色里。

回到房中，这一天忙碌劳累，心情起伏，没多久她便沉沉睡去了。不想到了半夜，她忽然惊醒过来，第一件事便是回想即墨无白是不是真的回来了。

结果想了几圈，反倒觉得之前二人见面的场景和说的话都跟梦境一样，明明只是几个时辰之前的事情啊。

她了无睡意，最后干脆披衣下床，跨马出府。

即墨无白的伤算不上十分严重，最近结痂，痒得挠心，每日都是很早就起身了。他披衣结带，拉开房门，天刚微亮，秋高气爽，但墨城凌晨的风一点儿也不温和。

忽然目光一转，却见门口廊柱下站着师雨，身着常服，披一件披风，未梳发髻，也面无粉黛，看上去似乎来很久了。

“咦，你怎么一早就来了？”

师雨的神色一松：“我就是来看看你是不是真的回来了。”

即墨无白先是一愣，继而大笑：“我道你昨晚见了我情绪如常，还佩服你冷静自若呢，原来你是到现在才开始激动呀。”

师雨抿抿唇，转头就走。他赶紧上前几步拽住她，怕惊动小吏和杜泉，干脆又将她拉入房中，合上门。

“承认在乎我有这么难吗？”

师雨被他抵在门后，看着他那嬉笑的脸觉得分外刺眼，挑眉横眼，波光流转，媚态横生：“本来就没那么在乎啊。”

“那你还说来看我是不是真回来了？”

“我只是来处理政务，顺便看一下你而已，毕竟你也是我的贤侄嘛。”

“唉，看来要你承认的确是此生无望了。”即墨无白说着在她唇上啄了一口，退开时一脸轻薄相。

师雨捏住他的下颚，竟反过来亲了他一下。

即墨无白惊着了，脸上的笑倏然收住，眼睛一眨不眨地看着她。

师雨柔柔笑道：“身为一城之主，在墨城只有我轻薄别人的份儿，你还以为是你占了便宜？”

即墨无白一拍脑门：“姑姑果真风采依旧，佩服，佩服。”

门外忽有脚步声，杜泉人未至就开始唤即墨无白，说是送药来了。

师雨趁机想推开即墨无白离开，却依旧被他牢牢禁锢着。他脸上没有玩笑之色了，埋首在她肩头，温情脉脉：“我回来了，放心。”

他知道师雨刚才那么说不是故作轻佻，也不是打情骂俏，更不是欲拒还迎，心里多少还是因为阿瞻而放不开。

师雨沉默片刻，伸手攀住他的背，脸埋在他胸前长长舒了口气。

朝廷那边很快传来消息，乔定夜的案子基本已经有了定论。他根基未稳，多罪在身又涉及谋逆，朝中敢替他求情的人寥寥无几，如今死罪是绝对跑不掉了，就看是诛几族的事儿了。

即墨无白此时人已在宁朔。他之前假死，伤养到一半就被派来宁朔搜集证据。乔定夜身上那些受贿和压榨百姓的罪名有真有假，皆出自他手。

所以说只要陛下要你死，就不怕没罪名。

这次他前来宁朔，主要任务则是清洗安西都护府，将乔定夜的嫡系部下和心腹撤换成皇帝指定的人选。

乔定夜的家眷已被朝廷派人严加看管起来，即墨无白去见了一下，找了一圈，却没见到乔月龄。

他不知道乔月龄自己离去的事，恰好听到了师雨和乔定夜私通被其掌掴的传言，有些想去问师雨，可又怕她误会自己是介意她以色事人、委曲求全，只得作罢。

宁朔并不太平，大约是存心报复，即墨无白临晚出城办事，竟遭到了一群沙陀雇佣兵的刺杀。

双方激战正酣，忽见葛贲带人杀将出来，将对方杀得一干二净。

不是说说，那当真是一干二净。

夕阳将下，即墨无白站在车旁，扫过一地尸首，淋漓的鲜血在残阳映照下分外艳丽。他看向葛贲："葛校尉这是来剿匪的？"

葛贲皮笑肉不笑："不然少卿大人以为我是专程来救你的吗？哦不对，现在该叫一声大都护了，虽然您是代任的。"他刻意加重"代任"二字，瞥了一眼地上的尸首，"这些人都是杀害前城主的凶手，城主吩咐过了，见了便杀，一个不留。"

的确是师雨的作风。

即墨无白朝他身后看了一眼："但我总觉得你还有其他事呢。"葛贲所带领的是一队骑兵，却突兀地多了一辆马车。"看方向，葛校尉这是从中原来的吧？这车中装着谁呀？"

葛贲始终对他心存排斥，冷着脸道："我就是出来剿灭沙陀杀手的。"

即墨无白撇嘴："好吧，既然你不愿多说，那我就不多问了，反正你经过宁朔还是要接受检查，这是最近的规矩。"

葛贲眼神一闪，昂昂下巴："那我就告诉你，车里的人是我们城主的客人，你要是不怕城主生气就查好了！"

即墨无白摸摸鼻子："我还真怕她生气。要不这样吧，你走你的，我也不查了，我直接跟去墨城看就好了。"

葛贲气闷地瞪着他，险些动气，可想起临行前师雨特地强调了要尽可能低调行事，更不能在路上引起太多注意，只能冷哼一声，打马上路。

到达墨城时已经是深夜。葛贲一路都在尝试甩脱即墨无白，但他跟得实在太紧。

待到了城主府，门口早已有两排下人挑灯等候。葛贲挥了一下手，那辆马车便被引去了后门。

即墨无白立即跟上，被葛贲横马拦住："大都护还要跟？"

"就看一眼是谁而已，葛校尉这么紧张做什么？"即墨无白从怀中摸出一块令牌亮了亮，"别拦了，若非看着师雨的面子，我就不一路跟来了，无非是怕你为难而已。"

葛贲咬牙切齿，奈何墨城今非昔比，皇帝的令牌还得给面子，只能让开，一面朝下属使眼色，让他去府中告知师雨。

那辆马车的速度倒是很快，即墨无白追上时已经到了后门口。马车尚未停稳，杜泉已经从身边跳下去，跑去前面查看。

"咦？"

即墨无白听见他惊呼，下车走过去，士兵分两边散开，杜泉捏着帘子站在车旁看着他："公子快来看。"

即墨无白接过下人手中的火把，走近一看，车中昏睡着个女子，仔细看看脸，是乔月龄。

他暗自揣测着师雨的动机，一转头就见后门口站着襦裙曳地的师雨。

"贤侄刚才什么都没看到，对吧？"她缓步走近，朝下人们摆了摆手，众人上前将昏迷着的乔月龄从车中架了出来，扶进府中去了。

即墨无白看看左右，上前托住她的胳膊，一边与她往府中走一边低声道："你这是打算做什么？"

师雨瞥他一眼："就是不想让你插手才没告诉你，你就别多问了。"说着她又吩咐身边的夙鸢道，"你去守着乔姑娘，待她醒了即刻来告诉我，千万不要让她离开。"

夙鸢领命，临走之前还不忘嘱咐她喝药。

师雨要喝的是养伤的药，来之前刚端起药碗，得知即墨无白跟来的消息，只好匆匆赶去后门。

即墨无白在她身后亦步亦趋，没有放弃的打算，师雨干脆不理睬他。没多久，二人就碰到了从正门进来的葛贲。他朝师雨抱了抱拳，见到跟在她身后的即墨无白，面色依旧不善。

好在师雨及时拉回了他的注意力："此番出行，情况如何？"

葛贲这一趟是被她派去送行老宰相的，因为宰相押解乔定夜必然要经过宁朔，师雨担心其家眷部下会有异动，便叫他带了人马随行护送，顺便去乔定夜老家寻找乔月龄。

葛贲听她问话，脸上瞬间有了神采："城主有所不知，当日乔定夜被押解路过宁朔，其家眷拦道哭号不止，乔定夜脸上那痛苦之色，当真是大快人心啊！"

师雨脸上挂着惯常的柔笑，语气却很冷："他今时今日所受的痛楚，比起当初阿瞻身死所带给我的，根本不及万分之一，若非顾及律法，我早已送他归西，那些家眷如何还见得着他？已经是便宜他了。"

葛贲愤愤点头："城主说得是！"

师雨又问："有没有在宁朔搜查到沙陀雇佣兵？"

葛贲瞥了一眼即墨无白，一脸傲然："回来的路上剿了三处，今日这一群刚好遇着即墨大都护了呢。"

师雨闻言立即看向即墨无白："你没事吧？"

即墨无白脸上布满感动："姑姑总算看到我了，有您这句话，我什么事也没有了。"

葛贲嘴角猛抽几下，恨不得把他丢出去。师雨倒是好耐心，依旧笑眯眯的："我看你是受惊了，还是去歇着吧，有什么事我们明早再说。"

她示意葛贲退去，自己举步回房。即墨无白却不理会她的逐客令，又跟了过去。

"我这些时日也在找乔月龄，如今乔定夜定罪在即，他在宁朔的家眷都被监禁起来了，极有可能是要诛灭九族的，你究竟有何打算，不能与我直言？"

师雨听他语气认真，停步看着他："那你说，你为何要找她？"

即墨无白道："此事与她无关，我自然想救她。何况当初若不是她，你我许多计划也不会这么顺利。"

师雨点头："我也是这么想的。"

即墨无白皱眉道："我也猜你是想救她，但为何要用这法子？"

"乔月龄什么性子你知道，让她在外面，只怕会忍不住去救她哥哥，到时候就是大罗金仙也保不住她。"

"你我求情，未必没有转机。"

师雨摇摇头："宰相临走前我提过此事，连他都觉得为难。你我二人，一个被皇帝抹了身世，一个被皇帝救了性命，都欠着他的人情，若非还有些用处，哪还能站在这里说话，岂能恃宠而骄？所以我思来想去，你最好还是置身事外，我将乔姑娘藏起来，将来就算真出事，也牵扯不到你身上。”

即墨无白扯着袖口抹了抹眼睛：“夫人处处为我着想，得妻如此，夫复何求啊！”

师雨白他一眼，举步进房，房中桌上还放着药碗，尚有余温。

她伸手要去端药，即墨无白却先一步端过来，送到她眼前，殷勤备至：“来来来，慢些喝。”

师雨接过药碗，见他大咧咧站在自己闺房里，侍从婢女皆悄悄张望，无可奈何，只好遣退左右。

“怎么，说了我要救乔月龄，人都殷勤多了。”

即墨无白啧了一声：“此言差矣，我这是寻常表现，若真要殷勤起来，只怕你招架不住。”

师雨戳不破他的厚脸皮，唯有默默喝药。

即墨无白看了看药碗，又看看她的神色，忽然问：“你的伤如何了？”

师雨笑笑：“死不了。”

即墨无白皱眉：“怎么又是这句？”

师雨端起药碗抿了一口：“前些时候比较严重，大夫说最好静养，不可有太大动作，否则容易扯开伤口，血流不止，恐有性命之忧。不过调养至今，伤口已经愈合得差不多了，可不就是死不了吗？”

即墨无白靠近，手贴上她后腰的伤处：“原来这么严重，当日我居然还硬拉着你去成亲……”

师雨嗤笑：“是啊，你还不如乔定夜，他就是怕我死在他床上，都忍着一直没动我呢。”

即墨无白眉头紧锁，贴着她后腰的手也紧了几分。

师雨媚笑：“怎么，你到底还是介意我和他的事呀？”

“那倒不是，但总归是不大痛快的。”

师雨笑了一声：“谁能痛快，我自己也不痛快。”

“那不一样。”

“怎么不一样？”

即墨无白深吸口气：“你我好歹在众人面前成了亲，哪个丈夫能容忍觊觎自家夫人的男人？”

师雨别过脸：“我一直想与你说一说这事。你我那场婚事不过是情势所逼，你真要当真？”

即墨无白稍稍敛了眸光：“其实我来之前，已经请示过陛下，他对此事不置可否，就看你如何看了。”

师雨抿唇：“如今乔定夜宣判在即，你以后有何安排还未可知，我是一定会继续守着墨城的。你我在外人眼里终究是隔着一辈的，难道你想以后都被人指指点点吗？”

“我说了，就看你如何看了。”

师雨一时无话，他不在墨城这几日，明明已将所有想法都捋过一遍，可真要对着他说出来，又不知该从何说起。

蜡烛爆了个灯花，师雨稍稍回神。即墨无白的手正在她腰际游移，在布料上渐渐摩挲出热度来：“你方才说伤口愈合得差不多了？”

“是啊……”师雨话音一顿，斜睨着他，眸光潋滟，映照灯火，“你问这个做什么？”

即墨无白不答，空出一只手托住她的下巴，低头吻了上去。师雨身段柔若无骨，往后靠去，桌上碗口被手指带着倾斜，剩下的一点汤药被打翻，药汁顺着桌沿滴滴答答倾泻到地上。

接下来的事似乎彼此都有准备，却又猝不及防。师雨脑中反复出现的念头是：即墨无白当真是个见缝插针的无赖……

屏风外灯火微摇，屏风内人影轻叠。

第二天即墨无白醒来时，师雨早已坐在梳妆台边，身上披着宽大的袍子，手中拿着木梳，梳着垂到膝头的长发。

他侧过身，托腮看着，师雨忽然转头瞪了他一眼：“你还待着做什么？等着下人过来发现你在我房里？”

即墨无白撇撇嘴：“生米都煮成熟饭了，发现也是迟早的事啊。”

师雨搁下梳子：“你这样的也能做太常少卿？”

“我做太常少卿的时候自有太常少卿的风度仪态嘛。”他大咧咧地光着肩头，依旧没有起身离去的打算。

师雨刚想反击，门外传来夙鸢的敲门声：“城主，乔姑娘醒了，您起身了吗？”

“在门外等着，我这就来。”师雨站起身，拿了衣衫披上，瞪了一眼即墨无白，“等我回来你还在，我就一道折子上奏陛下，说你非礼本城主！”

即墨无白目瞪口呆地看着她离去，乖乖起身，穿衣走人。

乔月龄这段时间一直在老家待着，那里与世隔绝，她直到最近才听说乔定夜获罪受审的事。正准备前往长安打听情形，不想竟被人偷袭。

房间被人严守着，她也是辨认了好一会儿才认出这里是城主府。正想要强行冲出去，师雨却从门外走了进来。

乔月龄见她绾发作髻，服饰威严，与以往大不相同，不觉愣了愣："是你把我掳来的？"

师雨点头，朝身后招招手，夙鸾端着吃的喝的过来，因为还记得乔月龄之前扇师雨的那巴掌，东西放到桌上时的动静大得很，简直是用掼的。

师雨以眼神斥责夙鸾，转头朝乔月龄笑道："乔姑娘别来无恙。"

乔月龄双唇紧抿成一线，许久才开口道："我大哥忽然入狱，是不是与你有关？"

"你为何不觉得他是多行不义必自毙呢？"

乔月龄无言以对，忽然坐去桌边，动手吃饭。她此行自乡野而来，身上还穿着朴素的布裙，头发绑得也很随意，此时大口吃饭，举止粗豪，与之前形象判若两人。

师雨在她对面坐下，也不打扰她。

待风卷残云将所有食物一扫而空，乔月龄起身道："不管师城主掳我过来意欲何为，我都不会久留。"

师雨好笑："那你要如何离去？我这里防守严密，你走得出去？"

乔月龄蓦地从袖中抽出把短匕首，夙鸾吓得一声尖叫，门外顿时拥入几个侍卫拔刀相向。

她冷眼扫视一圈："你们未必就能制得住我。"

师雨忍不住笑出声来："乔姑娘何必与我刀剑相向，放心，令兄的事很快朝廷就会宣判，待结果一出，你再决定去留不迟。"

乔月龄怔了怔，虽不解其意，手中匕首却是好好收起来了。

即墨无白此时已经乖乖离开城主府。杜泉因为他去追问师雨而被丢下，最后去官署过了一夜，直到现在日上三竿才见着他的面，心情微妙可想而知。即墨无白一上马车便被他睁着圆溜溜的眼珠不停审视，脸皮再厚也有些吃不住。

"你这是在看什么呢？"

杜泉紧锁着眉头："公子，你昨晚干什么去了？一整夜都不见人影，今日倒是神采奕奕的嘛。"

即墨无白连咳两声，拢了拢衣领道："哎哟，天越发凉了，我们还是赶紧回宁朔去吧，安顿一下再过来。"

杜泉愤懑："公子，您还要过来啊，不就是个乔姑娘吗，问了一夜还没问出结果吗？”

即墨无白正要回话，车外传来一阵马嘶，他揭帘一看，原来是老将军霍擎。

“霍老将军这是去往何处？”

霍擎朝他抱了抱拳：“来见城主，朝廷的快马消息已经入城，据说乔定夜的审决下来了。”

即墨无白当即探身而出：“既然如此，我与你同去见她吧。”

霍擎下马，将缰绳递给下人，请他先行。即墨无白自然谦让，但霍擎坚持，二人僵持半天，他只好先行半步。

待登上台阶，转上回廊，左右无人，霍擎忽然道：“之前老夫对大都护多有得罪，还望莫怪。”

即墨无白想起那次险些丧命的追杀，一时讪讪：“老将军当时职责在身，此事就不提了。”

霍擎颔首：“实不相瞒，老夫今日服软，乃是有求于大都护。”

即墨无白不禁转头看他，霍擎侧脸肃然，似乎连花白的胡须都带着刺人的锐度。

“老将军有话不妨直言。”

“不知大都护如何看待与城主的婚事？”

即墨无白暗自揣摩这话的意思。

霍擎道：“老夫是军人，不会拐弯抹角，大都护对城主如何，老夫多少有数。如今墨城今非昔比，城主一人支撑墨城，背后要对皇帝俯首帖耳，前方又要提防若羌狼子野心。若是大都护还对城主有意，老夫绝不阻拦，只求大都护以后对她多多扶持，以免她一人势单力薄。”

即墨无白不禁失笑：“老将军肯支持，无白感激不尽，只是您老只怕是误会我与师雨了……”

霍擎急道：“怎么，难道你对她无意了？”

即墨无白边走边摇头：“我是说我与她并不是庇护与被庇护的关系，师雨不会依附于我，我也不会为了与她联结势力而接近她，不知这么说老将军是否明白。”

霍擎稍稍怔了下，长叹一声：“老夫重利，贻笑大方了。”

即墨无白笑道：“哪里，老将军这是为师雨着想，想必她本人也会感激您一片苦心。”

正说着，到了书房外，凤鸢进去知会了一声，请霍擎和即墨无白进去。

师雨端坐于内，一手执笔，只稍稍抬眼看了看霍擎，根本没看即墨无白，双颊却是微红，想必是为昨晚的事不自然。

好在霍擎没看出异常，拱手见礼，将送到的书函递到她跟前。

师雨早在等着消息，连忙接过来查看，眉头时紧时松，总算朝即墨无白看了一眼，起身将书函递给他："你也看看吧，陛下的意思是诛九族。"

即墨无白接过来一看，果不其然。

霍擎不解："如此大快人心，城主为何兴致缺缺？"

师雨笑了笑："哪里，我自然也高兴，巴不得乔定夜早些断头呢。"

霍擎点头，畅快地舒了口气："老夫这便去准备，待乔定夜的人头落地，便立即祭拜阿瞻，告慰他的在天之灵。"他朝二人拱了拱手，匆匆走了出去。

即墨无白反身掩上门，转头问师雨："你见过乔月龄了？"

师雨点头："我看她有心离开墨城去长安，只怕这结果也未必拦得住她。"

即墨无白蹙眉："依我看，她留在墨城也未必安全，可能还会偷跑出去。不如将她送往西域躲避一段时间，陛下那边我自会周旋，原本陛下、太后也都挺喜欢她，此事未必没有转机。"

师雨想了想："也好。"

乔月龄丝毫不知自己已被那二人做了安排，安静地坐在桌旁，看似耐心地等着消息，却随时都在准备着偷跑出府，打算先去宁朔解救家眷。

时近傍晚，夙鸢端了盏茶进来，放在她跟前，眼神依旧不太友善，口中道："城主吩咐，乔姑娘可以出去了。"

乔月龄猛地站起身："真的？"

"还能骗你不成？"

"多谢！"乔月龄来不及多言，嗖地就跑出了门。

府门口安排了马车，车夫说城主吩咐过了，她想去何处都可以。乔月龄虽然感觉奇怪，还是说了句去宁朔。

马车即刻启程，车夫特地嘱咐速度会很快，请她不要随便探身出车，免得出意外。

乔月龄坐在车中，听着嗒嗒踏过石街的马蹄声，只觉心焦如焚。过了一会儿，听见外面人声，似乎是到城门口了，终究没顾及车夫叮嘱掀开帘子看了一眼，却是一惊。

"停车！你这是哪道城门？根本不是去往宁朔的路！"

车夫并不理会她，乔月龄不顾狂奔的车速，企图跳车，却见马车两旁各有一队护卫，全都紧盯着她，根本难以逃脱。

她一咬牙，抽出匕首探身出去，撇开车夫，纵身跃上一匹马，割断套着的缰绳。马匹狂乱，好不容易调过头，前后左右却都围满了墨城军士。

侍卫匆匆赶回城主府禀报，乔月龄不肯出城去西域，非要调头回中原，已经僵持在城门口。

她在墨城出现的消息可不能走漏。师雨怕事情闹大，匆匆拿了面纱覆面，亲自打马赶过去。

百姓们都被远远隔开，乔月龄如今装束普通，也实在不易被一眼认出来。她正愁找不着正主，就见师雨打马而来，不顾团团围着自己的士兵，怒道："你究竟想怎样？"

师雨横马立在她跟前："实不相瞒，你大哥犯了诛九族的大罪，你此刻前往西域避一避，还有活路。"

乔月龄瞪大双眼，脸上血色褪尽，不多时又蓦地攥紧缰绳道："我大哥是被冤枉的，我要入都为他申冤！"

师雨冷笑："他不冤枉，他所做的，足够他死一百次了。"

乔月龄手上的匕首横了横："我就知道你是假装亲近他，你是要报复他的夺城之仇是不是？为何要我独活，亲眼看着唯一的亲人丧命！"

师雨半张脸遮在面纱后，唯有双眸森冷："你这算不上亲眼，我那才是亲眼看着唯一的亲人丧命。一刀直入心胸，一点一点慢慢咽气，可比你大哥被一刀斩头难受多了。"

乔月龄愣了愣。

师雨朝她身后看了一眼："想必很快圣旨就会传遍天下，你此刻走还来得及。"

乔月龄咬牙："就算出了城，我也会绕道回长安去，你当我是贪生怕死之辈？"

"随便你。"师雨眼角弯弯，笑得甚是温柔，"我救你一命，仁至义尽。以后你要想去送命，与我无关，那是你自己的事，只要你觉得值得。乔定夜已经由风雅儒官沦为居心叵测的反贼，在我眼中更是不堪。你死了，他便永远都是这个样子留在世人心中；你活着，大约还有他曾经好的一面活在这世间吧。"

她挥挥手，吩咐士兵放行，转头打马回府。

即墨无白立在吹雪阁上，遥遥望着城门口的动静，其实看得并不真切。

夕阳完全坠下之时，师雨出现在他身边。

"情形如何？"

师雨摇头："不知，随她便吧，命本来就是她自己的。"

即墨无白微微叹息。

很快，台阶上传来脚步声，夙鸢登了上来："城主，乔姑娘自己出城去西域了。"

“还好是个明白人。”师雨转头与即墨无白相视一笑，并肩望向城门，暮色四合，那里果然已经平静下来了。

因为有秋后问斩的习惯，眼看就快步入初冬，乔定夜的罪名在定下不久就被问斩，其家眷却仍在关押之中。

乔定夜身负谋杀、盘剥数罪，本已是死路一条，其家眷受连累却是因谋反罪。可谋反罪一定，必要严惩，否则岂不是要叫天下百姓没了威慑？偏偏乔定夜利欲熏心，妻妾多为勾结权势所娶，嘉熙帝如今正有意清除他在都护府中的势力，当然不想松口。但即墨无白上疏了数次，老宰相和鸿胪寺卿焦别也多加求情，他最终才同意不足十二岁的家眷可免除死罪，改为流放边陲。

如此一来，乔月龄仍旧不在其列。

好在嘉熙帝会睁一只眼闭一只眼，有几个不长眼的官员上奏说乔定夜还有个妹妹没有落网，他便派了几个人去查。

然后，就没有然后了。

墨城里因为乔定夜的死还欢喜了一阵，霍擎更是大张旗鼓地领了官员们去阿瞻墓前祭拜，师雨自然在场，稀奇的是霍擎居然也请了即墨无白同往。

城中自然流言纷纷，邢越在酒家里听到后，拍桌号了一句：“那有什么，人家本来就当着大庭广众的面成了亲啊！”

百姓们被他这一嗓子号得莫名其妙，他这边已经火速抹油跑路了。

今日是与自家媳妇儿相聚的日子，好不容易摆脱即墨无白和师雨的魔爪，临走也要给他们弄点儿麻烦才开心啊。

喧闹了几日，城中才算稍稍平静。

天气越来越凉，即墨无白在宁朔与诸位新上任的官员会面结束，一面系披风一面跨马出城。杜泉这两日感染了风寒，没有跟在身边，否则一看他这要去墨城的架势，又得唠叨不止。

师雨的伤已无大碍，如今每日只是喝些补身的汤药。用完药，凤鸢端着晚饭进来，就见即墨无白跟在后面进了书房。

“咦，我来得巧啊。”他解了披风，热络地在桌旁坐了下来，凤鸢只好给他添双筷子，又取湿帕子给他净手。

师雨看着他道：“你来得正好，你说这次陛下是不是真打算放了乔姑娘？”

即墨无白摇头：“不好说，他压着不闻不问，跟你的身世一样，只能说暂时没事吧。”

师雨笑笑：“说得也是，倘若以后我不听话，这也是个把柄，皇帝是个做大事的人哪。”

即墨无白拿起筷子，凑近低语：“以后还是恭恭敬敬地叫陛下比较好。”

师雨撇嘴：“是，大都护。”

即墨无白笑道：“不说笑了，其实我是来向你道别的，都护府的事处理得差不多了，还需回都复命。”

师雨顿了顿，给他夹了一筷子菜：“那就多吃点吧。”

二人难得有这闲暇的时光，即墨无白这顿饭可谓吃得心满意足。

入夜之后自然是留在了城主府，可惜师雨未给他可乘之机，叫夙鸾给他备了住处。

即墨无白哭笑不得，第二日启程之时，师雨前来送行，他那眼神可谓一个哀怨愁苦。

此番入都，少不得一番褒奖。嘉熙帝早朝之时，当着百官的面大致解释了一下太常少卿险遭毒手被救的过程，也算是遏制了一下朝中乱七八糟起死回生的传言，接着又饱含深情地赞扬了即墨无白的行事作风，为此番拿下乔定夜做出了卓越的贡献。

官员们很清楚，这是要封赏的节奏啊。

“朕心甚慰啊！”嘉熙帝以此作为前面谈话的总结，而后朗声道，“如今安西大都护一时还没有合适人选，太常少卿原本就对墨城一带比较熟悉，此番代任大都护也是有模有样，朕便授命你正式接任大都护一职吧。”

即墨无白早已料到会是这样，以后指不定还要将墨城并入都护府呢，由他出任大都护当然好，还可以跟师雨拉拉人情债。

可惜有人看不穿啊，即墨无白正要谢恩领旨，老对头方杭便出言反对：“臣以为不可，太常少卿在墨城与城主师雨不清不楚，如今将他任命为大都护，岂不是给二人机会？陛下岂能助长此等歪风邪气，叫天下看了笑话啊！”

殿中窃窃私语，即墨无白的脸就快黑成一片了。方杭的心情他能理解，毕竟做了大都护就是一方之主，有兵有权，自然要压他一头。不过拿他跟师雨的事情说话，未免有些叫人不快了。

嘉熙帝坐在龙椅上，眼睛扫了扫即墨无白，神情明显带着些幸灾乐祸。

即墨无白干笑着看向方杭：“方大人言重了吧。”

方杭冷笑一声：“难不成你要说你与师城主之间并无暧昧？那天下的传言是如何来的？”

即墨无白摇头：“方大人误会我的意思了，我说你言重了，是说我与师雨之间算不上歪风邪气，我们二人不是早就在全城百姓面前成了亲吗，大家都看到的啊。”

方杭被他的话说得目瞪口呆：“可……可那本该是师雨和即墨倏的婚礼！”

“但后来大家都知道成亲的人是我了啊。”

方杭气得脸颊通红，哪有这样强词夺理的？

殿中大臣也是看笑话的居多，其他德行俱佳者，如焦别之流其实并不认同即墨无白这歪理，可他这么大大咧咧地说了，一时也真没话反驳。

方杭道：“总之你们二人名为姑侄，却行苟且之事，分明是乱伦，实在有伤风化！陛下断不能纵容。”

即墨无白不以为然：“我豫国讲的是大礼大节，何至于如此计较。我与师雨本就没有血缘，她不曾入我即墨族谱，与我那位堂叔即墨倏最终也并未成婚，我与她之间是正当的男女之情，何至于牵扯到乱伦之说？”

方杭梗着脖子道：“为官者就要有自知之明！”

即墨无白叹了口气：“也罢，我一桩私事，却要被诸位置于这朝堂之上连着我的官职一并讨论，确实不该。既然为官者要做表率，那么我便不做这官了吧。”他掀了衣袍跪在地上，向皇帝叩首，“臣即墨无白，愿辞官归隐，不问朝事，望陛下恩准。”

嘉熙帝愣了愣，这什么情况，早知便不幸灾乐祸了，如何就走到这一步了？

如此劲爆的消息，自然是不胫而走。

太常少卿宁可放弃大都护这样的重职也要与那位毫无血缘的“姑姑”长相厮守，天下人闻言无不感慨。女子叹其深情，男子则不禁琢磨，这师城主究竟该美成什么样呀。

墨城因为商旅传播，消息早已传开。师雨每日忙碌，并不知情，但还是从夙鸢那里得知了消息。

她丢下笔，坐在书房里捏了捏眉心，抬头看看夙鸢，她的眼神果不其然很微妙。

“呃，其实奴婢觉得……少卿大人也蛮好的，真的。”她一边表态一边冲师雨暧昧地笑，笑得师雨默默无语。

晚上用罢晚饭，回到房中已经很晚，没想到即墨无白人竟在房中。

师雨看了看房门，颇感意外：“你怎么进来的？”

即墨无白笑眯眯地坐在桌旁：“大大方方走进来的啊。”

师雨明白了，必然是夙鸢干的好事。

她走过去坐下：“这可是你第三次辞官了。”

“陛下也是这么说的。”即墨无白挨着她坐近，朝她身上靠了靠，“此举可谓破釜沉舟啊，若还是不能得到你，那我就真的是一无所有了。”

师雨失笑，手指挑起他的下巴，一脸兴味：“你不是已经得到了吗？”

即墨无白啄了一下她的手指，蓦地将她拦腰抱起就要拐入内室，师雨扯住他的衣襟低斥：“你如今可辞了官了，无权无势，就不怕本城主当真去陛下跟前参你一本？”

即墨无白苦笑：“哪有将夫君拒之门外的女子啊，我……唉，算了，我找不着人告状，要不去请霍老将军做个主？”

师雨“呸”了他一声，紧接着人便被丢入软帐中了。

师雨及时抵住他要欺身而上的身子，贴在他耳边低语了一句。她是担心如今百姓正议论纷纷，在这风头上怀有身孕可不好。

即墨无白笑道：“我可没打算将你怎么样，安心好了。”

听他这么一说，师雨反倒不自然了，竟感觉像自己很急迫一样，当即侧过身去不再理会他。即墨无白笑了两声，躺下拥住她，轻轻吻了吻她的脸颊，大约是一路赶来早就累了，不多时就沉沉睡去了。

入夜风大，天气透凉，风沙席卷。守城官兵们对此早已习以为常，个个手里捏着温热的酒袋，时不时小抿一口暖身，却不敢多喝，怕误事。

风沙越来越大，城门被砸出啪嗒啪嗒的声响。守城官在城头巡视，一个士兵凑过来道：“大人，您不觉得有人在拍门吗？”

守城官捂着嘴回道：“不就是那沙子拍的吗？这鬼天气，还是赶紧入冬吧，下了大雪还好一些。”

士兵摇头：“不像啊，好像真的是有人在拍门啊。”

守城官举起火把，探头朝下望去，还真有个人影，全身包裹得严严实实，立在门下，在其身后，却是一大片绰绰人影。

“来者何人？”

“我要见城主！有急报！”

“亮出身份！”

下方没了声响，守城官再三细看，忽而感觉不对，正要提醒周围，一支羽箭已经直射来，没入他喉间。

城头瞬间大乱，士兵们纷纷执起武器，雷鼓阵阵激荡在夜空。

墨城有敌入侵了。

第十五章

有花堪折

师雨半夜忽然醒了，背后靠着温热的胸膛。

即墨无白受扰动了动身子，将她搂得更紧，眼睛还没睁开，嗓音沙哑地贴在她耳边问：“怎么醒了？”

师雨轻轻支吾了一声，闭上眼睛继续睡。

即墨无白睡足后却不安分了，搂着她的手缓缓游移。“待风头过去，天下人都接受了，你我再补办一场婚礼。”他含着她的耳垂，含糊不清地说了一句。

师雨正待转头推开他，却正好被他正面抱了个满怀，颇有些自投罗网的意味。即墨无白哪肯放弃这到手的肥肉，温热的唇贴过来，几乎要将她烫化了。

师雨就知他难缠，先前说的话转眼就在这半梦半醒间给丢到脑后了，又好气又好笑，媚笑一声，缠上他的身子，身娇肉软，非得好好治治他不可。

即墨无白被她箍着难以动弹，总算是彻底醒了，忽然道：“外面是不是有什么声音？”

师雨稍稍一愣，坐起身来：“好像是鼓声。”

先前城主府里几次不太平，即墨无白担心又出什么事，披衣起身，对她道：“你待着，我去看看。”

房门刚拉开，就见夙鸢一只手提着灯，另一只手抬着，看样子是正准备敲门。见到即墨无白，她立即垂眼，当作没看到他：“城主，大事不好，西城门来报，有敌军入侵。”

内室一阵响动，师雨只着单衣，光着脚就走了出来：“你说什么？”

夙鸢提着灯的手颤了一下："西城门受到敌军入侵，官兵受了重创。"

"何方敌军？"

"士兵来报说他们皆作伪装，但料想应该是若羌人。"

师雨立即回身："更衣，我亲自去看看。"

即墨无白伸手挡住她："你别去，我替你走一趟。"

夙鸢连连点头："霍老将军已经率人赶去了，城主不必担心。"

师雨看了看即墨无白："那好吧，你诸事小心。"

即墨无白应了一声，命夙鸢给他取剑备马，转回内室整装，须臾便妥当，大步出府。

报信的鼓声早已停了，即墨无白打马飞驰，老远便见前方大街上亮光一片，人声喧哗。待上了大街，却因眼前景象吃了一惊。道路两旁民居商铺竟多处着火，百姓们从睡梦中奔逃而出，哭号一片，四处火光熊熊。

风沙浓烈，割得人脸颊生疼，火势愈发大涨，许多没着火的地方也被引燃，墨城到处是慌乱救火的人群。

即墨无白终于接近西城门，扑面而来的风里夹杂了刺鼻的血腥味，便暗觉不妙，凝神细看，前方火光闪烁，城外喊杀声高亢，城头守城官兵人影奔走抵挡，下方大门正遭受猛烈撞击，眼看就要被破开。

霍擎手执长剑，立于城头大声指挥。即墨无白翻身下马，匆匆走上城楼，询问道："霍将军，来的可是若羌？"

霍擎连眼睛都没空落在他身上："是，粗观至少三十万，若羌此番只怕是举国来袭。"

即墨无白看了看城头与下方挡门的士兵："墨城城中驻兵十万，此处看来似乎人数不足啊。"

霍擎叹气："兵马本就分驻四门，现在城中混入了大批奸细，其他三个城门亦有骚扰，城中的火也是他们放的，为救火也分出去不少人马。"

"奸细？"即墨无白诧异。

霍擎将剑重重立在地上，恨声道："老夫恨不得将乔定夜拖出来再杀一次！都是他之前开放禁令的好事！"

即墨无白探头看了一眼下方情形，攀城士兵前赴后继，投石羽箭源源不断。"这样下去不是办法，可能出城迎战？"

霍擎摇头："对方重兵压城，志在偷袭，城门一开必然强攻而入，不宜开城。"

即墨无白皱眉："我看急需增兵支援，其余三门虽受扰，但北城门内连有山脉，易守难攻，东城门又直通中原，料想他们都不会太上心，可以将那两处的人先调过来。”

霍擎道：“早下令了，只是城中纷乱，道路难行，还没赶过来。”

即墨无白抱拳：“若霍将军相信我，我便出城去再搬救兵。”

“如此再好不过，犬子就驻扎在东城门外，有劳了。”霍擎从怀间取出兵符递给他。

即墨无白接过兵符下了城楼，刚上马要走，城门霍然一声巨响，转头去看，城门开口又增大了几分，士兵们潮水一般涌向城门，死死抵住大门横木。他不再耽搁，纵马而去。

城中道路比他来时更加难行，百姓们四散逃命。妇人拥着火中丧生的丈夫呼天抢地，孩子们惊慌大哭地叫着爹娘乱跑，有的因为财物在大火中无法抢出，急得以头抢地，那可是毕生积蓄啊……

即墨无白的马本跑得极快，却见前方有个小孩灰头土脸地呆坐在路中央不动，差点儿冲撞上去，连忙勒马，再不好快行。

士兵们是派了很多，但看起来还是人手不够。有的地方火灭了，有的地方又烧起来了。他们还得抓捕纵火犯，根本忙不过来。

即墨无白艰难前行，忽见许多人面朝他跑来，蜂拥着朝城门方向而去。他本以为是躲避火势的百姓，没有在意，不想其中一人经过他身边时不小心撞到了他的小腿，他竟感觉到那人腰间有一截生硬的物事。

他连忙策马回头，还未至城门便高呼：“小心后方偷袭！”

那群人见身份暴露，纷纷亮出兵器，朝挡门的守城士兵袭去，落后几人则反身朝即墨无白攻来。

霍擎在城头见状大惊，城头抵挡数十万大军已经有些吃力，现在后方又来人夹击，实在大为不妙。他怒从心起，拔剑走下城头，亲自带头扑杀。

即墨无白心急如焚，一连斩杀了几人，转头朝东城门奔去，出城调兵已刻不容缓。

师雨站在吹雪阁上远观城门，城中四处火光熊熊，几乎要将这无星无月的天空照成白昼。

还以为将若羌的主战派削弱就会太平，没想到若羌不会放弃任何机会。如今墨城大不如昔，即墨无白又放弃了执掌都护府的机会，正是下手的好时机。

他们的视线从未从墨城这块土地上移开过。

夙鸢在她身后抖抖索索：“城主，我长这么大，还是第一回见到墨城这样……”

师雨神色紧绷：“有新消息来吗？”

夙鸢摇头：“尚未送到。”

“再派人去查。”

“是。”

夙鸾下了阁楼没多久，远处忽然传来激烈的鼓声，声声摧人心魄，师雨不禁握紧栏杆。

不多时，夙鸾匆匆返回，登上阁楼时险些摔着：“城主，西城门被攻破了！”

师雨错愕转头：“霍老将军呢？”

“仍在前面御敌，听说已经负伤了。”

师雨快步走下阁楼，一面吩咐：“即刻前往西城门。”

夙鸾连忙阻拦：“不可啊，城主，若羌士兵已经拥进来，太凶险了。”

师雨系紧披风：“那你别去了，我自己去。”

夙鸾追上去扑通跪倒，拦在她跟前：“城主就别去了，其实城主府已经被封了，霍老将军下令一定要护您周全。”

城中的奸细已被墨城士兵斩杀了大半，但他们神出鬼没，混在百姓中间难以分辨，士兵也多有损伤。

葛赍本守在南城门外，若羌显然是主攻西城门，派往南城门的兵马不多，主要还是为了拖住他。他刚刚击退若羌兵马便得知西城门失守，不敢恋战，火速赶来援救。霍擎这边已经领着人退后入城三十里，正命人拦道阻截。

天光大亮，火光渐熄，周围全是烧焦的气味。

拒马木横隔而指，排了好几列，后面是半蹲着蓄势待发的弓箭兵，前方是与墨城士兵厮杀在一处的步兵。霍擎领着最精锐的骑兵守在后方，马踏着地面打着响鼻，看起来已经有些按捺不住。

即墨无白去了这么久，为何还没回来?

葛赍与几个副将从前方退下来，朝霍擎抱了抱拳：“霍老将军肩头有伤，还是赶紧就医吧。”

霍擎垂眼叹息，花白的胡须上沾了风里的灰烬，像是没听见他的话：“是老夫无能，未能击退他们啊。”

一名副将轻轻扶住他的胳膊：“老将军及时治伤要紧，若羌人多势众，来势突然，这并非将军一人之错。”

葛赍点头：“依末将看，只怕还得往后再退，援军迟迟未到，他们重兵压境，我们恐怕撑不住。”

霍擎稍作思忖：“看若羌将领都是生面孔，未必有十足把握，否则当初就不会有那一场试探般的入侵了。不，不可再退！传令下去，将百姓转移至东城门，老夫率人马在此坐镇，尔等各领百骑绕马城中，从四面突袭。记住，不可恋战，侵袭即可，速攻速退。”

副将们领命而去，他又下令步兵后退，垒石筑墙，弓箭兵发箭，暂作抵挡。

从清晨到午后，这一日过得极为漫长。若羌三十万大军被他几万人马拖了整整一天，未能近前半步，对方已经渐渐开始军心动摇了。

然而这对人的体力考验太大，霍擎滴水未沾，失血过多，脸上早已血色褪尽。弓箭兵就快没有羽箭了，充足的兵器补给却在上缴给朝廷后有些捉襟见肘。

若羌又一次进攻上前，援兵依旧未至。霍擎下令死守，后方忽然传来了振奋人心的欢呼声：“援军来了！援军来了！”

他转头望去，行在前列的正是他的长子霍拭狄与幼子霍定襄，心中大安。等再转过头去，脊背依旧挺直，却蓦地一头栽到了地上。

霍老将军重伤昏迷的消息传来，师雨终于出了城主府。为便于行动，她特地换上了紧身胡服，束起男子发髻。

策马赶至城中，垒了一人高的石墙横于大街上，双方士兵仍在激战。

后方客栈被当作医馆，师雨下马，随着一名士兵进去看了看霍擎，情形不妙，叫人担忧。

她走出门外，环顾四周，忽然感到不对，即墨无白人呢？

风沙渐止，秋阳高照，沙漠苍茫金黄，仿佛近在眼前。

即墨无白一剑击退袭兵，看了看日头，朝身后士兵使了个眼色。

士兵打马而去，很快又折返，做出刚从墨城方向奔来的架势，大声呼喊：“不好了，墨城败了，墨城败了！”

围追堵截的敌军听到这消息，攻势骤减，不多时竟然纷纷调头退去了。

即墨无白立即下令：“快回城。”

战局推入城中，实在不稳。师雨下令后方退至城主府前十里处，附近民居商铺都损坏较少，左右是官署，背后便是城主府，离战场较远，更为安全。

夙鸢跟在她身旁小声道：“城主，毕竟是官署重地，怎能轻易让百姓进来躲避啊。”

师雨低斥：“城都快保不住了，还在意这些？”

夙鸢嗫嚅称是。

墨城的官员们也已集结而来，刺史的“病”总算是好了，他战战兢兢地告诉师雨，有一些官员被若羌掳去了。

师雨皱眉不语，战争面前，官员和百姓都一样，谁都可能朝不保夕。

原本开阔的道路上挤满了百姓，灰头土脸的、暗自垂泪的，比比皆是。师雨吩咐夙鸢带人去城主府中准备食物照应，抬头看向前方，昔日繁华的街道上杂乱一片，瓦砾残垣，枯木飞灰。

大军横压在前，严阵以待，远处霍氏兄弟与众将正率军激战。

忽有飞马来报，东城门处又有军队前来。

师雨连忙跨马而去，刚踏上大街，两位将领率领着一千余人已经到了跟前，见到她连忙见礼。

她翻身下马，挨个找过去，终于见到即墨无白从队伍中打马而出，立即牵住他的衣袖："你怎么到现在才回来？可是出了什么事？"

即墨无白脸色苍白，摇了摇头，刚刚下马落地，口中就溢出血来。

师雨吓了一跳："你受伤了？"

他摇摇手："无妨，是之前的伤口裂开了而已。"

"伤口裂开会口吐鲜血？"师雨扶住他，转头问一个将领，"究竟怎么回事？"

将领抱了抱拳："回城主，二位霍小将军的人马都受到了大军侵扰，被拖住迟迟无法来援，吾等只好率三千人殿后，让他们先行赶来。少卿大人受了伤，一直撑到现在。"

师雨立即命人去唤大夫，扶着即墨无白朝城主府方向走："现在霍叔叔和你都受了重伤，情形越发危急了。"

"什么，霍老将军也受伤了？"

师雨点头。

即墨无白抹去唇边血渍："袭击霍拭狄的是焉耆和且末的士兵，难怪若羌这次底气足，他有联军。"

师雨沉下脸："他们师出无名，我这就派人走访焉耆和且末。"

即墨无白按住她的手背："你别忘了现在墨城不比以往了，焉耆和且末是已经知道的，还不知道其他小国有没有参与，此次事态严重，我看还是请朝廷出面吧。"

师雨眼神微动，叹了口气："也好。"

说话间大夫匆匆赶来了，即墨无白被扶进附近官署处理伤口。

师雨叫人去打听前方作战情形，自己在即墨无白身旁守着，直到他喝完药才放心。

没想到探子没到，霍定襄已从战场上退下来了，他不像其兄貌随霍老将军，生得像他母亲，颇为秀气，只是此时满面血污，看起来太骇人。

"城主，战事已经停了。"

师雨错愕地站起身来："停了？"

"是。"霍定襄冷笑一声，"他们久攻不下，必然是想暂停另做安排。"

师雨转头看了一眼榻上刚刚睡去的即墨无白，这样也好，刚好可以有机会入都求援。

双方休战，城中总算安静下来。若羌军队在西城门处驻扎，实际上他们大军压境，一天一夜也就只攻破了这一道门而已。

师雨在官署见了刺史，让他带上人赶往中原面见皇帝，请求发兵支援。因为不确定这暂时的停战会持续多久，她又派葛贲去宁朔请兵。

目前宁朔都护府还没择定大都护人选，但驻兵将领应当识得大局。

刺史已经出发前往长安。葛贲脾气略爆，师雨再三思考，还是将他换了下来，另派稳重的霍拭狄前往。

不想就这么一耽搁，东城门竟然就出不去了。

霍拭狄带着人马原路返回，向来沉稳的神色竟变得有些紧张，一见到师雨便道："城主，恐怕我们中了若羌的缓兵之计，四门都被围了。"

师雨坐在案后，眼前是刚刚写完的告焉耆、且末书，原本打算送出去，现在只怕也没可能了。

"那就只能希望刺史能早日搬来救兵，或者都护军肯主动来相助了。"

霍拭狄摇头："都护军虽然被少卿大人清洗过，但仍有一些是乔定夜旧部，若是从中作梗，只怕指望不上。"

师雨静静坐着："那就静观其变吧。"

霍擎依旧没有醒，即墨无白却要好些，睡了一觉之后好了一些，只是需要静养，免得旧伤新伤齐发。

师雨没有将眼下情形告诉他，将他移去城主府中静心休养，独自带人去前方巡视了一圈，回来后神色郁郁。

四道城门被围，唯独有山依傍的北城门最好突围，可突围出去道路难行，且直通西域国家，与东城门间隔着山脉，根本不是好出路。

深秋的墨城夜晚寒凉，附近的客栈酒家都被临时用来住人了，每一家都挤得满满当当。这时候也不计较钱财了，商户但凡有吃的喝的都拿出来互分了。

师雨站在城主府中思忖，不知道被围的墨城能支撑多久，只怕很快就会吃喝成愁。

正当此时，下人慌慌张张跑过来，说若羌人又调兵攻来了。

师雨立即更衣前往前线。

一钩月牙挂在天际，街头瓦砾间仍旧有百姓不舍地游荡。师雨衣着整肃，与霍氏兄弟二人带领大军，前往不过刚平静了几个时辰的战场。

一人高的石墙匆忙筑起，几乎受不了任何冲力，却依旧在月色下灰扑扑地立着，像是在讽刺若羌大军的无能。

墨城大军列阵于前，师雨跨马立于墙后，刚好可以透过墙壁看出去，眼中倒映出对方高举的火光，脸上的面纱随着夜风轻轻掀动。

凶兽一般的若羌大军静默无声，只有个将领在策马左右奔走，叫阵于前。

大约是师雨露了脸，对方的叫骂停住了。片刻后，有人自若羌军中打马而出，竟是一身中原儒生打扮。

"若羌督军赵遇，见过师城主。"

师雨眯了眯眼："上次与赵大人谈判时，你还是左相身边的红人，如今再见，居然也成了主战派了。"

赵遇笑了一声："师城主此言差矣，若羌不分派系。今我王受命于天，他日必功盖四土，倘若师城主明智，便该出城投诚。我王仁慈，必保墨城永世自主，不加干涉。"

师雨细细回味着他的话，忽然笑了："如此看来，若羌王是有意一统西域了，不知道与你们联盟的焉耆和且末是否知晓这个消息呢？墨城能够自主是够吸引人的，只是要归顺若羌，总感觉不太习惯啊。"

隔得不算远，但夜色沉沉，看不清赵遇神色。他停顿片刻才又接着道："如今墨城已是瓮中之鳖，城主何必再苦苦挣扎？不如择良木而栖。豫国多的是即墨无白、乔定夜之流，个个都图谋墨城，难道城主就心甘情愿待在豫国吗？"

师雨冷笑："赵大人还是不要浪费口舌了，尔等偷袭墨城，师出无名，背离人心，定将失道寡助！"

赵遇忽然纵声大笑："我们可不是师出无名，今日大军来此，便是要为我国右相讨回个公道！"

师雨蹙眉："公道？"

赵遇抱拳："我王得知即墨无白就在墨城之中，他曾设计害死我国右相齐铸，还请师城主将人交出来，否则我国大军必将踏破墨城，血洗城主府！"

墨城将士大为震惊，没想到当初齐铸的死竟然会被这样曲解利用。

师雨紧抿着唇，许久方道："你们口口声声说要人，却行偷袭之举，这便是师出有名？"

赵遇冷哼一声："这是为了给墨城警示，希望城主不要徇情包庇！"

若羌大军恰到好处地大呼，一声一声"交人"在夜空中回荡，连远处的百姓都听得一清二楚。

赵遇稍抬下巴，想必神色很是得意："为表诚意，我军驻守此处，直至明日日落。倘若师城主届时还是不肯交人，就休怪吾等动手了。"

"那你们就好好等着吧。"师雨调马转身，飞驰回城主府。

刚刚下马，却见府门边立着即墨无白，内着单衣，外衫只披在肩头，看起来衣冠不整，却颇为闲适自得。

师雨立在门前，隔着几步与他对视，一时间不知该说些什么。

"好了，我都知道了。若羌也太不要脸了，给我戴这么一顶高冠，我可真有面子。"即墨无白倚门轻轻笑着，笑到肩膀微微耸动。

师雨却紧绷着脸，正要进门，身后忽然追上来两个官员。

"城主，这可如何是好，到底交不交人啊？"说完了话才注意到门边就站着即墨无白，不禁讪讪。

师雨稍稍侧过脸，朝两个官员幽幽扫了一眼，二人立即垂眉敛目，再不敢多言。

墨城已经很多年没有受侵的经历，更别说被人家打入城门来。若羌大军就像是随时都会扑咬上来的凶兽，百姓们是养在圈中的猪羊。但凡他们占领的地方，财物已经被洗劫一空，俘虏生死未卜，幸存者迟早也会被撕咬入腹。

如果是拼死一搏，大家可能还会认命，但现在对方递来了一根救命稻草，换取这根稻草的代价就是即墨无白。百姓之中很快就有了希望交出人去的言论。

师雨能挡住一两个人，却挡不住所有人。不过短短一日期限，官员们如何按捺得住，陆陆续续地跑往城主府求见。

夜深人静，一城无眠。

书房之内灯火通明，师雨坐在案后，脊背挺得笔直，面色冷若寒霜。

"城主，当以大局为重啊。"

"是啊，城主，即墨无白已经辞官，连陛下也无法庇护他，我们又如何能护得了他？"

"若羌是要困死墨城，城主不可为一人而弃全城百姓于不顾啊！"

有明智之人出言反驳："城主不能交人，若羌狼子野心，就算交了人也照样会发兵，只不过白搭少卿大人一条人命罢了，还是另寻解决之道。"

"若羌的确不会安好心，但下官认为，城主不妨先交出即墨无白去拖延一下时间，以便于刺史搬来救兵。"

"对，如此最为妥当。"

师雨终于掀了一下眼皮子："你们不用多说，不管是直接交人还是缓兵之计，都绝无可能。"

书房中一时寂静无声，官员们面面相觑，师雨径自起身离开了书房。

霍拭狄等在门外，似乎已经有段时间了，朝她走过来时身上带着股深夜的凉气。

"城主，水源也被切断了。"他的声音极低，怕引来书房内那些官员的恐慌。

师雨紧抿着唇，一边朝前走一边低声问："周边城镇情形如何？"

"探子之前来报，也有受到袭击的迹象，原本要来支援的军队迟迟未至，只怕情形不妙。如今封锁四门，也不知状况。"

师雨抬头看了看夜空，还有几个时辰天就要亮了。

她垂下眼，语气有些缥缈："你说，有没有两全其美之策？"

霍拭狄叹息："人为刀俎，我为鱼肉，除非援兵赶来，否则……难。"

"那你认为该如何做？"

霍拭狄抱拳："城主自有论断。身为军人，唯有忠诚服从，其余不敢妄言。"

师雨苦笑："与你父亲一样……不知霍叔叔如何了？"

"之前醒了一次，依旧担心墨城战事，反复念叨千万要保住墨城。"大约是觉得这话有给师雨施压的意味，霍拭狄不禁观察了一下她的神情。

师雨果然有些愣怔，点了点头，吩咐他继续守住前线，说自己还要想想，便转头回房了。

廊下灯火在风中微微摇晃，即墨无白倚在廊柱边，等师雨从远处走近，朝她招了招手。

"姑姑与诸位大人商议得如何了？"

师雨走近："反正不会牺牲你，怎么，你在担心？"

即墨无白连连点头："那是自然，万一你将我丢去若羌，那我岂不是太可怜了，那群野蛮人非得将我活剥了不可。"

师雨扯了一下嘴角，笑得很勉强。

即墨无白托了一下她的胳膊，二人一并朝前走了几步，刚好可以看见城中若羌大军营地的火光。

"唉，我的确是贪生怕死，不过这种时候还是得站出来啊。"

师雨猛然转头盯住他："你想干什么？"

即墨无白冲她笑了笑："我可没说要去若羌军中大义献身，你我皆知那解决不了问题。我是想突围出城，去宁朔搬救兵。"

师雨皱眉："你还有伤在身，太冒险了。"

“可是除了我之外，还有谁能分开身？”

“也许邢先生还在城中……”

即墨无白摇头：“此事还是别叫他插手了，毕竟性命攸关。”

师雨揪住他的衣袖：“谁能保证突围就一定会成功？就算你安全抵达宁朔，那些人又岂会三言两语就肯前来？”

“总比死在若羌人手中好。”

师雨将他的衣袖攥得更紧。

即墨无白轻轻掰开她的手指，指了一下远处：“墨城已经毁了大半，事到如今，还有何惧？就算是全城尽毁，毁去的也是即墨彦的墨城，只要这次渡过难关，以后再建的，便是你的墨城。”

师雨静默不语。

即墨无白将她的手握住，包在手心里：“可愿与我破釜沉舟，放手一搏？”

师雨望向颓然死寂的城中，垂在身侧的手指一根一根收紧，良久之后，终于应声：“好。”

即墨无白似是松了口气：“我即刻点兵启程，待此战平定，你我……”

“好。”师雨斩钉截铁地应下，垂头抵在他颈边，像是耗尽了全身力气，“好。”

即墨无白笑了笑，将她扣入怀里。

深更半夜，百姓们差不多都已入睡。前线点兵一万，集结于东城门边，火把尽熄，寂静无声。

即墨无白跨在马上，理了理身上甲胄，第一次穿戎装，实在不习惯。他转头看看前来送行的霍拭狄：“霍将军不必再送，我虽也算是习武之人，却从未带过兵打过仗，你们也别太指望我，墨城就靠你们了。”

霍拭狄抱拳：“少卿大人这么说我也就放心了，你可千万不要硬拼。”

“哈哈，我可没那么大公无私。”即墨无白扯了扯缰绳，朝霍拭狄身后的师雨看了一眼，她的脸罩在面纱内，安安静静地看着他。

“走了。”轻描淡写的一句，便是道别。

东城门缓缓开启，即墨无白捏紧缰绳，一夹马腹，当先出城。一万人马霎时狂奔而出，犹如狂风过境，顷刻街道上便只剩下了瑟瑟秋风。

城门轰然关闭，城外厮杀声渐起。

师雨调转马头，踏着石板路嗒嗒前行，一直到阻挡若羌军的石墙处停下，那些声音总算听不见了。

霍拭狄带着大军跟在她身后，看了看天，正是破晓前最黑暗的时刻。

待天边露出一丝鱼肚白时，对峙的若羌大军忽然有了些动静。师雨借着朦胧的薄光看过去，一大队人马似乎出西城门而去了。

霍定襄恰好带着人回来。他忙着在城中巷弄来回巡视游击，以免若羌人乘虚而入，实际上离若羌军队最近。

“城主，若羌好像知道太常少卿突围的事了。”

霍拭狄恍然大悟：“难道这些军队是要绕道去追剿他？”

师雨蹙眉：“想必他是有意为之，免得我们交不出来人时以寡敌众，难以支撑。”

霍拭狄叹息：“少卿大人这是何苦……”

葛贲在旁提议：“不如我们也试着从西城门突围？”

霍拭狄摇头：“若羌军人数是我军三倍有余，以守门包合之势在前，突围胜算不大，可能届时死伤太重，还会连累百姓。”

葛贲道：“那要怎么办？到了晚上，少不得还是要一战。”

师雨仔细想了想：“我有一计，只是不知是否可行。”

霍拭狄道：“城主请说。”

师雨招手示意几人近前，压低声音将计划说了。

不多时天亮了，夙鸢过来找师雨，死活劝她回府上休息片刻。

师雨只好回到城主府中梳洗用饭，并未合眼休息，又立即返回街道。若羌大军已经开始叫嚣了。

师雨朝东城门看了一眼，也不知道即墨无白那边情形如何了。

霍拭狄从远处打马而至，眼下一片青灰：“城主，一切都已准备妥当了。”

师雨点了点头，再看向日头，忽然觉得这一日分外漫长。

若羌军依旧时不时有调动，大约是还在坚持追击即墨无白。而前方大部则悄然不动，虎视眈眈地盯着眼前的墨城。

一直到日头将斜，他们渐渐不安分起来，赵遇又出来喊话了，自然是劝降。

师雨懒得听他废话，调头离开，没走多远就见军队后方站着大批百姓，个个眼神殷切地看着她。

谁都看得出来接下来会有一场恶仗，这时候能依靠的唯有城主的决定。

“墨城的百姓听着！还有一个时辰，夕阳下山，若羌大军便会攻来！”赵遇的嗓音顺着风远远传过来，已经有些嘶哑：“你们的城主只顾私情不顾你们的死活，倘若你们有人擒住即墨无白交出来，可饶不死！”

百姓们神色不一，人群里响起窃窃私语。

师雨却反倒彻底冷静了。她转头吩咐大军集结，扣紧身上胡服的领口袖口，跨马执鞭，腰悬宝剑，立在大军和百姓中间。

“我知道你们在想什么。”她的语调已经不再如平常一般温柔，冷冷地拔高，传到在场每一个人的耳中，“若羌狡诈，讨要即墨无白不过是为侵略正名！今日他们可以要我交出即墨无白，后日便是霍老将军，再后来是这里的每一个将领，最后便轮到你们！”

百姓和大军沉默地聆听着，四周唯有风声依旧，师雨的马匹在身下不安地刨着地。

“墨城建城不过数十载，这些年来从未靠过别人，也照旧屹立不倒！我墨城儿女何时受过此等侮辱？何时受过此等威胁？难道你们心甘情愿就此任人宰割？”她抽出长剑，“我虽从未领过兵，今日却也决不惧战，誓与墨城共存亡！在场百姓，若有卖城求活之心，就不再是我墨城之人，立斩阵前，祭奠英灵！”

军鼓适时地擂起，秋风瑟瑟裹着夕阳慢慢沉沦。墨城仿佛回到了曾经，金戈铁马，大军列阵，四方雌伏。

霍拭狄见时机恰好，一挥战旗，墙外大军竟抢先朝若羌扑了过去。

师雨立在马上，竟真的守在前线，没有后退半步。

正当此时，西城门外，若羌军后方，忽然骚动不止。

师雨极目远望，他们后方似乎生了内乱，几个士兵左右砍杀，甚至已经与主将缠斗到了一处。

按照师雨的计划，霍拭狄指挥主力拖住若羌大部，霍定襄则带人绕道城中巷战侵袭，一面派人散播消息，称今日出城的即墨无白是假扮的，真正的即墨无白早已率领援军在来墨城的路上。

若羌原本已经分出一部分兵力去追击即墨无白，此时听闻情形有变，只好又加派人手去支援，以抵挡援军到来，对原先那个“假即墨无白”反倒没那么上心了。

此时状况百出，若羌多方应对，不免有些慌乱。那后方的骚动原本并不算大，若非师雨时刻盯着战场情形，可能都不会注意到，而此时借着这慌乱，却已经是渐渐扩大了。

师雨叫来葛贲，让他赶紧去阵中一探究竟，若真有士兵临阵倒戈，那可真是天助墨城。

葛贲领命，还未入得阵中，霍定襄已经伺机接近，直取对方主将。

那主将忽然被几个士兵偷袭，连忙呼喝。那群倒戈的小兵被回神的若羌大军团团围住，顷刻间便死伤了好几人。刚好霍定襄这一出现，解了他们的燃眉之急。

其中一人身手最好，几乎紧缠着主将叫他脱不开身。

霍定襄也对那将领紧追不舍，激战正酣间瞄了一眼那小兵，大致看出是张中原面孔，哈哈笑道："这位小哥看来是我中原义士，莫怕，待本将军助你！"

对方压根没看他，轻轻哼了一声，竟有些似女声，人蓦地踏马跃起，一剑刺穿了那主将的胸口。

霍定襄口中"啧"了一声，颇为赞赏，绕到主将背后补了一刀，斩下其头颅，高呼一声，豪气干云。

若羌士气大减，竟叫霍定襄和那倒戈的小兵钻了空子，跑回了墨城军阵中。

此战一直激战到天黑，若羌死伤惨重，但墨城毕竟人少，也好不到哪儿去。直到月上中天，双方休战对峙，若羌到底还是没能近前一步。

霍定襄从战场上退下来，意气风发。他身边那个若羌小兵却打马越过他直奔师雨，众人连忙护卫，那小兵勒马停住，一把揭去盔帽。

师雨上下打量一番，有些意外："乔姑娘，没想到是你。"

霍定襄也大为意外："什么，竟然是个女子？"

乔月龄朝师雨拱了拱手，冷冰冰的模样："你不要误会，我并非为帮你而来，只不过恰好遇上几位志同道合的江湖游侠，顺手助他们一臂之力罢了。"

师雨含笑点头："乔姑娘此乃大义之举，自然与我毫无干系。"

乔月龄环顾四周，没有见到即墨无白，却也不好开口询问，对师雨道："我来这里的路上发现若羌在征收粮草，想必补给不足。"

师雨心道，如此看来，拖住他们的策略是用对了，只是如今墨城被围，情况也好不到哪里去。

全军驻营吃饭，师雨请乔月龄去官署暂作休息。

战事当前，乔月龄没有扭捏，似乎也忘了之前的纠葛，只是话很少，除了和战事有关的话题，几乎不和人交流，比以往更冷漠了。

师雨已决意不回城主府去，夙鸢担心她吃不好，特地将饭菜从城主府里带过来，见到乔月龄在场，既嫌弃又忌惮。

师雨却似乎浑不在意，甚至还请乔月龄一同用饭。

当然，乔月龄拒绝了。

饭还没吃完，若羌就又急匆匆地进攻了。

赵遇又在阵前叫喊，嗓音嘶哑，甚至要叫听见的人心生不忍，但他说出来的话却是十分刺耳。

葛贲故意将斩杀下来的敌将头颅高高悬起，墨城将士齐声高喝，声震云霄。

眼见若羌将士士气大降，赵遇大为受挫，脱口骂道："我们多的是有勇有谋的将领，失去一个算得了什么！尔等休要猖狂！"

师雨刚好跨马到了前方，听闻此言，冷笑道："你们那些有勇有谋的将领，我们可是一个都没听说过呢。"

墨城将士放声大笑，赵遇怒极反笑："你们的霍老将军想必早已经死了，都还不敢发丧吧！"

师雨正要反击，忽听身后马蹄急促，声如洪钟的嗓音传入耳中："若羌宵小，想要老夫的命，还嫩了点儿！"

赵遇脸色一变，火把熊熊照耀，霍擎刚正的面目在墙后一清二楚。

师雨也没想到老爷子会精神奕奕地出现，连忙打马上前，却见他身子一歪，赶紧伸手扶住，一面招手示意其他将士挡在前面，免得叫若羌人看见。

霍擎勉强在马上撑住身子，颓然叹了口气："城主，老夫曾答应过老城主要在你身边尽心辅佐，今日也算是最后尽力了。"

霍拭狄和霍定襄闻言都变了脸色。

师雨却出奇平静："霍叔叔不要说丧气话，您且等等，墨城一定会光复。"

霍擎点了点头，再没有力气。两个儿子赶紧上前扶他下马，唤来大夫，一阵忙碌。

若羌果然很快就撤换了将领，换上的是在西域一带多次作战，稍有名气的老将单殷。

之前出面的将领个个都眼生，连名字都没听过，却在此时推出单殷来，且迅速至极，想必是早有准备。

单殷上任后便急于开战。大约是霍擎还活得那么精神给了若羌很大压力，将士们此时将无处可泄的怒火都用来叫阵了。

霍拭狄因为父亲的伤势身心俱疲，却还要安抚三军，告诫众人，不要理会任何挑衅，若羌数次吃亏，单殷为将后却忽然变了策略，必然是想要引他们主动出击。

于是将士和百姓们都听到了更难听的话——

若羌骂师雨是反将施子光的野种，骂她靠美色取得如今的地位，骂她与即墨无白公然乱伦，并扬言一定要将她掳回去给若羌王做提鞋的贱婢……

一国众军于阵前侮辱一个女子，竟然出奇地卖力，恨不能将世间最恶毒的语言都搬出来。

葛贲听得怒火中烧，数次建议冲杀出去，却见师雨坐在道旁，一脸安然，只好按捺下去。

刚刚换回女装的乔月龄站在几步之外，看着师雨孤零零的身影，忽然道："我劝你还是突围出城避一避吧，若羌以一国对一城，你胜算不大。"

师雨看了看她，仿佛又回到了以前的太平岁月，眼角弯起，温柔似水：“这里是我的家，我还能去哪儿？”

乔月龄默默无言，见过她诸多笑脸，唯有此刻最叫人难忘。

单殷接连挑衅了三日，所有将领并督军赵遇都将嗓子叫哑了，墨城却始终没有回应。

师雨告诫诸位蠢蠢欲动的将士，若羌既然一出手就偷袭，显然是打算速战速决，证明其补给难续，久耗不利，所以千万不要上当出头。

虽然墨城城中所余食物最多还能维持半月，但若羌未必就能熬得住半个月。若非忌惮富饶的墨城物资充足，他们又何必处心积虑地放这么大一把火？

太阳一日日升起，又一日日落下，恶语相向已经让墨城军民无感，死活就是不主动出击。

单殷终于忍不住了，恰好那日起了大风，他又想起了火攻。

此招甚为阴毒，无数点燃的羽箭射向墨城大军，风势催生火势，墨城大军哀号不已，纷纷后退至墙后。

单殷眼见有效，大为得意，派骑兵重甲上前破墙。

墙壁霎时塌了大半，墨城军士慌忙间在两头修补，但那豁口照样可以通过人去。急着抢功的骑兵纵马而入，顷刻间几百骑便拥了进去。

本以为进去后等待他们的是待宰的羔羊，没想到却是严整的大军。

这冒冒失失冲进来的几百若羌骑兵惊觉上当，连忙调头要回去，那些修补墙壁的墨城将士哪里还有慌乱之态，墙壁豁口及时挡上了拒马木，尖森森的兵刃指着他们，已无后路。

霍拭狄与葛贲带领的大军冲杀过来，墨城将士不喊不叫，只用手中兵刃振奋士气。

单殷觉得奇怪，墙壁都快修补好了，怎么进去的人还没回来？

于是又有一队骑兵冲了进来，结果自然一样。

一道墙壁像是生死关卡，里面慌乱的墨城士兵是诱饵，一点一点吸引敌人，一点一点吞噬殆尽。

乔月龄跨在马上，与师雨并列于后方，看了看她道：“想不到你还会打仗。”

师雨苦笑一下：“逼出来的罢了。”

“单殷有经验，应该很快就会发现异常。”

“定襄带的人大概也快到了。”

说话间单殷已经亲率大队人马来袭，但左右都受到了侵扰。

街道宽阔，残垣断壁间尽是神出鬼没的弩兵，霍定襄带着他们四下游走，出击时防不胜防，大大拖慢了若羌军队的进攻速度。

其实若非如今弩箭缺少，师雨也不至于直到现在才用上弩兵。墨城在远程兵力上向来胜于西域各国，甚至连中原朝廷也颇为忌惮。

乔月龄见若羌军队连连遇阻，心情畅快不少，一直冷着的脸也稍稍缓和了一些，却仍有忧虑之处：“你这是打算决战了？若羌兵力足，四门之外还有盟军，仅靠你这十万不到的人马，决战太难。”

师雨忽然问她：“你来这里几日了？”

乔月龄怔了怔：“有七八日了吧。”

师雨暗暗皱眉，即墨无白还没回来，也不知现在到底如何了。

身后忽然轰然一声闷响，她愣了愣，连忙策马朝东城门奔去。

这么大响动，有可能是城门被攻破了。

刚走到半道，已有守城士兵快马来报：“城主，援军到了！”

师雨松了口气，随即心又提了起来：“援军将领是谁？”

士兵讷讷不敢言。

师雨急了：“是不是即墨无白？”

士兵连连摇头：“并非即墨大人。”

师雨的一颗心缓缓沉下去，却听自东城门疾驰而至的大军呼声高昂——

“陛下御驾亲征——大军来援！”

夕阳不识人间事地照耀着，从远处的沙漠一直到眼前的墨城东城门，从碎金点点到沉默厚重的青灰。

焉耆和且末的联军刚刚败退，只留下一片狼藉，以及满地的士兵尸骸，一直堆到被强行攻破的城门口。

隆隆铁骑呼啸而过，踏过大街，声震四方。宁朔都护府二十万驻军倾巢而至，后方是天子六乘车舆，黄盖荫荫，威风赫赫。

师雨与墨城官员早已在道旁垂首静候，皇帝从车中探身而出，铠甲威严，不待众人禀报，便下令车舆继续朝前而去。

师雨抬头迅速在他身后扫了一眼，依然不见即墨无白，心中焦急，却又不能表露出来，狠狠掐了掐手心，上马跟上皇帝车驾。

豫国皇帝御驾亲征的消息早已传到前线，单殷大骇，怎么也没料到墨城竟如此受重视，何况皇帝还来得这么快！原本计划着速战速决拿下墨城，是要与中原谈条件，为若羌王一统西域铺路的，这么一来却棘手了。

单殷焦头烂额，但他此时身陷战场，根本顾之不暇，何况此时墨城将士士气大振，想退也退不了。

皇帝车舆稳稳停住，嘉熙帝立在车上，手扶宝剑，清了清嗓子，高声道："若羌军士听着，令尔等即刻息兵投降，否则朕必将追究到底！"

单殷一脸血污，粗声喝道："追究到底又如何？若羌还能怕了你们不成！"

嘉熙帝这边却顿了顿，似在斟酌语句，须臾又道："太祖视若羌为兄弟之邦，二国订盟，互不侵犯。然如今若羌踏我疆土，辱我国民，掠我财富，师出无名。朕今日起誓，必使若羌在西域永无立锥之地！"

这话说得当真解气，连葛贲这个看不惯朝廷的人都连声称快，抢先入阵杀敌，直奔单殷而去。墨城大军齐声呼喝，扑杀上去，气势汹涌。

嘉熙帝霍然拔剑指敌，二十万援军冲杀而入，墨城士兵气势愈发高涨，连乔月龄都忍不住加入了战场。

单殷与几位将领腹背受敌，多处受伤，而一直叫嚣得最厉害的赵遇见机不对，已经趁乱悄悄逃走了。

曾经繁华的街道被鲜血浇灌，该堆放琳琅货物的地方躺满尸首，歌声回荡的酒家前响起的是濒死的哀号……

师雨的心似在这里，又似在远处，茫茫然竟不知在想什么，只是麻木地看着眼前双方互相厮杀。

忽地快马奔来，打断了她的思绪。

南城门守城士兵来报，援军已经驱逐敌寇，夺回南城门。

师雨心中安定不少，北城门威胁最小，拿回了东城门和南城门，基本上已经等于对若羌军形成包围之势。

战场中的单殷渐渐难以抵挡，而他背后的西城门此时却是滚滚尘烟。

震雷般的铁蹄声风驰电掣而来，直扑若羌军背后，却并非中原援军，而是胡服弯刀的西域士兵。

师雨诧异地看向嘉熙帝，他却垂眼看着鞋尖，脸色有些发白。她怔了怔，恍然大悟，当即扯了一下他的衣摆："邢先生？"

"嘉熙帝"睁开一只眼睛，瞄了瞄她又闭上："等他们杀完了你再叫我。"

"你这皇帝座驾委实逼真，险些将我蒙骗了。"

邢越这下彻底睁开了双眼，左右看看，趁着无人凑近道："这次是真的！我是奉旨假扮！不然哪能有这帝王车辇？"

师雨立即回味过来："是即墨无白的主意？他人呢？"

邢越伸手朝战场一指。

前后夹击让若羌军慌乱无比，顷刻间溃不成军。

单殷已经死于阵中，其余将领要么战死，要么投降，若羌大势已去。

师雨的视线来回扫视，心紧紧揪着，始终不见即墨无白。

衣袖忽而被轻轻扯了一下，她拖沓地收回视线，一转头，却见戎装利落的即墨无白就站在眼前马旁。

心绪大起大落，无以言表，师雨翻身下马，陡然上前抱住了他。

即墨无白扣着她的腰，将她搂得更紧。

这么多天才回来，还以为墨城早撑不住了，甚至都做了最坏的打算，但此刻她就好端端地在眼前，怎能不感动。

战场上一片欢腾，师雨很快回神，退出他怀中，环顾左右，还好没有人在意。

“我还以为你出事了。”

即墨无白低声道：“你还在等我，我如何能出事？”

师雨悬着的那口气总算是放下了。

所谓非礼勿视。邢越就在旁边，却是回避到现在，此时见二人不再搂搂抱抱了，连忙从车上走了下来。

“少卿大人，我的事情都办好了，是不是可以走了？”

即墨无白笑眯眯地道：“别急啊，先是驱逐若羌盟军，又是拉来了若羌的敌军，你的事情还没完呢。”

将士们刚好返回，邢越愁眉苦脸，扭头时却又立即摆出一脸威严，嘉许众人，言辞鼓励。

师雨趁机将即墨无白拉到一边，问他这些时日的情形。

即墨无白省去了诸多惊险之处，只简略地说了说，他去宁朔搬救兵的确是遇阻了，可大多还是顾全大局的，只是他又辞了官，调动不了任何人。

说来也巧，即墨无白当日刚好撞见在附近打听墨城消息的邢越，便写了封密信给嘉熙帝，请求让邢越假扮皇帝御驾亲征。

比起八百里加急信函的速度，刺史的援军还在路上晃悠，嘉熙帝便同意了他这计策。那御用的车辇也不是新的，是当初太祖御驾亲征时留在玉门的，刚好派上用场。

有了“皇帝”出面，哪还有什么障碍，都护府大军瞬间集结完毕。即墨无白却又连夜赶赴西域，打算摧毁若羌与各国的联盟。

哪知走访了几个小国才知道若羌是外强中干，也就只有焉耆和且末支持罢了。

即墨无白借若羌意图一统西域为由分化各国，其中最为亲汉的依耐国被说动，出动了骑兵支援，如此胜算大增，他才与邢越约好时间，一同赶赴墨城驰援。

说到此处，他舒了口气：“我没想到你竟然撑了这么多天。”

师雨笑了笑，其实连她自己也没想到。

说话间乔月龄打马过来，在人群里露了脸。

即墨无白一眼见到，颇为惊讶："乔姑娘也来了？"

乔月龄站在人后，并未向皇帝见礼，身上满是血污，只有一张脸还算干净。她看了看即墨无白，微微点了点头便收回视线，甚至都没上前一步。

虽然与墨城将士并肩作战了好几日，但知道她身份的人都不愿与她亲近，她虽在众人之中，却又像是在红尘之外。

邢越还在用嘉熙帝的口吻慷慨激昂地激励大家，即墨无白忽然上前抱拳道："陛下，眼下是不是该收押若羌降兵，犒赏来援盟军了？"

邢越松了口气，心想你这厮总算是来教我做事了，面上一本正经地点了点头："嗯……爱卿所言甚是，便这么办吧。"

即墨无白又道："陛下，乔月龄此战奋勇杀敌，为国尽忠，是不是可以将功抵罪啊？"

乔月龄不禁朝他看了一眼。

邢越接收到即墨无白的视线，故作沉吟，片刻后才道："嗯，说得有理，乔姑娘护国有功，朕赦你无罪了。"

乔月龄哪里知道他是假扮的，不由得愣怔了下，许久才叩首谢恩。

论功行赏向来都是要等到班师回朝后按例而定的，哪有刚打完仗就开始论功行赏的？

在场的人多有不解，师雨却心如明镜，反正邢越这次是奉旨冒充，嘉熙帝总不至于拆自己的台，如今话已经说出去了，待回了都城，嘉熙帝也不得不认。

夜幕降临时，北城门外的敌军撤退，至此墨城一夕之间就被光复了。

然而此战损失太重，大半个墨城都成了废墟。

邢越由即墨无白陪同着前往城主府落脚，一路上感慨不断，当真是由心而发。

想他上次离开时墨城还繁荣富庶，如今却是这般模样，怎能不叫人唏嘘？

师雨片刻不敢放松，命人固守城门，打扫战场，安置百姓。

返回城主府时，路上特地去接了霍擎，他老人家自那日之后便又昏睡不醒，连今日决战那么大的动静都没能将他惊动。

师雨俯身在他耳边道："霍叔叔，墨城无事了。"

霍擎似乎听到了一般，脸色安宁。

虽然胜了，但百姓们没有欢呼雀跃，城主府里也没有大摆宴席。

百姓们顾不得夜幕降临，赶去瓦砾中收拾残局，急着恢复生计。将士们依旧不敢懈怠，忙着修葺城墙城门。

城头，街上，瑟瑟冷风里，许多将士和衣抱着兵器，浅浅睡上一觉，又继续严密防范。连霍拭狄和霍定襄都未曾回府片刻，甚至顾不上看一眼老父。

依耐国的援军倒是够仗义，等到西城门修缮大半才退走，大有“事了拂衣去，深藏功与名”的风范。

师雨回到几日未归的房间里，洗净手脸，用罢晚饭，仿佛直到此时才感觉到疲累，坐在桌边，一手撑着额头，竟就这么沉沉睡去了。

再有意识时，鼻尖有熟悉的气息，腰上紧扣着手臂，头靠在暖暖的肩窝里。

她睁开眼睛，肩头披着披风，即墨无白揽着她坐在桌前，手里拿着份文书正看得入神，侧脸被烛火勾勒出浅浅一道光晕的轮廓。

师雨伸出手去，抚住他的脸拨向自己，吻了吻他的唇。

这动作太过连贯自然，以至于即墨无白愣了一愣才回味过来：“怎么今日这么好？”

师雨大大方方迎着他眼中的笑意：“战后余生，我这是惜取眼前人。”

“嗯……说得十分在理。”即墨无白当即放下手中书函，将她拦腰抱起，转入内室。

战事停息后五日，墨城光复的消息快马送入长安，举朝振奋。

嘉熙帝幼年受太祖金戈铁马事迹的熏陶，一直也有意建立武功，曾对左右大臣说过：“朕恨不能早生十年，随父征战沙场。”其心性可见一斑。

如今面对墨城这一战，他早已是怒火熊熊。自己都没舍得动墨城的一草一木，却被若羌毁成这样，岂能善罢甘休！

于是刺史所搬去的那支救兵没有撤回，而是接到皇命，直接杀向若羌边境，以扬国威。

若羌主力已灭，又以为豫国皇帝还在墨城坐镇，士气低迷，自然不敌，失了大片疆域。

嘉熙帝的铁骑却不肯停止，短短一个月内，接连拔了若羌边界五城，墨城外的疆土大为扩张，整个西域为之震颤。

若羌国中更是传言四起，嘉熙帝曾在战场扬言要使若羌在西域再无立锥之地，只怕这是要灭了若羌。

若羌王怎么也没料到嘉熙帝态度如此强硬，从一统西域的美梦中惊醒，连忙斩了当初提议出兵的臣子，觍颜求和，赵遇也在其中。

至于焉耆和且末，早在得知豫国出兵若羌之时便赶着过来巴结了。

师雨近来一门心思扑在重建墨城上，自然不会参与此次扩张行动，连一兵一卒都没有派出。但这不代表她仍与中原对立。

墨城无论位置还是身份都敏感而突出，身后的中原却在渐渐崛起，嘉熙帝又颇有建树，有了这份依靠，百姓们的日子会好过许多。

她已决心彻底抛却即墨彦那桩旧事，再不提及独立二字。

冬日的寒风吹过西域，百草枯折，天地被染成了灰墨色，哈兰花又开始出现在街头店铺，只是比往年少了太多。

墨城百废待兴，师雨无暇分身，即墨无白要代替她赶去长安向嘉熙帝汇报情形。邢越便与他一同上路，做出皇帝返朝的模样。

待到了宁朔地界，城门外停着辆马车，旁边站着个白净的妇人，老远就朝队伍挥手。即墨无白一看，原来是邢夫人赶来接丈夫了。

邢越从龙辇中探身出来，高冠整肃，身着盘龙纹绣的宽袖礼服，腰缠金钩革带。邢夫人见了，神情颇为激动，上前捏了捏他的脸："哟，原来皇帝长这模样啊。"

即墨无白立即挥挥手，示意左右退后，这模样可不成体统。

邢越顶着皇帝的脸左右看看，也不端架子了，拉起媳妇儿就要撒脚丫子跑路。

即墨无白打马挡在他身前："你这么着急做什么？"

"就是！"邢夫人用一副孺子不可教也的表情瞪着他，"你傻啊，不去都城向陛下讨赏，跑什么跑啊？"

邢越耷拉下肩膀："讨赏？替皇帝办事，办得好是应该的，办不好可要掉脑袋了，只要不被问罪就是好事了，还讨赏呢！"

邢夫人一愣。

邢越拽起她就走，走出去几步又返身对即墨无白道："我决定了，以后再也不假扮别人了！所以你以后可别来找我了！"

即墨无白一本正经地点头，心想有种你自己忍得住啊。

半月后即墨无白一行抵达长安。

这里的冬日没有墨城那么折磨人，御书房里炭火很旺，混着龙涎香，有种心痒的舒适。

嘉熙帝坐在案后，稍显身宽，龙马精神，可见最近心情愉悦，看向刚刚见礼完毕的即墨无白，"看你这段时日清瘦不少，看来为了墨城也是心力交瘁啊。"

即墨无白一身雪白的儒衫，这段时间多有波折，的确瘦了许多，看起来清清落落的。他笑着回话："草民哪是为了墨城，还不全都为了陛下吗？"

嘉熙帝啐了一声："既然为朕劳心劳力，那是不是可以不辞官了？"

即墨无白左右张望，不吭声。

嘉熙帝手指点了点桌子："你假借邢越的口赦免了乔月龄的罪，朕可还没过问呢。"

即墨无白赶紧表态："陛下误会了，臣没说辞官啊，只是一时兴奋没能来得及谢恩罢了。"

"那好，此事就这么定了，朕可是把安西大都护的位子还给你留着呢。"

即墨无白称是，做了大都护也是好事，至少以后墨城再有事，他可以及时帮衬。

嘉熙帝心情实在太好，如今又留住了心腹，更是红光满面。

即墨无白瞄了瞄他神色，斟酌道："陛下，其实说起来，除去乔月龄的事，还有一件事，臣也借邢先生的口下了旨。"

嘉熙帝闻言立即皱了眉，总感觉没好事，"你又做什么了？"

即墨无白凑近低语："也没什么，就是请邢先生代您传了个口谕，为臣与师雨赐了婚而已。"

嘉熙帝睁大眼睛。

即墨无白站直身子，一本正经地向他行了大礼："臣多谢陛下恩情，今后定当鞠躬尽瘁，报效朝廷！"

嘉熙帝眉头未松，一手扶额，一手摇了摇："罢了，随你们去吧，朕权当不知道这事。"

即墨无白千恩万谢，退了出去。

怎么可能当作不知道。这事第二日便传遍了长安城，然后随着商队，一路往西而去。

嘉熙帝知道消息的时候正在用膳，被噎了一下，狠狠捶了一下桌子，又被这厮给阴了！

年关的墨城没什么年味，周边边镇光复后，守军全部重新排布，师雨又下令加筑四座城门，很是忙碌。

其间朝廷又派了一支驻军守在了安西都护府与墨城中间，这是嘉熙帝特许应援墨城的特殊部队。

官署被重新整顿，官员也都按照战时表现重新安排职位。这些还只是小事，师雨的重心都花在了安顿百姓上，甚至严格制定了抚恤制度，拿出了城主府库藏补贴给了百姓。

墨城街道左右已经竖起了新建的屋舍，百姓们逐步恢复了生计，商旅们也陆陆续续开始在城中出入。

师雨遮面跨马，身披大氅，沿街查看城中情形。百姓们见到她纷纷见礼，无不恭敬。

经过沙义拔克门前，掌柜的拦住师雨，命人搬了几坛养生的好酒送过来，说是感激她在强敌面前固守城池，保全一城百姓，战后又安定民生，日夜奔波操劳。

店中和道旁的百姓闻言而动，个个都开始赠送东西。师雨身后的随从瞬间成了目标，手中臂弯里，无不被塞得满满当当的。

师雨有些诧异："诸位这是做什么？"

百姓们纷纷伏道叩拜，满口感恩戴德。

葛赍打马上前，笑道："城主是不知道，如今许多人都说您继承了老城主衣钵，颇有其雷厉风范，对您崇拜得不得了，这可是民心所向啊。"

师雨怔怔的："没想到此战之后，我竟能赢得如此声望……"

霍擎刚刚苏醒不久，还不能下床，但一直关心墨城情形。

当晚听闻此事，他大为心安，对两个儿子道："城主总算是坐稳位子了，这样我就算要走，也安心了。"

师雨因为不好意思再受百姓恩惠，这天之后，多日不曾入街，对于从长安传到墨城的消息，自然也是一无所知。

过了几日，照旧在议事厅中与官员们碰面。商议完事情，众人退去，霍拭狄却留着没走。

他向来严肃，今日脸上竟憋着笑，走到师雨座前抱了抱拳："恭喜城主了。"

师雨意外地抬起头："恭喜我什么？"

"您与太常少卿……哦，不是，与大都护的好事要近了啊。"

师雨愈发奇怪，连忙追问，这才知道事情经过。

"这……"她哭笑不得，原本身份就尴尬，还把婚事弄得人尽皆知，也就只有即墨无白做得出来了。

墨城百姓是早就传开了，七嘴八舌，反正那二人在他们眼里早就成了婚，这个消息不过添一点儿饭后谈资罢了，并未掀起什么波澜。

其他地方的百姓可就跟墨城不同了，说起这桩婚事都带着几分猎奇的心态，有的当作一桩笑话看，有的则多为艳羡，毕竟中规中矩的中原，有这勇气的人可不多。

朝中一些守旧的官员可看不惯，觉得陛下不仅不遏制，还给即墨无白升职，实在不该。

方杭那是相当激动，上疏谏议不成，回去又被妻子不甘心地一阵唠叨，气得大病不起。

师雨这下更不愿意出府了，每日在府中看凤鸾暧昧地冲自己笑就够无语的了。

墨城开始下起大雪，气候比往年冷了不知多少倍。城主府里为了节省，只在师雨房中生了一小盆炭火。

即墨无白刚刚回来，风尘仆仆地迈入房门，就见师雨坐在火盆旁，身上披着一层厚织毯，桌上放着一只最普通不过的粗制碗。

“你这是在做什么？”他有些奇怪，却掩盖不了眉宇间的喜色。

师雨伸出一根手指，敲了敲碗口道：“想成婚是吧？看到了吗？没钱。”

即墨无白苦了脸，挪到她跟前哼哼：“那我去捏造个‘成婚税’，去城中搜刮民脂民膏。”

师雨斜睨他一眼：“你敢。”

即墨无白咧嘴一笑：“你想多了，其实婚礼不重要，反正你我也算成过亲了。重要的是，现在全天下都知道你我是一对了。”

师雨恍然大悟，原来他打的是这个主意。

第二日，师雨将墨城事宜交给刺史代为打理，下令全城继续戒严守备，而后收拾行装，与即墨无白相携出府，只带了凤鸾、杜泉和一队护卫便启程了。

墨城官员百姓无人知晓二人去向，倒是有消息说，二人这是择地成婚去了。

大雪纷纷扬扬下了几日才停，之后都是晴朗的好天气。暖阳融融照人，道路上压的厚厚的积雪也消融了大半，城门外的郊野从银装素裹中冒出一块一块黑褐色的土地。

一袭劲装的乔月龄打马出了城门，肩头负着一只包袱。正是人来人往的时候，也没人注意到她。

霍定襄正领着人在城门口巡视，眼神在出城的人群里来回扫视，一眼看到她，打马赶了上去：“乔姑娘这是要去往何处？”

乔月龄勒马停住：“是霍将军啊，我回老家而已，怎么，要查吗？”

霍定襄见她神情冰冷，口气又很不客气，不禁讪讪：“当然不是，你怎么忽然要回老家了？”

“想回便回了。”乔月龄朝他抱了抱拳，继续前行。

霍定襄叫住她：“城主尚未回来，你就这么不辞而别？”

乔月龄语气更冷了：“我又不是你们城主的下属，回老家还要请示她不成？”

霍定襄脸色有些僵，心道这姑娘还真是不好相处，说什么话都带着刺，摆摆手道：“也罢，那乔姑娘保重，待你再回墨城时再叙吧。”

乔月龄摇头：“我是回老家定居，不会再来墨城了。”

霍定襄怔了怔，她已振鞭策马，冲出了城门，视线里只余下一阵马蹄踏起的雪屑。

乔月龄在墨城几乎只与城主接触，这点大家都很清楚，身旁便有人问道："将军，可要送消息给城主？"

霍定襄回神："你知道现在城主在哪儿？"

"好像说是去即墨大都护的老家润州了。"

"谁再说他们人在润州，老夫就啐他们一脸！"即墨老族长交叠着手撑在拐杖上，重重地戳了戳地。

也不知道是谁起的头，非说即墨无白带着师雨到润州来见他老人家了，还在这里办了婚事。老族长简直肺都要气炸了，之前虽然有些风言风语，但他老人家都以为是谣言。即墨无白好歹也是掌管礼乐教化的太常少卿，岂会不顾伦常娶自己名义上的姑姑，说出去岂不是要笑掉别人大牙？

可是万万没想到，这小子还真娶了！

越想越不解气！难道天下就没有其他好姑娘了吗？他老人家又命人书信一封，寄往墨城，将这几日骂的话再对即墨无白书面表达一遍，就差叫他与本家断绝来往了。

墨城周边的各个小镇因为之前被若羌侵扰，近日才恢复生计。偏西的镇子因为离丝绸之路较远，往来的异乡客也少，全镇只有一家客栈，天冷时也只有厅堂中才烧一盆炭火，和一个普通住家没什么分别。

平常客栈里的客人少，大家都习惯了冷清，不想这两日却有一行十来人前来投宿，男女两位主人看起来颇有气度风仪，也不知是官家还是商贾。这二位也不用伙计伺候，凡事皆由一男一女两个侍从操办。

伙计因此只能闲着跟掌柜的胡侃。

天气转好了，街道上的积雪早已消融殆尽，客人却依然还是那几位。

伙计做完早饭，又闲着无事，倚着柜台跟掌柜的闲扯城主成亲的事儿，一会儿猜二人去了哪里，一会儿又猜二人到底为何离开。

"成个亲而已嘛，何必跑远，想不通。"掌柜的眼睛盯着那寥寥几页账本，一边说道。

伙计道："中原人不都讲个媒妁之言，父母之命什么的嘛，八成还是为了好让即墨大人上告长辈，这才离开墨城的。"

掌柜的摇头："皇帝陛下赐的婚，还要上告什么长辈啊？啊，我知道了！一定是因为二人自觉身份尴尬，不想太出风头。"

"那不可能，这两个人之前都敢当着全城百姓的面成婚，还怕出什么风头啊？"

掌柜的说不过他，恰好看到客人的侍从出来端早饭，朝他招招手："哎，这位小哥，看你见多识广的，你来说说看，咱们城主为何要出城去成亲啊？"

杜泉停下脚步，望了望屋顶："可能是为了省钱吧。"

掌柜的和伙计顿感莫名其妙。

师雨和即墨无白再回到墨城，其实前后也就过了半个月。

百姓们以此为依据推断二人去的地方大概就是附近，猜来猜去，不亦乐乎。

天气严寒，风冷冷地拂过墨城大街，马车缓缓驶过，车帘随风摆动，车内情形若隐若现——即墨无白用身上大氅罩着师雨，一手握着她的手，一手揽住她的肩头，二人窃窃私语，旁若无人。

百姓们不禁感慨：新婚燕尔，还真是恩爱啊。

官员们听说二人在外完婚回来了，当日下午便齐聚议事厅道贺。

师雨与即墨无白都到了场，被官员们问起在何处办的婚事，排场如何，皆对答如流，就连喜服用了什么料子，缀了几颗珠子都说到了。

但守在一旁的夙鸢和杜泉却听得不是滋味。墨城战后损伤太大，师雨和即墨无白连自己的身家都搭进去不少，哪里有钱讲排场？实际上根本没有什么婚礼，他们走这一遭，就是想宣告已经成婚了而已。

不过师雨和即墨无白本人对此毫不在意，自打回府后就都是心情不错的样子。尤其是师雨，这趟回来后，人都圆润了几分。

这种天气，出行一趟自然十分劳累，当晚师雨用罢晚饭没多久就洗漱就寝了。

即墨无白捏着封信函走进来，在床边坐下，将她抱起搁在膝头，一只手顺势给她捏了捏肩头。

师雨舒适地眯了眯眼，懒洋洋地问："你拿的什么？"

"陛下的来信。"即墨无白话语间有笑意，"你猜写的什么？"

"陛下的信能有什么，不是宁朔便是墨城。"

即墨无白低头凑近，与她耳鬓厮磨，低声道："陛下下了款银给墨城，就看你如何安排了。用得好的话，墨城恢复如昔不是空谈。"

师雨惊喜地坐起："当真？"

即墨无白点头。

师雨即刻起了身，坐去案前铺纸研墨，将墨城的安排悉数记下。

即墨无白不禁蹙了眉，走过来盯了她半晌，等到她搁笔沉思时，清了清嗓子道："陛下肯下款，我可是居功至伟，城主就没什么表示？"

师雨含笑抬眼："那你想要我有什么表示？"

"自然是拿人来偿了。"即墨无白一把将她抱起，放回床上便欺身而上。

师雨咯咯而笑，挽着他的颈项，贴在他耳边温言软语，而后主动将唇印在他的鼻尖唇上。

即墨无白心情愉悦，咬了咬她的唇瓣，故意逗弄她。交颈缠绵，呼吸渐浓，窗外瑟瑟寒风的啸声都已听不分明……

第二日即墨无白便赶去了宁朔，都护府的事情还需要他处理，可不能每日都在城主府待着。

但他不出几日就会赶回墨城，若赶上天气好，半夜也有可能突然出现在城主府门口。

师雨对此习以为常，近来忙着重振墨城，几乎从未主动去过宁朔的都护府见他，直到被夙鸢提醒，才察觉自己做得的确不够。

嘉熙十一年的春日悄然而至，宁朔都护府里的花草绽露头脸。

师雨快马加鞭赶至宁朔，进都护府大门时，朝阳不过刚露脸。她一边将马鞭递给随从，一边吩咐左右不要声张，要独自前往后院去找即墨无白。

大管家杜泉收到消息，匆匆赶来迎接，对于她的突然造访很是激动，连忙给她指路，说是即墨无白人在祠堂。

师雨有些诧异，好端端的在祠堂做什么呢？

她轻手轻脚地到了祠堂门外，探头看进去，原来即墨无白在祠堂里供奉了父亲的牌位，此时正跪在下方絮絮叨叨。语气却是挺轻松的，甚至还提到了和她的婚事。

师雨想起即墨无白说过，今日似乎是他父亲的忌日。

她稍稍犹豫，举步走了进去，挨着他跪下。

即墨无白愣了愣，下意识看了一下门，又看看她："你何时到的？"

师雨笑笑："刚到。"她看了一眼上方的牌位，又看向即墨无白，"如今你心中可还有怨恨？"

即墨无白失笑："如今的墨城已经是你的墨城了。"

春日大盛，边陲都昂扬起了绿意。墨城在师雨的手里从头开始，渐渐生机盎然。

墨城曾以军事强硬，贸易自由闻名东西，而如今师雨渐渐开始调整。她依然征了新兵充入军队，巩固边防，却又更大力度地鼓励商市，还借由贸易宣扬墨城与中原强权，力行汉风教化，旨在汉化西域。

边疆族群太多，武力可以使之臣服，却并非长远之计。

即墨无白给嘉熙帝写奏折，称赞她有怀柔功德。嘉熙帝却不买账，回复很干脆：当初下款扶持墨城，就是等着将它有朝一日并入都护府呢，你小子休要推搪！

师雨从他身后探过身来，一把抽走他手中的书信：“休想。”

即墨无白扶额叹息：“看来这个墨城，你我还有得磨啊。”

“再怎么磨都没用。”师雨哼了一声，“你就是用尽手段我也不会将墨城拱手相让的！”

即墨无白眼眸轻转，脸上堆满了笑，走过去将她拦腰抱起，朝内室走去：“夫人莫急，咱们床上慢慢谈。”

——正文完——

番外

墨城往事

【一】

即墨彦的本意只是拿下墨城，没想过朝廷会顺带把他的终身大事也解决了。

从这点来看，皇帝还是相当够意思的，至少他那些光棍部下对此都很艳羡。

墨城的气候比不上中原，娇贵的宗室之女只怕是难以适应。身边的人都劝即墨彦为即将到来的城主夫人新建住处，好让她住得舒适一些。即墨彦那时候正在建造城主府，却没有半点儿为未来妻子规划安排的意思，随口道：“不过是册封的公主，又不是真的公主，哪有这么金贵？”

大家私底下都在传，以后城主夫人的日子只怕不好过啊。

这年春暖花开，墨城居然没有如往年一般受风沙肆虐，天气像是被驯服了的野兽，出奇地乖巧。长安的送亲车队一路平安无事地抵达了墨城。

即墨彦跨马在城门口，身上没有穿喜服，依然是一身铠甲。他已年近四旬，但眉目英挺，面白无须，因常年作战而身材健硕，如今戎装在身，仪表堂堂自不必说，周围不知有多少墨城女子对他暗送秋波。

车队缓缓停下，一名太监捏着尖细的嗓音战战兢兢地宣布公主送到了，即墨彦打马上前，毫不客气地揭开了车帘。

别说送亲队伍，就连墨城的官民都被他这举动吓了一跳。料想那位新娘是个养在深闺的金枝玉叶，定然也会失声尖叫才是，可大家却只等到即墨彦松开手退开时那张错愕的脸，车中一片平静。

过了片刻，车中有只手伸了出来，接着是整个人。身姿窈窕的少女像是早春探出院墙的一枝迎春花，落落大方地迎着众人的目光，扶着车门站在车上。

她也没有穿喜服，而是一身朴素的罗衣，甚至连花纹坠饰都没有，发髻上也没什么珠钗配饰。

大概这就是即墨彦吃惊的原因。

他捏紧缰绳，斜睨着少女："公主成亲为何不着喜服？难道陛下是故意派你来羞辱我的吗？"

送亲队伍里的官员吓白了脸，公主却桀骜不驯地笑了一声："夫君着戎装来迎亲，算得上将才本色。妾身朴素出嫁，岂不也当得起一个节俭美德？"

即墨彦愣了愣，忽然一手撑在腰际哈哈大笑："陛下真是给我选了个好夫人啊。"他霍然打马上前一步，伸手揽了她的腰，将她放在马上，策马便走。

街上的人又吓得不轻，这哪像是贵族成亲，简直是土匪抢压寨夫人啊！

【二】

任何新婚夫妻都是新婚燕尔、你侬我侬的，可即墨彦那天当着全城百姓的面将新婚妻子掳劫一般带回了府中后居然就不再过问了。

新婚之夜据说他和部下喝得酩酊大醉，府中下人都抱着看好戏的心态认定这位城主夫人必然是独守空闺一整夜。既然这么不受城主待见，下人们伺候起来也就不太上心了。府中自恃有姿色者也开始蠢蠢欲动，想要占据城主的枕边江山。

即墨彦也是睁一只眼闭一只眼，对这位新夫人他本也持有戒心，存心想看看她的反应。

哪知新夫人的反应是没有半点儿反应，她从入府第一天开始就自发自觉地接手府中大小事务，操持一切内务，俨然一副贤内助的模样。明明府中人对她的反应她都看在眼里，却像是一无所知一样，时时刻刻都笑脸迎人。

即墨彦自然有些挫败，故意冷落了她大半个月，结果悄悄在远处一观望，人家依然是一脸如沐春风的笑容，哪里有半分哀怨？他也不是没见识过女人的毛头小子，可对这个新婚夫人却有些摸不着头脑，明明看着她比自己小很多岁，怎么心思却如此难以琢磨呢？

那日他在边界军营巡视，管家忽然来报说府上出了些事，请他立即回府处置。

即墨彦早吩咐过没有大事不可打扰他，既然管家会跑来，说明不是小事。他匆匆赶回府上，才得知几乎一月没见的新婚妻子已经被赶去最偏僻的西北角院落居住。

他眼下的府邸虽然算不上奢华，但等级区别还是十分明显。原本公主之尊的妻子住在坐北朝南的正院，与他同住一处，如今却被赶去了那样偏僻的角落，就像是被打入了冷宫一样。

即墨彦虽然对这位公主心思怪异，但自己妻子在自己不在的时候被奚落冷待，自觉脸面也挂不住，一回到府上就将肇事者叫过来问话。

几个近侍丫鬟在他跟前站了一圈，即墨彦一眼就看出是女人之间的钩心斗角，没想之前的不闻不问，倒演变成这样了。

“怎么回事？你们连城主夫人都不给面子，是不是也不给我这个城主面子？”

为首的大丫鬟娇俏地笑道：“城主这可是冤枉我们了，人家可是公主，我们哪有那个胆子去动她？是公主自认理亏，这才搬去偏院居住了，我们可什么都没干哪。”

其余几个丫鬟点头如捣蒜，眼神里丝毫没有畏惧之色。

即墨彦皱了皱眉，先遣退了这几人，私下问过管家，还真的是公主自己要去偏院住的，而起因不过是和丫鬟之间的争风吃醋。这下他越发不高兴了，新婚当日觉得她表现得挺异于常人的，本还高看了一眼，没想到也和其他女人一样。如今弄得这般没有退路，是嫌弃他冷落她呢，还是故意摆脸色给他看？以退为进不成？嗬，他又岂是个会被威胁的人？

听完前后经过，即墨彦万分悠闲地抿了口茶道：“随她去好了。”不如就借机会让她彻底认清楚自己的地位好了。他不无幸灾乐祸地想。

那几年若羌的贼心很明显，整日蠢蠢欲动。即墨彦在府上待了一宿就赶去了军营，临行前还叫管家假模假样地去劝一下公主，大意是夫君我太忙啦，没时间亲自来开导你，但还是特地派人来请你了，不如就识时务地搬回去住吧，反正都给你台阶下了。

即墨彦猜测她第一回见面就敢跟他针锋相对，绝对不会吃这套。果然，公主没有接受他的好意。

然而等他再回府时，赫然就见到数月不见的妻子好端端地坐在厅中上首，白面红唇，神清气爽，不像半分受过委屈的模样。

他解下披风，连洗去手上灰尘的心思都没有，上上下下打量着她的神色，却只看到一张气定神闲的脸。

“夫君这些时日保家卫国辛苦了。”她命人端来热水，亲自过来伺候他净手。

即墨彦这才注意到之前一直贴身伺候的几个丫鬟全不见了。

公主注意到他环视四周的眼神便笑了：“夫君在找什么，那几个丫鬟？她们都被我逐出府去了。”

即墨彦皱眉：“逐出府去了？她们做什么了？”

“自然是犯了错。”公主云淡风轻地笑了笑，“料想夫君也不会关心这些鸡毛蒜皮的小事，不过若是你不相信我的办事能力，我自然也该悉数禀报，请你定夺。”

即墨彦心里过了一下，他的确是不喜欢操心这些女人之间的争斗，每日军务外患就够烦忧的了，于是换了个口吻道：“我只是觉得没必要将人逐出府去罢了。”

“夫君该知道前些时候我可是自罚住去偏院的，她们风头明明在我之上，却被我逐出府去了，难道还不足以说明对错吗？夫君自有夫君的行事准则，我又何尝不是呢？”

即墨彦看了一眼管家，后者小心翼翼瞥了他一眼，没说话。

公主将绞过的帕子递给他擦手：“夫君要的是府中宁和，无后顾之忧，瞻前顾后做什么？”

即墨彦不禁挑眉，看了她一眼，她脸上依然有笑，眉眼精致，却隐隐有股英气。他忽而笑了，挥手遣退左右，上前一步揽住她的腰，手掌贴在她腰间，柔软如丝，盈盈一握，不禁又加了些力道，直将她扣入胸怀。

“公主行事雷厉风行，果然深得我心。”

公主偎在他怀里的身子微微僵了一下，但很快又恢复了常态，仰起脸来，笑颜如花：“如此说来，你我是天赐良缘啊。”

即墨彦轻轻嗅了嗅她发间的清香，暧昧地贴在她耳边低语：“为夫还不知道公主闺名呢。”

公主大名李道成，封号道成公主，取这名字是因为其父——当今圣上的堂兄，是个狂热的修道者。她软软地靠着即墨彦，轻轻道一句：“妾身乳名唤玉。”言语间不知含了多少浓情。

明明有英气之处，却又陡然展露柔情，饶是以即墨彦的阅历也有些心驰神摇。

这晚他终于宿在了新夫人那里。

第二日，府中下人再看城主夫人，果然眼光不对了，再无半点不恭。

【三】

若羌的频频骚扰让即墨彦烦不胜烦，中原又多的是排挤者，他阴了皇帝一回，皇帝自然不会让他好过。

以前每次想到遥远的中原和皇帝，即墨彦回忆起来的多是曾经辅佐皇帝四处征伐的岁月，如今却是奇怪，最早跳入脑海的变成了他的夫人。

最早是观望，如今凑近了看却不慎入了迷。即墨彦时常拿各种事情试探她的反应，她的表现每次都出乎他的意料，却又让他欣赏。

这么多年似乎第一次遇到这样一个女子，让他觉得是自己的同类，心生契合。她就像是一本耐读的书，每一日都叫人觉得新奇。原本他也只是偶尔回府来陪陪她，渐渐地竟演变成了每日回府。

即墨彦自己倒还没注意到，后来是管家提起才惊觉如此。

城主府已经快建完，工匠来找他复命，即墨彦忽然想起公主提起过塞外的大雪美得摄人，便又临时加了个要求，要在府中建一座高阁，可以远望长安，还可以欣赏雪景。

晚上到了住处，他将此事告知公主，她只是含笑着点了点头："我虽未直言，夫君却已为我想周全，这番心意，也只有心有灵犀者才能不言而喻。"

大概是被那句"心有灵犀"打动，即墨彦心中竟感慨万千，忽而走过去紧紧拥住了她。对她本有诸多防范，或者防范根本没减少，但此时此刻却有种得遇知音的感觉。

后来每每回想，他觉得自己大概就是那时候动的心吧。

后来他便有意放松了许多，他有时会在军营忙碌，甚至四下巡游，便将代城主的职责交给公主，回来后发现她竟将一切安排得井井有条，既惊又喜，甚至觉得，若她是男子，也是个英雄人物才是。

拿到墨城足足三年才算彻底稳固，若羌再也不敢造次。即墨彦心中的紧迫感松了许多。这一松懈下来，注意力也就完全转移到了生活上。

他已年届不惑，该有个孩子了。

即墨彦常年征战，身强体健，与公主也是越来越情投意合，可三年来公主的肚子一点儿动静也没有，实在叫人奇怪。

如今不比当初，他知道顾忌公主的心情，并没有直接提起此事，只是暗中吩咐府中大夫找机会给她诊断一下，若有问题，及时调养。

恰好公主感了风寒有些不适，大夫借机再三诊断，皱着眉头过来禀报即墨彦，说公主并无问题，身体十分健康，理应早有子嗣了，至于为何迟迟未能有孕，他也摸不着头脑。

如此不清不楚的理由，即墨彦自然恼火，赶走了大夫，命人遍访名医。每一个上门的大夫都找着借口去给公主诊治，可回答都一样，二人身体都十分健康，本该早有子嗣了。

即墨彦觉得不对劲，可看着每日在眼前笑颜如花的人，一个字也说不出来。

他的心里闪现过无数猜想，又一个个掐灭。当初的确是太祖皇帝一厢情愿地赐婚，但夫妻相伴已经三年之久，琴瑟和谐，有目共睹，他已不愿怀疑妻子。

不愿是一回事，即墨彦到底也不是个会轻易相信别人的人，只不过是将那点心思藏到了最深处罢了。直到有一日部下施子光来找他，将一封信函交到了他手里。

【四】

冬夜寒凉，吹雪阁上却炭火熊熊，温暖如春。即墨彦一头一脸的风雪，在门口伫立许久才推门而入。

公主纤秀的身影在重重帷帐后若隐若现，听到脚步声，轻笑着走了出来。即墨彦看到她柔情蜜意的一张脸，原本要脱口而出的话慢了一拍。

施子光今日来找他，告诉他说公主仍然与中原通信，交给他的便是截获的信件。即墨彦已经看到了信件的内容，却仍然不愿意接受这个现实。他自己也在心里嘲笑自己，一把年纪的人了，居然也会有这种时候，宁愿蒙蔽自己的双眼也要相信一个人。

“夫君在想什么？”

公主一如既往地体贴，即墨彦却一言不发，搂着她倒在榻上，像是嗜肉的猛兽。

直到第二日，天还没亮他睁着眼睛，忽然问了一句：“唤玉，你我一起这么多年，是不是该有个孩子了？”

公主窝在他怀里的身子果不其然僵了一僵，随之叹了口气道：“是我没用，让夫君烦忧了。”

即墨彦心里凉了半截，口中却仍旧若无其事般问道：“你说陛下是不是怀疑我有不臣之心？我若说我只是想拿下墨城，他会不会信呢？”

公主似乎愈发不自然，搭在他胸前的手指不自觉地缩了缩：“这我如何知晓？得问陛下本人了。”

“也是，你终日与我朝夕相对，如何会知晓千里之外的消息呢？”即墨彦一边起身披衣，一边似笑非笑般道，“我知道你行事向来自有原则，不会轻易动摇，但我也是，大约这就是你我情投意合的缘故吧。”

公主一直目视着他离开，始终不发一言。

【五】

即墨彦在军营待了好几日，最后是被施子光强行拽去城中酒馆饮酒才离开了大帐。

霍擎也在，这二人是即墨彦的左膀右臂，多年心腹，有许多话也好说。施子光知根知底，自然知晓即墨彦在烦恼什么，几杯酒下肚，直接提议道："城主何须烦扰，夫人终究顶着皇室公主的身份，岂能真心待你？依末将看，城主不如趁早多纳几个妾室，开枝散叶，也好为以后打算。"

即墨彦转了转手中酒杯，没有作声。

霍擎是个闷葫芦，在旁听了许久也没开口，他是三人之中年纪最轻的，却是成家最早的，如今膝下已有二子，也是怕开口反而刺激到城主。

施子光却是口才了得，从当初即墨彦为追随太祖起兵不惜和族人闹得不欢而散，到如今只落得一个边陲之地，还被当作固守大将来遣用，一件事一件事说来，无一不触及即墨彦心底的苦闷。

即墨彦本身就心思乖戾，难以捉摸，自与公主成婚以来才渐渐温和了些，但本性终究难移，听了许多也不作声，一张脸却是越来越冷了。

待到三人离开酒馆，霍擎特地慢走一步，扶住即墨彦胳膊，示意自己有话要说。二人目视施子光离开，他才悄声道："城主不得不防，施子光似有异动。"

都是一起出生入死的兄弟，霍擎又最是老实，绝不会出言陷害。即墨彦按了按眉心，只觉得一个头两个大，仿佛太平了没多久的日子一下就全都变了，什么事情都朝他砸了过来。

"另外，容末将多句嘴。"霍擎抿了抿唇，犹豫片刻才接着道，"末将不清楚城主与夫人之间的事，但施子光有句话说得对，城主的确该为将来考虑，毕竟中原和若羌都看着墨城，膝下空虚，终究不是好事。"

即墨彦长叹一声，点了点头："你说的我都听进去了。"

再回到城主府，一切好像都没有变化，公主依然笑颜以对，可越是这样越让即墨彦郁郁不欢。仿佛所有的情绪都是他的一厢情愿，她并没有什么异常，更不会有任何情绪的波动。

果然是个有原则的人，恰恰是他钟爱的那种人。即墨彦在心里自嘲。

"有件事想与你商议。"他用轻快的语气对公主道，"你我成亲至今膝下空虚，夫人以为该如何是好？"

公主看着他，脸上的笑容都没变过："夫君的意思是要纳妾？这也是应该的，不过这是家务事，还是交由我来办吧，保证选的人让夫君满意。"

即墨彦沉默了一瞬，脸上竟也一点一点堆出笑来："夫人果然不愿意为我生儿育女，真是一片苦心。"他大笑几声，转身出了门，一去又是好几日不归。

等到再回来时，已是数月之后，这是他离开时间最长的一次。

管家带着一个俏丽的少女来向城主夫人见礼，告诉她说这是城主新纳的妾室，已怀有身孕一个月了。

公主的目光落在少女身上，对方迎着她的视线毫无所惧。也是，即墨彦专宠妻子三四载，忽然转了性，料想她是觉得自己有过人之处吧。

公主勾了勾唇角，放下手中茶盏，起身从容安排，甚至还嘱咐了几句让她好好养胎，然后便回吹雪阁不再露面。

不出五日，妾室流产。

没人知道原因，但大家都在心里怀疑是城主夫人所为。公主只是在吹雪阁安然地待着，不闻不问。

即墨彦在军中很快收到消息，却也只是挑了挑眉，没多问一句。

这种事情似乎有一就有二，不知道什么时候起夫妻间有了心结，便不再亲昵。一个又一个新的妾室进了城主府大门，府中的侍女久违地开始蠢蠢欲动，即墨彦似乎也来者不拒，与以往判若两人。

妾室们都很争气，肚子一个个大起来，可惜谁都不长久，没有一个能顺利把孩子生下来的，甚至还有两个人因此送了命。

即墨彦依然不闻不问，他似乎在和公主较着劲，看谁先捅破这层纸，谁先低下头。

霍擎看不过去，悄悄来找他，手里拽着刚刚截获的信件："城主不得不防，留下子嗣重要。"

即墨彦心如死灰。

【六】

那一年的开春，即墨彦有了自己的第一个子嗣，运气好得很，是个儿子。但他几乎只看了一眼，都没有抱一下，便转手交到了霍擎手中。

"城主不给少城主取个名字吗？"床上躺着去了半条命的产妇，奄奄一息的时刻还惦记着儿子的未来，连称呼都换成了"少城主"。

即墨彦迎着她期许的目光想了片刻："取名为倓好了。"

霍擎应声称是，抱着孩子回了府。

产妇瞬间号啕大哭，揪着即墨彦的衣摆撕心裂肺地问为何自己不能抚养他？为何要将他送离城主府？那个孩子还在肚子里时就遭了不少的罪，天生体弱，叫作娘的如何忍心交予他人？

即墨彦掰开她的手朝外走："余下的事不用你费心了。"

产妇愣了愣，接着又是流泪不止，直到哭晕过去。

即墨彦身边环肥燕瘦，不缺美色，虽长住城主府，却已许久不曾见到公主。她早已搬去吹雪阁，几乎终日足不出户。

侍妾们自以为大，却又处处受限制，因为府中大小事宜，皆还要问过城主夫人定夺，而这是即墨彦允许的。

他有时候也会远远地看一眼阁楼，尤其是下雪时，因为知道公主喜爱在下雪时出来观雪。

岁月是条河，表面平静无波，内里暗涛汹涌。即墨彦再想起自己的儿子是因为他的生母忽然自尽。

霍擎慌慌张张地来告诉即墨彦，她临终前见过公主，只怕公主已经知晓即墨倓的存在。

即墨彦摆摆手，命人去各个出入要地拦截，果不其然，又是一封信函，她要把自己有子嗣的事情通知朝廷，如此尽心尽责，多年未变，果然值得钦佩。

即墨彦看着那封信，扶着腰在书房大笑了半晌，笑到最后已说不清是恨意还是心寒。

谁对谁错？他跟她注定是两个对立面的人，什么柔情蜜意天长地久都是假象！

事到如今，也许该挑明了。

可就在他思索着要如何处置自己的妻子时，施子光反了。

【七】

寒冬瑟瑟，骁勇善战的部下如今和自己兵戎相对，即墨彦从未想过会有这一日。

不过大概他当初占据墨城时，皇帝也是这般心情吧。

施子光与霍擎不同，霍擎安分且念旧，是会忠心一世的人。而施子光却恰恰与即墨彦有太多相似之处，都有野心，都有胆量，偏偏还都很难缠。

即墨彦劝降无果，大兵压进，他竟直接带兵投靠了若羌，集合若羌兵力反攻而来，打入了墨城。

即墨彦带兵抵挡之际，忽而听闻施子光径自带了一队人马杀入了城主府，不禁变了脸色。

不过事态并没有严重到不可挽救的地步，朝廷的援军来了，即墨彦多年后又和皇帝联手，这次却是为了扫清自己的部下。

施子光败退，居然没逃回若羌，反而孤身力战到死。即墨彦亲自拿下他，他从马上摔落下来，吐了几口血之后，忽然仰起脸干笑了两声："城主……不，我还是想叫你将军，自你做了城主，便与我们有了分别。"

即墨彦面无表情地坐在马上，手中枪尖仍对着他的咽喉。

施子光干脆仰面在地上一躺，低声道："我有一事相求。"

即墨彦想起曾经他还救过自己一命，终究下马问了句："何事？"

朝廷援军撤走得很顺利，公主自始至终在即墨彦监视之下，未能与朝廷方面接触。即墨彦多少猜到朝廷会派兵来是公主的缘故，但他什么也没说。

两个月后，他从边塞酒家带回来一个女孩子，给她取名师雨，说要收作养女。

这件事并没有传扬出去，毕竟府中都以为城主是久无子嗣，无奈之下才收养个女儿聊作安慰，当然不敢戳他痛处。霍擎倒是来问过一回，即墨彦这才又难得地想起自己的儿子，带着师雨去霍府见了他一回。

岁月如梭，一晃儿子已经拔苗般长高，但他心性懦弱，即墨彦半分也看不上，甚至私下多次对霍擎提过，让他严厉一些，切莫教出个软骨头来，不然以后如何继承墨城?

霍擎也是无奈，人言道天性使然，这又岂是严厉就管用的？何况那孩子身子骨弱成那样，谁舍得骂他半句?

即墨彦对儿子越来越不满，就越来越感到师雨的出色。有时候他觉得师雨才是自己的孩子，是他和公主的孩子，甚至觉得她无论是行事还是言辞，都有几分公主的架势，极有原则，谋定后动，善于忍耐，不傲不娇。

公主有时候也会在吹雪阁上遥遥看一眼这对养父女的背影，她知道事情已经不受她控制，自己已经完全在即墨彦的掌控之中。

从此她再也没有下过吹雪阁一步。

"公主。"敲更的声音响过三遍，侍女轻轻打起帐帘，低声道，"您的信件又被截了，城主已经封锁了所有出入口，今后只怕……再难与中原联络了。"

"嗯，知道了。"

公主很平静地起了身，点亮烛火，遣退左右，对镜梳妆。

当年她出嫁时，也是自己梳的妆，将凤冠霞帔珠钗环佩都拿去，穿了一身最朴素的衣裳。当年的容颜还在，心境却已大不相同。

不，也许她根本就没变过，否则又何至于到如今这地步？

妆成，她对着镜子笑了笑，披起大氅走到门外。正是天最黑的时候，什么都看不见，只能感受到大雪扑打在脸上又消融的痕迹，风声在耳边呜咽，像是哭声，又像是塞外的歌。

她回想了一下之前的种种，终究是做了许多不该做的事，终究是成了不想成的人。

天光熹微，她已在阁楼上站了一整夜，对着栏杆迈出了脚……

师雨半夜被惊醒，房外灯火幢幢，她连忙披衣出门，朝着声音的来源跑过去，一直到吹雪阁下停住，看到雪地里即墨彦衣衫单薄地跪在那里，甚至还光着脚，根本是来不及披衣就从房中跑了出来。

他的怀里抱着个人，背影微微颤抖，身前的雪地上是大片大片的血渍……

那是她第一次见到城主夫人，也是最后一次。

【八】

即墨彦的身体似乎就是在城主夫人离世后变差的，甚至连心性也变了，身边几乎没有敢多亲近的人，只有师雨能常伴左右。他一直隐藏着自己的身体状况，直到倒下才被人察觉。

那日春日融融，他的精神似乎忽然好了许多，将师雨叫来跟前，交代了许多事情。

师雨感觉不妙，却又不敢多问，将他的话一字一句记在心里，直到他觉得疲惫闭了嘴，才低声问了句："父亲可是有什么打算？"

"这已是我最后的打算。"

师雨顿时跪在了床前。

即墨彦笑了两声："不用紧张，生死有命，我这一生也算风光过，值了。"

他性情乖戾已不是一日两日，忽然开始说笑，师雨更觉惊奇。

即墨彦招招手，唤她走近："我死后，你继任城主，阿瞻太懦弱，身体也不好，难成气候，有你辅佐才可成事。"

师雨忙道："父亲不用担心，城主之位自然还是要由阿瞻来坐，我辅佐他是分内的事，绝无二话。"

即墨彦点点头，语气蓦地森寒起来："还有一事，你一定要记牢。"

师雨垂首聆听。

"你记住，墨城不可交还中原。为父要反，反了这江山，反了这帝王！"

师雨错愕地抬头，不可思议地看着他："父亲这是……"

即墨彦竖手打断她："你答应即可。"

师雨默默无言，她自跟随即墨彦没多久就被他多加教导，便知晓自己会有辅佐阿瞻的一日，但让她继任城主已经出乎意料，竟还要反叛朝廷?

即墨彦等不到她答话，却也没追问，许久之后忽然说了句："你觉得这世上最伤人的是什么？"

师雨摇摇头。

"情之一道，最为伤人，皇家便用这给了我最致命的一击。"

【九】

往事尘封，就连师雨也只知道皮毛，后来每次跟即墨无白提及，也只能说个大概。但即墨无白有一日忽然跟她说事情似乎并不是她想的那样。

"那是怎样？"师雨与他并肩同行于廊下，下意识朝远处高立的吹雪阁看了一眼。

即墨无白收起笑眯眯的神情，认真想了想："我曾去吹雪阁探寻过即墨倏的身世，然后找到了城主夫人的手札。"

"这我已经知道了。"师雨说起来也不大痛快，"父亲早就闭了吹雪阁，是我不该开了那里，让你钻空子去里面翻腾。"

即墨无白笑了一声："你先别计较这些，这手札里记了不少秘辛呢。就说你父……呃，我是说施子光。就说施子光带人杀入城主府后，其实他见过城主夫人。"

师雨不禁停下了脚步："哦？他们说什么了？"

"施子光好像知道了公主搬了救兵来援，想要拿她做人质，但城主夫人佯装害怕，表现得一无所知，将他给蒙骗了。"

"……"

"还有即墨倏的生母，临终前见了城主夫人，是想逼她让出地位，好让自己上位，有机会母子团聚。但她将事情想得太简单了，直接告诉了城主夫人即墨倏的存在。手札里说即墨倏的生母问夫人，自己能为城主诞下子嗣，她能为城主做什么？你猜夫人是如何作答的？"

师雨冷笑一声："我猜她会不屑一顾。"

即墨无白摇头："她说她会陪即墨彦下黄泉，但只怕会早走一步。"

师雨默然，原来她也不是草木无情。既然早就料到了这一步，玲珑心思，何苦如此。

即墨无白揽了揽她："料想城主夫人也有苦处，只能说情深缘浅，如今他们在地下，大概都说清楚了吧。"

师雨转头又瞥了一眼吹雪阁，毁了一半的墨城浴血重生，只有这个地方还是当年的模样了。

不过当年到底什么模样，也许只有他们当年的人自己才清楚吧。